dtv

Eines Morgens, beim Frühstück, entschied Gideon, Urlaub vom Leben zu nehmen. Amia saß da und sah ihn an, und er entschuldigte sich nicht. »Ich bin 39«, sagte er, »und habe das Hirn eines Hundertjährigen, mit Tonnen von Überflüssigem.« Nadav, der kleine Sohn, sah dem Vater beim hastigen Packen zu, dann gab es »eine Umarmung, die die Vergangenheit einschloss, und einen Kuss, der vor der Zukunft erschrak«, und Gideon war weg.
Gideon, der Starverteidiger, und Amia, die erfolgreiche Steuerberaterin waren ein brillantes Paar gewesen, zusammen mit dem fünfjährigen Sohn das Inbild einer modernen Familie. Doch als Amias Eltern starben, gönnte Amia sich einen Luxus: Sie ließ Geld Geld sein, gab ihren Job auf und führte den elterlichen Lebensmittelladen weiter. Nun, da auch Gideon seine Karriere an den Nagel hängen und nach Eilat gehen will, um sein Ich wieder zu finden und als Fischer zu leben, sieht Amia nicht nur ihre Liebe, sondern auch ihre Freiheit bedroht. Wie groß diese Bedrohung tatsächlich ist, ahnt sie noch nicht. Doch Amia ist klug: sie weiß, das Unausweichliche hinzunehmen. Und sie liebt ihren Sohn und das Leben.

Mira Magén, Anfang der fünfziger Jahre in Kfar Saba (Israel) geboren, blieb der orthodoxen, ostjüdisch geprägten Welt ihrer Kindheit bis heute verbunden, die Stationen ihrer Biographie verraten jedoch eine Revolte: Studium der Psychologie und Soziologie, Ehe und Kinder, alle fünf Jahre ein anderer Beruf – Lehrerin, Sekretärin, Krankenschwester und schließlich Schriftstellerin. Magén zählt neben Zeruya Shalev zu den bedeutendsten Autorinnen ihres Landes. Ihr Werk, das Romane und Erzählungen umfasst, wurde vielfach ausgezeichnet. Mira Magén lebt in Jerusalem und hält viel beachtete Poetik-Vorlesungen, u. a. an der Hebräischen Universität Jerusalem.

Mira Magén

Wodka und Brot

Roman

Aus dem Hebräischen
von
Mirjam Pressler

Deutscher Taschenbuch Verlag

Von Mira Magén
sind im Deutschen Taschenbuch Verlag erschienen:
Klopf nicht an diese Wand (12967)
Schließlich, Liebe (13201)
Als ihre Engel schliefen (14052)
Schmetterlinge im Regen (24596)
Die Zeit wird es zeigen (24747)

Ausführliche Informationen über
unsere Autoren und Bücher
finden Sie auf unserer Website
www.dtv.de

2015
Deutscher Taschenbuch Verlag GmbH & Co. KG, München
© 2010 by Mira Magén
Titel der hebräischen Originalausgabe:
›Wodka ve Lechem‹
(Kinneret, Zmora-Bitan, Dvir – Publishing House Ltd.)
© 2012 der deutschsprachigen Ausgabe:
Deutscher Taschenbuch Verlag GmbH & Co. KG, München
Published by Arrangement with
The Institute for the Translation of Hebrew Literature
Umschlagkonzept: Balk & Brumshagen
Umschlaggestaltung: Susanne Böhme unter Verwendung eines
Fotos von plainpicture/ballyscanlon
Satz: Greiner & Reichel, Köln
Druck und Bindung: Druckerei C.H.Beck, Nördlingen
Gedruckt auf säurefreiem, chlorfrei gebleichtem Papier
Printed in Germany · ISBN 978-3-423-14376-9

Für meinen Freund,
den Richter Schmulik Baruch,
der dem Schicksal in die Augen schaut,
voller Menschlichkeit und Edelmut

1

Die Neumondnacht war dunkel, der Hof verschmolz mit dem Wäldchen zu einer dunklen Einheit. Die Hunde lagen in ihren Hütten und warteten auf den neuen Mond, sie bellten nicht und sie kamen auch nicht angelaufen, als sie hörten, dass an die Küchentür geklopft wurde, erst leise, dann hart und durchdringend.

Ich hatte den Alten gebeten, eine Beleuchtung außen über der Küchentür anzubringen, die uns vom Wäldchen trennte, aber der Alte hatte es abgelehnt. »Hören Sie auf, mich zu bedrängen, er hat uns den Mond gegeben, damit er die Nacht regiert. Wenn es Ihnen nicht recht ist, brauchen Sie das Haus ja nicht zu mieten.«

Und obwohl er keine Lampe anbrachte, mietete ich das Haus mit dem hinfälligen Zaun, das letzte in einer Reihe und die erste Anlaufstelle für Tiere und Menschen, wenn sie aus dem Wäldchen traten. Vier Monate wohnten der Junge und ich nun schon hier, und wir kannten die verschiedenen Geräusche, die die Stille unterbrachen, platzende Kiefernzapfen, schlüpfende Grillen, und auch mit den lauteren Geräuschen waren wir schon vertraut, doch ein solches Klopfen an der Küchentür hatten wir noch nicht gehört.

Ich hatte Angst. Wer das Gute suchte, würde durch die Vordertür kommen, er würde nicht den Weg ums Haus und die feuchten Beete nehmen. Nur eine alte und morsche Holztür befand sich zwischen mir und demjenigen, der auf der anderen Seite schnaufte, und ich hatte noch nicht einmal ein Messer zum Fleischschneiden, nur ein Gemüsemesser lag in der Schublade, deren Quietschen meine Bewaffnung verraten würde. Ich blieb wie angewurzelt stehen. Der Alte würde nicht hören, wenn ich das Fenster öffnen und zu seinem Haus hinüberschreien würde, sein Schnarchen und seine fest geschlossenen Rollläden schirmten ihn von der Welt und den anderen Bewohnern außerhalb der Rufweite ab, und wer weiß, wie der bedrohliche Fremde, der dort in der Dunkelheit vielleicht noch zwischen Böswilligkeit und Aufgeben schwankte, auf einen Schrei reagieren würde. Ich rührte mich nicht. Vielleicht würde er jetzt von der Armseligkeit der Tür auf die Armseligkeit der Beute schließen, sich die Sache überlegen und abziehen.

Während ich noch dastand und über seine Pläne nachdachte, schlugen zwei Fäuste gegen die Tür, eine auf der rechten Seite, eine auf der linken, und ich wusste nicht, ob wir von einem Rowdy bedroht wurden oder von zweien. Mein Junge war dünn, wog weniger als zwanzig Kilo, ich hätte ihn leicht aus dem Bett heben, ihn zur Vordertür tragen und fliehen können, doch der nächste Angriff ließ den Türstock erzittern und scheuchte Generationen von Holzwürmern und Glühwürmchen auf, die sich darin niedergelassen hatten. Ich stand starr wie bei einer Röntgenaufnahme, reglos und ohne zu atmen, vor der Tür, die an Naivität und wackligen Angeln hing. Der Griff bewegte sich, ich streckte die Hand nach dem Riegel aus, wenn der Fremde eindrang, würde ich angreifen, damit er mich misshandeln würde und nicht den Jungen, und weil mir nichts Vernünftiges übrig blieb, wandte ich mich an Gott und flehte ihn an, mich vor allem Übel und vor wilden Tieren zu schützen, und damit zog ich am Riegel und riss die Tür mit einer so heftigen Bewegung auf, dass die Dunkelheit hereinbrach und auf der Schwelle die Gestalt eines Menschen taumelte. Sein Gesicht konnte ich nicht erkennen, es wurde von der Dunkelheit verschluckt.

»Wasser«, röchelte er mit einer von Krankheit oder Zigaretten heiseren Stimme. Und ich, statt wegzulaufen, bewegte mich auf ihn zu, er sollte zuschlagen, damit ich es ihm zurückgeben konnte, damit Gott half. Er wich nicht zurück, er blieb in der Dunkelheit und ich im Licht, und zwischen uns gab es so gut wie keinen Abstand. Aus seinem Mund kam ein scharfer Geruch nach Alkohol, kein Wunder, dass er nach Wasser verlangte, der Alkohol hatte ihn ausgetrocknet und seine Körperflüssigkeit aufgesaugt. Die Erkenntnis, es mit einem Betrunkenen zu tun zu haben, war im ersten Moment beruhigend, im zweiten besorgniserregend. Er schwankte, er war erledigt, ich würde ihn überwältigen und die Polizei rufen können, den Notarzt, die Feuerwehr, irgendjemanden, der nachts Betrunkene auflas und ins Leben zurückbrachte. Doch andererseits zerstört Schnaps Vernunft und Gewissen, er könnte mir eine leere Flasche über den Kopf hauen oder mir die Hände, die vorhin an die Tür geklopft hatten, um den Hals legen. Ich machte einen Schritt zu viel und schob ihn mit dem Ellenbogen nach hinten, er war leicht, in der Dunkelheit war seine Wildheit nicht zu erkennen, er machte einen Satz. Ich wich in die Küche zurück, und plötzlich warf sich der Besucher auf mich und stürzte auf den Küchenboden. Das Licht fiel auf ihn, sein Gesicht lag auf dem Boden, ich sah seinen Rücken, der sehr mager war, die schmutzigen, zerrissenen Jeans, einen Geldbeutel, der aus seiner hinteren Hosentasche lugte. Seine Haare waren schwarz und wirr und steckten voller Kiefernnadeln, die Knie hatte er angezogen, an seinen Schuhsohlen hing Schmutz. Ein Häufchen Mensch, das sich im nächsten Moment hochrappeln und auf mich stürzen könnte. Ich befand mich in Griffweite zu meinen unkonventionellen Waffen, einer langen Schöpfkelle aus rostfreiem Stahl und einer Nudelrolle.

Plötzlich richtete sich der Mann auf, schrie wieder »Wasser«, und sein Gesicht war zu sehen, genauer gesagt, ihr Gesicht, das zerschlagene, blasse Gesicht einer jungen Frau. Eine violette Beule unter einem Auge, eine geschwollene Nase, aufgeplatzte Lippen. Ich ging zum Wasserhahn und füllte einen Wegwerfbecher und achtete darauf, nicht den Kontakt zu dem blau geschlagenen Auge zu verlieren, eine verletzte Tigerin hat nicht viel zu verlieren. Sie streckte die magere Hand nach dem Wasser aus, trank, versprizte etwas mit zitternden Lippen, das Wasser lief über ihr Kinn, ich nahm ihr den Becher aus der Hand und flößte ihr das Wasser ein, sie war zu betrunken, um sich zu wehren.

»Noch«, brachte sie mit Mühe heraus.

Blut verschmierte den Rand des Bechers, ich füllte ihn wieder und hielt ihn ihr an den Mund, sie schlief ein, während das Wasser ihr noch durch die Kehle rann, und sank rückwärts auf den Boden. Ich warf den Becher in den Mülleimer und stand vor der Gestalt, die von irgendwoher aufgetaucht und auf meinem Küchenfußboden gelandet war. Ich hatte keine Ahnung, wen ich benachrichtigen sollte. Die Polizei? Den Notarzt? Beide? Sie würden kommen, mit einem Krankenwagen, sie abholen und verschwinden, und ich würde nie erfahren, woran die Frau litt, die hier vor meinem Küchentisch auf dem Boden lag, vor wem und vor was sie geflohen war. War sie angegriffen worden? War sie vor einem Verbrechen geflohen? Wie alt war sie? Siebzehn? Zwanzig? Ein Mädchen? Eine Frau? Ihr Körper war mager und jugendlich, mit kleinen Brüsten und einem dünnen Hals. Das Gesicht war hart. Das Leben hatte sie gezeichnet, hatte ihr Kinn spitz und ihre Kieferknochen hart gemacht und ihren Wangen die Weichheit und das Fleisch genommen. Sie schlief, als wäre ihr Gehirn vom Alkohol aufgeweicht, mit offenem Mund und verkrustetem Blut an den Lippen. Ich könnte sie auf den Bauch drehen, ihren Geldbeutel aus der Tasche ziehen und nach Hinweisen auf ihre Identität suchen. Sie war so dünn, ich könnte sie zur einzigen Straße ziehen, die das Dorf der Länge nach teilte. In der Dunkelheit der Neumondnacht trieben sich noch nicht einmal die Hunde draußen herum, und wenn ich sie zur Straße brächte, würde sie bis zum nächsten Morgen keiner stören, und am Morgen würde irgendjemand sie finden und etwas unternehmen, ich hätte das Meine jedenfalls getan.

Ich zog sie nicht woandershin, ich rief niemanden an, ich drehte sie nicht um und nahm ihr nicht den Geldbeutel aus der Hosentasche. Ich deckte sie mit einer alten Decke zu, machte das Licht in der Küche aus, ließ sie auf dem Fußboden zwischen dem Tisch und dem Spülbecken liegen, im Niemandsland zwischen den Problemen, die sie hatte und die sie noch haben würde. Ich stellte mir ein Klappbett neben das Kinderbett, um auf den Jungen aufzupassen, falls der Schatten, der auf dem Küchenboden lag, auferstehen und überraschend hereinkommen würde. Ich konnte nicht einschlafen. Sie war verletzt, vielleicht war sie dem Ende nahe, und was wäre, wenn sie neben meinem Tisch ihr

Leben aushauchte? Wenn die Polizei erfuhr, dass in meiner Küche eine Leiche lag, würde man eine Erklärung verlangen, man würde mich als Hauptverdächtige betrachten und mich einsperren, solche Sachen hatte es schon gegeben. Ich sprang vom Klappbett und rannte in die Küche. Ihre Atemzüge glichen nicht dem abgehackten Schnaufen einer Sterbenden, sie waren regelmäßig und gaben Alkoholmoleküle frei, ein ganzer Weinkeller floss durch ihre Adern. Ich legte mich wieder hin. Nadavs Atemzüge gaben CO_2-Moleküle frei, und Unschuld. Er würde sie am Morgen entdecken, ich hatte die Benachrichtigung des Gesetzes auf den Morgen verschoben, etwas, was kein vernünftiger Mensch getan hätte. Gideon, mein Mann und der Vater des Jungen, hätte ohne zu zögern die Polizei gerufen, zum Besten der Allgemeinheit und der geschlagenen Fremden, und er hätte das Ereignis nach wenigen Sekunden aus seinem Gedächtnis gelöscht, weil es nicht gut war, sich mit Dingen zu belasten, die einen nichts angingen. Aber Gideon war nicht hier.

Nadav drehte sich um und murmelte im Schlaf. Ich zog die Decke über seinen Nacken, und er reagierte nicht. Ich saß in dem Klappbett, das unter mir knarrte. Die Ruhe wurde nur kurz unterbrochen, dann war es wieder still. Der Himmel im Fenster war schwarz und zeigte nicht, wie lange es noch bis zum Morgen dauern würde, die Schatten der Möbelstücke waren wie Menschen, und das menschliche Bündel auf dem Küchenfußboden schien anzuschwellen und größer zu werden. Wäre Gideon bei mir, wären weiterhin Kiefernzapfen und Nadeln von den Bäumen gefallen, die Kiefernnadeln, und was in der Küche lag, wären nichts anderes gewesen als fünfundvierzig Kilo Armseligkeit, die man dem passenden Amt auszuhändigen hätte, dem Gesetz, dem Entzug, dem Sozialamt, der Krankenkasse, dem Gesundheitsamt, irgendeinem oder allen zusammen. Aber Gideon war nicht hier. Vier Monate lang fütterte er Fische im Roten Meer, und ich und der Junge waren hier.

Ich fürchtete einzuschlafen, ich hatte Angst, die Ereignisse des Morgens würden ohne mich beginnen, ich wollte sehen, wie Nadav aufstand, ich wollte die Ausnüchterung der Besucherin bewachen, damit sie ihn nicht schnappen und sich in der Küche verbarrikadieren, ihm ein Messer an den Hals halten und drohen konnte, einen Flug nach Honolulu zu buchen oder den Jungen zu töten, wie Samson gesagt hatte: Meine Seele sterbe mit den Philistern. Ich hatte noch alles in der Hand, ich konnte die Polizei anrufen, ich konnte sie ins Wäldchen schleppen oder auf der Schwelle des Alten ablegen, als geheimnisvolles, rätselhaftes Geschenk. Ich hatte schon öfter Kisten mit fünfundvierzig Kilo Milchpackungen oder eingelegten Oliven geschleppt. Meine Armmuskeln waren kräftiger geworden, seit ich das Lebensmittelgeschäft übernommen hatte. Ich lag wach im Bett, die Nacht dämpfte die Formen, im Fenster vereinte sich die Dunkelheit drinnen mit der Dunkelheit draußen, meine Augen fanden nichts, woran sie sich festhalten konnten, und fielen zu.

Nadav riss mich aus dem Schlaf. »Steh auf, steh auf, Papa ist gekommen.«

»Bleib hier, das ist nicht Papa.«

»Aber ich habe gehört, dass in der Küche ...« Er war gekränkt und fragte, wer das sei, wenn nicht sein Vater, und warum ich heute Nacht neben ihm geschlafen hatte.

»Komm«, sagte ich. Es war wirklich Morgen, die Vögel zankten sich auf dem Dach des Alten, der Hahn der Horowitz krähte, und die Hunde bellten. »Komm.« Ich gab ihm die Hand und wir gingen in die Küche.

Die Schnapsleiche der vergangenen Nacht saß vor dem Kühlschrank, schaute uns herausfordernd entgegen und sagte: »Los, nun ruf doch schon die Polizei.«

Sie war blass und wild und hatte die Beine gespreizt, dazwischen war ein Dreieck des Fußbodens zu sehen, sie berührte mit dem einen Fuß das Tischbein, mit dem anderen den Kühlschrank, Walderde bröckelte von ihren Schuhen.

Nadavs Hand klammerte sich an mein Kleid, das ich gestern getragen und in dem ich nachts geschlafen hatte. Er stand einen Schritt hinter mir und betrachtete die Besucherin.

»Nun, worauf wartest du, nun ruf schon an«, stieß sie aus.

Nadav zog noch fester an meinem Kleid.

»Ich mache dir Kakao«, sagte ich zu ihm und hob erst den einen Fuß über den fremden Oberschenkel, dann den anderen. Sie bewegte sich nicht, gab kein Stück des Territoriums frei, das sie sich erobert hatte. Ihr Kiefer und ihr Kinn zeigten, dass sie schon einiges mitgemacht und überlebt hatte, aber vom Hals abwärts war sie ein Kind.

»Willst du auch Kakao?«, fragte ich sie, vor allem wegen ihres Halses.

»Lachst du mich aus?« Ihr Blick glitt über mich, traf meine Augen und hielt ihnen stand. Ich stellte Wasser für drei Tassen auf, wartete, dass es anfing zu kochen, und der Junge stand neben mir, hielt sich noch immer an meinem Kleid fest und starrte die Fremde an, die anders aussah als alles, was er kannte. Ich war mir nicht sicher, ob sie eine unterentwickelte Frau oder ein frühreifes Mädchen war, doch aus Mitleid bereitete ich ihr einen Kakao wie für den Jungen, sehr süß und mit einem Klacks Sahne, und stellte ihr die Tasse zwischen die Füße. Ich setzte Nadav an den Tisch und tat, als wäre nichts passiert. Als würden wir nicht hören, wie ein dritter Mund schlürfte und wie das Getränk in einen leeren Bauch gluckerte, und als würde kein Fuß gegen das Tischbein treten und unsere Tassen erzittern lassen. Sie trank die Tasse leer, stand auf, fragte, wo die Toilette sei, ließ die leere Tasse auf dem Fußboden stehen und ging zum Flur. Die Badezimmertür wurde aufgemacht und zugeknallt. Meine Cremes und das wenige Schminkzeug waren nun in ihrer Reichweite. Insgeheim beschloss ich, alles wegzuwerfen, denn Gott weiß wie viele Viren und Pilze in ihr brüteten. Ich würde auch das große Handtuch wegwerfen, das Toilettenpapier und die Zahnbürsten. Sie hielt sich lange dort auf, bis wir die Wasserspülung hörten. Der Junge fragte, warum sie Wunden am Mund habe und wie lange sie bei uns bleibe, und ich, statt ihm zu antworten, sagte: »Du gehst nicht auf die Toilette, bis ich alles geputzt und die Kloschüssel desinfiziert habe, bis dahin machst du in ...«

»Nun, hast du die Polizei angerufen? Sie werden mir nichts tun, ich bin minderjährig, sie werden mich mitnehmen in die Stadt, das ist alles.« Sie kam vom Badezimmer zurück, wie sie hineingegangen war, wild, mit Kiefernnadeln, die von ihrem Kopf abstanden wie die Stacheln eines Stachelschweins. Die Blutkrusten an ihren Lippen waren verschwunden, vermutlich befanden sie sich jetzt an dem kleinen Handtuch, das ich ebenfalls wegwerfen würde. Sie hatte mein Make-up nicht benutzt, um die blaue Beule unter ihrem Auge abzudecken oder um ihre Blässe zu kaschieren, doch aus ihrem Mund kam der Erdbeergeruch von der Zahnpasta des Jungen. Und während ich bei ihr nach flüssigen, trockenen oder riechenden Anzeichen suchte, zitterten ihre Knie und sie berührte nervös die Lippen.

»Wähl schon, eins null null, sag ihnen, die kleine russische Hure, dann sind sie in fünf Minuten hier.«

Nadav sprang wie eine Heuschrecke vom Stuhl, rannte in sein Zimmer und kam mit meinem Telefon zurück. »Ruf an, Mama, ruf schon an.«

Er wollte, dass die Welt wieder zu ihrem Normalzustand zurückfand, er wollte die Fremde nicht hier bei uns haben, und vor allem wollte er, dass ein richtiger Streifenwagen mit richtigen Polizisten zu uns kam. »Los, Mama, wähle eins null null.«

»Ich rufe nirgendwo an.«

Beide erwarteten, dass ich etwas unternahm, und hörten von mir nur, dass ich sie nicht hierhergebracht hatte und es nicht meine Angelegenheit war, wohin sie gehen würde.

»Also gehe ich nirgendwohin.« Sie setzte sich wieder auf den Fußboden, spreizte die Beine und bat um eine Zigarette.

»Es gibt keine Zigaretten. Komm, mein Junge, wir ziehen dich an.«

Er hielt sich an mir fest, zog seine Hose an, fragte, was eine russische Hure sei, und rannte barfuß in die Küche, um sich zu vergewissern, dass die Chance, richtige Polizisten zu treffen, noch nicht verschwunden war.

»Wie heißt du?«

Sie hatte keinen Akzent, und ihrer Stimme fehlte jede Weichheit.

»Nadav.« Er stützte sich mit beiden Händen am Türstock ab und war so aufgeregt, als wäre er zu einem König gerufen worden.

»Und deine Mutter?«

»Amia.«

»Ihr habt ausgefallene Namen. Raucht deine Mutter?«

Während sie fragte und er antwortete, verdeckte eine Wolke die Sonne, ein Vogel flog über das Haus und schrie, und ich war nicht bereit, darin ein Vorzeichen für die Zukunft zu sehen. Das Leben nimmt seinen Lauf, und nichts hängt mit nichts zusammen. Die Wolke tat, was sie wollte, der Vogel tat, was er wollte, und beide hatten nichts mit unserem Schicksal zu tun. Auch der Junge tat, was er wollte. Nachdem er vergeblich erwartet hatte, dass ich telefoniere, packte er das Telefon, drückte mit ungeübten Fingern eins null null und sagte aufgeregt und ernsthaft: »Kleine russische Hure.«

Das Lachen der Besucherin erfüllte die Küche. »Was für ein kleiner Mistkerl!«

Der diensthabende Polizist versuchte, die Meldung zu entschlüsseln, und der Junge, erregt von der göttlichen Stimme, die aus dem Handy an sein Ohr drang, stammelte unsere Adresse, machte das Gerät schnell aus und vervollständigte seine Toilette, um bereit zu sein. Er zog das T-Shirt mit dem Delfin an, das er von Gideon bekommen hatte, rannte zum Fenster, beobachtete die Straße und wartete. Er beugte sich vor, der Delfin auf seiner Brust wurde gegen das Fensterbrett gedrückt, war aber noch immer auf dem Sprung, einmal in der Woche wurde er in unserer schwächlichen Waschmaschine gekocht und war abgehärtet.

Es war schwer zu wissen, was die Erwartung des Jungen in der Welt bewirkte, bis wohin die Luft gelangte, die er ausatmete, wie schnell sie hinaufstieg zum Sonnenboiler, über dem Stadtturm verschwand und auf die Polizeistation am Russischen Platz sank.

Der Aufschrei »Mama, Polizei!« ließ das Mädchen auf dem Küchenfußboden aufspringen. Zwei richtige Polizisten, keine aus Legosteinen und nicht Playmobil-Polizisten, stiegen in blauen Uniformen aus dem weißen Streifenwagen.

Sie fragten, ob ich wisse, wen ich in mein Haus geholt hätte. Ich sagte, ich hätte sie nicht geholt, sie sei von sich aus hereingekommen.

»Komm, Madonna«, sagte einer der beiden, »schon wieder so ein Blödsinn, hörst du denn nie auf damit. Es geschieht dir recht, schau nur, was sie dir für ein Veilchen verpasst haben.«

»So, wie Sie sie vor sich sehen, und schon eine dicke Akte bei der Polizei«, sagte der andere Polizist. »Was heißt da dicke Akte, einen ganzen Aktenkoffer hat sie. Los, Madonna, steig ins Auto.« Geschmeidig wie eine Katze schob sie ihren schmalen Rücken auf den Rücksitz des Streifenwagens, schnallte sich an, öffnete das Fenster und schrie dem Polizisten zu: »Gib mir eine Zigarette, Ja'akov, ich bin ganz ausgetrocknet.«

Der Junge, fasziniert von der Szene, drückte eine Hand aufs aufgeregte Herz, mit der anderen winkte er ihr zu, und sie winkte zurück, in der Hand eine Zigarette, die der Polizist ihr gegeben hatte. »Bye, Nadav«, rief sie aus dem Autofenster und begleitete ihre Worte mit Rauchringen.

»Bye, Madonna«, rief Nadav aus vollem Herzen, aber mit einiger Verzögerung, sein Ruf folgte dem Streifenwagen, solange es möglich war.

»Ich hab sie gerufen, ich. Komm, rufen wir Papa an und erzählen es ihm. Schade, dass sie schon weg sind, ich wünschte, sie würden noch einmal kommen. Glaubst du, dass ...« Er war glücklich, bis er den Alten aus seinem Haus treten sah, der sein langes Kinn in unsere Richtung reckte, auf uns zukam und seinen schmalen Schatten über unsere Füße warf.

»Was hat die Polizei hier gewollt?«, fragte er blinzelnd. Er bewegte den Rücken, der schon gebeugt war, bereit, das Geständnis der Angeklagten anzuhören.

»Der Polizist ist ein entfernter Cousin von mir, er war in der Nähe und hat schnell mal guten Tag gesagt.«

»Und das Mädchen, das sie von hier mitgenommen haben?«

»Das ist seine Tochter. Sie hat heute Nacht bei uns geschlafen.«

»Sie heißt Madonna«, mischte sich der Junge ein. Ich nahm seine Hand und drückte sie, um ihn zum Schweigen zu bringen, ohne ihm wehzutun.

Der Alte kniff ein Auge zu und richtete das andere auf Nadav. Ein Vogel flog vom Dach seines Hauses zu unserem und zurück, Sonnenlicht fiel auf seinen haarlosen Kopf und brach sich auf dem Schädel, es drang nicht hinein, um offenzulegen, ob er mit bösen Absichten auf das Kind blickte oder es einfach nur anstarrte.

»Ich muss Ihnen sagen, meine Dame, die Tochter Ihres Cousins ist entweder magersüchtig oder drogensüchtig oder beides. Ich habe die blaue Beule gesehen, die sie unter dem Auge hat, das reicht mir. Ich erkenne diese dünnen Perversen auf einen Kilometer Entfernung. Passen Sie ja auf Ihren Kleinen auf.«

Er schob die Hände in die Hosentaschen, klimperte mit Münzen, wandte sich um und sagte: »Polizei vor dem Haus, das riecht nicht gut, meine Dame, denken Sie darüber nach.« Er ging zu seiner Tür zurück, und wir betraten unser Haus, das wir von ihm gemietet hatten.

Nadav hüpfte vor mir her, glücklich über seinen neuen Schatz. »Wir haben Verwandte bei der Polizei«, schrie er der Katze zu, die zwischen den Rosen scharrte, und den Ameisen, die auf den Kiefernzapfen herumkrabbelten, aber die Katze und die Ameisen kannten keine Polizisten, sie kümmerten sich selbst um ihre Übeltäter, sie zeigten sich unbeeindruckt von den Verwandten, die plötzlich aus dem Kreis der Gesetzeshüter aufgetaucht waren. Nadav hüpfte vor mir über den Weg und summte die Parole, die ihm das Tor zum Glück geöffnet hatte: »Kleine russische Hure, kleine russische Hure.« Die Augen des Alten drückten sich gegen einen Spalt in seinem Rollladen, seine trüben Linsen folgten mir und dem Jungen, achteten auf jeden unserer Schritte. Er hatte mich vom ersten Moment an nicht leiden können, nicht meinetwegen, sondern wegen seines Abscheus gegen die menschliche Spezies überhaupt. Unglücklicherweise sah er sich jedes Mal einem Vertreter dieser Spezies gegenüber, wenn er sein altes Haus zum Vermieten anbot, aber das Geld, das ihm das Haus einbrachte, war es ihm offenbar wert. Seine Beziehung zum obersten Herrn war keineswegs besser. Auch gegen ihn hatte er etwas einzuwenden. Er trug keine Kipa und betete nicht, das hieß, dass der da oben ihn gut kannte und wusste, was Levi sagte und was er dachte, im Guten wie im Schlechten, von ihm würde Gott nicht die Schmeicheleien hören, die im Gebetbuch standen, nie im Leben würde er sagen, dass er der Allerbarmer sei und das ganze Zeug, er hatte mit ihm noch eine Rechnung offen.

Seit vier Monaten beobachtete er von morgens bis abends unsere Schritte, als habe er uns das Haus nur vermietet, um eine Beschäftigung zu haben. Eine Frau und ein Kind, eine schwache familiäre Zelle, man konnte sie offen anstarren, ohne blinzeln zu müssen. Als er fragte, wo mein Mann sei, sagte ich, er sei weggegangen, um den Kopf freizubekommen.

»Ah, den Kopf freibekommen«, sagte er kopfschüttelnd.

Ich wollte ihm nicht erzählen, dass Gideon Monate bevor er ging, geklagt hatte, sein Kopf sei verstopft, Tonnen von Informationen würden seinen Schädel sprengen und sein Gehirn könne schon fast nicht mehr atmen. Eines Morgens stand er auf und sagte: »Das war's, ich gehe los, um meinen Kopf zu reinigen und mich von Tonnen von Überflüssigem zu befreien.« Er hängte seine schwarze Robe in den Schrank mit der Winterkleidung, die zum Weggeben bestimmt war, und sagte noch, er wolle sich nicht länger in die Betrügereien von Angeklagten vertiefen, in Gesetzeslücken und in den geschmeidigen Umgang mit der Wahrheit. Er sei neunundreißig und bereits müde vom Herumirren im Labyrinth der Gerechtigkeit und vom Stochern in den Tiefen sündiger Seelen. »Ich muss aufhören, ich weiß nicht mehr, wo der Anwalt bei mir aufhört und wo ich beginne.« Und um herauszufinden, wo sein Ich begann, sagte er, würde er sich ein Zelt auf einem Berg aufschlagen, er würde den Flug der Störche und der Wolken beobachten, er würde dünne Luft atmen und seinen Kopf reinigen. Nach einem Tag hatte er es sich seltsamerweise anders überlegt. »Ich bin kein Tibetaner, ich will kein Fressen für die Adler werden, ich bin neununddreißig und habe das Gehirn eines Hundertjährigen. Früher haben die Menschen in einem ganzen Leben nicht ein Viertel von dem Mist angesammelt, mit dem ich in einer einzigen Woche zu tun habe.« Er stützte den Kopf auf, der ihm zu schwer war, betrachtete die Vögel und beneidete sie um ihre kleinen Köpfe, er ließ die Insignien seiner beruflichen Identität zurück, fuhr nach Eilat und wurde der letzte Fischer in einer Fischfarm, über die ich nichts wusste.

Er entschuldigte sich nicht für die Ferien vom Leben, die er sich nahm, er zog los, um seinen Kopf zu reinigen, so natürlich, wie jemand zum Arzt geht, wenn er Bauchschmerzen hat. Ich glaube, es ging ihm um Leben und Tod. Ich sah, wie er morgens vor seinem Schüsselchen mit Cornflakes saß, bevor er sich in den reißenden Strom draußen stürzte, ich wusste, wie er ein paarmal auf den Tisch schlug, wie er einen Blick zum Fenster warf und auf seine Uhr schaute und sich am liebsten an irgendein Ufer gerettet hätte. Seine Hand klopfte auf den Tisch, und inzwischen saugten die Cornflakes die Milch auf und wurden zu einem grauen, klebrigen Brei, den er betrachtete und als Gleichnis fürs Leben nahm. »Siehst du? So ist das Leben.« Er rührte das Essen nicht an und ging.

Der Junge schaute ihm beim hastigen Packen zu und sagte: »Wie kannst du deinen Kopf reinigen, Papa, du hast vergessen, Shampoo mitzunehmen.« Und damit war sein Staunen zu Ende. Der Koffer wurde zugemacht, es gab eine Umarmung, die die Vergangenheit einschloss, und einen Kuss, der vor der Zukunft erschrak, auf die Wange. Er war schon an der Tür, da pickte ich ein Stückchen Cornflakes von seinem Hemd, er lachte und führte die Pantomime eines Mannes auf, der sich den Kragen für eine Zeremonie hochstellt, aber sein Hals war nackt. Er trug ein graues T-Shirt, ohne Kragen, ohne Taschen, ohne Knöpfe. Ich ging zum Fenster, er schaute sich um und winkte, und ich winkte auch, und der leichte Luftzug, den meine Hand verursachte, traf einen Schmetterling und brachte ihn aus der Bahn. Nadav stand auf einem Stuhl und schaute hinaus, er verfolgte den Flug des Schmetterlings und rief: »Bye, Papa«, sprang vom Stuhl und kehrte zu dem Feuerwehrauto zurück, das er von ihm zum Abschied bekommen hatte, bevor sein Vater zu den Fischen ging.

Nachdem er für unbestimmte Zeit und für einen unbestimmten Zweck das Haus verlassen hatte, entschied ich, es sei nun an der Zeit, den Ort und das Schicksal zu verändern. Eine Wand unseres Zuhauses war zusammengebrochen, das war ein guter Anlass zu einer umfassenden Renovierung. Die Gelegenheit, eine alte Laune zu verwirklichen und ein Haus an einem Ort zu mieten, an dem die Dächer niedrig waren und der Himmel hoch, und wo es zwischen den Dächern und dem Himmel Vögel und viel Luft gab. Ich kam mit Nadav in dieses Dorf, dessen Nähe zur Stadt es zu einem abgelegenen Vorort machte, zwanzig Minuten mit meinem alten, gebrauchten Mazda bis zu unserem Lebensmittelgeschäft in der Stadt. Wir liefen zwischen den Häusern herum, bis wir ein Haus entdeckten, das zu mieten war, mit einem kaputten, verrosteten Zaun, es lag am Dorfrand, zwischen dem geräumigen Haus des Alten und dem Wäldchen.

»Was meinst du, Nadav, sollen wir dieses Haus nehmen?«

Wir standen vor dem Haus, und der Junge, dessen Schicksal vom Leiden seines Vaters und den Launen seiner Mutter bestimmt war, war begeistert, dass der Wald so nah war, er bestaunte die eng stehenden Kiefern und erwartete vermutlich die Bären aus dem Märchen.

Wir klopften an die Tür des Alten und erkundigten uns nach dem Haus, er bat uns nicht hinein. Er empfing uns im Eingang zu einem Flur, von dem verschiedene Zimmer abgingen, in denen sich sein Leben abspielte, und nannte sofort den Preis, siebenhundert Dollar.

»Okay«, sagte ich trocken, obwohl ich über die Summe erschrak. Ich wollte das Haus, und der Junge war ebenfalls begeistert.

»Siebenhundert und die Grundsteuer.«

»In Ordnung.«

»Bei Schäden am Sonnenboiler, einem Loch im Dach, einer Überschwemmung gibt es eine Beteiligung.«

»In Ordnung.«

»Kündigung zwei Wochen im Voraus.«

»In Ordnung.«

»Untermieter sind nicht erlaubt.«

»In Ordnung.«

Während der ganzen Zeit versuchte Nadav, den Kopf zwischen die Wand und den Arm des Mannes zu schieben, um ins Innere des Hauses zu schauen, doch der Mann versperrte ihm den Blick. Er fragte, ob ich ein festes Einkommen hätte, ich sagte, ich besäße ein Lebensmittelgeschäft. Er fragte, einen Kiosk oder ein richtiges Geschäft? Ein richtiges Geschäft, sagte ich. Seine Augen, die schon viel gesehen hatten, betrachteten mich mit böswilliger Geduld, er hatte es nicht eilig, etwas an mir passte wohl nicht in seine Vorstellung von einer Lebensmittelgeschäftsbesitzerin.

»Wann wollen Sie einziehen?«

»Heute.«

Er brach in lautes Gelächter aus, und seine alten Zähne füllten seine Mundhöhle, dann machten sie Platz für eine neue Lachsalve. Der Junge sah den Mund voller Lachen über sich und griff nach meinem Kleid.

»Sie will heute einziehen«, stieß er mit dem letzten Gelächter aus. »Das ist kein Lebensmittelgeschäft, meine Dame, das ist ein Haus. Ich muss nachdenken, es eilt doch nicht. Ich bin ein vorsichtiger Mensch, meine Dame, gerade alte Leute, die keine Zeit haben, haben Zeit. Rufen Sie mich in einer Woche an.« Er machte die Tür auf, sodass der Spalt groß genug war, dass wir hinausgehen konnten, und schlug sie hinter uns zu, doch als wir unten an der Treppe waren, riss er sie wieder auf und streckte seinen knochigen Kopf heraus.

»Was für eine Schuhgröße hat der Junge?«

»Achtundzwanzig.«

»Mama, meine Turnschuhe sind siebenundzwanzig«, flüsterte Nadav in mein Kleid, doch der Alte war schon wieder hinter der geschlossenen Tür verschwunden. Wir blieben im Hof stehen, Wind traf uns und die vernachlässigten Kakteen und den wilden Papyrus, der Alte kümmerte sich nicht um seinen Besitz, alles Hässliche und alles Schöne kam von der Natur selbst. Mein Bruder Jonathan sagte immer, was heißt von der Natur, von Gott. Gott, Natur, es war mir egal, was Jonathan sagte und was er zum Ursprung dessen meinte, was es gab und was es nicht gab, Kiefernzapfen, Nadeln, Alter, Verrücktheit, Sommer, Dunkelheit …

Ich betrachtete den Wald, der seinen Ursprung Keren Kajemet verdankte, seinen Erhalt Gott oder der Natur, oder wie man es auch nennen wollte, die Bäume waren längst groß geworden, hatten die Hände der Menschen vergessen und strebten dem Himmel zu.

Auch der Junge betrachtete die Bäume, scharrte mit den Schuhen in den herabgefallenen grauen Nadeln, die den Hof bedeckten. »Hoffentlich können wir hier wohne«, sagte er.

»Hoffentlich«, wiederholte auch ich wie ein Echo. Wenn wir hier einzögen, könnten wir viel unternehmen, wir könnten die Oberfläche der Erde umgraben, wir könnten säen, pflanzen und gießen, wir könnten unserer Hände Arbeit genießen und darauf warten, dass Wicken, Radieschen und Basilikum aus Samen platzten und anfingen zu wachsen. Auch Petersilie und Rosmarin und Zwiebeln …

Nadav hob einen jungen Kiefernzapfen auf und steckte ihn in die Tasche, er bückte sich nach einem weiteren, da drang eine Stimme durch die Spalten des Rollladens. »Leg ihn zurück, Junge, das ist Privatbesitz.« Der Kiefernzapfen kehrte zur Erde zurück, die Hand des Jungen zu meinem Kleid, der Himmel zum Himmel, der Wald zum Wald. Wir drehten dem Hof den Rücken, öffneten das Tor, schlossen es, und die zornige Stimme vom Rollladen kam uns hinterher. »Leg auch das zurück, was du in die Tasche gesteckt hast.« Der Alte, unsichtbar, verfolgte uns boshaft von einem Rollladen zum nächsten.

Nadav warf den Kiefernzapfen zu Boden und sagte, dieser Mann sei schrecklich. Noch während er sprach, wurde der Rollladen des schrecklichen Mannes hochgezogen, und sein Kopf erschien im Fenster.

»Der Junge hat Schuhgröße achtundzwanzig?« Er streckte den Hals in unsere Richtung.

»Achtundzwanzig.«

»Nun denn, hier ist der Schlüssel, Sie können Ihre Sachen noch heute bringen.«

Er schob die Hand aus dem Fenster und ließ das Band, an dem der Schlüssel hing, herumkreisen. Der Schlüssel wurde durch die Luft gewirbelt, funkelte in der Sonne, verlor seine Form und verwandelte sich in einen gleißenden Silberstreifen. Die Fenster des Hauses, das zu vermieten war, blickten uns verlassen an, stumpf von Staub und Schmutz, und auch wir betrachteten sie und dachten über unsere nächsten Schritte nach.

»Werfen Sie den Schlüssel herüber, Herr Levi«, rief ich, und er sagte, ich solle so gut sein und zu seinem Fenster kommen, um den Schlüssel zu holen, man werfe einen Hausschlüssel nicht, ein Hausschlüssel sei etwas Heiliges. Der Junge stand da, die Schuhe mit der Größe achtundzwanzig dicht aneinandergedrückt, und wartete, während ich den Rasen überquerte und zum Fenster des Alten ging. Er hörte auf, das Band zu drehen, und gab mir den Schlüssel, der den meisten Schlüsseln der Welt glich, metallisch, klein und kalt, die offizielle Erlaubnis für unsere neue Behausung. Innerhalb eines Tages ließ ich eine Kopie machen und besaß nun zwei. Einen hängte ich als Glücksbringer an einen Handtuchhaken in der Küche, den anderen befestigte ich am Bund mit den Schlüsseln für das Auto, den Laden und die Wohnung in der Stadt.

Vier Monate lang hatte Gideon nicht um einen eigenen Schlüssel gebeten, er hatte gesagt, ein Schlüssel, wie wenig er auch wiege, habe ein großes Gewicht, und es würde uns im Leben nicht an Schlössern und Riegeln fehlen, und außerdem würde er nicht kommen, ohne uns im Voraus Bescheid zu sagen.

Vier Monate waren wir hier, und der erste Mensch, der unangekündigt zu uns gekommen war, war Madonna.

Nachdem die Polizei sie abgeholt hatte, betraten wir das Haus, froh, so viel Glück gehabt zu haben, und entdeckten, dass der Glücksbringer nicht mehr da war, der Haken war leer, der Schlüssel mit der Besucherin verschwunden. Ich wusste nicht, wie ich dem Alten die dringende Notwendigkeit, das Schloss auszutauschen, erklären sollte, nachdem ich ihm die Geschichte mit einer Nichte, die angeblich bei uns geschlafen hatte, aufgebunden hatte. Wir würden uns bald auf den Weg machen, ich zum Laden, der Junge zur Sommerbetreuung des Kindergartens, dann könnte Madonna hier auftauchen, mit ihrer Clique in unser Haus eindringen, und jeder könnte sich bedienen.

Solange ich nicht wusste, was ich zu ihm sagen sollte, stand ich am Fenster und schaute hinaus, die Welt war wie immer, die Wäsche des Jungen, die ich am Vortag an die Leine gehängt hatte, blähte sich im Westwind, Müllmänner leerten Levis Tonne und näherten sich der Tonne der Arzis. Der Mitsubishi von Schoschana, der Tochter des Alten, hielt am Tor, Schoschana stieg aus, mit einem Topf Suppe für ihren Vater, und der Dampf ging ihr voraus wie die Wolkensäule vor dem Volk bei Tage. Um sechs Uhr morgens kocht sie Linsen, um sieben bringt sie den Topf zu ihrem Vater, und um halb acht öffnet sie ihre Kinderkrippe, jeden Tag, außer an Neumondtagen, da streckt sie sich auf den Gräbern der Gerechten aus, nicht weil es ihr an etwas fehlte, im Gegenteil, weil sie alles hatte, und weil der Gerechte, dessen Gerippe unter der Grabplatte verkalkte, ihr helfen sollte, das Bestehende zu bewahren. »Warum machst du dir das Leben schwer«, hatte sie zu mir gesagt. »Lass dich treiben, was geschieht, muss geschehen, kämpfe nicht, lass dich einfach treiben.«

Ich streckte die Hand nach dem leeren Haken aus und versuchte, mich entsprechend Schoschanas Methode treiben zu lassen. Ich würde das Schloss nicht auswechseln, ich würde zum Laden gehen, der Junge zum Kindergarten, und was geschehen musste, würde geschehen. Sollte Madonna doch kommen und klauen, außer zwei silbernen Kerzenleuchtern, die ich von meiner Mutter geerbt hatte, hatte ich nichts wirklich Wertvolles in dieses Haus mitgebracht, die meisten Dinge waren in unserer Stadtwohnung geblieben, die an niemanden vermietet worden war, denn wir hatten sie aus einer Laune heraus verlassen und befanden uns in einer Interimsphase, und für den Fall, dass wir in unsere Vergangenheit zurückkehren wollten, hätten wir wenigstens einen Platz. Während ich noch darüber nachdachte, was Madonna Böses planen könnte, fiel ein Sonnenstrahl auf den Gemüsekorb in der Küche, traf eine Kartoffel und ließ den Schlüssel aufleuchten, der in sie hineingesteckt worden war. Eins zu null für die Besucherin. Sie war aus dem Nirgendwo aufgetaucht, hatte uns etwas von unserer Ehre genommen und war verschwunden. Ich hätte es leichter ertragen, wenn sie uns Unterhosen oder einen Ring geklaut hätte.

Trotzdem, Schoschanas Methode hatte funktioniert: Es hatte eine Bedrohung gegeben, wir hatten nichts dagegen unternommen, das Leben war weitergeströmt und wir mit ihm, und nun stellte sich heraus, dass es sich gelohnt hatte.

»Komm, mein Schatz, wir müssen den Tag beginnen«, sagte ich zu Nadav.

Er sprang hinter Dieben her, er schoss auf Verbrecher, er wählte eins null null auf seinem Plastiktelefon, sagte die Parole, mit der sich die Tür der Polizeistation öffnen ließ, und wollte seinen Vater anrufen, um ihm von den aufregenden Ereignissen zu berichten. Er hatte vergessen, dass sein Vater sich allen Aufregungen entzogen hatte, dass er auf der Suche nach Schweigsamkeit zu den Fischen gegangen war.

»Nicht jetzt, wir sind schon zu spät dran«, sagte ich und ärgerte mich, dass er die Entscheidung akzeptierte, er stampfte nicht mit dem Fuß auf, er nahm die Tasche mit dem Essen und kreuzte die Riemen über seiner Brust. Er sollte nicht feige sein, das Leben rechnet nicht mit denjenigen, die sich nicht wehren und nicht kämpfen. Die

Hand, die er mir auf dem Weg zum Auto hinhielt, war weich und nachgiebig. Ich drückte seine Schulter, ich wollte, dass er sich wehrte und schrie, aber er drückte meine Hand nur fester. Der Rand eines weißen Blattes ragte aus unserem Briefkasten, ich zog ihn heraus und las: »Merket doch, ihr Narren unter dem Volk! Und ihr Toten, wann wollt ihr klug werden?« Auch aus den anderen Briefkästen ragten weiße Papierzungen. Nach der Erfahrung der alkoholgetränkten Nacht änderte der strafende Prophet, der bei uns auftauchte, nichts mehr. Ein freies Land. Jeder darf gegen alles protestieren. Ich zerknüllte das Papier und stopfte es in meine Tasche, Nadav stieg ins Auto, ich ebenfalls, wir machten die Türen zu, schnallten uns an, und ein Wiedehopf hüpfte über den Weg und reckte seine Krone. Ich fuhr los, und Nadav drückte seine Stirn an die Scheibe und rief dem Vogel zu: »Geh weg, sonst wirst du überfahren, nun flieg schon weg, kleine russische Hure.«

2

»Habe ich schon Sünden, Mama?«, fragte Nadav.
»Noch nicht mal eine Viertelsünde, du bist so unschuldig wie ein Vogel.«
Er hob den Kopf und schaute den Vögeln am Himmel hinterher, dann senkte er ihn und betrachtete einen schnabeltragenden Unschuldigen, der in der Erde pickte, und als wir durch das Tor des Kindergartens traten, sagte er: »Ich rieche Brot.«
Der Kindergarten befand sich nicht weit vom Laden, und der Brotschrank stand nur einen Schritt von der Tür entfernt, der Duft brauchte keine Schritte, er drang mit Leichtigkeit nach allen Seiten. Der Junge hängte seine Tasche an einen Haken, schaute mich an und sagte: »Heute bleibe ich bis vier Uhr hier, nicht wahr?«
Ich küsste ihn mitten auf den Kopf. Sein Kopf war noch frei, und solange unser Verhältnis zum Himmel noch nicht geklärt war, gab es nichts Trennendes zwischen seinen Haaren und dem Himmel. Uns blieb noch ein Jahr, um uns mit der Frage herumzuschlagen, wie weit Gott in seiner Erziehung eine Rolle spielen sollte, und um eine entsprechende Schule für ihn zu finden. Einstweilen waren es die Tage der

Sommerferien, und der Kindergarten stand Jungen mit und ohne Kipa offen.

»Ich habe Verwandte bei der Polizei«, sagte er zu dem ersten Mädchen, das ihm entgegenkam.

»Na und? Hab ich auch.«

Er glaubte ihr, und seine Errungenschaft verlor ihr Monopol. Voll Trauer wegen seines unschuldigen Kummers schloss ich die Kindergartentür hinter ihm und ging zum Laden, der früher meinem Vater gehört hatte, nun stand ich an seiner Stelle hinter der Theke und verkaufte Brot aus Korn, das nach seinem Tod angebaut und geerntet worden war.

Um vier Uhr werde ich Nadav vom Kindergarten abholen, ich werde ihm in einem anderen Laden ein Eis kaufen und ihn Karussell fahren lassen. Er wird sich nach Madonna erkundigen, er wird kleine russische Hure sagen, er wird dem Gezwitscher in den Baumwipfeln lauschen, er wird Vögel suchen, die keine Sünde kennen, und mit seinen Schuhen Größe achtundzwanzig Abdrücke auf den Wegen des Kindergartens hinterlassen.

Amjad, mein Angestellter, der seit dem Tag, als wir ins Dorf umgezogen waren, für den Laden zuständig und derjenige war, der morgens die Tür entriegelte und sie abends abschloss, saß auf einer Kiste und aß ein trockenes Brötchen.

»Alles in Ordnung, Amjad?«

Sein Mund bejahte es, seine Augen schwiegen. Im Radio sagten sie: »Hier ist die Stimme Israels aus Jerusalem, es ist acht Uhr. Ein Terrorist versuchte, sich in die Luft zu sprengen ...« Er ließ das Brötchen sinken und hörte auf zu kauen, und ich räumte das Brot von gestern weg und machte Platz für das Brot von heute, und inzwischen hörte das Radio auf mit Terroristen und mit dem Wetter und ging zu

Liedern über. »Du bist mein Land für immer verloren ...«, die Melodie war schön, die Worte waren schön, Jardena Arazi war schön. »Gib mir Zeit, reich mir die Hand ...« Ach, Jardena, wo lebst du eigentlich? Den, der dir die Hand gibt, wird man verrückt nennen.

Ich lehnte mich an den Türstock, die Sonne streichelte die Kiste mit den Brötchen, brachte die frische Brotkruste zum Schwitzen. Man müsste sie in den Schatten schieben, bevor das Brot austrocknete, man müsste alles in die Regale räumen, aber meine Beine waren wie festgewurzelt auf der Schwelle und bewegten sich nicht. Noch immer junge und schöne Beine, sie waren bereits zu vielen Orten gelaufen, und jeder Ort hatte sie zu diesem Lebensmittelgeschäft zurückgebracht. Viele tausend Male waren meine Absätze durch die Flure der Universität geklappert, ein erstes Staatsexamen in Volkswirtschaft, ein zweites Staatsexamen in Betriebswirtschaft. Eine große Bank hatte mir einen vielversprechenden Vertrag angeboten, ich befasste mich mit Profitplanungen, man hatte mir ein eigenes Zimmer mit einem Fenster gegeben, und im Fenster ein Stück Himmel, und ich hatte einen Tisch und einen Drehstuhl, ein ansehnliches Jackett und hervorragende Aufstiegsmöglichkeiten. Und dann starb mein Vater, und der Laden stand bereit wie eine heiratsfähige Frau. »Ich nehme ihn«, sagte ich, und alle, die es hörten, fingen an zu lachen. Der Bankdirektor rief mich in sein Büro. »Was ist mit Ihnen? Ein Lebensmittelgeschäft? Eine aussterbende Gattung in der wirtschaftlichen Evolution. Wer kauft heute in einem Lebensmittelgeschäft? Wer verkauft heute in einem Lebensmittelgeschäft? Wo leben Sie denn? Eine Frau, die sich mit rationalem Entscheidungsverhalten beschäftigt, mit der Anwendung in der Spieltheorie, soll ihren guten Job

verlassen und in einem Laden Eier und Milch verkaufen?«
Der Bankdirektor war bibelfest, er kannte auch einiges von
Alterman und Bialik und suchte nach Möglichkeiten, sich
zu profilieren. Er richtete sich auf, schob sich die erloschene Pfeife in den Mund und sagte: »Zeigen Sie mir einen
vernünftigen Menschen, der seiner Karriere den Rücken
kehrt, der sich einfach umdreht und Kekse verkauft.« Er
legte vorsichtig und sicher seine Direktorenhand auf meine
Schulter und sagte, er hoffe, ich machte nur Spaß und es
würde sich noch herausstellen, dass ich die beste Show in
der Stadt abzöge, und dann lachte er, erst vorsichtig, dann
laut.

Nur Gideon lachte nicht. Der Laden, der sich anbot, fesselte ihn zu einem Zeitpunkt, als er sich schon in der Phase
befand: »Wisse, woher du kommst und wohin du gehst.« Zu
der Zeit, als er schon nicht mehr darauf achtete, dass sein
schwarzer Talar tipptopp war und ihn nachlässig über dem
Arm trug, als ihm ein strahlend weißes Hemd und eine korrekte Rasur nicht mehr wichtig waren. »Das Ganze ist ein
großes Theater, ich bin nur ein Schauspieler, ich stehe auf
der Bühne, und ich mache aus Verbrechern und Dieben, die
alte Frauen überfallen haben, unschuldige Lämmer.« Die
Zahl der Fälle, die er übernahm, wurde immer weniger. Es
fiel ihm schwer, sich auf Beweise und Argumentationen zu
konzentrieren, er verließ sich nicht mehr auf sein Gedächtnis und las seine Reden ab, er sagte, er sei nicht mehr konzentriert, sein Kopf sei woanders. Seine Kollegen fragten
sich, was aus dem redegewandten, durchsetzungsfähigen
und glühenden Verteidiger geworden war. Manchmal hörte
er mitten in seiner Tätigkeit auf, stand am Fenster und
starrte gespannt auf die Straße, als wäre sie eine Metapher
für etwas anderes und als würde sich die Moral von der

Geschichte gleich zeigen und eine spannende Einsicht in die Existenz verkünden. Mehr als einmal hatte er zu sich gesagt, los, beweg dich, Gideon, bewege deinen Hintern, mach etwas aus dir. Solche Stimmungen hatten mich erst zermürbt und dann bezaubert.

Allmählich wurde ich gleichgültig und fragte mich, nun, wie geht es weiter? Jeden Tag zog sich der Himmel im rechteckigen Fenster der Bank weiter zusammen und verlor seine blaue Farbe, mein Herz sagte mir, es sei die richtige Zeit, sich dem erstickenden Druck der Karriere zu entziehen. Nun, da ich über dreißig war, gesund und kräftig und neugierig, kam der Laden und bot mir eine Feuerprobe, ermöglichte mir den Kopfsprung ins laue Wasser. Gideon sagte, das Lebensmittelgeschäft sei eine Korrektur, die zu unserer Familie passe, die Hälfte der Familie werde das Brot mit verkopften Luftgeschäften im Dienst der Gerechtigkeit verdienen, und die andere Hälfte mit Brot, mit richtigem, gekneteten, gebackenem Brot, lebendig und warm, aus Mehl, das aus der Erde kommt.

Mein Vater hätte seinen Tod hinausgezögert, wenn er gewusst hätte, dass ich im Laden stehen und seinen Platz einnehmen würde. Der Laden war die Lösung für Holocaust-Überlebende, nicht für Israelis mit Diplom und Karriere. Der Laden hielt ihn aufrecht, bis er eines Morgens aufgab, auf der Schwelle zusammensank und grau wurde wie das Wasser im Fass mit den Salzgurken. Ein Junge kam, um etwas zu kaufen, sah ihn da liegen und schrie: »Herr Jizchak, stehen Sie auf, ich möchte einen Schokokuss.« Eine Frau kam, legte dem Jungen die Hand über die Augen und sagte: »Um Gottes willen, ein Kind braucht solche Dinge nicht zu sehen. Einen Krankenwagen, ruft einen Krankenwagen ...«

Wir trauerten, aber wir waren nicht überrascht. Unsere Eltern waren Überlebende, verletzt und mager, sie hatten nichts von dort mitgebracht außer ihrem schwachen, gebrochenen Gott. Ihr Geist war viel älter als ihr Körper, sie ließen die Jahre vergehen, bis sich ihrer beider Einsamkeit zu einer großen Einsamkeit zusammenfügte. Sie bekamen mich und Jonathan und rangen die Hände, wenn wir uns gegen ihre Vergangenheit wehrten und barfuß über den kalten Boden liefen, wenn wir Wasser tranken, nachdem wir Wassermelonen gegessen hatten, wenn wir altes Brot in den Mülleimer warfen und wenn wir sangen: »Lasst die Sonne aufsteigen, den Morgen zu erleuchten.«

Den Sieg über die Nazis feierten sie, als sie bei den Feierlichkeiten anlässlich der Verteilung akademischer Auszeichnungen an der Fakultät auf der Tribüne saßen. Das Zeugnis, das ich in den Händen hielt, war ihre Wiedergutmachung für den Verlust ihrer Eltern und ihrer gestohlenen Jugend. Gut, dass niemand sie lebendig machte und sie nicht sahen, wie ich im Laden Kisten mit Milch und Brot schleppte und daraus mein Auskommen zog, nicht zu viel und nicht zu wenig. Vorläufig reichte es uns. Auch unsere Ersparnisse standen uns zur Verfügung, wir hatten gespart, als Gideon noch die schwarze Robe trug und ich bei der Bank arbeitete. Er konnte monatelang in Gesellschaft seiner Fische schweigen, ohne dass wir hungern mussten, vorausgesetzt, wir handelten vernünftig und setzten das ein, was ich über die Beziehung zwischen Einnahmen und Ausgaben gelernt hatte.

Am Nachmittag kamen mein Bruder Jonathan und seine Frau Tamar am Laden vorbei, auf ihrem Weg von hier nach dort, und das »Hier« und das »Dort« waren voller Gott und schicksalhaft. Jonathan war mager und groß wie unser Vater, Tamar aufrecht wie eine Gerte, nicht klein und nicht groß. Sie fragten, wie es uns ging und ob mir die Sache mit dem Laden nicht zu schwerfalle. Sosehr sie wollten, dass der Laden erhalten blieb, wäre es ihnen im Traum nicht eingefallen, ihn selbst zu übernehmen, und zwar mit Recht. Wie hätten sie einen Laib Brot oder einen Laib Käse schneiden können, während ihnen der geteilte Staat Israel schwer auf dem Herzen lag und sie Fahnen schwenkten und Regierungen in die Knie zwangen, bis sie ihre Wünsche erfüllten.

Als Jonathan sah, wie Amjad Waschpulver im Lager aufräumte, sagte er: »Fehlt es an Arbeitslosen unter unseren eigenen Leuten? Nächstenliebe beginnt zu Hause.«

»Ein leerer Magen tut allen weh, dem Magen ist es egal, was für einen Pass ein Hungernder hat«, fuhr ich ihn an. »Passt euch das nicht? Dann übernehmt das Geschäft doch selbst, von mir aus könnt ihr ihn verpachten, verkaufen, macht einen Laden für Büstenhalter daraus, eine Filiale des Siedlerrats oder was immer ihr wollt.«

Es war nicht der Laden, der mich aufregte, mich bedrückten auch nicht die Armen der Stadt, ich empfand bitteren Neid auf ihre Jugend und ihre Begeisterung, die Welt zu ändern, eine Begeisterung, die ich in Tamars angespanntem Gesicht sah, im Aufleuchten ihrer Augen, in ihrem heiligen Eifer. Ich besaß nichts außer dem Jungen, für den ich mein Leben riskiert hätte. Mein Bruder Jonathan überlegte, was er mir antworten sollte, inzwischen trank er den Kaffee, den ich mit dem elektrischen Kocher für ihn zubereitet hatte, und aß Kekse, Tamar aß und trank nichts, vielleicht musste sie ja für eine Untersuchung nüchtern bleiben. Weil sie das Gefühl hatten, meinen Zorn besänftigen zu müssen, ließen sie das Thema Laden sein und erkundigten sich nach Nadav und Gideon. Tamar sagte: »Nun, hat Gideon schon beschlossen, was er mit sich anfangen will? Pass auf, am Schluss kehrt er noch reumütig zur Religion zurück, oder er wird zum Jünger irgendeines Buddhas.« Als wäre es eine Unterlassung, sich einen Gott aus dem existierenden Fundus anzueignen. Jonathan war vorsichtig, wenn es um die Dinge des Himmels ging, er fragte lediglich: »Nun, hast du dich daran gewöhnt?«

»Ich tue mein Bestes.« Ich erzählte ihnen nichts von dem nächtlichen Ereignis und Madonnas Eindringen in mein Haus, sie hatten sich nach oben gewandt, und warum sollte man die Welt da oben mit den Ungelegenheiten von hier unten behelligen?

Damals, als wir in einem Zimmer schliefen, die Betten im rechten Winkel zueinander, hatte Jonathan sich nach etwas Großem gesehnt. Er wollte groß werden, wachsen, sich dem Mossad anschließen und Nazis jagen. Unsere Mutter sagte, die beste Rache an den Nazis wäre es, rosige Wangen zu haben und nachts acht Stunden zu schlafen. In unserem Viertel gab es keine Nazis, aber Jonathan kniff sich in die Wangen, um sie rosig zu bekommen, und war bereit. Als er groß wurde, schloss er sich statt dem Mossad dem Dienst der Erlösung an. Nun begnügte er sich mit den Schlagzeilen der großen Zeitungen, er versuchte, seine Bemerkung über jüdische Arbeitslose und Arme zu korrigieren, und sagte: »Nun, Schwesterchen, wann sieht man dich mal bei uns?«

Ich ließ nicht locker. »Wollt ihr, dass wir den Laden verkaufen?«

Erschrocken hoben sie den Kopf. »Wieso denn das?«, riefen sie im Chor, als wäre der Laden so etwas wie ein ewiges Licht für unsere Eltern. Die Wohnung hatten sie sofort verkauft, aber der Fortbestand des Ladens war ein Denkmal aus Eiern und Milch.

Tamar zog ihren Ärmel hoch und schaute auf die Uhr. »Wir kommen zu spät, Jonathan.« Er erhob sich, sie verabschiedeten sich hastig und verließen den Laden. Ihre Schritte waren energisch, sie wussten, wohin sie gingen, ich gehörte nicht dazu. Ich war nur drei Jahre älter als sie, trotzdem klaffte zwischen ihnen und mir ein Abgrund. Sie waren fünf Jahre verheiratet und hatten noch keine Kinder. Sie ließen sich behandeln, sie beteten, sie taten alles Notwendige.

Die Sonne verließ den Eingang zum Laden, der Himmel war von einem polierten gläsernen Blau, und während der Himmel höher und das Blau über den Vierteln heller wurde, schnitt ich Würfel aus magerem Käse und packte sie in Frischhaltefolie. Amjad ging hinaus, um sich eine Zigarette anzuzünden, und der bläuliche Rauch mischte sich mit den Abgasen des Subaru, der vor dem Laden hielt. Ein Mann stieg aus und knallte die Tür zu, schaute nach rechts und sah niemanden, schaute nach links, sah einen Araber, stellte fest, dass seine Rettung weder von rechts noch von links kommen würde, betrat den Laden und fragte, wo die Feigenstraße sei, die Adresse eines Reservisten der Pioniere, vielleicht würde ich ihn zufällig kennen, es handle sich um einen gewissen Scha'ul Harnoi.

Das blaue Glas wurde trüb. Scha'ul Harnoi. Ein Mann mit ausgeblichenen Jeans, mit kräftigen Armen und weichen Berührungen. Ein Mann, der mich geliebt hatte, aber nicht genug.

»Du bist schön, Amia«, hatte jener Scha'ul Harnoi gesagt, als wir einmal im Kreuztal spazieren gegangen waren. »Was wird sein, wenn ich mich am Ende an deine Schönheit gewöhne wie an das gewöhnliche, subventionierte Brot?«

»Dann musst du eben auf Kümmelbrot umsteigen«, hatte ich gesagt, war aufgestanden und weggegangen. »Warte einen Moment«, hatte er mir hinterhergeschrien, doch ich hatte nicht gewartet, und seine Sandalen hatten hinter mir auf dem Boden geklappert. Er holte mich ein, ging neben mir, griff nach meinem Zopf und ließ ihn über meine Brust fallen, ich warf ihn wütend wieder über die Schulter. Er legte die Arme um mich. »Komm, mein Kümmelbrot.« Meine Brust wurde gegen seine Rippen gedrückt, und ich sah ein Stück vom siebten Himmel. Eine Nonne beobachtete uns aus dem Fenster des Klosters, bekreuzigte sich und riss den Mund auf, der nie geküsst werden würde. Wir küssten uns danach noch einige Male heftig, aber in seiner Brust klopfte das Herz von Alexander dem Großen, er wollte alle Frauen erobern, alle fremden Gebiete und alle Götter. Ich wollte das Herz eines einfachen Soldaten und verließ ihn, bevor ich für ihn zu einfachem Brot wurde.

»Der Messias kommt nicht, und er ruft auch nicht an«, wurde im Radio gesungen.

»Schalom Chanoch, der Sänger, hat recht«, sagte der Mann, der auf der Suche nach den Adressen von Reservesoldaten war. »Die Lage ist wie das Lied. Kein Gott, kein Messias, nur Anschläge.«

»Ich kenne keinen Scha'ul Harnoi«, sagte ich und gab ihm eine Flasche kaltes Mineralwasser.

»Kennen Sie die Feigenstraße?«

»Im Westen.« Ich beschrieb ihm die große Straße, die sich in schmale Asphaltstreifen teilte, die die Namen der sieben Früchte Israels trugen, »Fahren Sie bis zur Dattelstraße, die mit der Olivenstraße verbunden ist und die Feigenstraße kreuzt.«

»Feigenstraße 9.« Er öffnete das Fenster und schloss es wieder, ließ das Auto an und fuhr los. Die Salzheringe schlugen Wellen im Fass, das Öl in den Flaschen drohte überzulaufen, die Pistazienkerne platzten in ihren Tüten. Amjad hatte die Straße vor dem Laden gekehrt, seine traurigen Beine ragten aus den Hosen, die er bis zu den Knien hochgekrempelt hatte. Er packte die alten Brötchen in eine Tüte, um sie für seine Hühner mitzunehmen.

Feigenstraße 9. Wie bist du vom Himmel gefallen, schöner Morgenstern. Scha'ul Harnoi. Du warst Feuer und Flamme für die Siedlungen in Israel, du hast gesagt, du würdest auf einem der Hügel ein Haus bauen, du würdest mit deinen Füßen den Weg ebnen, der noch nicht geebnet worden war. Und was kam heraus? Feigenstraße 9. Eine Wohnung in Little Boxes, in einem gottverlassenen Viertel am Saum der großen Stadt. Vielleicht hast du ja eine Frau gefunden, an deren Schönheit du dich nicht gewöhnst, und sie hat dir ein Kind oder zwei geboren, und das ganze vereinte Land gilt dir nichts gegen ihre Schönheit, wiegt nicht auf, was du geliebt und ihretwegen verlassen hast.

»Mach mir die Rechnung, Amia.« Eine Frau legte Quark auf die Theke, dazu sechs Eier und stützte ihren runzligen Ellenbogen auf. Nachdem sie ihre Sachen genommen hatte und gegangen war, wartete ich keinen neuen Kunden ab, sondern kümmerte mich darum, dass Nadav nach dem Kindergarten abgeholt wurde, dann nahm ich meine Tasche und die Schlüssel.

Mein Angestellter wunderte sich, weil ich so früh ging. »Bist du krank, oder habt ihr wieder einen Feiertag?«

»Ich habe etwas zu erledigen«, sagte ich, stieg in meinen Mazda und fuhr durch die Stadt, über Straßen und

Märkte, ich suchte; aber ich fand ihn nicht, fuhr durch die große Straße, die sich in kleine Straßen teilte, ich fuhr die Dattelstraße entlang, die mit der Olivenstraße verbunden war, bis zur Kreuzung der Feigenstraße. Ich zählte fünf, sieben, neun. Ein vierstöckiges Haus, zwanzig Fenster. Kaum vorstellbar, wie viele Zahnbürsten es in einem Haus mit sechzehn Wohnungen gab. Wie viele Strümpfe, wie viele Knöpfe, wie viele Messer. Die Stimme Israels aus Jerusalem, es ist siebzehn Uhr, Sie hören die Nachrichten ... Ein gepanzertes Fahrzeug war im Gazastreifen auf eine Sprengladung gefahren, drei Fahrgäste wurden verletzt, die Familien wurden benachrichtigt.

Ich machte das Radio aus und verließ das Auto. Ein kleines Mädchen saß auf dem Gehweg vor dem Haus 9 und aß ein Stück Kuchen. Die Kleine sah ihm nicht ähnlich. Das hatte nichts zu bedeuten. Ich sah meinem Vater auch nicht ähnlich. Die Kleine leckte sich den Sirup von den Fingern und beachtete mich nicht, als ich die Stufen hinaufstieg und mein Kleid über ihre Wange strich. Sechzehn Briefkästen, volle und leere, verschlossene und aufgebrochene, auf dem Briefkasten Nummer sechs stand der Name: Harnoi. Nicht Familie Harnoi, nicht Scha'ul und Dina oder Schosch oder sonst ein Name von all den Sarahs oder Dalias oder Rinas. Ich hatte keinen leeren Zettel in der Tasche, nur ein Bild, das Nadav gemalt hatte, ich riss den Himmel ab, schrieb meine Telefonnummer darauf und warf das Papier in den Briefkasten. Ein früher Mond stand über dem Haus, und hinter der Stadt verblassten die gelben Berge. Sieben Zahlen hatte ich in den Briefkasten geworfen. Fünf Zahlen hatte meine Mutter auf dem Arm gehabt. Na und? Was hatte das damit zu tun? Es gibt Zahlen und Nummern, es gibt Leute, die zählen, wie viele hinübergehen und wie viele geboren werden. Angenommen, es waren vier Soldaten, die verletzt worden waren, oder auch nur zwei. Noch eine Welt, die zerstört wurde, oder zwei weniger. Na und? Jeden Tag baut der Heilige, gelobt sei er, Welten und zerstört sie. Ich saß in meinem Mazda, dachte an die Zahlen und an die Menschen und beobachtete das Haus. Manche Rollläden waren heruntergelassen, andere nicht, und man konnte nicht wissen, aus welchem er abends den Kopf strecken würde, um sich abzukühlen.

Ich blieb sitzen, bis es dunkel wurde, und kein Kopf wurde in die Nacht geschoben, und kein Scha'ul Harnoi betrat das Treppenhaus oder kam heraus. Ich fuhr davon, holte Nadav ab, und wir fuhren zum Dorf. Der Alte hörte uns und kam zu seinem Fenster, schob seinen Kopf heraus und sagte: »Die Magersüchtige aus Ihrer Familie war hier. Sie ist ums Haus herumgelaufen.«

Ich wurde ungeduldig. »Sonst noch was?«

»Nichts ... sie hat einen alten Narren im Fenster gesehen, hat ihm eine Kusshand zugeworfen und ist abgehauen. Was für eine Kleidung, was für ein Gang, widerlich. Ihr Cousin hat sich bei ihrer Erziehung nicht besonders angestrengt.«

»Vermutlich nicht.« Ich zog Nadav hinter mir ins Haus.

»Mama, was hat er gesagt?«

»Nichts, nur Gerede.«

Was war mit ihr, der Magersüchtigen, die zurückgekommen war? War es ein Vorgeschmack auf das, was sie noch mit uns vorhatte? Hatte sie ein Taschenmesser verloren? Ein Feuerzeug? Eine Haarnadel? Nadav aß sein Rührei und sagte »kleine russische Hure«, betont, als wäre es ein Segensspruch.

In den Neun-Uhr-Nachrichten wurde mitgeteilt, dass

zwei Soldaten bei dem Anschlag getötet und einer verwundet worden seien. Aus dreien war einer geworden. Nach den Nachrichten riefen wir Gideon an. Nadav erzählte seinem Vater von Madonna und von seinen Turnschuhen Größe siebenundzwanzig, die ihm zu klein seien, sein großer Zeh sei schon rot. Auch ich erzählte ihm von Madonnas Besuch, und nachdem ich ihm beschrieben hatte, wie ich die Nacht verbracht hatte, ging ich auf den Tag über. »Da war ein Reservesoldat, der Adressen von anderen Reservisten kontrollierte, stell dir vor, er hat einen Mann gesucht, der mal in mich verliebt war.«

»Und?«

»Was und, das ist doch erstaunlich, oder? Ausgerechnet mich hat er nach jemandem gefragt, der ...«

»Ich verstehe nichts, Amia ...«

»Jemand, der vor zehn Jahren ...«

»Was? Ich verstehe nichts ...«

Gideon wusste von Scha'ul Harnoi, so wie er wusste, dass man mir in der sechsten Klasse die Mandeln rausgenommen und dass ich mit siebzehn den Führerschein gemacht hatte. Die Details aus meiner Vergangenheit wurden in seinem Papierkorb aufbewahrt, für den Fall, dass sie einmal gebraucht würden, wenn ich zum Beispiel einen Verkehrsunfall hätte und die Ärzte der Intensivstation ihn nach einer früheren Operation fragen würden. Er würde sagen, ja, man hat ihr in der sechsten Klasse die Mandeln rausgenommen. Und was ist mit Narkosen? Ja, sie hatte zwei spontane Fehlgeburten. Hatte sie einmal Schwierigkeiten mit dem Herz? Ja, sie hat einmal einen gewissen Scha'ul Harnoi geliebt.

Aber solange alles normal war, gehörte Vergangenes zur Vergangenheit.

Nach dem Gespräch mit Gideon rief mein Bruder Jonathan an und forderte mich auf, am nächsten Tag zu einer Demonstration auf dem Platz zu kommen, denn man dürfe nicht länger schweigen, das Land Israel brauche unsere Unterstützung, es würde es nicht mehr allein schaffen. Als hätten wir kein Land, keine Fahne und keine Hymne, als hätten heute nicht zwei Menschen ihr Leben für das Land gegeben. Was meinte er mit »nicht länger schweigen«? Sollten vier ihr Leben geben? Fünf? Zehn?

Nach Jonathan rief niemand mehr an.

Wir gingen nicht zur Demonstration. Ich hatte Angst, dass fremde, mit Ideologie angefüllte Sohlen auf Nadavs roten Zeh treten könnten. Im Fernsehen wurden Leute gezeigt, die bei der Beerdigung der Soldaten schweigend die Köpfe senkten, und andere, die auf dem Platz die Köpfe reckten und den Himmel mit Geschrei füllten. Nadav fragte, warum die einen weinten und die anderen schrien.

»Wegen Israel, die einen wie die anderen«, sagte ich.
»Mama, woran denkst du?«
»An die neuen Schuhe, die wir dir kaufen.«
»Wie viele Schuhe kriege ich?«
»Ein Paar.«
»Warum denkst du dann so lange nach?«

Er wühlte in meiner Tasche und zog das Bild mit dem abgerissenen Himmel heraus.

»Schau, mein Bild ist kaputt.« Er fragte nicht, wer das getan hatte und warum, als gehörte es zum Leben, dass Dinge abgerissen wurden. Er nahm ein neues Blatt und malte mit kräftigen Farben einen Himmel, und er wusste nicht, dass auf unserem Anrufbeantworter die Nachricht war, der Himmel sei gefunden worden und könne in der Feigenstraße 9 abgeholt werden.

Ein Tag verging, ich flocht mir die Haare, trug ein violettes Kleid, Nadav zog seine neuen Schuhe an, dann gingen wir zur Feigenstraße 9, um uns den Himmel abzuholen. Ich klopfte an die Tür der Wohnung 6 und wartete auf die Wirrungen des Schicksals, die in der Tür erscheinen würden. Nadav, der gekommen war, um seinen Himmel abzuholen, betrachtete seine neuen Schuhe und stellte die Füße nebeneinander.

»Die Tür ist offen«, kam eine Stimme aus der Wohnung, und der Junge war gespannt.

Ich atmete tief die Luft des Treppenhauses ein, drückte auf die Klinke, nahm Nadav an der Hand und trat ein.

Scha'ul Harnoi war Scha'ul Harnoi, plus allem, was ein Mensch in zehn Jahren ansammelt und verliert.

»Ich rieche Guaven, Mama«, sagte Nadav.

»Ich bin verblüfft«, sagte der Gastgeber.

»Kann ich ein Glas Wasser haben?«, sagte die Besucherin.

Er ging in die Küche und kam mit einem Tablett zurück, auf dem Gläser mit Wasser und drei gelbe Guaven lagen.

»Kümmelbrot, du bist noch genauso schön wie früher.« Seine Augen musterten mich. »Setzt euch.« Er deutete auf ein altes braunes Sofa, beugte sich vor und nahm die Zeitungen weg, in denen er bis vor kurzem wohl gelesen hatte.

»Ich möchte meinen Himmel«, flüsterte Nadav, nahm eine Guave und biss trotz zweier fehlender Milchzähne in das Fruchtfleisch. Zwischen Scha'ul Harnoi und mir stand ein Abgrund aus Zeit und Glück. Ich hatte gehofft, er sei Schreiner geworden, der schöne Gebrauchsgegenstände herstellte, Schränke, Stühle, Betten. Seine Arme waren stark und fest, geeignet, um an einer Werkbank zu schreinern, zu hobeln und zu sägen. Aber er war Doktor der Politikwissenschaften geworden und hatte auf Gott und das ganze Land Israel verzichtet, die Kipa vom Kopf genommen und Samaria und die Frau verlassen.

»Und was machst du?«

»Ich verkaufe im Lebensmittelladen.«

Nadav machte seinen Zeigefinger mit Spucke nass und wischte einen Tropfen Saft weg, der auf seinen neuen Schuh gefallen war.

»Und ich bin im Kindergarten«, sagte er. »Und ich möchte meinen Himmel.«

Scha'ul Harnoi betrachtete den Jungen, als wäre er eine nicht realisierte Chance, und zog aus seiner Hemdtasche den vom Bild gerissenen Papierstreifen und hielt ihn ihm hin.

»Du hattest eine vollendete Silhouette, ich habe gedacht, du würdest Tänzerin, und stattdessen bist du Verkäuferin geworden«, sagte er.

»Du bist nicht geworden, was ich dachte, und ich nicht, was du dachtest«, sagte ich.

Er betrachtete die getrockneten Regentropfen, die sein Fenster fleckig gemacht hatten, und sagte: »Vor ein paar Jahren, in der Woche nach dem Attentat auf den Ministerpräsidenten, griff ich Gott an und nahm die Kipa vom Kopf. Das hatte nichts mit dem Mord zu tun, es war ein zufälliges Zusammentreffen der Ereignisse. Eine Scheißwoche für den Staatspräsidenten und für den Direktor des Kosmos.«

Er lächelte, ich lächelte nicht.

Sein unbedeckter Kopf war schwerer und niedergeschlagener als früher. Früher hatte er ungeduldig die Kipa auf seinen wilden Haaren bewegt, sie war dauernd heruntergerutscht, und er hatte sie wieder festgesteckt. Damals hatte sein Herz durch das Hemd gebrannt. Jetzt bedeckte das Hemd seine Brust und wurde von keiner Glut versengt.

»Was hat dich nach all den Jahren hierhergebracht?«

»Keine Ahnung.«

»Ich habe gehört, dass du richtig gut verheiratet bist. Mit einem angesehenen Anwalt.«

Der Spott, den ich in seinen Augen sah, löschte den letzten Funken Zuneigung, den ich noch in meinem Herzen trug.

»Wenn du glaubst, dass ich aus Berechnung geheiratet habe, irrst du dich sehr. Komm, Junge, wir gehen.« Ich zog Nadav hinter mir her.

»Was ist los? Habe ich etwas Falsches gesagt? Er ist sowohl bekannt als auch angesehen, dein Mann, nicht wahr? Was ist, darf man ihn nicht erwähnen? Wenn er so heilig ist, warum bist du dann gekommen? Kannst du mir das erklären?«

»Nein. Komm, Nadav, wir gehen.« Ich hielt Nadavs Hand.

»Das ist das Mindeste, was du mir nach diesem Besuch, den du selbst organisiert hast, schuldig bist.« Er lehnte sich an die Tür und versperrte den Durchgang. Er war nicht dicker geworden seit damals, aber schwerer, die Jahre hatten seine Glieder verdichtet.

»Außer einer mittelmäßigen Guava schulde ich dir nichts.« Wir standen sehr nahe voreinander, ich hätte seine Wimpern zählen können, ich hätte einen Finger auf das unsymmetrische Dreieck seiner Oberlippe legen und die Stoppeln berühren können, die beim Rasieren übrig geblieben waren, aber er drehte das Gesicht zur Tür und machte sie auf, und wir gingen die Treppe hinunter, Nadav vor mir und Scha'ul Harnoi hinter mir.

»Dein Zopf ist blasser geworden«, sagte er, und vor uns

war eine Pfütze von Kakao. Er nahm mich am Arm, damit ich nicht ausrutschte, und mein Arm bekam eine Gänsehaut, zitterte einen Moment und beruhigte sich wieder. Wir gingen hinaus, über der Feigenstraße stand der Mond, und sein Licht spiegelte sich in Nadavs glänzenden Schuhspitzen. Ein Geruch nach Regen hing in der Luft, obwohl der Himmel wolkenlos war.

Nadav stieg in den Mazda, schnallte sich an und murmelte: »Kleine russische Hure«, und suchte die Monde, die auf seinen Schuhen erloschen waren.

»Amia, Amia«, sagte Scha'ul Harnoi und verstreute meinen Namen auf der Straße, und was er danach sagte, stammte aus der Brust Alexander des Großen: »Weißt du, Regierungen kommen und gehen, Heere weichen zurück, und ein Mann und eine Frau sind zwei Länder in der Feuerpause.«

»Von mir aus«, sagte ich und stieg ins Auto.

Wir fuhren los, und Scha'ul Harnoi stand auf dem Gehweg vor seinem Haus und hegte die Gedanken eines Politikwissenschaftlers: Der Frieden ist kalt, und das Feuer wird nicht erneuert.

Nadav sagte: »Wie komisch, er hat dich Kümmelbrot genannt. Morgen ist Freitag, morgen fahren wir nach Modi'in, Jonathan hat meine neuen Schuhe noch nicht gesehen.«

Er nahm ein Flanelltuch zum Brilleputzen mit nach Modi'in, um den Staub von seinen neuen Schuhen zu wischen. Am Schabbatnachmittag gingen wir in dem Neubauviertel im Süden der Stadt spazieren, von den noch unbebauten Hügeln kam Wind, der Sand auf Nadavs Schuhe blies. Jonathan sagte zu ihm: »Lass es, das ist Sand vom Lande Israel, gesegnet sind die Schuhe, die mit dieser Erde bedeckt sind.« Bis zum Abend bewahrte er das Tuch in seiner Tasche und beherrschte sich, und als wir zurückkamen, kauerte er sich auf den Boden, wischte sich die Heiligkeit von den Schuhen und erschrak.

»Ich habe schon eine Sünde, Mama.«

»Noch nicht mal eine Viertelsünde, Junge, du bist unschuldig wie ein Vogel.«

Ich machte die Küchentür auf, um den Duft der Kiefern hereinzuholen, und wich zurück. Wie ein schwarz-weißes Zebra saß Madonna auf der Küchenschwelle, mit ausgestreckten Beinen.

»Was machst du hier?«, fuhr ich sie wütend an. Ihr billiges Parfüm erschlug den Duft der Kiefernnadeln.

»Ich habe euch zwanzig Schekel geklaut.« Sie war schwarz und weiß, die Haare schwarz, das Gesicht weiß, der Hals weiß, das Jackett schwarz …

»Bist du gekommen, um das Geld zurückzugeben? Das ist wirklich nett von dir.«

»Nein. Ich möchte noch hundert dazu.« Sie betrachtete mich von unten bis oben.

»Sehe ich etwa aus wie ein Geldautomat oder was?«

»Ich brauche dringend ein Medikament. Ich schwöre bei meinem Leben, dass ich das Geld zurückzahle.«

Ich ging in die Küche und holte einen Hundertschekelschein. »Hier, nimm und komm nicht wieder. Ich möchte dich nie mehr hier sehen.«

»Warum?« Sie stopfte den Schein in die Innentasche ihres Jacketts und schaute mich an, in jedem ihrer Augen blitzte ein verkleinerter Mond.

»Was heißt warum?«

»Warum willst du mich nie mehr hier sehen?«

»Weil ich keine Sozialstation bin und keine Fürsorgestelle.« Die Worte, die ich sagte, taten mir an den Zähnen weh wie Eis. Sie stand auf, sie schlug sich nicht den Staub aus der Kleidung und strich sie auch nicht glatt, sie ging am Haus entlang zur Vorderseite und betrat die einzige Straße des Dorfes. Mager und kindlich sah sie aus, das Licht der Straßenlaterne fiel auf ihre kurz geschnittenen Haare, jugendlich, sie schob die Hand in ihre Jackentasche, wählte aus ihrem Repertoire für verschiedene Situationen die Rolle einer Katze, bog den Rücken, wölbte den Hintern und lief zum Eingangstor des Dorfes, mit verführerischen Schritten, bereit, anzugreifen, wenn es nötig wäre, gleich würde sie auf der Landstraße sein, sie würde, sobald sie die Scheinwerfer des ersten Autos sah, das aus dem Tal heraufkam, winken und in jedem x-beliebigen Auto verschwinden, dessen Tür geöffnet wurde.

Warum hatte ich sie nicht gefragt, gegen was das Medikament war, das sie nahm. Hundert Schekel reichten für eine Flasche Wodka und zwanzig Zigaretten, eine geringe Spende für das Schwärzen der Lunge und eine Leberschrumpfung. Diese Nacht wurde sauer, die weiße Scheibe des Mondes hatte an Wert verloren. »Shit«, zischte ich und sprühte Spucketröpfchen auf mehr oder weniger die ganze Welt, dann ging ich wieder ins Haus. Hinter dem Rollladen des Alten war ein Rascheln zu hören. Seine neugierigen, vom Star getrübten Pupillen verfolgten uns.

Am nächsten Morgen lugte aus unserem Briefkasten ein grünes Blatt Papier in Spaghettilänge und enthielt eine erhebende Nachricht: »Der Mensch, vom Weibe geboren, lebt kurze Zeit und ist voll Unruhe.« Der strafende Prophet beherrschte wieder unseren Briefkasten, zwängte das Leiden Hiobs hinein und sagte nichts Neues. Als wüssten wir nicht, dass wir von Frauen geboren und unsere Tage gezählt waren. Und was die Unruhe betraf, so war sie offenbar nicht gleich verteilt. Der Alte zum Beispiel hatte eine ziemlich große Portion erhalten, und sie reichte ihm immer noch nicht.

3

Die Augen hinter dem Fenster gegenüber verfolgten alles, was wir taten, in ihnen wechselten sich Licht und Schatten ab, sie wurden von Lidern bedeckt, zogen sich im Wind zusammen, und manchmal schlossen sie sich auch von allein. Nadav sagte, es sei wirklich lästig, dass der Alte die ganze Zeit am Fenster stehe.

Die Abende im August waren lang, bis sieben oder acht Uhr abends hielten wir uns draußen auf, betrachteten den großen Auftritt der Sonne, wenn sie unterging, den roten Glanz, den sie über den Wald breitete. Uns blieb weniger als eine Woche bis zum letzten Monat des Jahres, dem Monat der Gebete um Vergebung und des Erbarmens, danach würden die Uhrzeiger verschoben, und wir bekämen eine melancholische Stunde umsonst geschenkt. Einstweilen vermischten sich die Gebote des Staates und des Himmels noch nicht, die Tage waren einfach, und noch vor der Zuteilung der Zeit und des Erbarmens schaffte ich es, Petersilie zu säen, Geranien zu pflanzen und Zyklamenzwiebeln in die Erde zu stecken.

Vögel versammelten sich auf dem Dach des Alten und hielten aufrecht und schweigend Wache zu Ehren des vergehenden Tages. Der Alte bewegte den Kopf nach links und nach rechts und bewachte unsere Schritte. Nadav warf ihm heimlich einen Blick zu und murmelte zornige Worte vor sich hin. Er spielte mit seinem roten Feuerwehrauto auf dem Sandweg zwischen dem Haus des Alten und dem, das wir von ihm gemietet hatten, stieß an- und abschwellende Sirenengeräusche aus, rettete Ameisen vor dem Feuer, bis er das Auto quietschend anhielt, erschreckt von der befehlenden Stimme: »Zieh deine Schuhe aus, Junge, sie sind neu, sie haben viel Geld gekostet, mach sie nicht dreckig.« Der Motor des Feuerwehrautos erstarb, das Feuer erlosch, Nadav hockte sich hin und verbarg das Gesicht zwischen den Knien.

»Sind sie auch Größe achtundzwanzig?«

Nadav nickte, aber der Alte sah es nicht. Er beherrschte den Weg von oben, aus einer Höhe von mindestens zwei Metern.

»Sag, achtundzwanzig oder siebenundzwanzig? Was für eine Größe hat man dir gekauft?«

Der Junge schob den Kopf noch tiefer, bis seine Ohren von den Knien gequetscht wurden.

»Ich fresse keine Kinder. Heb den Kopf, los, Junge, hast du nicht sprechen gelernt?« Der Hals des Alten reckte sich in die Länge. Die Ameisen machten sich daran, Nadav aus seiner Lähmung zu holen, sie krochen über die neuen Schuhe und krabbelten an seinen nackten Beinen nach oben. Er schlug nach ihnen und schüttelte seine Beine, rieb seine Oberschenkel aneinander und klopfte sich die winzigen Angreifer von der Hose, aber der Hausbesitzer ließ nicht locker.

»Wirf mir einen Schuh herauf, ich will die Nummer sehen.« Wieder beugte er sich vor. Meine Geduld sank wie eine schlechte Aktie an der Börse, nicht nur wegen des Alten, der sich um Nadavs Schuhe kümmerte und ihm Angst machte, sondern auch wegen Nadav, der ihm auswich und den Kopf zwischen den Knien vergrub, statt dass er aufstand, frech wurde und schrie, ich will nicht, lass mich in Ruhe, Mama, sag es ihm. Ich nahm die Ameisen als Zeugen dafür, dass ich ihn nicht zu weich und zerbrechlich aufwachsen lassen wollte. Das Leben verachtet zerbrechliche Menschen, drückt sie zur Seite, kümmert sich nicht um diejenigen, die den Blick senken und nachgeben.

»Gib mir einen Schuh.« Ich stand über meinem Jungen und griff mit erdverkrusteten Händen nach ihm, zog ihm einen Schuh aus und warf ihn zum Fenster des Alten hinauf. Vögel erschraken vor dem seltsamen Vogel, flatterten auf und flogen in die Dämmerung, schrien und sahen aus, als wären sie dem Schädel des Alten entflogen. Der Schuh flog an seinem Ohr vorbei, landete mit einem Krachen im Haus, und der Alte folgte dem Schuh. Der Junge kämpfte mit den Tränen, er betrachtete den schuhlosen Fuß, zog den Strumpf nicht hoch, der heruntergerutscht war und an den Zehen hing.

»Warum hast du mir den Schuh weggenommen? Er wird ihn mir nicht zurückgeben«, jammerte er. »Ich will, dass Papa kommt.«

Weil er so unglücklich aussah, umarmte ich ihn nicht. Ein fünfjähriger Junge muss ein kontrolliertes Maß an Leid aushalten. Wenn er es nicht von Zeit zu Zeit übt, die Zähne zu fletschen und zuzubeißen, würden die Raubtiere ihm bald irgendwo auflauern und ihn verspotten. Eine kontrollierte Dosis, Worte aus der Apotheke, ein Kilo Zorn, siebenhundert Gramm Kränkung? Wie viel Wärme und Zuneigung würde ihn auf das richtige Leben vorbereiten? Und wie verteilt man das Herz zwischen ihnen? Meine Hand ignorierte die Zukunft und berührte ihn, die Zyklamenerde mischte sich mit seinen Tränen, und der Schmutz verschmierte seine Wangen. Sein Weinen wurde lauter, als habe er jetzt die Erlaubnis bekommen. Ich biss mir auf die Lippe, er hatte keine Geschwister, er hatte in diesem abgelegenen Nest keine Freunde, seine Großeltern mütterlicherseits waren tot, die Großeltern väterlicherseits kümmerten sich um ihre eigenen Angelegenheiten, sein Vater war zu den Fischen gegangen, ich experimentierte mit der Belebung eines Lebensmittelgeschäfts, und wir alle zerstörten ihm unabsichtlich das Leben. War es ein Wunder, dass er sich über die neue Kusine freute, die bei uns aufgetaucht war? Ich wusste nicht, was besser war, ihn zu schütteln und anzuschreien, hör schon auf zu weinen, oder ihn in den Arm zu nehmen. Schließlich verschob ich sein Training für das Leben, das er noch nicht gelebt hatte, auf später und umarmte ihn.

»Achtundzwanzig, innen und außen«, verkündete der Alte von seinem Beobachtungsposten aus und hielt den Schuh in seiner runzligen Hand, als hätte er eine Taube gefangen.

Der Junge hörte auf zu weinen.

»Von außen sind es achtundzwanzig, innen haben sie ein bisschen geschwindelt, da fehlt ein Viertelmillimeter.«

Er verkündete das Ergebnis der Untersuchung, die er angestellt hatte, und warf uns den Schuh so vorsichtig zu, dass er uns vor die Füße fiel. Nadav berührte den Schuh nicht, der neben seiner offenen Hand lag, mit der Oberseite nach unten, mit der Sohle zum Himmel.

»Der Schuh«, sagte ich. »Los, zieh den Strumpf hoch und schlüpfe hinein.«

Es ärgerte mich, dass er gehorchte und tat, was ich ihm befohlen hatte. Der Alte folgte jeder seiner Bewegungen.

»Morgen ziehe ich die anderen Schuhe an«, verkündete Nadav, als wir das Haus betraten. Er hatte Angst, dass der Alte ihm die neuen Schuhe wegnehmen könnte, er packte sie ein, schob die Schachtel weit unter das Bett und fragte, ob der Alte einen Schlüssel für unser Haus habe und ob er sich noch bücken könne. Er prüfte das Versteck und stopfte seine Zudecke in den Raum zwischen dem Bett und dem Fußboden. Man muss sich dieses Jungen einfach annehmen, *a mentsch* aus ihm machen, sagte ich, als würde ich selbst die Oberhand behalten. Und angenommen, ich wollte es wirklich tun, wo würde ich anfangen?

Kinder? Gott? Liebe? Karriere? Gnade? Reichtum? Ehre? Im Fernsehen haben sie mal eine kaukasische Weberin gezeigt, die vom Webstuhl zurücktrat und prüfte, was ihre Hände geschaffen hatten, sie wusste genau, wie viele Säcke Mehl ein gut gelungener Teppich wert war. Auch ich trat einen großen Schritt zurück, von der Bank zum Laden, und prüfte mein Leben, um zu sehen, was ich damit anstellen musste, damit es gelingen konnte, und bis heute war mein eigentlicher Verdienst der Himmel. In der Bank hatte ich ein Modell des Himmels auf zwanzig mal sechzig Zentimeter, der Himmel, den ich von der Ladentür aus sah, war zu breit und zu schwer für ein einziges Augenpaar. Ganz zu schweigen vom Himmel über dem Dorf.

Kinder? Ich habe es erwogen. Bestimmt waren sie etwas, für das es sich lohnte zu leben und auch zu sterben. Ich hatte ein Kind, außerdem hatte ich zwei Anfänge von Menschen gehabt, die nicht fertig wurden. Spontane Abbrüche nennt man das, als hinge es vom Menschen selbst ab, ob er das Rennen aufgibt, bevor es begonnen hat, als ob beschließen könne, sich aufzulösen, bevor er groß genug war, herauszukommen und zu kämpfen. Schon lange bettelte das einzige Kind, das wir hatten, um einen Bruder, sagte, es mache ihn sauer, dass alle anderen Geschwister hatten, nur er nicht. Ich war jung, auch Gideon war jung, wenn die Fische seine Sicht auf das Leben nicht änderten, würde er weitere Kinder wollen. Wir könnten versuchen, Nadavs Wunsch zu erfüllen, und zwei oder drei Kinder haben, wir würden uns bemühen, sie vor allen Krankheiten und Plagen zu bewahren und all ihre Fragen zu beantworten, so schwierig sie auch sein mochten. Aber was würden wir tun, wenn das Leben ihnen trotzdem Schmerzen zufügen würde? Wir könnten ihre Erschaffung nicht rückgängig machen und sie dem Nichts zurückgeben, in dem sie vor ihrer Existenz gewesen waren, und wenn wir in Not wären, müssten wir uns die Frage stellen, ob es nicht besser für den Menschen war, nicht geboren zu werden.

Gideon erfuhr alle Details des Tages am Telefon, von der Petersilie bis zum Schnürsenkel. Ich wusste nicht, von wo aus er mir zuhörte, vom Deck eines alten Fischerboots, aus der Lobby eines billigen Hotels, aus einer dämmrigen Bar oder von einem Korallenriff. Ich beschrieb ihm Nadavs Nachgiebigkeit und Zartheit und meine Hände, die zugleich schlagen und streicheln wollten.

»Willst du, dass ich zurückkomme?«
»Nein. Komm dann, wenn du meinst, dass du deine Auszeit erschöpft hast.« Ich fragte nicht, ob er zu einer Schlussfolgerung gekommen war und neue Lebenseinsichten gewonnen hatte, ob er sich nach seiner schwarzen Robe sehnte, nach zu Hause, nach mir. Wir erwähnten diesmal auch weder Gott noch den Laden, ich wollte über den Jungen sprechen.

»Er möchte einen kleinen Bruder.«

»Nun, man kann nicht sagen, wir hätten es nicht probiert.«

»Wir können es noch einmal probieren.«

»Wir sollten lieber erst schauen, wo wir stehen«, sagte er, und ich hörte, dass er etwas trank, vielleicht Whisky.

Möglicherweise hatte er wieder angefangen zu rauchen. Während seiner Zeit in der schwarzen Robe hatten ihm die Zigaretten nicht mehr gereicht, er war auf Zigarren umgestiegen, und trockener Wein hatte ihm nicht so gut geschmeckt wie der erlesene Whisky, den er in der gut sortierten Weinhandlung kaufte. Aber als er mit dem »wer und was bin ich« anfing, hatte er sich die Zigarren abgewöhnt und den Whisky ins Spülbecken gekippt und den Ausguss besoffen gemacht, die ganze Küche roch nach Kneipe. Er sagte, sein Kopf sei voll genug, auch ohne Alkohol und Nikotin.

Bis er das Haus verließ, hatte er durchgehalten. Woher sollte ich wissen, was jetzt war? Er besaß einen anderen Himmel, eine andere Zeit, eine andere Dunkelheit, eine fremde Matratze, einen anderen Geruch, er besaß T-Shirts und Flipflops, keine Ahnung, welchen Einfluss all diese Dinge auf seine Neigungen und seine Bedürfnisse hatten. In schweigendem Einverständnis stellte ich keine Fragen, und er fragte ebenfalls nichts.

»Und wie geht es dir?«, fragte er am Schluss.

»Mir geht es prima.«

Ich hatte ihm nicht gesagt, dass ich vorhatte, meinen Zopf abzuschneiden.

Nadav war der Erste, der ihn bemerkte, als wir am nächsten Tag von der Arbeit zurückkamen. »Da ist Papa!« Er riss sich von meiner Hand los und rannte auf das Haus zu, beim

Rennen hüpfte der Proviantbeutel mit den Pflaumen, die er nicht gegessen hatte, auf seiner Brust.

Gideon saß auf der Haustürtreppe, er hatte gesagt, er würde uns nicht überraschen, aber er überraschte uns doch. Es lag etwas Mitleiderregendes in der Art, wie er das Kinn auf die Knie drückte, an dem trockenen Zweig, mit dem er in den Sand malte, an dem leeren Rucksack, der ihm über den Rücken hing. Er hörte die Pflaumen an Nadavs Brust schlagen, er hörte das Klappern der kleinen Schuhe und richtete sich auf. Als er den Jungen sah, lächelte er ihm entgegen und breitete die Arme aus, um ihn aufzufangen. Er sah auch mich und winkte mir zu. Sein Unterarm war unerwartet dünn, er hätte Muskeln bekommen müssen von der Arbeit. Seit er weggegangen war, band er Schilfrohr zusammen, befestigte Haken, warf Gewichte mit Ködern aus, zog Netze ein und erledigte alle möglichen anderen Arbeiten, für die kräftige Arme nötig waren. Er hob Nadav in die Höhe und rieb sein Gesicht am Hals des Jungen, dann machte er eine Hand frei, zog mich an sich und drückte mir einen Kuss auf die Haare.

»Du hast gesagt, du würdest nicht überraschend auftauchen.« Ich lächelte und achtete darauf, nicht den geringsten Vorwurf in meine Stimme zu legen.

»Wirklich? Das habe ich vergessen.«

»Du wolltest keinen Schlüssel.«

»Ja, je weniger Schlüssel, umso besser.«

Der Alte stand in seinem offenen Fenster wie ein Zugschaffner auf seinem Wachposten. Er beobachtete uns misstrauisch, sein Körper war angespannt und nach vorn geneigt, er hielt sich am Fensterbrett fest, um vor lauter Neugier nicht hinauszufallen.

»Wer ist der Herr?«, fragte er Gideon mit barscher Stimme. Nadav verbarg sein Gesicht am Hals seines Vaters und stieß ihn mit den Schuhen an, um ihn zur Eile anzutreiben.

»Ich bin Gideon, der Mann Ihrer Mieterin und Vater des Jungen«, antwortete Gideon. Ich hatte die Tür aufgeschlossen, wir waren schon mit einem Fuß im Haus.

»Interessant. Meine Mieterin bekommt jeden Tag neue Verwandte. Was ist, Junge, warum hast du heute nicht deine neuen Schuhe angezogen?«

Nadav schwieg, wir gingen ins Haus und machten die Tür zu.

Wir hatten uns lange nicht gesehen, aber es war, als hätten wir uns erst gestern getrennt, es gab keine Dramen und keine persönlichen Bekenntnisse und keine tiefgründigen Diskussionen über den Prozess, oder was immer es war, was Gideon durchmachte. Wir unterhielten uns über einfache, alltägliche Dinge, wie früher, wenn Gideon von seiner Kanzlei zurückgekommen war und ich von der Bank, doch statt um Verbrecher ging es jetzt um Fische und die Rettung, und statt um Gewinn- und Verlustrechnungen um den Laden. Ich fragte: Nescafé oder aufgebrühten? Welche Fische habt ihr in eurer Zucht? Magst du Toast? Er fragte: Wie geht der Laden? Geht dir dieser Hausbesitzer nicht auf die Nerven? Nadav redete mehr als wir beide, und wir unterbrachen ihn nicht. Er zeigte sein Schuhversteck, erzählte von den echten Pistolen der Polizisten, von den neuen Verwandten, die wir bei der Polizei gefunden hatten, und er verriet auch die Parole. »Du musst nur ›kleine russische Hure‹ sagen und sie kommen. Madonna hat mir das beigebracht. Kennst du sie?«

Gideon trank Kaffee, aß und sprach wie früher, wie immer, aber sein Bariton war kratzig, als wären seine Stimmbänder von der stärkeren Sonne im Süden angesengt oder vom Salz verätzt worden. Sein Arm war dünner geworden, der Abstand, der sich zwischen dem Uhrenarmband und dem Handgelenk auftat, war neu. Seine Augen suchten meine, wenn ich schwieg, und wichen mir aus, wenn ich ihn anschaute. Ein Mann, der einen guten Platz vorn im Autobus gehabt hatte und plötzlich beschloss auszusteigen und der seither keinen richtigen Platz fand. Er ging mit Nadav hinaus auf den Hof und erzählte ihm von den Fischen, und in seiner Stimme lag etwas Gezwungenes. Ich schaute ihnen vom Fenster aus zu, er klopfte Nadav auf die Schulter, los, wir gehen in den Wald, und der Junge fing vor Freude an zu hüpfen wie eine Laubheuschrecke, hielt inne, um sich zu versichern, dass sein Vater ihm folgte, und hüpfte weiter. Ich hätte schwören können, dass sich sein Herz bei jedem Fisch, den er dem Jungen beschrieb, zusammenzog, bei jeder Umarmung, bei jedem Streicheln und jedem eingebildeten Anzeichen männlicher Verbrüderung. Wo also hatte der Fehler angefangen? Wäre er weiter in den Hallen der Gerechtigkeit ein und aus gegangen, hätte er uns eine geachtete Existenz gesichert, und wäre er da gewesen, für mich und das Kind, hätte es ihn von innen angenagt. Nun, da er sich eine Auszeit von allem genommen hatte, nagte es ihn ebenfalls von innen an. Wie man auch handelt, man ist nie frei von Fehlern und Schuld. Wann ist ihm der Fehler unterlaufen? Als er Jura studierte? Als wir geheiratet haben? Als der Junge geboren wurde? Was spielte es für eine Rolle, der Zwang, Fehler zu begehen, liegt tief in uns, er ist so stark wie Hunger und Sex.

Ich bereitete eine große Schüssel Salat vor, würzte ihn und fügte Sonnenblumenkerne und gehackte Walnüsse hinzu. Sie kamen zurück, und wir aßen. Nadav war müde, sein Vater brachte ihn ins Bett, wie früher, aber der Junge schlief ein, bevor die Geschichte zu Ende war. Drüben beim Alten waren die Rollläden heruntergelassen, wir ließen auch unsere herunter und gingen ins Bett. Wir sprachen sehr wenig. Innerhalb von Sekunden wussten unsere Körper, was sie verlangen und was sie geben mussten. Wir liebten uns wie früher, wie immer. Vielleicht war es etwas mehr als früher, aber nicht viel. Und dann stand er auf, ging zum Fenster und zog den Rollladen ein Stück höher. »Ich möchte dich sehen.« Er beugte sich über mich und betrachtete im schwachen Licht, das von draußen hereinfiel, meinen nackten Körper, zeichnete mit einem unsicheren Finger meine Konturen nach, beginnend an der Stirn und entlang der Linie, die über meinen ganzen Körper führte, und alle Poren und Körperöffnungen wurden berührt und öffneten sich, und alles, was Ausscheidungen hatte, war da, einschließlich der Tränen. Wir begannen von Anfang an und dachten nicht darüber nach, warum seine Hand so mager geworden war, und warum sein Bariton nicht mehr war wie früher, und auch nicht darüber, was war, oder über umfassende Einsichten zur menschlichen Existenz, wir überließen uns der Lust, die mit uns machte, was sie wollte, sie schwemmte uns davon, und danach waren wir erschöpft und schliefen wie Kinder.

Am Morgen benahmen wir uns wie immer. Eine Familie, die gründlich die Zähne putzt, zwei Tassen Kaffee und eine Tasse Kakao trinkt, Cornflakes isst, sich die Reste der Cornflakes aus dem Mund spült, sich kämmt, das Haus verlässt und mit dem familieneigenen Mazda losfährt. Genau wie Millionen anderer Menschen in der westlichen Welt. Auch an diesem Morgen schaute der Alte aus dem Fenster, er spähte uns unter halb gesenkten, geschwollenen Lidern hinterher, auch an diesem Morgen lugte ein Blatt Papier aus dem Briefkasten und verkündete: »Die gestohlenen Wasser sind süß, und das verborgene Brot schmeckt wohl.«

»Jeden Tag wirft man bei uns solche Zettel rein«, sagte Nadav.

Auch aus dem Briefkasten des Alten und anderen Briefkästen ragten Blätter. Gideon sah und hörte uns zu, sagte aber nichts. Ich chauffierte, und er saß neben mir und betrachtete die Häuser, an denen wir vorbeifuhren, die gepflegten Gärten, die Rasenflächen, auf denen Tau glitzerte, die Holzschilder, auf denen die Namen der Bewohner standen.

»Das ist das Haus von Schoschana«, verkündete der Junge von seinem Sicherheitssitz auf der Rückbank aus. Er erzählte Gideon, dass Schoschana die Tochter dieses lästigen Mannes sei, der die ganze Zeit Fragen nach seinen Schuhen stelle. Er erzählte auch von Schoschanas Kindern, die langsam seine Freunde würden, aber Gideon hörte nicht zu, er versuchte, mit den Zähnen ein Stück Fingernagel abzureißen. Seine Schultern hatten an Straffheit verloren, seit er Fischer geworden war und sich den ganzen Tag zu den Fischen bückte. Der Junge redete und redete, sein Vater kämpfte mit dem Fingernagel, und ich empfand einen plötzlichen Impuls zu bremsen, damit wir alle durcheinandergeschüttelt würden.

Wir brachten Nadav zum Kindergarten, dann fuhren wir zum Laden, und dort küssten wir uns, wie sich Paare auf der westlichen Hemisphäre küssen, wenn sie sich morgens voneinander verabschieden. Ich stieg aus, und Gideon wechselte auf den Fahrersitz. Ich betrat den Laden, und Gideon fuhr zu seinen Eltern, Bezalel und Alisa, den Großeltern unseres Sohnes, die in der Scharonebene leben, in einer hoch entwickelten Stadt, mit Duplex und in einer

Wohnung mit Fenstern nach allen Himmelsrichtungen. Sie handeln mit Beleuchtungskörpern, und ihre blühende Firma heißt Babek (die Anfangsbuchstaben von: Bezalel Alisa Beleuchtungskörper). Ihre fünf Angestellten tragen braune Hemden mit dem Aufdruck »Babek, für alle, die schon alles haben«. Und mit Recht. Nur wer schon alles hat, wird sein Geld für einen Beleuchtungskörper in Form eines Frauenkörpers ausgeben, bei dem das Licht aus den Brüsten kommt, oder in Form nackter Männer, die aus ihrer Männlichkeit leuchten, oder für Nymphen, deren fettes Hinterteil Licht gibt. Für Kleinkinder, die schon alles haben, stellen sie Pinocchio-Lampen her, bei denen das Licht aus den Nasenlöchern kommt, oder Aschenputtel, deren gläserne Schuhe rosa flimmern. Zu Nadavs Geburtstag hatten sie ihm ein Hündchen mitgebracht, das Licht bellte, wenn man es mit der Steckdose verband. Bei unserem Umzug ins Dorf nahmen wir das Hündchen nicht mit, es blieb schweigend und mit gezogenem Stecker in der Stadtwohnung zurück.

Bezalel und Alisa hatten ein gutes Leben, wie man so sagt, sie wurden geboren, als der große Krieg auszubrechen drohte, sie in einem Kibbuz, er in einer Kooperative im Scharon. Zu der Zeit, als sie hier lauthals sangen »Das Land, das unsere Väter begehrten«, wurden zwei Kinder im gleichen Alter, Jizchak und Channa, die woanders zur Welt gekommen waren, zu Feinden der Menschheit erklärt. Später brachten sie mich und Jonathan auf die Welt und eröffneten einen Lebensmittelladen für Kunden, die nicht alles hatten.

Vor vielen Jahren hatten sich die beiden Paare getroffen, um ernsthaft über meine und Gideons gemeinsame Zukunft zu sprechen. Bezalel und Alisa waren angezogen wie zum Konzert, sie trug ein blaues Chiffonkleid und hatte sich die Haare gewellt, und er hatte einen eleganten Anzug und eine weinrote Krawatte an und brachte eine große Babek-Schachtel mit. »Das ist für euch«, sagte er, hielt meinem Vater die Schachtel hin und lachte. »Das ist ein Geschenk aus unserer Produktion.« Im Wohnzimmer meiner Eltern brannten zwei Lampen mit 40-Watt-Birnen und in der Küche eine schmale Neonröhre, die immer lange flimmerte, bevor sie mattes Licht verströmte.

»Packt aus«, drängte Bezalel, und mein Vater, in seiner guten Hose und einem seiner drei Hemden, die er sonst zu Elternversammlungen, zu Beerdigungen und zu Schoah-Gedenkfeiern trug, riss den Verschluss der Schachtel auf, und zum Vorschein kam ein Marmorspringbrunnen mit einer Löwenfigur in der Mitte und einem weißen runden Sammelbecken.

»Schließt es an den Strom an, und ihr werdet die Effekte sehen.« Der Gast war begierig und ungeduldig. Mein Vater brachte eine Verlängerungsschnur und steckte den Stecker in die Dose. Strahlendes Licht fiel aus der Mähne des Löwen, und beleuchtete Wasserstrahlen sprangen aus seinem Maul und prasselten auf den Beckenboden. »Spitze«, sagte ich, weil die anderen schwiegen, und Gideon stieß mich mit dem Ellenbogen an, senkte den Kopf und unterdrückte ein Kichern. Nachdem wir das Produkt der Gäste betrachtet hatten, brachte meine Mutter ihr Produkt, einen zusammengefallenen Käsekuchen, und mein Vater öffnete eine Flasche Kirschlikör, die er aus dem verstaubten Flaschenfach des Ladens mitgebracht hatte. Mutter schnitt den Kuchen auf, und Alisa betrachtete die Lebensmittelhändlerinnenhände, denen man ansah, dass sie sonst mit Salzheringen und geräucherten Makrelen hantierten. Wir stießen an, wir aßen Kuchen und lehnten nicht von ungefähr eine zweite Portion ab. In meinem Stück, zum Beispiel, war noch ein nicht durchgebackener Mehlklumpen. Wir beendeten die Bewirtung und gingen dazu über, das Wann, Wie und vor allem Wieviel zu besprechen. Mein Vater sagte: »Wir bezahlen ihr das Studium bis zum ersten Staatsexamen und kaufen einen Kühlschrank, einen Herd und eine Waschmaschine.«

Bezalel sagte: »Wir bezahlen ihm das Studium bis zum Doktorat und eine halbe Wohnung.«

Gideon stieß mich an und flüsterte: »Anything you can do I can do better.«

Meine Mutter zerdrückte eine Papierserviette, und mein Vater sagte: »Vergesst nicht, dass wir nicht hier geboren sind. Wir haben bei null angefangen, was ich gesagt habe, ist das, was wir haben.«

»Wir haben bei null angefangen? Nein, Jizchak, wir haben bei unter null angefangen«, stellte meine Mutter richtig und bearbeitete die Serviette, bis nichts mehr von ihr übrig war.

Alisa richtete sich auf und ließ die gefalteten Hände in den Schoß sinken. »Wieso, habt ihr keine Wiedergutmachung bekommen? Eine Rente? Irgendetwas?«

»Wir haben nichts angenommen. Wer unsere Eltern umgebracht hat, kann uns nicht mit Geld kaufen.« Mein Vater hatte sich vorgebeugt, seine Augen verfolgten die dünnen Wasserstrahlen, die aus dem Löwen sprangen, und meine Mutter sah aus, als würde sie jetzt lieber im Laden stehen und zweihundert Gramm Schnittkäse schneiden.

Alisas Gesicht wechselte den Ausdruck, ihre selbstgefällige Miene zeigte deutlich, was sie nicht aussprach: Gut, wenn ihr freiwillig auf eine Rente verzichtet habt, seid ihr vermutlich gar nicht so schlecht dran. Ihr habt zwei Kinder zu versorgen? Nun, dann strengt euch eben an. Gideon verstand den Wechsel im Gesicht seiner Mutter und schnappte nach Luft. Mein Vater senkte den Blick auf seine Schuhe und plante eine Rede, die bald auf diesen Staat übergehen würde, der ohne die sechs Millionen, die ins Gas gegangen waren, nicht entstanden wäre. Wer hier geboren wurde, schulde jenen viel, die dort waren, ohne die sechs Millionen wärt ihr noch unter britischem Mandat. Ohne die Schoah hättet ihr für eure Firma die Genehmigung des britischen Gouverneurs gebraucht ...

»Wir brauchen keine Wohnung, wir bekommen eine Wohnung im Studentenheim«, sagte ich, bevor mein Vater mit seiner Rede anfangen und die sechs Millionen ins Zimmer bringen würde. Ich hatte genug davon, dass immer die Schoah zu Hilfe gerufen wurde, es hing mir zum Hals heraus.

»Geld für Miete auszugeben, das ist, als würde man Geld in den Müll werfen«, verkündete Bezalel und knüpfte seine Krawatte auf.

»Wer hat von Miete gesprochen? Ein symbolischer Beitrag zum Unterhalt, darum geht es. Es gibt dort einen Kühlschrank, eine Waschmaschine, einen Herd, Strom, Wasser, alles auf ihre Kosten.« Gideon wiederholte meine Worte, und wenn es nötig gewesen wäre, ein Zebra zu erfinden, um die Sache zu klären, hätte er ein Zebra erfunden.

Bezalel sagte, umsonst bekomme man nur in der zukünftigen Welt etwas, er wolle wissen, warum man uns etwas geben wolle und was diese Leute davon hätten.

»Was sie davon haben? Sie wollen, dass die Guten bei ihnen bleiben«, sagte Gideon und nahm gewichtig einen Schluck Likör.

»Warum habt ihr das nicht gleich gesagt?« Seine Mutter

schlug die Beine übereinander und legte ihre Tasche auf den Schoß, als wolle sie sagen, gut, wir gehen jetzt.

Sie gingen, und mein Vater war zufrieden damit, dass er ihnen außer dem Käsekuchen auch noch ein Stück Schoah vorgesetzt hatte.

»Bestimmt können wir dir eine halbe Wohnung bezahlen«, sagte mein Vater. »Hast du gedacht, wir könnten es nicht? Wirklich? Wer selbst kein Haus hatte, wird sich umbringen, um seinem Kind ein Haus zu bieten.«

»Warum hast du es dann nicht gesagt?«

»Ich will nicht, dass sie hinterher sagen, da sieht man's, wie diese Überlebenden im Leben zurechtkommen, es kann gar nicht sein, dass sie ohne etwas angekommen sind, sie machen aus dieser Schoah eine größere Katastrophe, als sie es war. Ich will dir etwas sagen: Nur wer hier geboren ist, kann sich erlauben, pinkelnde Figuren zu verkaufen und damit auch noch Millionen zu verdienen. Wer von dort kommt, verkauft Brot und Oliven.« Zur Feier seines Sieges über die Eltern seines zukünftigen Schwiegersohns goss er sich noch ein Glas ein, und als er es geleert hatte, war die Feier zu Ende. Er zog sich wieder in sich selbst zurück, wurde ernst, schwieg, machte eine der 40-Watt-Birnen aus, zog den Stecker des Springbrunnens aus der Dose, rollte die Verlängerungsschnur zusammen und legte sie wieder auf den Stauboden. Der Löwe war für immer ausgegangen, und das Becken wurde im Winter als Behältnis für Orangenkerne benutzt und im Sommer für Aprikosenkerne.

Am Schluss wurde unsere erste Wohnung vom Geld des Porzellans und des Brotes gekauft, zweieinhalb Zimmer und ein Schuppen. Nach vier Jahren, als Gideon sich schon einen Namen gemacht hatte und ich bei der Bank gut vorankam, verkauften wir sie und kauften uns eine Vierzimmerwohnung mit Dachterrasse und Aussicht auf die westlichen Hänge der judäischen Wüste.

Nun war unsere Wohnung abgeschlossen. Gideon hatte bei den Fischen Exil gefunden, der Junge und ich waren im Dorf, Bezalel und Alisa suchten die Schraube, die bei uns locker war, denn wie war es möglich, dass zwei begabte Akademiker mit großen Karrieren auf dem Weg nach oben plötzlich vom Pferd stiegen. Alisa sagte, Gott habe jemandem ohne Zähne Nüsse geschenkt, und Bezalel war der Ansicht, wir hätten besonders gute Zähne gehabt, doch dann wären wir auf den Kopf gefallen und hätten sie uns ausgebrochen.

Meinen Eltern war es gelungen, zu sterben, bevor wir vom Pferd stiegen, sie brauchten nicht nach den Schrauben zu suchen, die wir verloren hatten, und sie brauchten sich auch nicht um unsere dentistischen Probleme zu kümmern. Sie waren nicht älter gewesen als Gideons Eltern, aber ihr Herz arbeitete dreimal so viel und war verbraucht. Früher hatte das Blut für die Beine gereicht, um zu fliehen, dann für das Gehirn, um zu vergessen, und dann, um sich zu erinnern, und am Schluss war die Pumpe vor der Zeit unbrauchbar geworden.

Nachdem Gideon seine Eltern lange nicht gesehen hatte, fuhr er nun mit hängenden Schultern und mager gewordenen Armen zu ihnen, um sie zu besuchen.

Als er zurückkam, holte er den Jungen vom Kindergarten ab und mich vom Laden. Die paar Stunden bis zum Schließen des Ladens konnte Amjad allein bleiben. Der Laden hatte das Hauptgeschäft schon hinter sich, Kinder und alte Leute, das Zielpublikum, meiden die Dämmerung und kaufen lieber am helllichten Tag.

»Wie war's«, fragte ich. Er beugte sich über das Lenkrad, konzentriert, als würde dichter Nebel den Blick auf die Straße versperren, obwohl die Luft klar war. Die Sonne bewegte sich zur anderen Seite der Welt, ihre Strahlen waren am Horizont noch zu sehen, würden aber bald von Tälern und Wäldern verschluckt werden.

»Wie war was?«

»Wie war's bei deinen Eltern?«

»Ich war nicht bei ihnen.«

»Warum nicht?«

»Ich hatte keine Lust.«

»Was hast du dann gemacht? Warst du im Büro?«

»Nein.« Er richtete sich auf, straffte die Schultern wie in den Tagen der schwarzen Robe, bereit, etwas zu verteidigen.

Ein rotes Licht flackerte auf, dämpfte die Sonne und erlosch wieder. Wir schwiegen und betrachteten die Straße, die ruhig vor uns lag, von einem Balkon flog ein Papierdrache, ein Auto mit einer ganzen Familie, Vater, Mutter und ein Baby, stand rechts von uns vor der Ampel, eine Frau wartete an einer Bushaltestelle und aß eine Banane, zwischen ihren Füßen stand eine volle Einkaufstüte. Nadav sagte: »Papa, Mama, schaut, ein Militärlastwagen.«

Was hast du den ganzen Tag gemacht? Sollte ich es fragen oder nicht? Wenn du es nicht fragst, sagte ich mir, zeigst du kein Interesse, warum bist du gekränkt, warum bist du zornig. Frag einfach.

»Ich war in unserer Wohnung. Ich habe die Pflanzen gegossen. Ich habe ein bisschen sauber gemacht. Man muss alle paar Wochen mal nachschauen, was los ist, nicht wahr?«

Er hatte recht. Man musste ab und zu hingehen, lüften und gießen, aber er hatte nie etwas dergleichen getan. Dafür war ich zuständig. Ich fuhr zur Wohnung, um in Nadavs Spielsachen nach Lego-Polizisten zu suchen und sie ihm zu bringen. Die Pflanzen waren vertrocknet, die Geranien verwelkt, die Zwergorange kaputt, der Gummibaum lag in den letzten Zügen. Man roch, dass die Wohnung lange nicht gelüftet worden war, überall lag dicker Staub, grau und dicht, kein Finger war darübergestrichen.

Ich wollte die Hand auf seinen Nacken legen und sagen, auch wenn du nicht dort warst, ist nichts passiert. Auch verheiratete Leute dürfen sich ein Stück aus der gemeinsamen Zeit schneiden, ohne dass sie dafür Rechenschaft ablegen oder Steuern bezahlen müssen. In meiner Torheit fürchtete ich, eine umfassende Genehmigung zum Lügen zu erteilen, und legte die Hand nicht auf seinen Nacken.

»Grün, du kannst fahren«, sagte ich, denn er war in Gedanken versunken und hatte nicht bemerkt, dass die Ampel umgeschaltet hatte.

»Rot, bleib stehen!«, rief ich erschrocken, denn auch diesmal hatte er nichts bemerkt oder er schien vergessen zu haben, was rote oder grüne Ampeln bedeuten.

Bei seiner Ankunft hatte er gesagt, er würde nur eine Nacht bleiben, doch er vergaß es, er blieb drei Nächte und gab sich Mühe, sich zu Hause zu fühlen. Er briet Rührei fürs Abendessen. Er las dem Jungen vor dem Einschlafen eine Geschichte vor, er unterhielt sich mit Bezalel und Alisa am Telefon, ja, nein, vielleicht, keine Ahnung, wir werden sehen … Er aß wenig. Zweimal trank er vom 777, den ich aus dem Laden mitgebracht hatte. Abends stützte er die Ellenbogen aufs Fensterbrett und schaute lange zu, wie die Schatten dunkler wurden und die Kiefern von der Dunkelheit verschluckt wurden. Die Zeitungen, die ich ihm vom Laden mitbrachte, interessierten ihn nicht, er schnitt nur Autoreklamen und Bilder von Tieren für Nadav heraus, er schnitt auch die Krawatten aus den Fotos des Präsidenten und der Minister heraus und machte Fische aus ihnen, er suchte mit dem Jungen die Buchstaben seines Namens. Er schlug die Gerichtsberichte auf, schnitt die Waage der Gerechtigkeit aus und stellte sie zu dem Gemüseladen, den der Junge auf dem Teppich eröffnet hatte. Wenn er hörte, dass ich mich dem Teppich näherte, dem Fenster, dem Spülbecken, war er angespannt, als müsse er sofort etwas erklären. Wenn er zum Gericht zurückkehren würde, müsste er seine weißen übergroßen Hemden gegen normal große tauschen. Ich wünschte, er würde zurückkehren. Oder eigentlich nicht. Wie würde er auf jenem tosenden Meer segeln, mit schlaffen Segeln und ohne Wind.

Nadav saß in der halb gefüllten Badewanne und ließ eine Flotte von Spielzeugenten fahren, und wir saßen nebeneinander auf dem Wohnzimmersofa. Ich legte eine Hand auf sein Bein und wollte mich ihm nähern, er streichelte meinen Arm. Seine Hand glitt nach oben und nach unten, so mechanisch, wie man gedankenlos mit den Fingern trommelt oder mit dem Fuß wippt.

»Was ist los?« Diese Worte kamen abgewogen aus meinem Mund, abgewogen wie auf einer Goldwaage.

»Was meinst du?«

»Du hast abgenommen, du hast keinen Appetit, deine Schultern hängen, du bist nicht zu deinen Eltern gefahren, du warst nicht in der Wohnung, wir reden nicht miteinander ... Soll ich weitermachen?«

»Um vier und fünf Frevel des Gideons willen will ich seiner nicht schonen«, sagte er, ohne zu lächeln. Er verschränkte die Arme, löste sie wieder und zog an den Fingern. Die Entenboote stießen in der Badewanne zusammen, Nadav kreischte vergnügt und wir saßen auf dem abgewetzten Sofa und betrachteten den Tisch, denn hätten wir einander ins Gesicht schauen wollen, hätten wir die Köpfe um neunzig Grad drehen müssen. Weil wir uns entschieden hatten, die Köpfe nicht zu wenden, sprachen wir zur Blumenvase.

»Keine Ahnung.« Er starrte das Muster der Blumenvase an und sagte, er brauche Zeit, der Prozess sei mit Krisen und Niederlagen verbunden, man könne nur nach oben steigen, wenn man erst ganz unten im Loch gewesen sei, und er sei schon nahe dran, habe es aber noch nicht erreicht. Er wisse, dass sich das wie der recycelte Monolog eines Mannes aus der Wochenendausgabe einer Zeitung anhöre, aber so sei es nicht.« Wäre ich ein halb verhungerter Inder, der nichts besitzt außer einem Pappkarton, würde ich morgens aufstehen, mir den Eiter von den Lidern reiben und überlegen, wie ich die nächste Scheibe Brot ergattern könnte, aber was soll ich machen, mein Problem ist leider nicht, wie ich eine Scheibe Brot bekomme ...«

Er sei enttäuscht von sich selbst, er habe versucht, seine rhetorischen Fähigkeiten zu beleben und habe es nicht geschafft, und je verzweifelter er wurde, umso schneller sprach er und bewahrte dabei Blickkontakt mit der Vase, als sei sie sein Psychiater.

»Tacheles, Gideon, was willst du erreichen, wozu ist diese ganze Geschichte gut?« Ich unterbrach ihn, um uns beiden zu helfen.

»Um das zu finden, wofür es sich lohnt, morgens aufzustehen. Okay?«

»Ein Kind? Eine Frau? Sind diese Gründe nicht gut genug?«

»Sei mir nicht böse, das sind sie nicht. Auch ein Kaninchen hat Frau und Kind.«

Das Wortgefecht ermunterte ihn, wie im Gerichtssaal war der Funke entzündet, und gerade als seine Stimmbänder sich erholten und sein Bariton zu ihm zurückkam, drang Nadavs lautes Rufen aus dem Badezimmer: »Ich bin fertig, holt mich raus.«

Die verbale Flut des Juristen, des Zauberers mit Worten, die Realitäten schafft und Realitäten leugnet, war unterbrochen. Zusammengekrümmt wie ein Embryo ließ sich Nadav in das blaue Handtuch wickeln und auf den Armen seines Vaters zum Bett tragen, sein kindliches Lachen drang aus den Falten des Handtuchs. »Papa, ich möchte mit dir zu den Fischen gehen«, sagte er.

»Nein, Nadav, ich muss dort allein sein.«

»Ich werde dir beim Fischen helfen.«

»Du kannst mir nicht helfen, Schatz.«

»Doch, ich kann ...« Weinen verzog sein Gesicht, er schüttelte sich das Handtuch ab und half nicht beim Anziehen.

»Du hast gesagt, dass du mich mal mitnimmst ...« Es war ein schwaches Weinen, keines, das einem zum Sieg verhilft, aber sein Vater war noch schwächer.

Am Morgen fuhren beide zu den Fischen. Eigentlich alle drei.

Aber vor dem Morgen kam die Nacht.

Auch in dieser Nacht schliefen wir zusammen. Nicht gierig wie Menschen, die sich nur kurz treffen und dann wieder gehen, unsere Körper wussten besser als wir, dass wir ein Fleisch waren. Die Wange hatte es nicht nötig, dass der Verstand ihr Anweisungen gab, sie wusste von selbst, in welche Höhlung sie sich legen sollte, die Zunge wusste von selbst, wo sie Süßes und Salziges fand, und die Hände kannten ihren Weg zum Harten und zum Weichen, und alles andere wusste ebenfalls Bescheid, und das ist wohl das, was das Wort »Wissen« bedeutet.

Danach saßen wir draußen auf der Doppelschaukel. Wüstenwind bedeckte den Himmel mit Staub, eine schwache Aureole umgab den Mond, sein Licht brach sich im Staub, der sich um ihn gesammelt hatte, und ließ einen blassen Kreis entstehen. Wie ein Kranker, der nicht über seine Krankheit spricht, sprachen wir nicht über das große Leben, nur über Bagatellen, die es verschönern.

»Ich will mir den Zopf abschneiden«, sagte ich.

»Bist du verrückt geworden?« Er richtete sich auf, löste den Rücken von der Lehne und drehte sich zu mir, mit weit aufgerissenen Augen, im schwachen Licht des Mondes war der Hauch eines Lächelns auf seinem Gesicht zu erkennen. Über einen Zopf, bestehend aus drei Haarsträhnen, ließ sich einfach und leicht sprechen, kurz oder lang, dick oder dünn, welche Horizonte eröffnete schon ein Zopf?

»Scha'ul Harnoi hat gesagt, er sei verblasst.«

»Wer? Ach so, er, na und?«

Der Arm, der die Kette der Schaukel traf, traf auch mich und ließ mir einen heißen Schauer über den Rücken laufen. Er streckte auch den zweiten Arm aus, spannte die Beine und beugte sie, und die Schaukel stieg an, immer wieder, der Schwung nahm zu und wir entfernten uns von der Erde, und weil wir uns dem Himmel näherten, wurde der

Zopf vergessen und verschwand, zusammen mit allen, die ihn je berührt oder geküsst hatten, mit allen Verabredungen, für die ich meine Haare geflochten und hinterher wieder gelöst hatte. Und Scha'ul Harnoi verschwand ebenfalls von der Schaukel, ebenso zufällig, wie er hierhergeraten war.

Wir saßen im Hinterhof, vor uns war der rostige Zaun, dahinter begann der Wald, dessen junge Bäume aussahen, als wären sie von den Zaunlatten aufgespießt. Hier konnte uns der Alte nicht sehen, aber er konnte das Quietschen der Schaukel hören, die Luft, die wir durchstießen, und unser plötzliches Gelächter und unsere Ausgelassenheit, und deshalb waren wir auch nicht überrascht, als wir das Tor knarren hörten. Wir hielten inne und warteten auf seine Schritte auf dem Kies und auf das Rascheln von Laub unter seinen Schuhen. Aber die Schritte des Ankömmlings waren leichter als die des Alten, jünger und geschmeidiger, kein Kies wurde zertreten, kein Laub raschelte.

Ein weißes Gesicht und ein weißer Hals schoben sich aus der Dunkelheit. Madonna, ganz in Schwarz, vom Kopf bis zu den Füßen, stand vor der Schaukel, um ihren Nacken lag ein schwarzer, aufgestellter Kragen. Sie hielt ein Bündel an den Bauch gedrückt, so groß wie eine mittelgroße Wassermelone, die sie vielleicht von einem Feld geklaut hatte, oder eine Sprengladung für den Fall, dass es nicht so ablaufen würde, wie sie wollte, oder ein Baby, das sie entführt hatte, um Lösegeld zu verlangen.

»Was machst du hier?« Ich bemühte mich um eine zornige, kalte Stimme. Gideon nahm die Hand von der Schaukelkette und richtete sich auf. »Bleib sitzen, ich kümmere mich um sie, ich habe schon Erfahrung damit«, sagte ich und stieß ihn mit dem Ellenbogen in die Seite.

»Ich bin gekommen, um meine Schulden zu bezahlen.« Sie verströmte einen leichten Geruch nach Alkohol. »Ich habe dir das hier statt Geld gebracht.« Sie schlug das Tuch auf, das sie um das Ding gewickelt hatte, und ein Kopf tauchte aus dem Bündel auf, zwei Augen glitzerten in der Dunkelheit, Kiefer öffneten sich, Zähne blitzten und bissen in die Luft, und ein kurzes Bellen in Richtung Mond ertönte.

»Er ist hundert Schekel wert, mehr oder weniger«, sagte sie, »ein Deutscher Schäferhund.« Und der Kleine auf ihrem Arm bewegte den Kopf von einer Seite zur anderen, war aufgeregt und verschreckt und wich vor der Hand zurück, die Gideon nach ihm ausstreckte, und als er spürte, wie sein Fell berührt wurde, senkte er den Kopf, schob die Zunge aus dem Maul und leckte Gideons Uhrenarmband.

Ich fragte, ob sie den Hund irgendwo gestohlen hätte, und sie sagte: »Nein, ich habe ihn einfach bekommen.« Ich fragte, ob sie ihn auf der Straße gefunden hätte, und sie sagte: »Nein, ich habe ihn einfach bekommen.« Ich fragte, ob sie ihn irgendjemandem zurückbringen müsse, und sie sagte: »Nein, ich habe ihn einfach bekommen.« Jetzt war es Gideon, der mir mit dem Ellenbogen in die Seite stieß, und das atmende Paket befreite sich aus dem Stoff, in das es gewickelt war, und lief zu Gideon. Wir saßen auf der Schaukel, und Madonna stand vor uns, ein dünner, langer Schatten vor dem trüben Himmel, und wartete darauf, was wir mit dem kleinen Hund tun würden, und er, dessen Schicksal auf dem Spiel stand, kauerte sich unterwürfig auf Gideons Knien zusammen, in der trockenen Luft hechelnd. Mein Vater hätte gesagt, ein deutscher Hund? Verflucht soll er sein, ein Enkel von einem der Nazi-Ungeheuer, wer weiß, wie viele jüdische Mäntel der Großvater von diesem

Kleinen da zerrissen hat, und in wie viele jüdische Beine er seine Zähne geschlagen hat ...

»Übrigens, er heißt Wodka«, sagte sie, und er richtete sich auf, als er seinen Namen hörte, als wäre er zur Fahne gerufen worden.

Sie legte einen weißen Finger auf ihre schwarz angemalten Lippen. »Brav, Wodka. Was hast du? Spiel hier nicht verrückt.« Sie fuhr ihm mit den Fingernägeln über das Fell, und er stellte sich auf die Hinterbeine und bellte lange und laut und störte die Nachtruhe der Vögel. In den Baumwipfeln wurden Flügel zusammengeschlagen, jemand gurrte, jemand hüpfte auf, stieg in die Luft, sank nieder und verschwand in einem Baum.

»Bye, Wodka«, sagte Madonna, wandte sich zum Gehen und sagte noch einmal: »Bye, Wodka.« Sie drehte sich um, wir konnten ihr Gesicht und ihren Hals nicht mehr sehen, schwarz vom Kopf bis zu den Füßen verschwand sie in der Dunkelheit. Der Hund schaute ihr mit gerecktem Hals nach, riss das Maul auf, um ein lautes, langes Heulen auszustoßen, und tat es nicht. Er verstand plötzlich, dass das Leben nun mal so war, die Aufsichtsperson war eine andere geworden, Dinge gingen zu Ende, und andere begannen.

Am Morgen fuhren alle drei zu den Fischen. Gideon mit dem Rucksack, in dem sich die Anziehsachen des Jungen befanden. Der Junge mit seinem kleinen Brotbeutel und in den neuen Schuhen. Der Hund leckte die Füße seiner neuen Herren, versuchte verzweifelt, ihre Liebe zu gewinnen. Beide, der Hund und der Junge, waren außer sich. Einer sprang nach rechts, der andere nach links, sie stießen zusammen und liefen einander hinterher. Sie gingen durch das Tor, und Gideon drehte sich um, betrachtete das Haus, als wolle er sich den Anblick einprägen, um es beim nächsten Mal zu erkennen.

»Los, Papa, komm«, schrie Nadav, und der Hund bellte. Sie gingen die Straße entlang zur Bushaltestelle, und vor ihnen bewegten sich zwei kleine glückliche Schatten und zwischen ihnen ein langer, trauriger, müder Schatten.

4

In der Nacht raschelte die Rose, abgestorbene Blätter fielen, wurden weitergeweht und fanden keine richtige Ruhe.

Ich war allein zu Hause, ohne Kind, ohne Mann, ohne Hund, das Haus war leer und voller Unruhe. Obwohl mir das ganze Haus zur Verfügung stand, fand ich keinen Platz, ich ging zum Fenster. Das Husten alter Lungen war zu hören, doch auch ohne dieses Husten hätte ich gewusst, dass die Augen des Alten vom Fenster gegenüber die Dunkelheit durchbohrten.

»Nun, ist Ihr Mann weggefahren?« Ich war in der Dunkelheit versteckt und leise wie eine Ameise, und er wusste, dass ich hier stand. Er war ein geübter Fenstergucker, Nasenbohrer, Spucker und Kratzer, bestimmt waren ihm längst besonders empfindliche Sensoren und Melder aus der Haut gewachsen.

Am Morgen hatte er ihre Fußabdrücke im Sand gesehen und gewusst, dass Gideon weggefahren war und den Jungen und den Hund mitgenommen hatte. In der feuchten Erde waren ihre Spuren zurückgeblieben.

»Entschuldigen Sie, aber unser Vertrag erlaubt keine Untermieter«, rief er mir zu.

»Was für ein Untermieter? Er ist mein Mann.«

»Nicht er, der Hund.« Der Wind warf seltsame Schatten auf sein Haus und dämpfte das Licht der Straßenlaterne.

»Wir haben drei Personen ausgemacht, Frau Amia, mit dem Hund sind es vier.«

Ich wurde lauter. »Okay, wir haben ausgemacht, dass ich ein leeres Haus bekomme, ohne andere Mieter. Sie bestehen auf drei Personen? Dann entfernen Sie gefälligst die Kakerlaken, die vom Vormieter zurückgeblieben sind, die Motten und die Holzwürmer und die zwei dicken Fliegen, die jeden Morgen in der Küche herummachen.« Er gab keine Antwort, und ich schwieg auch und dachte an meine drei Personen. Ich hatte einen Mann und einen Sohn, und beide waren jetzt in einer Hütte, in einem Wohnwagen, in einem Schuppen oder einem Zelt, die Schuhe des Jungen waren aneinander festgebunden, er hielt sie an den Schnürsenkeln fest, er träumte die Träume von Kindern, deren Erzeuger ihr Leben in Stücke zerlegen. Daneben schlief der Hund, der nicht wusste, woher er kam und wohin er ging und nur gestreichelt und gefüttert werden wollte. Für drei Tage waren sie weggefahren, und es war, als wäre es für ewig. Morgen werde ich mir den Zopf abschneiden, ich werde ins Café gehen, dann ins Kino, ich werde mir Popcorn kaufen, ich werde mir einen Woody-Allen-Film anschauen, und der Bauch wird mir wehtun vor Lachen und vom Popcorn, dann werde ich nach Tel Aviv fahren, ich werde am Strand sitzen und das Meer betrachten ... Aber als der Morgen kam, zog ich eine meiner drei abgetragenen Jeans an, verließ das Haus, zog das Blatt Papier, das aus dem Briefkasten ragte, nicht heraus und fuhr zum Laden. Ein Mann, der von der Synagoge kam, kaufte zwei Brötchen, bezahlte und sagte: »Ich wünsche Ihnen einen guten Monat.« So erfuhr ich, dass der Monat der Buße und der Gnade begonnen hatte. Der Sommer war in seine letzte Phase eingetreten, der Kreis schloss sich.

Ich räumte allein die Milchkisten auf, Amjad kam mit drei Stunden Verspätung. Man hatte die Grenzübergänge gesperrt, es hatte eine akute Warnung gegeben, man sagte, eine Bombe tickte. Ich beschloss, ihm den ganzen Tageslohn auszuzahlen, denn ich gab ihm seinen vollen Tageslohn auch an Tagen, an denen die Sicherheitskräfte ihn daran hinderten, seiner Arbeit nachzugehen, man würde mir keine Tapferkeitsmedaille für meine Mildtätigkeit geben und unser Planet wurde nicht sympathischer dadurch, aber trotzdem. Amjad arbeitete und hörte dabei Radio, er lief hin und her, als ticke die Bombe in seinem Kopf. Er hatte eine Frau und drei Kinder, Schulden und ein kleines, enges Haus, eine Bombe, die irgendwo explodierte, stahl ihm das Brot aus dem Mund. Ich sah ihn an und dachte an Gideon, der eine Frau und einen Sohn hatte, einen Beruf und eine geräumige Wohnung, und dem es so eng ums Herz war, dass kein Platz blieb, nicht für mich, nicht für seine Eltern, nur eine kleine Nische für den Jungen, und auch das nur bedingt. Und was war mit mir, warum wagte ich nicht, das zu berühren, was sein Herz zusammenkrampfte, warum fragte ich nicht, was ist mit dir, Gideon? Was nagt an dir? Wir waren doch mal bis über beide Ohren verliebt gewesen, wir lieben uns immer noch. Auch als wir mit der Karriere beschäftigt waren, beteiligten wir einer den anderen an den großen und kleinen Dingen, die uns erfreuten oder ärgerten und die Einfluss auf unser Leben hatten, bis das »wer oder was bin ich« anfing, an seiner Seele und an seinem Herzen zu nagen, und es dazu brachte, sich zu verkrampfen und zusammenzuschrumpfen.

Amjad beugte sich über eine Kiste und die Adern an seinen Schläfen schwollen an, sodass ich fürchtete, sie könnten platzen und das Blut würde herausspritzen. »Warte, wir heben sie zusammen.«

»Es ist schon vier, gehst du nicht zu deinem Sohn?« Er schaute mich über die Kiste hinweg an.

»Der Junge ist mit seinem Vater nach Eilat gefahren.«

»Ach so, Eilat. Eilat ist schön.«

»Ja.«

Ich sagte Ja, und dabei wusste ich nicht, ob sie überhaupt dort angekommen waren, vielleicht hatte dieser kleine Wodka sie in Schwierigkeiten gebracht, war weggelaufen, hatte gebissen, sich gewehrt, gekratzt. »Einen Moment, ich muss mal schnell telefonieren«, sagte ich, ließ ihn mit der Kiste mit den Ölflaschen stehen und rief Gideon an.

»Mama, in diesem Hotel erlauben sie keine Hunde, deshalb schläft Wodka nachts bei Nadja.« Nadav war aufgeregt, er erzählte von dem Boot mit dem Glasboden, mit dem sie gefahren waren, vom Schwimmbad des Hotels, von dem vielen Eis und von allen anderen Freuden, die Gideons schlechtes Gewissen ihm beschert hatte, aber ich hörte schon nicht mehr zu.

Hotel? Warum ein Hotel? Warum waren sie nicht in einen Wohnwagen gegangen, in ein Zelt, zu einer Hütte, zu dem Ort, an dem Gideon wohnte? Nadja, wer war diese Nadja, die diesen deutschen Findling aufgenommen hatte, vielleicht war sie ja Gideons Zuhause, wenn er den Jungen nicht am Hals hatte. Und wenn es ihm so gut ging, warum ging es ihm dann so schlecht? Warum hatte er magere Arme und hängende Schultern?

»Ich war noch nie in Eilat«, sagte Amjad. »Ich war auch noch nie in Haifa oder in Tiberias. Und in Tel Aviv erst ein einziges Mal.«

Weil Tel Aviv Amjads am weitesten entfernter Punkt war und wegen Nadja und dem Hund und wegen des allgemeinen Leids und des gequälten Herzens sagte ich: »Hör zu, es wird Zeit, dass du mehr Lohn bekommst.« Er fragte nicht, wie viel, warum, wann. Er schwieg und kümmerte sich weiter um die Ölflaschen. Ich nahm dreihundert Schekel aus der Kasse und sagte: »Ein Vorschuss.« Er berührte das Geld nicht, schaute nachdenklich vor sich hin, dann griff er nach den Scheinen, faltete sie zusammen, stieß ein »Danke« aus und steckte sie ein. Wofür würde er sie ausgeben? Für Schuhe für den Kleinen? Für einen Zahnarzt für seine Frau? Oder würde er damit die Stromrechnung bezahlen? Nach Tiberias fahren?

Ich verließ den Laden, als die Abendröte am Himmel erschien und die Bäume, die von der Stadtverwaltung gepflanzt worden waren, einfärbte. Na ja, Bäume. Magere Stämmchen, mit Stöcken gestützt, botanische Greise, deren Saft ausgetrocknet war. Ich ging zum Gemüsehändler und kaufte Gemüse für eine Suppe, und der Duft der Guaven stieg mir in die Nase. Gelblich grün und prall leuchteten sie aus den Kisten, die er einladend ausgestellt hatte. Ich drehte sie um und suchte mir die prachtvollste Frucht aus, schwer, gelb, vollkommen. Der Gemüsemann wickelte sie für mich ein, ich bezahlte und vergaß das orangefarbene Gemüse, dessentwegen ich gekommen war.

Ich war schon ohne Zopf, als ich an die Wohnung in der Feigenstraße 9 klopfte und hörte, wie er zur Tür kam.

»Warum?«, fragte er, als ich noch an der Tür stand, schüttelte den Kopf und betrachtete meinen Schädel von links und von rechts. »Zweimal warum? Warum hast du ihn abgeschnitten, und warum bist du gekommen?«

»Ich habe ihn abgeschnitten, weil ich genug davon hatte. Und ich bin gekommen, um dir etwas zurückzugeben.« Ich machte meine Tasche auf und reichte ihm die Tüte mit der Guave.

Er lachte, legte mir die Hand auf die Schulter, forderte mich auf, einzutreten und sagte: »Die erste Antwort ist nur halb wahr, die zweite ganz und gar gelogen.« Sein helles Jeanshemd stand ihm sehr gut. Er sah jünger aus als beim letzten Mal, als wir, der Junge und ich, gekommen waren, um uns den abgerissenen Himmel zurückzuholen. Vielleicht war er kurz vorher von der Arbeit zurückgekommen und hatte noch nicht das Image des charmanten Dozenten abgelegt, oder ich hatte ihn an einem Tag erwischt, an dem das Leben es gut mit ihm meinte und ihn attraktiv machte. Er ging in die Küche, mit diesem Mir-kann-nichts-passieren-Gang, der früher sein Kennzeichen gewesen war. Sein Rücken war gerade, die Brust nach vorn gewölbt und gespannt, er brachte ein Messer und einen Teller, teilte die Guave in der Mitte und sagte: »Halbe-halbe.« Er schlug die Zähne hinein und drehte das Gesicht zu mir. »Nun, warum isst du nicht?«

»Ich bin hergekommen, um meine Schuld zu bezahlen, wenn ich jetzt esse, bleibe ich dir wieder etwas schuldig.« Trotzdem schnitt ich mir ein Stück von der geteilten Guave ab.

Er schmatzte vor Vergnügen. »Der September riecht immer nach Guaven.«

»Auch der Elul«, sagte ich, aber ein schneller Blick durch seine Junggesellenwohnung zeigte mir, dass der zwölfte Monat des jüdischen Kalenders nicht mehr zu seinem geistigen Repertoire gehörte. Der Korb mit den Zeitungen war voller Ausgaben in Englisch und Französisch, und in seinem Bücherregal stand eine zerfledderte Bibel, ein Relikt aus seiner ersten geistigen Reinkarnation, eng gequetscht zwischen dickbändigen Werken der Philosophie, der Geschichte, der Soziologie und Kunstbänden. Die Bibliothek eines gewöhnlichen westlichen Intellektuellen. Er sah, wie ich seine Bücher prüfte, lächelte und kniff die Augen zusammen.

»Heute ist der erste Elul«, sagte ich.

»Er tut mir leid.« Er deutete hinauf zur Decke und meinte den Himmel. »Am Ersten des Monats fallen ihm die Sephardim schon ab nachts um drei zur Last, und am Monatsende gesellen sich die Aschkenasim dazu.« Ein letztes Licht fiel aus dem Fenster auf die Guave, in die seine Zähne ein tiefes Relief geschlagen hatten. »Du musst dich auch für deinen wunderbaren Zopf entschuldigen, den du einfach abgeschnitten hast.« Mit geübter, natürlicher Selbstverständlichkeit strich seine Hand über meinen nackten Nacken, streichelte die Haut, glitt über die Wirbelsäule und blieb liegen. Ich hustete wegen des Guavestücks, das in meiner Kehle stecken blieb, bevor es hinunterglitt. Wie eine Kaskade von Dominosteinen schlugen meine Zähne gegeneinander, die Haut erinnerte sich und ignorierte das, was die Seele verdrängt hatte, damit es vergessen werden konnte.

»Aber warum hast du dir die Haare so kurz schneiden lassen?« Er berührte mein Ohrläppchen. »Haare bedeuten Kraft. Denke an Samson.« Er näherte sich mit den Lippen meinem Hals, und mir lief ein Schauer über den Rücken. Draußen wurde es dunkler, der Stoffschirm der Stehlampe warf einen Lichtkreis, aber die Bücher, die Guavestücke und wir befanden uns im Dämmerlicht. Ich spannte mich, und mit einer plötzlichen Bewegung drehte ich mich zur Seite, mein Nacken schüttelte die fremde Hand ab, die ihn berührte. Sein Telefon klingelte, er streckte die Hand nach dem Gerät aus, und ich ging ins Badezimmer. Aus dem Spiegel blickte mir eine fremde Frau entgegen, mit kurz geschnittenen stoppeligen Haaren, die die Form ihres Kopfes freilegten. Sie war erregt wie ich, aber jünger und schöner, auch sie hatte kurze Haare, und an ihrem Hals und in ihrem Ausschnitt waren noch abgeschnittene Härchen zu sehen. Ich drehte den Hahn auf und wusch mir den Hals, und die abgeschnittenen Haare blieben im Waschbecken, Dunst stieg auf und beschlug das Spiegelbild, die Frau verschwand. Ich trocknete mich mit dem einzigen Handtuch ab, das dort hing. Es war vom häufigen Waschen hart, die Farbe verblasst. In diesem Badezimmer waren keine weiblichen Utensilien zu entdecken. Eine einzige Zahnbürste, Deodorant, der Bademantel eines Mannes, Hausschuhe eines Mannes. Seife und Shampoo waren einfache Artikel aus dem Supermarkt, ein Kamm, in dessen Zinken noch ein paar Haare hingen, die nur von einem Mann stammen konnten. Ich zog mit dem Finger Furchen in den beschlagenen Spiegel und schrieb das Wort Elul hinein. Im vom Dunst befreiten Teil des Spiegels sah ich asymmetrische Lippen und starke Zähne. Scha'ul Harnoi stand hinter mir und atmete in meinen nackten Nacken.

»Wie viele Kinder hast du?«, fragte ich, mit dem Rücken zu ihm.

»Drei.«

»Sind sie bei ihrer Mutter?«

»Was spielt das jetzt für eine Rolle.« Der Anblick wurde klarer, das Wort Elul zeigte sich im Dunst wie mit dem Finger in Staub gemalt.

»Du hast recht. Es geht mich nichts an. Ich gehe jetzt.«
Ich drehte mich zu ihm um. Er trat zur Seite, um mir den Weg in den Flur freizumachen.

»Hör zu, diese ganze Geschichte mit der Guave war überflüssig«, sagte ich. »Ich weiß nicht, was mir eingefallen ist.« Ich griff nach meiner Tasche.

Er lachte. »Und am Schluss bleibst du mir wieder etwas schuldig.«

»Ich schulde dir gar nichts.«

»Eine halbe Guave«, sagte er, und diesmal lachte er nicht. Seine Augen blitzten wie früher, wenn er seine Gegner bei ideologischen Diskussionen besiegt hatte, wenn er ein semantisches oder philosophisches Kaninchen aus dem Hut gezogen und eindeutig gesiegt hatte. Ich verließ ihn mit einer Eile, die deutlich zeigte, dass ich kein Interesse an irgendeiner Abschiedszeremonie hatte. Ich schloss die Tür hinter mir, und er konnte von seiner Wohnung aus meine Sandalen hören, als ich leichtfüßig wie ein Kind die Treppe hinunterlief. Er würde mich vom Fenster aus auch sehen können, wenn ich in den Mazda sprang. Ich fühlte mich so leicht, als hätte ich ganze Kilogramme und Jahre auf dem Fußboden des Friseurladens zurückgelassen. Scha'ul Harnoi stand an seinem Fenster im zweiten Stock und sah zu, wie meine Sohlen kaum den Asphalt berührten. Er konnte mich nicht beschuldigen, betrunken zu sein, schließlich war er mit seiner Nase bei meinem Mund gewesen, und er konnte nichts anderes gerochen haben als Guave. Mit dem Haareschneiden war Gewicht von mir abgefallen, als hätten die Haare auch meine Seele belastet. Nun, da die Haare weg waren, hätte ich wie Mary Poppins über die Dächer schweben und den Mond mit einer Regenschirmspitze aufspießen können. Doch ein dumpfer Schlag unterbrach meine Fantasien. Eine eingewickelte unreife Guave knallte auf das Dach des Mazda, und auf dem Einwickelpapier stand:

»Wenn du eine Verkäuferin bist, bin ich ein Frosch.«

»Dann bist du ein Frosch«, schrie ich zu seinem Fenster hinauf. Er hob die Hände über den Kopf zum Zeichen der Unterwerfung. Mein Schreien hatte Köpfe an die Fenster gelockt, neugierige Augen verfolgten die Szene und wurden enttäuscht, die Szene eines Fremden ist das beste Mittel, dich von deinen eigenen Szenen abzulenken. Der Mond über der Feigenstraße hing als weiße Sichel verlassen am schwarzen Himmel, klein wie der abgeschnittene Fingernagel eines Säuglings, ich hätte ihn herunternehmen und als Ohrschmuck verwenden können. Schon lange hatte ich mich nicht mehr so stark und energisch gefühlt, Wind blies mir durch die kurzen Haare und drückte sie an meinen Kopf. Ich war glücklich, eine Ladenbesitzerin zu sein, glücklich darüber, dass ich den Mut hatte, eine Ladenbesitzerin zu sein, die den größten Teil ihres Lebens noch vor sich hatte, ich war glücklich, mit Brot, mit Margarine und Mehl zu handeln. Nein, ich vergaß nicht, dass ich einen Mann hatte, mit mageren Armen, und einen Sohn, dessen Seele zu zart für dieses Leben war, und dass es eine gewisse Nadja gab und außerdem auch Wodka. Und dennoch, an jenem ersten Elul, an dem Tag, an dem mein Kopf leer geworden war, war ich glücklich. Ich suchte nicht nach einer Rechtfertigung für dieses Glück, von mir aus konnte es auf biochemischen Gründen beruhen, auf dem zerbrechlichen Gleichgewicht der Enzyme, der Hormone, der Elektrolyse und Ähnlichem. Das Samson-Syndrom funktionierte bei mir komplett anders, als Scha'ul Harnoi es mir vorausgesagt hatte. Ich war voller Kraft. Die Scheren, die meinen Kopf berührt hatten, hatten Wunder bewirkt. Ich hob den Blick nicht zum zweiten Stock, um zu sehen, ob er noch dort stand, ich stieg in den Mazda und fuhr los.

Das orangefarbene Licht der Straßenlaternen nahm ab, je weiter ich Richtung Süden fuhr, auf der Straße, die sich bis zum Dorf schlängelte. Ein schwarzer Ärmel tauchte plötzlich am dunklen Straßenrand auf. Mein plötzliches Bremsen erschreckte die Gestalt, sie verschwand im Gebüsch und tauchte wieder auf. Ein Mann in Schwarz machte die rechte Vordertür des Mazda auf, so selbstverständlich, als handle es sich um ein Taxi, das er bestellt hatte, er setzte sich auf den Beifahrersitz, schloss die Tür, schnallte sich an und fragte nicht, wohin ich fuhr. Auch ich fragte nichts, ein Blick hatte mir genügt, sie sofort zu erkennen. Ich nahm den Fuß von der Bremse und fuhr weiter. Mir war egal, was sie wollte, welche Pläne oder bösen Absichten sie hatte, ich wusste, dass mir in dieser Nacht nichts Schlimmes passieren konnte. Die Harmonie zwischen mir und der Welt war vollkommen. Die erste Nacht des Elul und ein winziger Mond waren in mir. Madonna bewegte sich nicht und sagte kein Wort, ihr Blick war auf die Straße gerichtet, als gäbe es für sie nichts Wichtigeres auf der Welt als das Ziel, auf das sie sich hinbewegte. Wenn sie reden würde, würde ich ihr antworten. Nein, nein. Wegen meiner neuen Frisur und der Dunkelheit im Auto hatte sie mich nicht erkannt. Obwohl wir kein Wort wechselten, störte mich die Gestalt, die rechts neben mir atmete, dabei, die Fahrt in die Freiheit, die mir das vorübergehende Alleinsein bescherte, zu genießen. Wir erreichten die lange Straße, die durch das Dorf führte, und sie sagte nicht, bleib hier stehen, oder ich muss da oder da hin. Sie saß schweigend neben mir, und weil sie nichts sagte, stellte ich auch keine Frage. Ich blieb neben dem letzten Haus stehen, machte die Scheinwerfer und den Motor aus und sagte: »Hier.« Beide stiegen wir aus, gemeinsam, wie die Leibwächter einer hochgestellten Persönlichkeit, das Licht der Straßenlaterne fiel auf mich und auf das weiße Gesicht Madonnas.

»Was suchst du hier?«

Sie legte die Hand auf den Mund und brach in Lachen aus. »Ich soll tot umfallen, du bist es? Wow, wie kurz. Bist du lesbisch geworden oder was?«

Ich ließ nicht locker. »Was suchst du hier?«

»Ich möchte Wodka besuchen.«

»Er ist in Eilat.«

»Was, habt ihr ihn weggegeben?« Sie erschrak, ihr Hals reckte sich, sie bewegte den Kopf hin und her und spähte suchend in die Dunkelheit.

»Er kommt in drei Tagen zurück.« Ich drückte auf die automatische Türverriegelung und wandte mich zum Tor. Das Haus sah aus wie eine Briefmarke auf dem schwarzen Waldumschlag. Ich zog die Post aus dem Briefkasten, die seit dem Morgen auf mich wartete, das Papier war feucht vom Tau, ich knüllte es zu einem Ball und steckte ihn in die Tasche wie eine Karte, die man zur Kontrolle aufbewahren muss. Ich machte das Tor auf und trat ein, ich hörte ihre Schritte, die mir folgten, und ging weiter. Im Haus des Alten war Licht, und seine Gestalt klebte am Fenster, hinter den Ritzen des Rollladens. Ich wusste nicht, ob er seit dem Morgen am Fenster stand oder ob Madonnas Stimme ihn herbeigelockt hatte. Ich hob die Hand, um ihn zu grüßen, als salutierte ich vor seinem Leben hinter dem Fenster und vor der Hartnäckigkeit, mit der er an ihm festhielt. Ich öffnete die Haustür und trat ein, sie folgte mir.

»Ich muss aufs Klo«, sagte sie.

»Du weißt, wo es ist.« Ich wollte, dass sie ging. Sie sollte im Badezimmer verschwinden, sollte sich duschen, schminken, Hauptsache, ich hatte einen Moment für mich. Ich machte das Licht in der Küche an und bedauerte, dass ich kein Baguette oder Brötchen aus dem Laden mitgebracht hatte. Ich war hungrig. Während mir Mary-Poppins-Flügel gewachsen waren, hatte ich nichts gebraucht, doch jetzt, nachdem die Flügel verwelkt waren, sehnte ich mich nach Baguette mit Rührei, nach Schnittkäse und Oliven, und danach noch ein Brot mit Avocado und Zwiebeln, und sogar ein drittes hätte das Loch in meinem Bauch wohl nicht gestopft. Als sie in die Küche zurückkam, war der Tisch schon für zwei Personen gedeckt, in der Mikrowelle tauten bereits sechs tiefgefrorene Brotscheiben auf und in der Pfanne brutzelte ein Omelette, eine doppelte Portion. Wie leicht war es doch, den Magen zu beruhigen, im Vergleich zu dem, was die Seele benötigte, um zur Ruhe zu kommen.

»Setz dich«, sagte ich.

Sie setzte sich, zog das schwarze Jackett aus und entblößte nackte runde Schultern und muskulöse Arme, deren Kraft aus einem Fitnessstudio oder von dem gewalttätigen Spiel des Lebens stammen musste. Ihre Muskeln passten nicht zu ihren zarten Händen. Ich führte ein Messer zu dem runden Omelette und zerteilte es mit einem energischen Schnitt, als würde ich das Schicksal zwischen uns teilen.

»Wie viel hast du für den Zopf bekommen?«, fragte sie und nahm eine Scheibe Brot.

»Gar nichts.«

»Was heißt da nichts? Er war mindestens fünfhundert Schekel wert. Gib ihn mir, ich werde ihn für dich verkaufen, und ich komme nicht mit weniger als sechshundert zurück.«

»Ich habe ihn beim Friseur auf dem Boden liegen lassen.«

»Entschuldige, aber du bist echt bescheuert, ich hatte auch mal lange Haare, blonde, dickere als du, und weißt du, wie viel ich dafür gekriegt habe? Siebenhundert.«

Ich betrachtete diese junge Frau mit ihren schwarzen Rabenhaaren und nahm an, dass der Verkauf ihrer blonden Haare eine Lüge war, die sie mir gerade verkaufte. Sie senkte den Blick, sie war ausgehungert, ich hatte das Essen noch nicht angerührt, da riss sie sich mit den Fingern schon Stücke aus dem Omelette, nahm die Gabel und stopfte sich den Mund voll. Wer weiß, wovon sie sich in der Gosse ernährte, in der sie sich herumtrieb. Sie aß, als wäre dies ihr erstes Omelette seit Jahren, wischte mit Brot das Fett aus dem Teller und vertilgte vier der sechs Scheiben Brot, die ich aufgetaut hatte. Das Leben hatte sie gelehrt, schnell zu nehmen, was ihr geboten wurde, keine Zeit mit Erklärungen und mit Dankbarkeit zu vergeuden. Als wären wir alle gleichberechtigte Teilhaber an den kosmischen Ressourcen, als gäbe es kein Mein und kein Dein, als würde dich die Welt nicht nach der Größe des Brockens einschätzen, der auf deinen Namen eingetragen ist. Nicht, dass ich eine große Sozialistin gewesen wäre, schließlich hatte ich in der Bank ein eigenes Büro gehabt, und von meinem Schreibtisch aus hatte ich Menschen beraten, wie man anderen am besten die Decke von den Beinen zog, und für jeden Geldbeutel, den zu füllen es mir gelang, gab es einen anderen, der leerer wurde. Doch nun, da ein hungriger Mensch sich so selbstverständlich an meinen Tisch setzte, als gehöre er zur Familie, und sich ohne Manieren und Berechnungen vollstopfte, dachte ich, dass es einigermaßen gerecht sei, letztendlich ist Gott der Herr über die Materie, und was in der Welt existiert, ist das, was es gibt, und seine Untertanen sollen zusehen, wie sie damit zurechtkommen, und Madonna kam damit zurecht. Aber anscheinend nicht immer, wie sonst war sie so mager, und warum konnte man die Rippen unter dem billigen Unterhemd erkennen, das sie trug, und woher kam dieser Heißhunger, und warum schlug sie sich den Magen so voll, als gäbe es kein Morgen.

»Wie alt bist du?«

Ein großes Stück Schnittkäse rutschte in ihre Hand, bereit, verschlungen zu werden. »Sagen wir mal achtzehn.«

Ihr Alter war eine Lüge, genau wie ihre blonden Haare. Sie bewahrte das wenige, was ihr gehörte, sorgfältig für sich, Alter, Haarfarbe und andere biografische Daten. Und was spielte es schon für eine Rolle, ob die Sonne seit ihrer Geburt die Erde achtzehn oder neunzehn Mal umrundet hatte? Hätte Nadav achtzehn gehört, hätte er vor der Leistung den Mund aufgrissen, jetzt saß er mit seinem Vater und Wodka am warmen Strand und zählte Sterne. Der Mond über ihren Köpfen ist schmal wie Draht, und Nadav fragt, was damit ist und wo dieses Stück jetzt fehlen mag. Gideon nimmt zwei Steine und erklärt dem Jungen, wie ein Stein, der nichts Eigenes besitzt, Licht zurückwirft, das er von woanders bekommt, wie die Rücklichter eines Fahrrads. Er beschreibt ihm die kalte, unfruchtbare Steinwüste, die kaum Schwerkraft besitzt, und nachdem er ihm den nackten, armen Mond erklärt hat, gibt er ihm etwas von seiner verlorenen Ehre zurück und singt das Lied vom Mond, der jede Nacht herunterschaut.

»Du denkst, dass ich Russin bin, nicht wahr? Alle glauben das.«

»Kaffee?« Ich erhob mich, um Wasser aufzusetzen.

»Kakao.«

Nun, und wenn sie nicht aus Russland kommt? Russland,

Kanada, Marokko, Indien, was spielt das für eine Rolle, ob der Bauch, der sie geboren hat, eine Djellaba getragen hat, einen Sari oder ein kurzes, durchsichtiges Chiffonkleid? Das Einzige, was eine Rolle spielte, war, ob das Herz über jenem Bauch sich für sie geöffnet oder zusammengekrampft hatte.

»Es ist mir wirklich egal, woher du kommst. Kalten oder warmen Kakao?«

»Kalten. Nur damit du es weißt, ich bin nicht aus Russland. Wenn die Polizisten ein junges Mädchen mit weißer Haut und angetrunken aufgreifen, sagen sie sofort, eine Russin. Ich habe gesagt, von mir aus, soll es so sein. Ich bin zum Innenministerium gegangen und habe meinen Namen geändert. Sie haben mich gefragt, was für einen Namen ich möchte, und ich habe gesagt, Madonna Solschenizyn. Die fromme Angestellte fragte, ob ich sie auf den Arm nehme. Wissen das deine Eltern? Das ist doch egal, es geht dich nichts an, ob sie es wissen oder nicht, habe ich gesagt, tu, was ich gesagt habe.«

Sie sprach schnell, das R artikulierte sie künstlich, ein falscher Hinweis auf einen Ort, der nicht zu ihrer Vergangenheit gehörte. Ihre Augen funkelten mich an, als wäre ich die Angestellte im Innenministerium, sie schwieg, und es war, als würde ihr der schwarze Lippenstift den Mund brutal verschließen.

»Wie war dein Name früher?«

»Mein früherer Name ist tot. Madonna Solschenizyn, so heiße ich.«

Madonna verschwand, und ich ging zu meinem feuchten Platz auf der Schaukel. Von der Ecke aus, in der sie stand, war das Haus des Alten außerhalb des Blickfelds, er müsste schon eine Wand herausbrechen, um etwas zu sehen. Vor einer Stunde war sie gegangen und ich war endlich allein. Ich überließ mich dem leichten Schaukeln, dem kühlen Gefühl auf dem Kopf, der Stille, die vor so viel Leben vibrierte, dem Schrei einer Eule, platzender Baumrinde, lautem Zirpen, herabfallenden Blättern. Am liebsten wäre ich Teil dieses atmenden Lebens gewesen, unbewusst, ohne nachzudenken, ohne zu planen, ohne Freude und ohne Bedauern. Ich reckte das Gesicht zum Himmel und lud die Sterne ein, auf mich herunterzufallen wie Konfetti bei einer Hochzeit, aber statt der Ferne kamen meine Nächsten auf mich zu, schritten in das offene Bewusstsein, Gideon, Nadav, Maja, Wodka, Madonna, Scha'ul Harnoi, der Alte, sie suchten sich einen Platz und ließen sich im Amphitheater meines Gehirns nieder, drängten und kämpften in meinem Schädel. In diesem Moment hätte ich gerne Whisky getrunken oder etwas anderes Scharfes, um die Geister zu vertreiben. Liebe Madonna Solschenizyn, ich kann kein böses Wort über deine innige Beziehung zur Flasche sagen, im Gegenteil, wenn man keinen anderen Ausweg hat, ist Alkohol ein wunderbarer Retter des Gehirns.

»Ich gehe«, hatte sie vor einer Stunde gesagt, nachdem sie den Kakao ausgetrunken hatte.
»Wohin?«
»In die Stadt.«
Sie stand auf, schob die Hände aus den Ärmeln ihres Jacketts, breitete die Arme zur Seite, und unter ihrem Unterhemd war ihre flache, kindliche Brust zu erkennen.
»Du bist noch keine achtzehn«, sagte ich.
»Warum? Was ist? Hast du noch nie ein Mädchen mit kleinen Brüsten gesehen?«

Sie senkte den Blick auf ihre bescheidene Brust und schlug ihr Jackett zusammen, um das beleidigte Körperteil zu verdecken.

»Schade, ich hätte Wodka gern gesehen«, sagte sie. Ich sagte ihr nicht, dass der kleine Hund, der noch nicht gelernt hatte, draußen zu pinkeln, die Nacht bei einer gewissen Nadja verbringen würde. Ohne Dank und ohne Abschied machte sie die Tür auf und verschwand. Nur Gott wusste, in welche Räuberhöhle sie ging und wo sie Alkohol in ihren dünnen Körper füllte. Und dennoch – als sie Wodka hiehergebracht hatte, hatte sie ihn an ihren Körper gedrückt, als wäre er ein Baby, das sie stillte, und er, in ein Tuch gehüllt, war ruhig gewesen und hatte ihr vertraut. Man könnte weinen, wenn man an die Wärme dachte, die er von ihr bekommen und ihr gegeben hatte. Die Menschen weinen oft wegen eines geringeren Anlasses.

Erst am Morgen, als ich den neuen Zettel aus dem Briefkasten holte, erinnerte ich mich an den zerknüllten vom Tag davor und nahm auch ihn heraus und las auf dem zerknitterten Papier: »Was hat der Mensch für Gewinn von all seiner Mühe, die er hat unter der Sonne?« Auch der neue Schrieb, der von heute, befasste sich mit dem Leid der Welt. »Ob er auch zweitausend Jahre lebte, und genösse keines Guten: kommt's nicht alles an einen Ort?« Einen Moment lang hielt ich beide Blätter in der Hand, dann warf ich sie in den Mülleimer, doch sie fielen daneben und trudelten die Dorfstraße entlang. Der Alte beobachtete mich von seinem Fenster aus, und sein Gelächter ließ den Rollladen erzittern.

»Einen Millimeter mehr und er hätte dir den Verstand abgeschnitten«, schrie er und lachte über meinen geschorenen Schädel. Ich sah ihn zum ersten Mal lachen, und das brachte mich dazu, ebenfalls in lautes und übertriebenes Gelächter auszubrechen, als habe es sich in mir angestaut und sei jetzt froh, eine Öffnung gefunden zu haben. Zwischen dem Mülleimer und seinem Fenster traf sich unser beider Lachen und mischte sich, bis Schoschana mit ihrem Suppentopf kam und rief: »Was ist mit euch?« Der Suppengeruch flog vor ihr her wie eine Wolke.

»Schon wieder Erbsen, Schoschana?« Der Alte ließ ein letztes Lachen zu Boden kollern.

»Was heißt da wieder, gestern war es Kürbis und morgen sind es Süßkartoffeln.«

Schoschanas Gesicht war rot, ihre Haare waren mit einem roten Band zurückgebunden, das Rot, mit dem sie sich die Lippen angemalt hatte, war grell und glänzend.

»Nie sagt er mal Danke«, sagte sie und hob das Gesicht zum Himmel, als wolle sie es der Sonne zeigen, der Ring an der Hand, mit der sie den Topf hielt, blitzte auf und spiegelte sich in dem glänzenden Edelstahl.

»Da arbeitet man, man schleppt, man kauft, man kocht, man rennt, und er – schon wieder Erbsen, Schoschana?« Sie verzog den Mund und ahmte ihn nach, drückte den Topf gegen ihren Bauch und sagte, mit einem Blick zu mir: »Weißt du, ich bin nicht wie er, ich genieße das Leben, und wenn ich mich mal ärgere, habe ich es in der nächsten Minute schon vergessen. Stimmt's, Papa?« Sie lächelte in Richtung Rollladen, bekam aber keine Antwort. »Nun, ich muss mich beeilen.« Sie lief mit dem Topf weiter. Die Gestalt hinter dem Fenster verschwand, er ging los, um dem Topf die Tür aufzumachen.

Laute Stimmen drangen vom Haus herüber, Worte waren zu hören, Erbsen, Süßkartoffeln, tiefgefrorene Flügel,

Putenbrust. Und auch klar, natürlich, erst wird der Messias kommen ...

Sie hatte recht. Im nächsten Moment hatte sie es schon vergessen. Sie kam aus dem Haus, die Stufen herunter, strahlte, ordnete das Band in ihren Haaren, zog sich die Bluse über der üppigen Brust zurecht und lachte, als hätte sie sich nicht gerade erst beklagt.

Sie kam näher. »Deine Frisur ist schön. Aber was für ein Mut, wie viele Jahre hast du die Haare wachsen lassen? Es ist mir gleich aufgefallen, als ich gekommen bin, aber mein Vater hat mich geärgert, und ich reagiere immer gleich, ich kann mich nicht gleichzeitig auf einen Zopf und Erbsen konzentrieren.« Sie lachte und lief rasch zu ihrem Auto.

»Möchten Sie einen Kaffee mit mir trinken, Herr Levi?« Ich drehte mich zum Fenster, hinter dem seine Gestalt wieder aufgetaucht war, der Rollladen wurde hochgezogen. Die Hand, die das Ohrläppchen rieb, hielt inne, die Lippen pressten sich zusammen, staunend, als läge ein Gewicht auf ihnen. Außer Schoschana, ihrem Mann und ihren Kindern hatte ich nie irgendjemanden bei ihm ein und aus gehen sehen, und auch ihn selbst hatte ich nicht oft die Stufen herabsteigen sehen.

»Machen Sie einen Witz?« Er fing sich wieder und drückte die gerunzelte Stirn gegen das Fliegengitter.

Hier war ein Mann, der die letzte Stufe des Lebens erreicht hatte, und die hätte er mit Schwung nehmen können, er hätte den Flug seines Lebens machen und satt landen können. Ohne Verantwortung für Mensch oder Tier, wohlhabend, mit einer für sein Alter guten Gesundheit, hätte er mit dem Rentnerclub nach China fliegen und vom Bus aus die schlitzäugigen Reisbauern beobachten können, er hätte Schmetterlinge züchten oder vernünftig im Kasino eines Ferienschiffs wetten können, er hätte einen Sombrero tragen können, eine nicht unbedingt gleichaltrige Liebhaberin finden und Barsche essen können, doch er zog es vor, Vergangenheit und Zukunft auf einen Raum von zehn Bodenkacheln und einem Fenster zu beschränken, Hautfetzen zu reiben und Abscheu zu kultivieren.

»Ich meine es ernst, Herr Levi.« Auch ich war weder für einen Menschen noch für ein Tier verantwortlich. Der Junge und der Hund waren bei Gideon, der Laden lag in Amjads Händen, das Land in den Händen Gottes. Der morgendliche Wind strich mir über den Kopf wie über Gras, ich war fröhlich und energisch und suchte einen alten Menschen, um ihm über die Straße zu helfen, wenn nicht höflich, dann mit sanfter Gewalt.

Er machte mir nicht auf, auch dann nicht, als ich mit der ganzen Hand gegen seine Tür schlug.

»Machen Sie schon auf!« Ich hätte mir nicht vorgestellt, dass meine Hände im Laden so knochig und die Gelenke so hart werden würden.

Er behielt sein Leben für sich, wie Madonna. Man könnte denken, sie hätten wer weiß was zu verbergen. Was war mit ihnen geschehen, was nicht bereits vorher in der Geschichte der Menschheit geschehen war? Angenommen, er hatte einen Haifisch gefressen oder eine Frau umgebracht, oder Madonna war von ihrem Vater vergewaltigt und geschwängert worden und hätte das Kind umgebracht, na und? Das hatte man alles schon gehört und gesehen und wird es hören und sehen, bis man aufhört, es zu hören und zu sehen.

»Zum letzten Mal, machen Sie mir auf oder nicht?« Ich sprach in scharfem Ton, wie er es gewohnt war, und ich lag damit richtig.

Sein Schlüsselbund rasselte, ein Schlüssel wurde ins Schloss gesteckt und dreimal umgedreht, die Sicherheitskette wurde zurückgenommen und die Tür ging auf.

Ich erschrak. Er war viel dünner, als man es durch das Fliegengitter sehen konnte, das ihn von der Welt trennte.

»Darf ich eintreten?«

»Wofür? Merken Sie sich, wenn ich Ihr Vater wäre, hätte ich Ihnen eine Tracht Prügel verpasst für das, was Sie mit Ihren Haaren gemacht haben.«

»Ich möchte mit Ihnen einen Kaffee trinken und ein bisschen plaudern, über das Wetter, die Regierung, über Schuhe Größe achtundzwanzig, über was Sie wollen.«

»Wer sind Sie? Die Rentenversicherung? Der Verein zur Altenpflege? Die Beerdigungsgesellschaft? Ich brauche keinen Kaffee, und ich muss nicht plaudern.«

Er versperrte mir den Weg in den Flur. Das Licht, das normalerweise nicht hereindringen durfte, fiel durch die offene Tür auf sein Gesicht und ließ jede Falte erkennen, jede Pore und jeden Hautflecken, es blendete ihn und zeigte eine Haut, die ausgehöhlt war, das teigige Gewebe der Lider, die weißen Stoppeln, die beim Rasieren an seinem Adamsapfel zurückgeblieben waren. Das scharfe, grausame Licht betastete jede Wimper und jede Schuppe. Wenn er gekonnt hätte, hätte der Alte kaltblütig die Sonne ermordet. Er zog sich in die Dämmerung des Flurs zurück, doch als ich näher trat, kam er wieder ins Licht, um mich am Eintreten zu hindern. Wenn er gekonnt hätte, hätte er bei der Gelegenheit auch mich ermordet.

»Ich habe doch gesagt, kein Kaffee und kein Geplauder. Gehen Sie und lassen Sie mich die Tür zumachen.«

Der Abstand zwischen uns war nicht so breit wie ein Messer, er verströmte den Geruch von säuerlichem Schweiß, sein Hemdkragen war abgetragen und verschlissen vom vielen Waschen und von den Körperausdünstungen und ließ die klopfende Ader an seinem Hals sehen. Man konnte sich darauf verlassen, dass Schoschana ihn mit neuen Hemden versorgt hatte, er sich aber nicht die Mühe gemacht hatte, sie aus dem Zellophan zu nehmen und anzuprobieren, lieber trug er die zwei, drei alten. Ich bewegte mich nicht, er hätte mich wegstoßen können aus der Tür, er hätte mich mit seinem künstlichen Gebiss beißen können, er hätte mir ins Gesicht schlagen können. Er sagte, ich solle verschwinden, und drohte, den Mietvertrag zu lösen und uns auf die Straße zu setzen, seine Augen, gezeichnet vom grauen Star, quollen ihm fast aus den Höhlen. »Verschwinden Sie von hier, habe ich gesagt.« Seine Stimme war kräftiger als er. Ich wollte sagen, kommen Sie, Herr Levi, machen wir das Radio an und hören das Morgenkonzert auf dem Musiksender, was kann schon passieren? Ich wollte ihn aus der Enge hinter seinem Fenster erretten, aber er, einen Moment, bevor er mich schlug oder anspuckte, zwang mich zu einem Kampf mit Blicken, und blinzelte als Erster. In diesem Moment sprang der verrückt gewordene Hahn auf das Schild »Levi« am Tor, er unterschied nicht zwischen Tag und Nacht, und stieß ein Krähen aus.

Der Alte ballte die Hand und sein Adamsapfel hüpfte auf und ab. »Das ist das Mistvieh von Horowitz«, zischte er und schwankte zwischen mir und dem Hahn. Wenn er sich um den Vogel kümmerte, wäre der Zugang zum Haus ungeschützt, und wenn er sich um mich kümmerte, würde der da draußen davonkommen ... Er entschied sich zu Ungunsten des Mistviehs von Horowitz, ging an mir vorbei zur Treppe, nahm einen der vertrockneten Kakteentöpfe vom Geländer und warf ihn Richtung Tor. Der Hahn flog erschrocken und mit zitterndem Kamm vom Schild, nicht ohne seinen Darm mit einem heftigen Schwung zu entleeren, sodass auch Spritzer auf den Scherben des Kaktustopfs landeten. In einem Dorf, in dem jedes Huhn einen Personalausweis hat und alle wissen, ob der Vogel zum Freund oder zum Feind gehört, war das eine offene Kriegserklärung. Solche Darmentleerungen galten hier eindeutig als Verletzung des Nichtangriffspakts zwischen den Einwohnern. Und der Krieg hatte eigene Gesetze. »Ich werde dir zeigen, wer hier auf wen scheißt, du Kacker«, sagte der Alte, nahm eine Decke von einer alten Kommode, bewaffnete sich mit einem Küchenmesser und lief, die Decke und das Messer in der Hand, vorsichtig und entschlossen auf das Tor zu. Der Hahn, ermutigt vom Gewinn der ersten Runde, beobachtete, was auf ihn zukam, und schickte ihm ein ausgedehntes Krähen entgegen. Wäre er nur dumm genug gewesen, um aufzugeben, aber er war eifrig und bemühte seine Eingeweide, und die letzte Portion war stärker als die erste, sie verdeckte auf dem Schild jede Spur von »Levi«. Hätte er sein Gefieder nicht so aufgeplustert, hätte er das Tuch des Matadors bemerkt und das Funkeln des Messers hätte ihn dazu gebracht, die Flügel auszubreiten, doch bis er die Augen aufmachte und den Schnabel schloss, war er schon in die Decke gehüllt und wurde hinter das Haus gebracht, seinem Schicksal entgegen. Ein kurzer, spitzer Schrei drang durch die Luft, danach kam der Alte mit leeren Händen zurück, ohne Decke, ohne Messer und ohne Hahn. Er ging zum Tor, betrachtete die graue Masse, die seinen Namen bedeckte, spuckte auf die Erde und kam bedrückt und mit schweren Schritten zurück, blass und geschlagen.

Bevor er sein Haus betrat, stieß er ein »Pfui« gegen die Welt aus, die hinter seiner Tür zurückblieb, dann kam er in den Flur, sah mich, ging an mir vorbei zum Spülbecken in der Küche und rieb sich seine knochigen Hände mit dem Topfreiniger.

»Wir haben den Monat Elul, Herr Levi, Hähne sind Sühneopfer.«

»Dieser Kacker? Er wäre gestorben, bevor ich ihm meine Sünden aufgeladen hätte, ich kenne ihn, bevor er zum Himmel geflogen wäre, hätte er meine Sünden zu Horowitz gebracht, um sie ihm zu zeigen.« Er spuckte ins Spülbecken, seifte sich erneut die Hände ein und wusch sie. »Diesem Dreckskerl hätte ich noch nicht mal meine Krankheiten übergeben.«

»Welche Krankheiten haben Sie, Herr Levi?«

»Sind Sie etwa von der Krankenkasse? Ich habe, was ich habe.«

Fünf Minuten vergingen, er befahl mir nicht, das Haus zu verlassen, und ich erlaubte mir nun langsame, vorsichtige und wohlbedachte Schritte Richtung Küche. Auf der Schwelle blieb ich stehen, vorsichtig wie ein Schmetterlingsfänger, und lehnte mich an den Türstock, während er versuchte, sich die Schuld des Hahns abzuwaschen und rein zu werden, er hörte gar nicht auf, sich die Hände zu waschen. Ich konnte der Versuchung nicht widerstehen und spähte in die Küche, die eher einem Laden für Elektrobedarf glich. Ein aufrecht stehender Toaster, ein liegender Toaster, eine Mikrowelle, ein Backofen, ein moderner Kühlschrank, eine Küchenmaschine. Die Geräte blitzten auf einer langen Marmorplatte, dunkel, kalt, die Griffe zusammengeballt wie Fäuste, als wären sie gerade entstanden und noch unbenutzt. Schoschana war eine hingebungsvolle Tochter. Kaufte Kühlschränke, Toaster, Hemden, Mixer. Schade, dass die Einkaufszentren, in denen sie herumlief, keine Elektrogeräte verkauften, die Lust, Appetit und Lebenswille produzierten, aber sie gab nicht auf. Wenn das Pferd nicht zur Tränke gehen wollte, schleppte sie die Tränke zu ihm, schließlich konnte sie die elektrische Ausrüstung, die sie ihm hingestellt hatte, betrachten und sagen, ich habe das Meine getan.

»Sie haben eine gute Tochter«, sagte ich, als würde ich die Leistung beurteilen. Aber ich meinte es so, und ich wollte ein Gespräch mit ihm anfangen.

»Darf ich?«, fragte ich und deutete auf ein Tellerchen mit ein paar vertrockneten Mandeln, höchstens ein Dutzend.

Er schwieg und zuckte mit den Schultern, als wolle er sagen: Es ist mir egal, nehmen Sie sich was oder lassen Sie's bleiben ...

Ich nahm mir welche, kaute, zerkleinerte, zermalmte, meine Kiefer bemühten sich, die Mandeln und die Stille zu zerbrechen, und während meine Zähne ihre Arbeit taten, prüfte ich die Wachstuchdecke auf dem Tisch. Ihre Ränder waren vergilbt vom Alter, gewellt und ausgefranst, die aufgedruckten Veilchen waren abgewetzt und abgeschrammt, verwelkt von heißen Kochtöpfen, durchbohrt von Gabelzinken, zerkratzt von Messern oder von Fingernägeln. Nur Gott weiß, mit wie vielen Worten Schoschana schon versucht hatte, dieses prähistorische Teil loszuwerden, und warum der Alte stur geblieben war. Eine Wachstuchdecke wie diese könnte viel erzählen, von Ellenbogen, die sich auf sie gestützt hatten, von zärtlichen Worten, geflüstert von Menschen, die sich über Teller beugten, und von Beschimpfungen, die sie sich an den Kopf warfen. Wer hatte sie aus allen Wachstuchtischdecken ausgesucht, seine Frau? Sie, die sie gekauft und auf den Tisch gelegt hatte, gab es nicht mehr. Ich vertiefte mich in diese Decke, als sei sie ein

Abdruck seiner Seele, ich zählte bis zehn und fragte: »Sind Sie schon viele Jahre Witwer?«

»Wer sagt Ihnen, dass ich Witwer bin?«

»Ich habe es angenommen. Sie leben allein und so weiter. Sind Sie denn geschieden?«

»Ich bin weder Witwer noch geschieden. Ich bin entzweit. Wissen Sie, was das heißt, getrennt? Das Band ist zerschnitten, der Schalter umgelegt.«

»Getrennt lebend also.«

»Entzweit. Verstehen Sie nicht, was man Ihnen sagt? Der Absperrhahn ist vorgeschoben. Haben Sie mal versucht, einen Wasserhahn aufzumachen, und dann kommt kein Wasser heraus? So ist es mit dem Menschen, er macht die Tür auf und niemand kommt ihm entgegen. Das Haus ist leer. Eines Tages ist sie aufgestanden und weggegangen. Sogar die Elektrizitätsgesellschaft warnt einen, bevor sie den Strom abstellt, schreibt, was man tun muss, um die Stromversorgung wieder herzustellen. Und sie? Nichts. Sie hat noch nicht mal ein Stück Klopapier mit der Aufschrift ›Schmock‹ hinterlassen.« Er trocknete sich die Hände ebenso sorgfältig ab, wie er sie gewaschen hatte, Finger um Finger, vom kleinen Finger bis zum Daumen, und dieses Abtrocknen wiederholte er zweimal.

»Nun, was ist? Wissen Sie auf einmal nicht mehr, was Sie sagen sollen? Erst reden Sie und reden, und auf einmal sind Sie stumm?«

»Möchten Sie Kaffee?«

»Wenn man einer Frau etwas Schlimmes erzählt, stopft sie einem den Mund mit Essen, will man Kaffee, will sie Tee. Warum haben Sie heute nicht Ihren Laden aufgemacht? Genieren Sie sich wegen der Frisur, die Sie sich haben machen lassen?« Er setzte sich auf einen Stuhl, seine Beine knirschten, er nahm erst das eine Knie, dann das andere, und stellte die Beine im richtigen Winkel hin. Sein Kopf sank tiefer und sein kahler Schädel bewegte sich zwischen dem Toaster und der Mikrowelle, ein spöttisches Lächeln zog seinen Mund in die Breite. Die Jahre hatten sein Gesicht zerfurcht, er hatte hässliche Falten bekommen. Sein eckiges Kinn war einmal kräftig und kämpferisch gewesen, heute war es ein Knochen mit geringer Dichte, aber noch immer kämpferisch, draufgängerisch.

»Möchten Sie, dass ich etwas sage? Kein Problem. Warum interessieren Sie sich so für die Schuhe meines Sohnes?«

Ich hatte gut gezielt und seine Achillesferse getroffen. Seine Lippen verzerrten sich, sein Kopf wackelte und sein Ohr schlug gegen den Toaster.

»Hören Sie auf, mich durcheinanderzubringen, wenn Sie keine Arbeit im Laden haben, dann putzen Sie das Haus.«

Ich ging.

Nicht zum Laden, und nicht ins Haus, um zu putzen. Ich wollte zum Strand von Tel Aviv. Ich legte den Ring ab, die Kette, die Sandalen, die Brille, ich sagte, ich werde barfuß sein, leer, ich werde nur meinen Führerschein mitnehmen, eine Kreditkarte und das Handy, die Fesseln derer, die von der Zivilisation verurteilt sind. Als Nadav geboren wurde, bekam er, kaum war er draußen, ein Band mit dem Namen und einer Nummer um seinen winzigen Arm, um ihn zu lehren, dass er immer an irgendetwas gebunden sein würde, Eltern, Bürokratie, Gewissen, und eine Befreiung könnte er nur vom Tod erwarten. Ich drückte auf das Gaspedal und auf meine Stimmbänder und sang aus voller Kehle: »Unbekannte Soldaten, um uns Angst und Tod. Alle sind fürs ganze Leben eingezogen. Nur der Tod befreit von der

Pflicht.« Bergab stellte ich meinen nackten Fuß auf die Bremse und die Bäume flogen an mir vorbei. »Unbekannte Soldaten ...«, sang ich, und der Fahrtwind aus dem offenen Fenster strich über meinen geschorenen Kopf, nahm mir die Worte vom Mund, zerriss sie zu Silben und verstreute sie in der Luft. Das Handy klingelte, ich nahm nicht ab, Gideon, der Junge, der Laden, der Hund, mein Bruder Jonathan – alle konnten warten. »Von der Pflicht befreit nur der Tod.« Ich sang es sechs, sieben, acht Mal, wie eine CD, die stecken geblieben ist. Doch wer mich von mir selbst befreite, war nicht der Tod, sondern die Polizei. Ein Laserstrahl hatte gemessen, ein Streifenwagen verfolgte mich, eine Lautsprecherstimme befahl, ich fuhr zum Straßenrand und blieb stehen. »Wollen Sie sich umbringen? Dann nehmen Sie lieber Tabletten oder trinken Sie Reinigungsmittel«, sagte der Polizist, »dann sterben Sie wenigstens allein und nehmen nicht noch andere mit.« Er hatte gute Gründe für seinen Verdacht, ich könnte aus einer Anstalt geflohen sein und den Mazda gestohlen haben, barfuß, mit geschorenem Kopf, ohne Handtasche, ohne Uhr, ohne Ring. Er stellte Fragen, er prüfte meinen Führerschein, er kontrollierte die Angaben im Polizeicomputer und fand, dass ich wirklich ich war, dass ich nicht irgendwo entlaufen war oder etwas gestohlen hatte, und der Haifisch, den er gejagt hatte, wurde zu einer Sardine, die dreißig Kilometer schneller als erlaubt gefahren war. Er füllte ein Formular aus, wieder klingelte mein Handy, und ich ließ es klingeln. Früher gab es keine Telefone und die Katastrophen warteten auf die Brieftauben oder Kuriere, die sie meldeten, also konnten Katastrophen warten. Der Polizist war fertig, aber noch nicht beruhigt. Das, was er mit eigenen Augen gesehen hatte, passte nicht zu den Details in meinen Papieren.

»Warum sind Sie barfuß? Hat man Sie von zu Hause weggejagt?«

»Ich habe ein Problem mit Schuhen«, sagte ich, das Handy klingelte wieder, und ich rührte es nicht an.

Er schaute mich an, versuchte, die Ursache für den Fehler zu finden, gab mir den Strafzettel und sagte: »Ich hätte Ihnen den Führerschein auf der Stelle abgenommen, aber wie sollten Sie zu Fuß gehen? Die Straße ist glühend heiß, Sie würden Verbrennungen dritten Grades bekommen.«

»Sie sind ein guter Mensch«, sagte ich und ließ das Auto an. Ich blieb auf der rechten Spur und fuhr mit der Geschwindigkeit eines Traktors. Es ist nicht diese Straße, Herr Polizist, es ist die Erde, die brennt, sie klopft an die Erdkugel und bittet, eingelassen zu werden. Ja, auch die Erde. Zeigen Sie mir etwas auf der Welt, das nicht irgendwo hineingeht, das nicht gefangen ist, nicht eingesperrt, das nicht versucht, zu zerschneiden, zu zerreißen, zu zerbrechen. Zeigen Sie mir einen Menschen, der nach oben fällt oder einen Totenschädel, an dem Fleisch wächst. Was ich damit sagen möchte, Herr Polizist? Dass es das ist, was mir den Kopf voll macht, wenn ich versuche, meine Lieben herauszubekommen. Unter uns, Herr Polizist, wirre Gedanken sind doch Alkohol und Drogen vorzuziehen, nicht wahr? Wieder klingelte mein Handy. Sollte es doch klingeln. Wenn du ihm dein Ohr leihst, werden deine Lieben in deinen Gehörgang eindringen und dein Gehirn überfallen. Führe Selbstgespräche über Dinge, die nichts mit deinem Leben zu tun haben, zum Beispiel: Vögel laufen nicht über glühende Straßen, hohe Absätze drücken die Gaspedale von schwarzen Jeeps, irgendwo auf der Welt, in irgendeinem Loch drückt das Leben auf einen Mann, und er sagt, wenn es so ist, warum ich, und noch andere zerrissene Sätze.

Heute Abend werden der Polizist und seine Frau Suppe essen, er wird Salz streuen und sagen, was für eine Irre ich heute angehalten habe, das kannst du dir nicht vorstellen.

Ich fuhr an den Straßenrand, denn das Telefon klingelte schon wieder, ich wartete, bis es aufhörte, dann nahm ich es in die Hand. Drei Nachrichten waren aufgenommen.

»Mama, erlaubst du, dass ich ... Mama?«

»Mama, Mama ... Es geht niemand dran, Papa.«

»Amiki, lass was von dir hören.«

Der Junge wollte meine Zustimmung zu etwas. Sein Vater benutzte den Kosenamen aus unserer alten Welt. Amiki. Aber es war nicht das laute, lebendige Amiki-Rufen von früher. In der gleichen Recyclingtonne befand sich auch das »Gidi«, so hatte ich ihn früher genannt. Kosenamen, auf die wir verzichtet hatten, nachdem wir unsere Diplome in den Händen hielten und sehr beschäftigt und repräsentativ geworden waren. Hör auf mit den unbekannten Soldaten, Amiki, mit den Vögeln und den schwarzen Jeeps, was du auch tust, du wirst es nicht schaffen, den Kopf zu Hause zu lassen, auch wenn einer mit einem Messer kommt und droht, das mit dir zu machen, was der Alte mit dem Hahn getan hat.

Ich gab mich geschlagen und rief an.

»Schön, dass du mich Amiki genannt hast.«

»So habe ich dich genannt? Das ist mir nicht aufgefallen. Wir haben viele Male versucht, dich zu erreichen, du warst nicht da, ist so viel los im Laden?«

»Vorhin ja, jetzt ist es normal.« Eine weiße Lüge, keine schlimme, weiße Lügen verblassen schnell. Also erzählte ich nichts von meiner neuen Frisur und von dem Alten und dem Hahn und fragte nicht, wer Nadja war, nicht schlimm.

Wodka bellte im Hintergrund, und der Junge sagte, Papa, los, ich möchte mit ihr sprechen.

»Gut, sprich erst mit ihm.«

»Mama, erlaubst du, dass ich noch zwei oder drei Tage bei Papa bleibe?«

»So lange du willst.«

Seine Jubelschreie verbreiterten die kleinen Löcher im Handy, sie brachen heraus und verstreuten sich in der Welt.

»Darf Wodka auch bleiben?«

»Klar«, rief Gideon dazwischen. Das Gewicht des Jungen reichte ihm nicht, er brauchte auch den Hund, um die Balance zu halten.

Ich fuhr zum Strand von Tel Aviv, trank eine Flasche Mineralwasser und verkündete dem Mittelmeer: Etwas ist mit dem Mann passiert, den ich geheiratet habe. Er ist verschwunden und hat mir stattdessen einen anderen zurückgelassen. Zufällig kam eine Möwe vorbei, hörte mich, machte den Schnabel zu und unterdrückte ihren Schrei. Hätte sie einen Mund gehabt, hätte sie gesagt, was willst du, es ist sein gutes Recht, sich andere Gewohnheiten zuzulegen, es ist sein gutes Recht, sich zu ändern ...

»Es geht nicht um Gewohnheiten, Dummkopf, es geht um die Persönlichkeit«, sagte ich, aber die Möwe verlor das Interesse, ließ den Schrei los, den sie unterdrückt hatte, und flog davon. Es war sinnlos, am Ufer des wogenden Meeres zu stehen und die Bruchstücke des Lebens zu beklagen, eine endlose Masse von Wasser und Energie, was ging es sie an. Bevor wir ein Kind bekommen und bevor wir unsere Diplome in den Händen gehalten hatten, waren wir in den Semesterferien abends hierhergefahren, Gideon hatte mich auf den Rücken genommen und war den Strand entlanggerannt und hatte laut gezählt, und wenn er die Zahl 69 erreicht hatte, hatte er mich ins Wasser geworfen und war hinterhergesprungen, war getaucht und hatte weitergezählt, bis er bei hundert war. Wir hatten uns im Wasser umarmt, und ich vergaß Gott, und manchmal erinnerte ich mich eine ganze Nacht lang nicht an ihn. Gideon trug damals Sportschuhe, made in Israel, die beim Gehen quietschten, und ihre Schnürsenkel klatschten. Dann wurde er Rechtsanwalt und trug schwarze Schuhe, made in Israel, und später trug er ausländische Schuhe, ihre Sohlen waren besser und ließen nur ein autoritäres, energisches Tack-Tack hören. Seine Robe, die zweimal im Monat zur Reinigung gebracht wurde, betonte seine geraden Schultern, und ihre Schöße bewegten sich wie die Flügel eines großen schwarzen Vogels, die mittelmäßigen Vögel beim Gericht wichen zurück, wenn er durch die Flure lief. Wenn er vor dem Richter stand und seine Verteidigungsrede hielt, brachte er mit seinen theatralischen Bewegungen die Ärmel zum Schwingen, elegant, düster, und verlieh seinem Klienten einen heiligen Ernst, auch wenn dieser nur ein einfacher Gauner war. Wenn er nach Hause kam, zog er kurze Hosen und Sandalen an, fuhr sich vor dem Spiegel durch die Haare und sagte, ich habe heute eine gute Show geliefert. Er gab an und verspottete sich zugleich. Er liebte und hasste und tat alles mit der gleichen Inbrunst.

Ich hatte das Handy, diesen beißenden Schuldeneintreiber der Aufmerksamkeit, im Auto zurückgelassen. Falls im Laden Feuer ausbrach oder auf dem Roten Meer ein Tsunami erwartet wurde, ich würde es nicht wissen. Eine ältere Frau mit Zellulitisbeinen und einer Karotte in der Hand kam mir entgegen, blieb stehen und sagte: »Sie sollten einen Hut aufsetzen, sonst bekommen Sie noch einen Sonnenstich.« Die kräftig orangefarbene Karotte in ihrer Hand schien zu brennen.

»Ich bin nur für einen Moment hergekommen«, antwortete ich auf ihre mütterliche Fürsorge.

»Warum nur für einen Moment? Das Meer ist ein hervorragender Ort, aber man braucht einen Hut.«

Ich betrachtete ihre dicken Beine, die tiefen Spuren, die entspannte Schwere ihrer Schritte und schlug mir an den Kopf, was war mit mir los? Normale Menschen gehen den Strand entlang und essen Karotten, und ich stehe vor dieser Schönheit und halte Trauerreden auf meinen Mann, als wäre ihm etwas Schlimmes passiert, von dem er sich nicht erholen könnte.

Die Frau nahm die Karotte an beiden Enden, beugte sich vor, zerbrach sie und hielt mir eine Hälfte hin. »Hier, nehmen Sie, das ist gesund.« Ich nahm die halbe Karotte und aß sie, und schon lange hatte mir nichts mehr so gut geschmeckt. Der Monat Elul, eine Frau mit einer Karotte in der Hand und Zellulitis an den Oberschenkeln hatte mir etwas von ihrer Karotte abgegeben, und schon war das Material, aus dem das Leben bestand, weicher geworden. Sie blieb stehen und schaute mir nach, als ich den Strand hinauflief zum Parkplatz, ich drehte mich zweimal um und sah, dass sie immer noch da stand, die brennende Karotte in der Hand, und mir besorgt hinterherblickte.

Ein Polizist und eine Polizistin erwarteten mich am Haustor. Er war zuständig für die schlimmen Nachrichten, sie dafür, Beruhigungstropfen zu verteilen, so war die Prozedur, wenn man Hinterbliebene benachrichtigte. Die Augen des Alten beobachteten vom Fenster aus das Tor. Und wie bei jeder guten Tragödie stand jetzt auf dem Schild, das der Hahn vollgeschissen hatte, ein Rabe und verlieh der Szene eine klare, aber abgedroschene Symbolik.

»Was ist passiert?«, schrie ich.

»Kennen Sie diese Person?« Der Polizist hielt mir ein Foto hin. Mein Seufzer der Erleichterung traf seine Wange, er wich einen Schritt zurück.

Ich wusste nicht, was besser für mich war, Ja zu sagen oder Nein.

»Madonna Solschenizyn«, sagte ich.

Sie fragten, ob sie bei mir geschlafen habe, ob mir bekannt sei, woher sie kam und wohin sie ging. Die Polizistin schrieb alles auf. Der Polizist bat mich, das Haus durchsuchen zu dürfen. Der Alte sah alles und notierte es in seinem Gedächtnis.

»Bitte, ich habe nichts zu verbergen.«

In ihren strengen Uniformen gingen sie hinter mir, der Barfüßigen, her, an ihren Gürteln klapperten die Schlüssel für Handschellen. Sie öffneten die Schränke, suchten zwischen den Büchern, hoben meine Kleidungsstücke hoch, das Kissen, das Laken, drehten die Matratze um und wandten sich dann dem Zimmer des Jungen zu und taten mit seinem Bett das Gleiche, die Polizistin hob die Decke hoch, mit allen Bären darauf, und entdeckte ein dünnes Baby Doll, auf das ein Bild der großen Popsängerin Madonna gedruckt war.

»Wem gehört das?« Der Polizist hob den rosafarbenen Pyjama hoch.

Undankbares Luder. Während ich das Brot auftaute und Rührei briet, war sie zum Badezimmer gegangen und hatte auf dem Weg das Bett des Jungen gesehen, Beweisstücke verstreut und sich ein Alibi beschafft. Und trotzdem stand ich auf der Seite des Bösen, kollaborierte mit ihr und sagte: »Es gehört Madonna. Sie ist am Morgen weggegangen und hat das vergessen.«

»Merken Sie sich, eine Lüge wird als Beihilfe betrachtet«, sagte der Polizist und stellte Fragen, und ich antwortete und wusste nicht, ob ich Madonna damit nützte oder schadete. Zumindest hatte ich einen Rechtsanwalt in der engeren Familie, obwohl er zurzeit am Roten Meer eine Auszeit nahm, aber im Notfall würde er alles stehen und liegen lassen und herkommen.

Der Polizist wischte sich den Schweiß ab und sagte: »Das wär's vorläufig, es kann sein, dass wir Sie zum Verhör bestellen.« Die Polizistin bat um ein Glas Wasser, und der Polizist sagte: »Gut, wenn das so ist, möchte ich auch eins.«

Dann gingen sie fort.

Der Mann, der Sohn und der Hund waren in Eilat, ich hatte zur Ruhe kommen wollen, war aber mit Madonnas Ärger beschäftigt. Der Mensch steht morgens auf, und dann stellt sich heraus, dass er ein Stamm ist, zwanzig Beine nach sich zieht und mit zwanzig Händen winkt und sein Herz für zwanzig schlägt und er keinen Moment hat, er selbst zu sein.

Der Alte stand ganz offen in seinem Fenster, ohne Rollladen und ohne Fliegennetz zwischen ihm und der Welt, und hatte mit seinen trüben Augen die Polizisten kommen und gehen sehen. Wäre ich Rembrandt, hätte ich mit meinem Pinsel das Licht eingefangen, das auf seine Stirn und seine Augenhöhlen fiel, das kranke Licht einer alt und schwach gewordenen Sonne.

Als der Alte mich sah, wandte er das Gesicht und betrachtete den Raben, der auf seinem Tor saß, auf dem Schild »Levi«, und die getrocknete Kacke des Hahns abkratzte. Er sprang vom Tor auf den Zaun und kratzte weiter an dem Schild und schälte die Erinnerung an die Sünde fort, die sein Artgenosse hinterlassen hatte.

5

Vier Tage vergingen, und meine Männer kamen wieder in ihre Grenzen.

Nadav sagte: »Wow, Mama, du siehst aus wie ein Mann.

Und sein Vater sagte: »Wie ein Marinesoldat. Sag, hast du eine Kopfwehtablette da?« Er drückte den Daumen gegen eine Schläfe und einen Finger gegen die andere. »Ich habe eine schreckliche Migräne.« Er schloss die Augen.

Wodka schob seine Zunge aus dem Maul und leckte meine Beine, vergeblich suchte er in mir seine ehemalige Besitzerin.

Schon bald stellte sich heraus, dass seine schreckliche Migräne eine Horrormigräne war. Er erbrach sich, legte sich hin, setzte sich gleich wieder auf und bekam Schüttelfrost. Ich stopfte ihm Kissen unter den Rücken, sodass er halb saß, halb lag, brachte ihm Wasser, machte ihm Kompressen, maß ihm Fieber und stützte ihn, wenn er zur Toilette musste, ich hielt seinen Arm und packte seine Hüften, und jede Stelle, die ich berührte, kam mir knochig vor.

»Papa, vielleicht stirbst du bald«, sagte Nadav, und ich warf einen Blick aus dem Fenster, um mich zu versichern, dass kein Rabe auf dem Haus saß und eine schlimme Nachricht in den Hof schrie.

Nachdem nichts, was wir taten, zu einer Besserung führte, ließen wir den Jungen und Wodka bei Schoschana, der Tochter des Alten, und fuhren zu einer Krankenambulanz.

»Vielleicht bist du dehydriert, du wirst eine Infusion bekommen und wieder zu dir kommen.«

»Vielleicht.« Auf dem Weg vom Parkplatz zur Aufnahmetheke stützte er sich erst auf mich, danach stützte er sich auf die Theke. Die Schwester fragte wenig und tippte viel, und bis der Drucker Papiere und Aufkleber ausspuckte, machte sie Witze mit dem Sanitäter, streckte die Arme aus, klopfte mit ihren Fingernägeln auf die Computertastatur. Gideons Kopf sank nach vorn, als würde er gleich von der Theke auf ihren Tisch fallen, über ihre Beine rollen und auf den Boden knallen.

»Los, lassen Sie ihn schon gehen, der Mann ist fertig«, flüsterte ihr der Sanitäter zu, er hatte einen Blick für Menschen, die am Ende waren, sein Alter bewies, dass er schon seit vielen Jahren Kranke vom Röntgensaal in Behandlungsräume schob, sie mit dem Aufzug hinunterbrachte und wieder hinauf zu ihren Stationen und dabei aufpasste, dass sie die Hände nicht aus den Gittern schoben oder nicht an die Wände stießen, und dass er ihre aus dem Bett gerutschten Glieder wieder zurücklegte.

»Gleich kommt ein Arzt«, sagte man zu uns und wies uns ein Bett mit einem grünen Paravent zu. Zwischen all den Geräuschen der anderen Kranken waren wir so eng zusammen, wie schon lange nicht mehr. Ich massierte seinen Nacken, und er schloss die Augen, abwechselnd genoss er den Kontakt und quälte sich, genau wie ich. Ich strich ihm mit meiner Verkäuferinnenhand über die Haare und streichelte seinen schmerzenden Schädel und biss mir auf die Lippe. Dieser Mann war meiner, falls es überhaupt so etwas gab, dass einer im Besitz des anderen war. Ich drückte meinen Mund auf seine Stirn und spürte salzige, klopfende Hitze. Ich betete zu Gott, er möge ihm nichts Böses antun, schließlich war jetzt Elul, der Monat der Buße und der Gnade und was alles dazugehörte. Ich schloss die Augen und unterdrückte meine Tränen. Gideon klammerte sich an meinen Arm, richtete sich auf, wollte sich übergeben, dann legte sich die Welle der Übelkeit, er ließ sich wieder zurücksinken und sagte: »Amiki.« Wegen dieses Amiki zerdrückte ich eine weitere Träne, die größer war als die zuvor. Lieber Gott, hoffentlich ist in seinem Kopf nichts Schlimmes gewachsen, das mit seinen wild gewordenen Zellen unsere Zukunft in Geiselhaft hält. Die Übelkeit ließ nach, auch die Schmerzen, er öffnete die Augen, und zum ersten Mal, seit er mit dem Jungen und dem Hund zurückgekommen war, schaute er mich ruhig an, hob die Hand, fuhr mir über den geschorenen Kopf und sang leise: »Er wusste ihren Namen nicht, aber ihr Zopf begleitete ihn auf dem ganzen Weg ...« Durch die ganzen Ereignisse hatte ich vergessen, was für einen schönen Bariton er hatte. Wie wir in unserer Studentenzeit zusammen gesungen hatten, »Klein ist es, mein Zimmer, und eng«, und »Meine Stirn schmückt schwarzes Gold«. Seine Hand streichelte meine Stoppeln, bis er sie senkte, weil eine neue Welle von Übelkeit in ihm aufstieg.

»Und er wusste, eines Tages würden sie sich treffen ...« Der Arzt schob den Paravent zur Seite und trällerte das Lied zu Ende, das wir begonnen hatten.

Er wandte sich an Gideon. »Und was ist mit Ihnen?«

»Schreckliche Kopfschmerzen.«

Der Arzt legte die Formulare zur Anamnese aufs Bett,

betrachtete Gideon, bat ihn, die Schmerzen zu beschreiben, die Häufigkeit, die Stelle und die Dauer der Anfälle. Er erkundigte sich auch nach seiner Arbeit, und Gideons Gesicht verzerrte sich vor Schmerzen.

»Rechtsanwalt«, antwortete ich an seiner Stelle, und er riss sich zusammen und sagte: »Fischer.«

»Entscheiden Sie sich, Rechtsanwalt oder Fischer?« Der Arzt beugte sich zu Gideon und leuchtete ihm in die Pupillen.

Wir antworteten gleichzeitig. »Fischer.« »Rechtsanwalt.«

»Hören Sie, wenn Sie Fischer sind, haben Sie vielleicht eine Karpfionitis, und als Rechtsanwalt könnte es eine Juristotitis sein«, sagte der Arzt, er war der Einzige, der darüber lachte. Er kontrollierte die Reflexe an den Ellenbogen und an den Knien und befahl Gideon, die Augen zu schließen und mit dem Zeigefinger seine Nase zu berühren. Der gerade Rücken des Arztes und seine ruhige, selbstsichere Sprechweise machten den Eindruck, als führe er ein gutes Leben, als stammten seine Ruhe und sein Humor aus psychischer und vermutlich auch materieller Wohlhabenheit. Er war nicht mehr jung, aber gut erhalten, einer von jenen Männern, von denen man nicht sagen konnte, ob sie fünfundvierzig oder achtundfünfzig sind, aber was hatte er mit uns zu tun, er war er, und wir waren wir.

»Und Sie?«

»Was ist mit mir?«

»Was arbeiten Sie?«, fragte er, während er die Drüsen an Gideons Hals abtastete.

»Ich arbeite in einem Lebensmittelladen, und ich habe keine Laditis, Herr Doktor, mir tut nichts weh.«

»Sie ist Unternehmensberaterin«, sagte Gideon, als der Arzt seinen Hals losließ.

»Sagen Sie, kennen Sie einander überhaupt oder haben Sie sich hier getroffen?« Der Arzt lächelte, wurde wieder ernst und notierte etwas in den Anamnesebogen. Bevor er uns seine Vermutung und Anweisungen zum weiteren Vorgehen gab, fragte er: »Also, was ist das für eine Geschichte mit doppelten Berufen, Fischer oder Rechtsanwalt?«

»Rechtsanwalt, der sich eine Auszeit genommen hat und zum Fischen gegangen ist«, sagte ich, und Gideon schloss die Augen, er hatte das Interesse verloren.

»Warum eine Auszeit? Stress? Druck?«

»Leere«, brachte Gideon mühsam heraus und hielt sich mit gespreizten Fingern die Stirn.

Der Arzt warf ihm einen forschenden Blick zu, als hätte die Leere eine Bedeutung für die Diagnose. Wie zu viel Kalium oder Kreatinin. Er schaute ihn an, dann mich, als wäre ich die Überträgerin eines Virus, das ihn erwischt hatte. Und weil er mich anschaute, schaute auch ich mich an, sah mein ausgeblichenes T-Shirt, das ich normalerweise zu Hause trug, das ich aber nie draußen tragen würde, auch wenn wir mit Raketen beschossen werden, ich sah meine abgewetzten Jeans, mit denen ich sonst im Garten arbeitete, meine abgetragenen Flipflops, meine Fingernägel, die dringend geschnitten gehörten. Gideons graues T-Shirt machte keinen besseren Eindruck, seine Bermudas waren ebenfalls abgewetzt, und er trug Gummisandalen. Es war mir peinlich. Im Bett nebenan lag ein alter Mann, gelb und schwitzend, mit eingefallenen Wangen und tief in den Höhlen liegenden Augen. Eine Frau saß bei ihm, ihre ausgetrocknete, knochige Hand mit den alten Fingern ließ seine Schulter nicht los. Ihre Kleidung, die vermutlich vor meiner Geburt genäht worden war, machte ihnen offenbar nichts aus.

Sie hatten es also überlebt, diese lebenswichtige Last, die man Familie nennt, ein Paar, ein Ehepaar, sie waren schon jenseits der Lust und der Feindschaft, der Rache und der Begierde, am Ende ihrer Tage hielten sie sich an den Händen. Wenn dieser Arzt einen Blick auf ihre alten Hände werfen würde, würde er sehen, dass sie zitterten, und er würde den Parkinson erkennen, er würde sehen, dass die Fingernägel blau verfärbt waren, und wissen, dass sie zu wenig Sauerstoff im Blut hatten, doch wenn er sich Zeit nahm und sie länger betrachtete, würde er auch ihre Berührung wahrnehmen. Aber der Arzt war in Gideon vertieft. »Hören Sie«, sagte er, »vorläufig scheint es ein schwerer Migräneanfall zu sein. Ich werde Ihnen eine Spritze gegen die Schmerzen geben und Sie nach Hause gehen lassen. Wenn Sie in ein oder zwei Tagen einen erneuten Anfall bekommen, sollten Sie nochmals kommen, und dann werden wir einige Untersuchungen machen.« Wenn er sich weiterhin erbrechen müsse, sagte er, oder wenn er Sehstörungen oder Gleichgewichtsstörungen feststelle, solle er sofort kommen. Er wandte sich zum Gehen, hielt aber noch einen Moment inne und sagte, Kopfschmerzen seien zuweilen auch auf seelischen Druck und Anspannung zurückzuführen. Die Leere erwähnte er nicht mehr.

Eine Schwester mit einer Spritze in der Hand kam auf uns zu. Dabei rief sie einer anderen Schwester zu: »Das war peinlich, sage ich dir, superpeinlich.« Dann trat sie in unsere kleine Kabine. »Sind Sie das mit den Kopfschmerzen? Gideon?« Sie verglich den Namen auf dem Anmeldebogen mit dem auf dem Etikett, zog am Paravent und schloss ihn schwungvoll.

»Drehen Sie sich zur Seite, nicht so ... ja, so, ich brauch ein Stück Po ... Sie werden einen kleinen Einstich spüren ...« Sie zog Gideons Bermudas herunter und entblößte ein Stück Gesäß, weiße, verletzliche Haut unterhalb der Bräunungslinie. Gideon bedeckte sein Gesicht und versuchte, sich von dem grausamen Geschehen zu distanzieren. Die Schwester desinfizierte die Haut. »Locker lassen, ja, schön ...« Die Nadel stieß zu, die Haut zuckte und gab nach. Die Finger einer fremden Frau auf dem Po meines Mannes, zwei Goldringe mit einem Rubin drückten den Spritzeninhalt in seinen Hintern, und ein kleiner Blutstropfen folgte der Spritze und sah aus wie der Punkt unter einem Ausrufezeichen. Sie drückte einen Tupfer auf das Blut, mit einem kräftigen Druck, der in Gideons Fleisch eine Grube entstehen ließ, als wollte sie den Blutstropfen in ihn zurückdrücken, und der besiegte Hintern meines Mannes wehrte sich nicht und zog seine Muskeln nicht zusammen. Sie entfernte den Tupfer, ein neuer Blutstropfen erschien, sie drückte wieder, hob das Gesicht und schaute uns zum ersten Mal an.

»Ist ihm das zum ersten Mal passiert?«, fragte sie mich.

»Ja«, antwortete ich, als koalierte ich mit der Drückerin gegen den Gedrückten, dann strich ich ihm sofort über die Wange, um klarzustellen, auf wessen Seite ich stand, und meine Hand wurde feucht von Schweiß oder von Tränen.

»Also wirklich, das war nur eine Spritze.« Die Schwester nahm den Tupfer weg. »Das war's.« Sie griff nach dem Gummiband der Bermudas und zog sie hoch, die Unterhose blieb, wo sie war. Gideon schob eine Hand unter den Rand und zog die Unterhose hoch und legte sich auf den Rücken. Er schwitzte, seine Augen glänzten, er legte die Hände unter den Nacken und sagte: »Schauen Sie, Blut, Tränen und Schweiß.«

»So groß sind Ihre Schmerzen?«, sagte die Schwester. »Männer halten nichts aus. Wenn sie Kinder gebären müssten, wäre das das Ende der Welt, es würde keine Kinder mehr geben. Hören Sie, Sie bleiben noch ein paar Minuten hier liegen, dann können Sie nach Hause gehen.« Sie schob den Paravent zur Seite und entblößte uns vor aller Augen, ich fragte, was die Spritze bewirke, aber sie ging schon ihrer Wege.

Bis sich das Mittel im Körper verteilte und den Schmerz betäubte, hielten wir uns an den Händen wie unsere betagten Nachbarn, Gideon umklammerte meine Hand, als wäre sie ein Geländer, und ich stand ihm mit jeder Faser meines Körpers zur Verfügung und fühlte mich schuldig. Mein Mann litt, Gott weiß, woran, vielleicht litt er schon seit Monaten, und ich? Ich lebte, ich führte einfach das normalste Leben, das man sich vorstellen kann, ganz so wie ein Wachmann, der eine Tasche nach der anderen kontrolliert, und das Leben geht an ihm vorbei, die Leute gehen ein und aus, und nichts passiert, alles ist ruhige Routine, bis eines Tages ein giftiger Skorpion aus einer der Taschen springt und in seine Hand sticht. Ich hatte gut daran getan, die Bank zu verlassen, wenn ich jetzt noch dort wäre, hätte ich den Stich nicht gespürt, ich wäre höher und höher gestiegen und dabei wäre unter mir alles zerbröckelt. Während mein Gewissen rückwirkend überlegte, wo ich mich geirrt und was ich nicht gesehen hatte, glätteten sich die Falten des Schmerzes in Gideons Gesicht und die Vertiefung zwischen seinen Augenbrauen wurde flach. Er ließ meine Hand los, richtete sich auf und stützte sich auf die Ellenbogen. »Gehen wir?«

Ich musste ihm nicht mehr helfen, im Gegenteil, er hielt meinen Arm und führte mich, als sei ich diejenige, die sich erholen müsse.

»Einen Moment«, sagte ich, ging zu den grünen Paravents zurück und wünschte den beiden Alten gute Genesung. Die Frau sagte: »Auch euch, vielen Dank, auch euch«, hob eine Hand mit krummen Fingern zum Himmel, um uns zu zeigen, dass alles von Ihm abhing und diese ganze Ambulanz nichts wert wäre ohne Seine Hilfe.

Gideon legte den Arm um meine Schulter, wir verließen das Krankenhaus und sahen aus wie ein verliebtes Paar, das aus dem Kino kommt. Unsere Sandalen klapperten über den gepflasterten Platz, auf dem die Krankenwagen ihre leidende Last abluden, und unser gemeinsamer Schatten ließ eine Figur mit doppeltem Kopf und vier Beinen vor uns hertanzen. Aber wir kamen nicht aus dem Kino, wir kamen von einem Kopfproblem, wir waren vorsichtig und stützten einander auf einer glatten, zerbrechlichen Bahn.

Bevor wir Nadav von Schoschana abholten, blieben wir einen Moment vor ihrer gepflegten Villa stehen, sie hatte vom bevorzugten Baurecht für im Ort geborene Kinder profitiert, einen Bauplatz bekommen und darauf gebaut, von anderen Erben des Alten hatten wir nichts gehört und nahmen an, es gebe keine. Die Villa stach hervor durch ihr strahlendes Weiß, durch drei Stockwerke und durch die spitzen, roten Dächer, und trotzdem war sie nicht geschmacklos, die hübsche Bepflanzung um das Haus herum relativierte seine auffallende Größe. Es gab Beete mit Kapuzinerkresse, Stiefmütterchen, Schilf und Kakteen. Weder angeberische purpurne Rosen noch Tonlöwen oder Porzellanschwäne. Wir stiegen die Stufen hinauf und klopften an die Tür, und Nadav empfing uns mit einer Neuigkeit: »Sie ziehen um, sie ziehen nach Herzlija, ans Meer!«

Wodka und Schoschanas Kinder ließen alles stehen und

liegen und kamen ebenfalls zu uns gerannt, und vier Augenpaare hefteten sich auf uns, um zu sehen, welchen Eindruck die Nachricht auf uns machte. Wodka wedelte mit dem Schwanz, das Mädchen bohrte energisch in der Nase, ihr Bruder blies die Wangen auf und stieß die Luft aus, und Nadav war aufgeregt und hüpfte von einem Fuß auf den anderen, ballte die Hände und boxte in die Luft.

»Was soll man machen, ihr wisst ja, wie es mit Hightech ist, Etans Firma hat ihm einen besseren Posten versprochen, in der Filiale in Herzlija ...« Schoschana trocknete sich die Hände an einem Küchenhandtuch und lächelte entschuldigend, als wäre ein Ortswechsel wegen einer Beförderung bei uns nicht üblich.

»Es ist nicht so, dass wir eine Villa am Strand bekommen ... Im Gegenteil, hier haben wir eine Villa, dort werden wir in eine normale Wohnung ziehen.« Sie zog zwei Stühle unter dem großen Esstisch hervor. »In drei Wochen, nach den großen Ferien, aber setzt euch, warum steht ihr herum, oh, ich bin schrecklich, ich habe noch nicht mal gefragt, was die im Krankenhaus gesagt haben ...«

Ich konnte mich nicht beherrschen. »Wie hat dein Vater diese Nachricht aufgenommen?« Wen würde der Alte beschimpfen und was konnte er essen, ohne die Töpfe mit dampfender Suppe, die ihm von Schoschanas kräftigen Händen gebracht wurden?

»Mein Vater? Das ist nicht einfach. Tatsächlich wollte ich mit dir sprechen, aber nicht jetzt.« Sie schielte zu den Kindern, die sich um uns versammelt hatten und uns mit den Augen verschlangen.

Nadav und der Hund hüpften vor uns her, Nadav sang: »Herzlija, Herzlija«, und nieste vom Staub fremden Glücks, er drehte sich zu uns um und warf uns einen schnellen Blick zu, dann hüpfte er weiter, der Hund schnüffelte am Beet mit der Kapuzinerkresse, zertrat die Stiefmütterchen, tobte herum und blieb vor dem Schilf stehen, hob ein Hinterbein und leerte seine Blase. Der Junge betrachtete die Szene, wartete, und dann hüpften beide weiter. Nach ein paar Sprüngen blieb er stehen und fragte: »Papa, du stirbst also noch nicht so bald?« Der Hund sah, dass der Junge ihm nicht folgte, stoppte und kehrte zurück, befreit und fröhlich, wie es nur Hunde sein können.

Nachdem ihm klar wurde, dass der Tod seines Vaters noch nicht aktuell war und der Himmel zwischen uns und Herzlija wolkenlos, sagte er »kleine russische Hure« und wiederholte immer wieder das Mantra der Freude.

Wir saßen im Auto, ein Vater, eine Mutter, ein Sohn und ein Hund. Eine glückliche Familie, so wie alle glücklichen Familien. Stimmt nicht, Tolstoi hat sich geirrt. Die armseligen Familien gleichen einander, denn sie sind zahlreich wie Sand am Meeresstrand, wie originell kann Armseligkeit schon sein? Ich saß am Lenkrad, der Junge und der Hund saßen hinten, Gideon neben mir, und seine Hand lag auf meinem Oberschenkel, nicht aus Schwäche und nicht gedankenlos, sondern aus Liebe. Ich nahm eine Hand vom Lenkrad und verschränkte meine Finger mit seinen. Schoschanas Villa war weniger als einen Kilometer von unserem Haus entfernt, weniger als drei Minuten, aber jede Minute hatte sechzig Sekunden, und jede einzelne war glücklich. Gideon würde nicht sterben, es war nur eine Migräne, mehr nicht, Nadav blickte bis zum Mittelmeer, der Hund war begeistert, die Hand meines Mannes lag offen auf meinem Schenkel und bereitete mir eine Gänsehaut unter der Jeans.

In der Nacht waren wir zwei Menschen, die gerade das

Amerika der Lust entdeckten, er knabberte an meinem Ohrläppchen und flüsterte mir Worte zu, die aus dem Blut kamen und nicht aus dem Kopf, und ich sagte mir, er sei nicht fähig, mehr als eine Frau zu lieben, denn was er mir in dieser Nacht gab, war alles, was er zu geben hatte. Ich kümmerte mich nicht um die Torheit, die in diesem Satz lag, und fragte nicht, wer Nadja war.

Der Morgen kam, und er packte seinen Rucksack mit einer Konzentration, als stopfe er seine Seele mit hinein. Angespannt saugte er die Wangen zwischen die Zähne und zog sich in sich selbst zurück.

»Was macht der Kopf?«, fragte ich.

»Was für ein Kopf?«

»Der, der dir wehgetan hat.«

»Worüber sprichst du? Mir hat nichts wehgetan.« Er schwor, er wisse es tatsächlich nicht.

»Was heißt das, worüber ich spreche? Hast du vergessen, dass wir in der Notaufnahme waren und du eine Spritze in den Hintern bekommen hast?«

Er erstarrte einen Moment, als suche er in seinem Gedächtnis und schiebe die Erinnerung zur Seite, sein Gesicht verdüsterte sich, und er kümmerte sich wieder ums Einpacken.

Er verstaute sehr wenig in seinem Rucksack, als plante er, in zwei Tagen wieder zurückzukommen.

»Nimm noch ein paar Unterhosen mit, und ein Handtuch reicht nicht«, riet ich ihm.

»Nicht nötig.« Er holte alles, was er eingepackt hatte, heraus und fing erneut an.

»Was ist mit deinem Kopf?«, fragte ich noch einmal.

»Wie neu.« Er klopfte sich dreimal mit einem gekrümmten Finger an den Kopf und war ernst und düster.

Der Junge umklammerte seine Beine. »Uff, schade, dass du weggehst.« Wodka leckte seinen großen Fußnagel, als sammelte er Gerüche. Gideon war verwirrt und wollte die Abschiedszeremonie abkürzen, er bückte sich, küsste den Jungen mitten auf den Kopf, richtete sich wieder auf und wandte sich an mich: »Ich habe es dir nicht gesagt, aber deine Frisur ist toll.« Er schaute mich an. »Wirklich«, sagte er und streichelte mir über den Kopf, ließ die Hand zum Nacken sinken und dort liegen. Seine Schultern passten wieder zu einem Talar, auch sein Hals hatte sich gestreckt, es war der ideale Moment, um ihm zu sagen: Hör zu, Gideon, schaffst du es, dort etwas zu sparen? Unsere Situation auf der Bank ist nicht so großartig, seit sie den schrecklichen Billigmarkt auf der anderen Straßenseite aufgemacht haben, macht der Laden nur Verlust ... Aber die waagrechte Falte in seiner Stirn hielt mich davon ab.

»Gut, also bye.« Er nahm die Hand von meinem Nacken, gab dem Jungen einen flüchtigen Kuss und ging.

Die Sonne knallte auf den Rollladen des Alten, Lichtstrahlen schlugen zurück und blendeten uns, wir konnten nicht wissen, ob er uns durch die Ritzen beobachtete und was er von dem Tag der Migräne und des schlechten Gewissens mitbekommen hatte. Mitten am Vormittag kam Schoschana aus der Stadt, überquerte den Hinterhof und klopfte an unsere Küchentür.

»Ich hoffe, dass er mich nicht gesehen hat«, sagte sie schwer atmend und trat zur Seite. »Hör zu, dieser Mann ...« Sie bewegte den Kopf von links nach rechts.

Ich brachte ihr kaltes Wasser, bot ihr Kaffee an, und sie saß am Tisch und sagte: »Hier haben wir einmal gewohnt. Ich habe dieses kleine Haus sehr geliebt. Gut, damals ...«

Sie gab mir zu verstehen, dass das »Damals« ein Sack voll Leben war, den sie auf dem Stauboden abgelegt und seit Jahren nicht mehr berührt hatte. Sie lehnte sich zurück und tat, als wäre unsere Küche ein alter gemütlicher Schuh, von dem man jede Ausbeulung und jedes Loch in der Sohle kennt.

»Ist dein Mann wieder gesund geworden?« Sie schaute sich um, um sicherzugehen, dass außer uns niemand im Haus war. »Er ist weggefahren? Bestimmt fällt dir das nicht leicht, aber da kann man nichts machen, heutzutage fällt es jedem schwer, den Lebensunterhalt zu verdienen, glaub mir, ich wäre nie von hier weggegangen. Deshalb bin ich auch zu dir gekommen.« Sie zerknitterte einen alten Autobusfahrschein, den sie aus der Tasche genommen hatte, schaute, was ihre Finger taten, und suchte nach Worten. »Du hast bestimmt schon gemerkt, dass mein Vater kein einfacher Mann ist. Das war er noch nie, aber seit … Gut, das spielt keine Rolle, um die Wahrheit zu sagen, nur ich komme mit ihm zurecht, doch wenn ich weggehe, ist niemand mehr da, der für ihn kocht, wer wird ihm seine Medikamente bringen, ihn besuchen, einkaufen … Er wird jeden wegjagen, den ich ihm anbringe, niemand wird seine Verrücktheiten aushalten, also, was ich dich fragen wollte, das heißt, mir ist aufgefallen, dass du die Einzige hier bist, die noch nicht mit ihm gestritten hat, na ja, sagen wir mal, die Einzige, die er hier nicht hasst, also kannst du vielleicht, natürlich gegen Bezahlung, ein Auge auf ihn haben, und wenn du dich auf Kochen und Saubermachen einlässt, dann rede ich von wirklich gutem Geld, und wenn nicht, dann ginge es nur um Aufsicht, das heißt, ich stelle jemanden an, der die Arbeit im Haus macht, und du vermittelst nur zwischen beiden und passt auf, dass die Sache läuft, und das natürlich auch gegen Bezahlung, als ob ... wie eine Sozialarbeiterin oder so etwas, damit ich weiß, dass jemand aufpasst, dass er etwas isst und sich wäscht und seine Medikamente nimmt, er nimmt etwas gegen Depressionen, ich darf gar nicht daran denken, was passiert, wenn er die Tabletten nicht nimmt ...« Während sie sprach, starrte sie die ganze Zeit die Karte an, die sie immer dünner drehte, bis sie eine Art Faden daraus gemacht hatte, mich schaute sie kein einziges Mal an, als ob mit der Busfahrkarte alles stehen oder fallen würde.

Bei allem Mitleid, das ich für sie und ihren schrecklichen Vater empfand, wäre es mir nicht eingefallen, meinen geschorenen Kopf in das Bett des Kranken zu stecken. Schoschana war eine gute Frau, ihr Gewissen fesselte sie an diesen Mann. Sie war etwas über vierzig, üppig, aber nicht dick, sympathisch, aber nicht schön, nicht elegant, aber gepflegt, und vor allem einfach, im positiven Sinn des Wortes, wie Schwarzbrot, nicht raffiniert, gut für jeden Gaumen, nicht anmaßend wie Biobrot mit Rosinen oder andere modische Brotarten.

»Wenn ich nicht da bin und er weiß, dass er keine Wahl hat, wird er sich anders verhalten. Übrigens, er hat nicht versucht, mich zurückzuhalten, geht, hat er gesagt, ihr sollt es zu etwas bringen. Er ist kein böser Mann, aber er hat seine Eigenheiten, er hat viel mitgemacht im Leben.«

Kein böser Mann? Vermutlich hatte sie nie gehört, auf welche Art der Horowitz-Schmock seine Seele dem Schöpfer zurückgegeben hatte.

Sie goss sich noch etwas Wasser ein. Man sah ihr an, dass dieses Treffen sie viel Kraft kostete, sie schwitzte und fuhr sich mit der Hand durch das Haar. Ein Teil ihres Glücks hing von der Antwort ab, die ich ihr geben würde, aber das Glück meiner Familie, meines Mannes, meines Sohnes und des Hundes, ging vor. Der Alte würde meine ganze Kraft und meine Geduld aufsaugen, mir würde nichts für die anderen bleiben. Andererseits war da die Nachricht, die ich von der Bank bezüglich des Dispokredits bekommen hatte, und Schoschana hatte von gutem Geld gesprochen, da sollte ich vielleicht nicht voreilig reagieren. Nein, ich war nicht voreilig. Bevor ich einen alten, mürrischen, senilen Mann bediente, konnte ich immer noch in meinen Beruf zurückkehren, außerdem hatte ich eine Wohnung, die ich vermieten konnte, und einen Mann, der mit Gottes Hilfe wieder gesund wurde und seinen juristischen Ruf wiederbeleben konnte, und wenn trotzdem alles schiefging, konnten wir noch immer den Laden verkaufen ...

Sie wartete geduldig. »Wenn du darüber nachdenken möchtest, mir ist es recht, es gibt leider nicht so viele Anwärter auf diesen Job.«

Ihre Ehrlichkeit rührte mich, auch ihre Finger, die nicht aufhörten, die gequälte Fahrkarte zu rollen, rührten mich. Ich wollte keine falschen Hoffnungen in ihr wecken und sie auch nicht mit leeren Händen gehen lassen.

»Gib mir zwei, drei Tage zum Nachdenken, vielleicht fällt mir eine passende Person ein.«

Sie bedankte sich, lächelte ein bisschen enttäuscht und stand auf. Das armselige Haus, das wir von ihrem Vater gemietet hatten, meine verblichenen Jeans und der Ehemann, der offenbar wegen einer Arbeit durch die Gegend zog, hatten sie auf den Gedanken gebracht, ich sei nicht wählerisch und scharf auf eine zusätzliche Einnahme. Nun wandte sie das Gesicht dem Fenster ihres Vaters zu und überlegte, wie sie ungesehen zurückgehen könnte.

»Darf ich dich etwas fragen?«, wagte ich zu fragen, als sie die Klinke schon in der Hand hielt.

Sie ließ die Klinke los. »Bitte«, sagte sie gespannt.

»Warum interessiert sich dein Vater für Schuhe Größe achtundzwanzig?«

»Nicht jetzt, bitte lass mich. Ich habe ja gesagt, dass er viel mitgemacht hat im Leben.«

»Hat es etwas mit der Schoah zu tun?«

»Nein, nein, er ist hier geboren.« Sie machte die Küchentür auf und sagte: »Nicht alles Unglück kommt von der Schoah. Auch hier gibt es ausgezeichnetes Leid. Gut, er soll nicht wissen, dass ich hier war.« Sie ging mit schnellen Schritten davon, verschwand im Wald und machte einen Umweg um sein Haus.

Nadav sagte: »Ich will nicht, dass du dich um ihn kümmerst. Ich habe Angst vor ihm.«

»Er ist alt und krank, er hat niemandem etwas getan.«

Er nahm es mir nicht ab, sagte, wenn er krank sei, solle er ins Krankenhaus gehen und nicht an seinem Fenster herumstehen und ihm Angst machen.

Trotzdem war er einverstanden, mit mir hinauszugehen, sich vor dem Fenster aufzustellen und dem Alten direkt in die Augen zu schauen und so die Angst zu besiegen. Er rief den Hund, und wir gingen zu dritt hinaus. Nadav stand aufrecht neben mir, in einer Haltung wie zum Singen der Nationalhymne, die geballten Hände neben den Oberschenkeln, und hob die Augen zum Fenster, nicht ohne sich versichert zu haben, dass auch ich der Angst ins Auge schaute.

Der Alte vergrößerte die Spalten des Rollladens, dann öffnete er ihn und beugte sich hinaus, und hätte das Sonnenlicht seine Augen nicht geschlagen, wären sie ihm wohl aus den Höhlen gesprungen und auf den Rasen gefallen. Er fragte, was wir hätten und was wir wollten.

»Mein Junge hat Angst vor Ihnen, Herr Levi. Ich beweise ihm, dass Sie nicht gefährlich sind.« Nadav drückte das Gesicht halb an mich und hielt ein Auge auf den Alten gerichtet.

Die Sonne verzerrte das Gesicht des Alten, und wir wären nicht darauf gekommen, dass er weinte, bis wir sein Schluchzen hörten. Sein Kinn zitterte, und wir sahen, dass Tränen seine eingefallenen Wangen nässten.

»Wer hat Ihnen gesagt, dass ich nicht gefährlich bin? Was wissen Sie überhaupt? Fragen Sie die Polizei, da wird man es Ihnen schon erzählen, Sie können auch Gott fragen, auch er weiß so einiges.« Er zitterte und stützte sich auf das Fensterbrett.

»Komm«, sagte ich zu dem Jungen, und er nahm meine Hand und folgte mir, als wäre er einer Katastrophe entronnen. Wir betraten unser Haus und kamen mit einer Flasche kalten Wassers wieder heraus, aber der Alte beugte sich nicht vor und streckte nicht die Hand aus, um sie zu nehmen. Er stand starr im Fensterrahmen, schwer atmend und vor Schweiß glänzend, und ignorierte uns.

Nadav schätzte die Entfernung zwischen mir und dem Fenster und sagte: »Wenn du dich auf die Zehenspitzen stellst, kommst du vielleicht dran.«

Ich sagte, man könne niemanden zwingen zu trinken, und bedauerte den Unterricht zu den Gesetzen der Angst, den ich ihm hatte erteilen wollen. Er sagte, er habe noch nie einen Erwachsenen weinen gesehen, und fragte, was er eigentlich über die Polizei und Gott gesagt habe. Die neuen Eindrücke drängten aus ihm heraus. Er schaute Wodka an, doch der Hund schenkte ihm kein Ohr, er hatte sich im Schatten der Palme zusammengerollt, vertrieb ab und zu eine Fliege und döste. Die mediterrane Sonne war den Genen eines Deutschen Schäferhunds fremd, in dessen DNA die Kälte der Berge und der Schnee anderer Orte konserviert waren.

Nadav versuchte, ihn aufzuscheuchen, aber der Hund reagierte nicht. Der Alte ließ sich durch seine Tränen, die inzwischen getrocknet waren, nicht beirren und befasste sich mit den nackten Füßen des Jungen. »Weißt du nicht, dass am Ende des Sommers die Schlangen herauskommen?«

»Ich laufe gern barfuß«, antwortete Nadav und fummelte am Halsband des Hundes.

»Was hast du gesagt? Schau mich an, wenn du mit mir sprichst.«

»Dass ich gern barfuß laufe. Los, Wodka, auf.« Er sprang um den Hund herum, und Wodka streckte die Beine, gähnte und stand langsam und schwerfällig auf, als würde er sagen, schon gut, du Drängler.

»Geh und zieh Schuhe an, sonst kriegst du einen Platten.« Die Stimme des Alten verfolgte den Jungen und den Hund, sie liefen davon und verschwanden aus seinem Blickfeld, und obwohl der Junge in der Nacht von Schlangen träumte und sich erschrak, war dieser Tag eine Wegmarke in seiner Beziehung mit dem Alten.

Die Sonne war aggressiv, kämpfte darum, die Gesetze des Globus und uns zu besiegen, doch die Anzeichen des Saisonendes waren an allem zu erkennen, die Blätter der Rose wurden gelb, die Dornen vertrockneten aufrecht, Gurken gärten auf den Fensterbrettern als Rahmen für »Bereite selbst das eingelegte Gemüse für den Winter«. Die Zurechtweisungen aus unserem Briefkasten hörten nicht auf, doch die zunehmende Feuchte der Nacht weichte das Papier auf und das, was darauf geschrieben stand. In den Höfen der Villen mit Kaminen stapelten sich, um sie zu erwärmen, Holzscheite wie in Europa, und wie in Europa würde der Rauch des verbrennenden Holzes aufsteigen und uns einen exquisiten pastoralen Eindruck verleihen. Doch noch war August, und wir waren im Mittleren Osten, sowohl die Villenbesitzer als auch wir, die Bewohner der einstöckigen alten Häuser, wischten den Schweiß von der Stirn.

Schoschana und Etan packten ihre Sachen und Nadav betrachtete mit großen Augen die Kisten, die sich aufhäuften. Am Tag ihrer Abreise würden wir an die Türen seiner Altersgenossen klopfen und zugeben, dass wir Freunde suchten. Schoschana hatte uns drei Kinder empfohlen, sie hatte die Namen und die Telefonnummern aufgeschrieben und vorgeschlagen, zu vermitteln, aber wir wollten sie nicht behelligen, ihr Kopf war voller Pläne für den neuen Lebensabschnitt und damit, sich vom alten zu lösen. Und das, wovon sie sich zu lösen hatte, führte sie von ihrem Haus zu dem des Alten, sie brachte gewaschene Wäsche, sie fror gekochte Hühnerteile ein, sie schleppte saubere Bettwäsche an, haltbare Lebensmittel, Öl, Reis, Zucker, und ihr Vater stand in seinem Fenster und sah sie kommen und gehen, schwieg und rührte keinen Finger, um sie abzuwehren oder um ihr zu helfen. Was würden ihm gefrorene Schnitzel nützen, wenn niemand da war, der den Kühlschrank aufmachte und sie herausnahm, was würde ihm eine Flasche Öl nützen, wenn niemand den Korken herauszog. Sie nahm an, dass die Rettung früher oder später kommen würde, und inzwischen würde sie zweimal in der Woche von Herzlija herkommen, sauber machen, waschen, kochen, ihm die Medikamente in der Plastikbox herrichten, auf der die Wochentage angegeben waren, und sie würde ihm gut zureden, mit ihn schimpfen, schweigen, je nachdem.

»Könnte ich dich darum bitten, mich anzurufen, wenn du etwas Außerordentliches bemerkst?«

Sie notierte mir ihre neue Telefonnummer in Herzlija. Was sollte man bei diesem Mann etwas Außerordentliches nennen? Wenn er sich einen Strick um den Hals legte? Wenn er vom Fenster aus auf den Rasen heruntersprang? Wenn er am Fenster stand und Kikeriki rief?

Wenn man schon von Außerordentlichem sprach, auch mir fehlte es nicht daran, und das Dringendste war das Bankkonto, das den Direktor dazu brachte, zum Telefon zu greifen und uns mitzuteilen, dass sich das Minus wirklich nicht lohne, und wenn wir ein Darlehen bräuchten, käme uns die Bank entgegen, aber so, wie es jetzt sei, könne es zu seinem Bedauern nicht weitergehen. Er hatte recht. Seit der Billigmarkt gegenüber aufgemacht hatte, verkaufte der Laden nur noch Brot, Milch und Kaugummis, und ich war noch immer gefangen in dem heroischen Image, das ich mir aufgebaut hatte, als müsse die Welt mir alles bieten, als müsse die Welt mich loben, weil ich ein Diplom in BWL hatte und mich mit Brötchen und Margarine beschäftigte, Kisten hin und her schob, Käse aufschnitt und Oliven für alte Leute abwog, die Rheumatismus und abgewetzte Knorpel daran hinderten, die Straße zu dem großen Billigmarkt gegenüber zu überqueren. Es war nötig, meinen Bruder Jonathan, seine Frau Tamar und meinen Mann einzubeziehen, um zu entscheiden, ob wir den Laden als Denkmal für die erfolgreiche Existenz Channas und Jizchaks, zweier Überlebender der Schoah, erhalten sollten, ein Denkmal für ihrer Hände Arbeit, die ihnen Ehre machte, und für ihren bescheidenen Gaumen, der sich mit zwei Käsesorten zufriedengab, mit magerem und neunprozentigem israelischen Käse, und für den Ruhm des Staates Israel, und ob man den Friedensprozess weiterhin fördern und Amjad beschäftigen oder ihn entlassen sollte, oder ob man den Laden schließen, verpachten oder verkaufen und sich das, was nach dem Bezahlen der Schulden übrig blieb, teilen sollte.

Und wo war Gideon in dem allen? Der Mensch hatte eine normale Existenz, einen Beruf, eine Frau, einen Sohn, eine Wohnung, und eines Morgens wollte er ein anderes Leben. Als wäre das Leben, das man sich jahrelang aufgebaut hat, ein Mantel, den man nach Belieben an- und ausziehen konnte. Gestern hatte er angerufen und erzählt, er habe sich von einem zweiten Migräneanfall erholt, der wie der erste gewesen sei. Diese Nadja habe ein Taxi bestellt und ihn zur Sanitätsstation gebracht, dort habe man ihn untersucht und ihm etwas gegen die Schmerzen gespritzt.

»Wer ist diese Nadja?«
»Eine Frau, die Zimmer vermietet.«
»Ist sie schön?«
»Das ist eine Frage des Geschmacks.«
»Single?«
»Das weiß ich nicht.«
»Hat sie noch andere Mieter?«
»Ja, ein junges Mädchen mit Katze, beide rothaarig.«

Er hörte sich müde und kraftlos an, offenbar war er der Letzte, den man beschuldigen konnte, er würde seine Nächte damit verbringen, mit einer gewissen Nadja auszugehen.

»Gideon, du musst dich gründlich untersuchen lassen.«

»Lass uns einen weiteren Anfall oder zwei abwarten, es ist nicht so eilig.«

Noch ein Anfall oder zwei, so eilig ist es nicht, oder? Wir haben das ganze Leben vor uns. Was macht er jetzt dort, betrachtet das Meer? Mit einem Buch, das auf seinen Knien liegt? Fegt er das Zimmer, das er von Nadja gemietet hat? Kocht er sich eine Suppe? Notiert Erkenntnisse zur Bedeutung des Lebens? Ich fragte ihn nicht, und ich beteiligte ihn auch diesmal nicht am Minus bei der Bank. Das Heulen einer Katze drang aus dem Hörer, bestimmt die Rote von der Rothaarigen. Auch Katzen bekommen Migräne, auch bei ihnen gibt es welche, die ihr altes Katzenleben ausziehen und ein neues beginnen wollen, die zur Bank gehen, nach Herzlija ziehen oder ein Rabe sein wollen, alles ist möglich.

»Hör zu, Gideon, noch ein Anfall, und du lässt dich untersuchen.« Plötzlich war ich wütend.

»Was drängelst du denn, alles wird gut.«

Ich hätte schwören können, dass er lächelte, dieses halbe Lächeln, das bei Gericht seine Gegner immer verunsichert hatte.

»Gideon, du bist nicht allein auf der Welt, du trägst die Verantwortung für eine Familie, du hast gesagt, du gehst weg, um über das Leben und das alles nachzudenken, ich habe gesagt, in Ordnung, geh, wir kommen zurecht. Ich habe nicht gewusst, dass es bedeutet, dass du dich selbst vernachlässigst ... Uff, ich habe keine Kraft, dir zu erklären, wie unmoralisch du dich uns gegenüber verhältst, wenn du dich nicht untersuchen lässt.«

Er sagte, ich bräuchte ihm nichts zu erklären, und seine Stimme war trocken und brüchig wie eine Eierschale. Dieser Mann entglitt mir, entglitt uns. Vielleicht verbarg sich hinter dem seelischen Leiden, dessentwegen er uns verlassen hatte, irgendeine schreckliche Krankheit. Das ganze großartige Gehirn ist ein biochemisches Geflecht, vielleicht fehlten ihm einige Moleküle von irgendetwas, vielleicht hatte er welche zu viel, und wir beschäftigten uns stattdessen mit dieser idiotischen Bedeutung des Lebens. Draußen bellten Hunde. Wodka hatte schon den Sinn seines Lebens im Dorf gefunden, er bellte den Sinn heraus, den er gefunden hatte, er rannte herum und suchte Weibchen. Er lebte. Ganz einfach, er lebte. Der Junge rannte wie der Hund, aber der Schatten erstreckte sich schon hinter ihm, und seine Ohren lernten zu hören, wie dünne Eierschalen brachen. Nachts lauschte er den Holzwürmern, die in den Fensterstürzen Gänge bohrten, den Nachtfaltern, die um unsere Lampen tanzten, und den beiden ständigen Fliegen, und freute sich über das Leben, das sich um uns herum abspielte. Wir waren nicht allein. Und zu allem Erfreulichen, das um ihn herum geschah, gehörte auch das Auftauchen der kleinen russischen Hure.

Zum Beispiel als sie in einem himmelblauen, extrem kurzen Kleidchen bei uns auftauchte, aus einem Minimum an Stoff, mit dünnen Baumwollträgern über den nackten Schultern. Wie ein Stängel, und auf dem Kopf ein Haarschopf wie eine Paradiesvogelblume. Die Riemen einer winzigen Handtasche wanden sich um ihr Handgelenk, ihre Füße steckten in goldfarbenen Sandalen. Ohne Ankündigung trat sie durch unser Tor, als betrete sie ihr eigenes Haus. Der Junge hob den Kopf von dem Loch, das er grub, und sperrte den Mund auf.

»Hi, Nadav, wie geht's?« Sie blieb über ihm stehen und der Wind blies ihm ihr Minimalkleid über den Kopf. Er hob den Kopf und seine Augen hatten die Wahl zwischen ihrer geblümten Unterhose und den durchsichtigen Federwolken, die am Himmel entlangsegelten. Sie legte einen Finger auf den Mund und lachte. »Was ist mit dir, bist du geschockt?« Der schwarze Lack auf ihren Fingernägeln glänzte. »Weißt du nicht mehr, wer ich bin?«

Nadavs Mund schloss sich, um zu schlucken, dann ging er voller Staunen wieder auf. Über ihm richteten sich lange weiße Beine auf und leuchteten in der Sonne. Auch der Alte, der durch die Ritzen schaute, konnte zwischen der Haartolle, den nackten Schultern und, dem Wind sei Dank, ihrer geblümten Unterhose wählen.

»Erinnerst du dich an die Parole?«, flüsterte sie dem Jungen zu, und ihr Kleid klaffte vorn auf, hob sich hinten in die Höhe und entblößte den Körper eines Mädchens, eine attraktive, freche, unreife Frucht, die vermutlich schon von groben Händen berührt worden war.

»Kleine russische Hure«, platzte er heraus, wie ein automatischer Anrufbeantworter, und sie lachte und legte beide Hände auf den Mund, und ihre kleine Plastikhandtasche schaukelte und glitzerte.

Ich wollte nicht, dass die flache Reproduktion von Marilyn Monroe unser Haus betrat und Spitzenpyjamas in unseren Betten versteckte. Ich sagte mir, beginnen und beenden wir den Besuch im Hof, im Stehen, machen wir ihn kurz und ungeduldig.

»Hi, deine Haare sind gewachsen.« Sie drehte den Kopf nach rechts und nach links und begutachtete meinen Schädel. »Bestimmt schon einen Zentimeter. Nun, geschnittene Haare wachsen blitzschnell nach. Ich verstehe etwas vom Friseurhandwerk.«

Nadav machte endlich den Mund zu. Er fühlte sich erleichtert. Nun, da sie sich von ihm abgewandt hatte und mich anschaute, konnte er sich ganz seinem Erstaunen hingeben.

»Danke, dass du mir mit der Polizei geholfen hast.« Sie zog ein Bein an, blieb wie ein Storch stehen. »Ich bin gegen Kaution freigekommen, was ich dich bitten wollte, sag immer, wenn sie dich ausfragen, ich hätte bei euch geschlafen.«

»Hör zu, Süße.« Ich näherte meinen Mund ihrem Ohr und senkte die Stimme. »Wir haben nicht vor, dein Alibi zu sein. Mach keine Dummheiten, dann werden sie weder dich verhören noch mich.«

»Ich werde dich nicht unnötig in irgendetwas verwickeln. Ein Wort von Madonna ist ein Wort, du brauchst dir keine Sorgen zu machen.«

Aus Angst vor dem Alten bedeutete ich ihr mit einer Handbewegung, leiser zu sprechen, inzwischen verbargen dünne Wolken die Sonne, ballten sich zusammen und erinnerten uns daran, dass nach dem Sommer der Winter kam, und dann würde man ein Dach über dem Kopf brauchen, auch diese Mädchenfrau vor mir. Und überhaupt, wo war sie zu finden, wenn man mich zufällig nach ihr fragen würde. Ich wartete, dass der Rabe, der kreischend zwischen unserem Dach und dem Dach des Alten flog, sich beruhigte, und fragte sie, wo sie wohne.

»Da und dort, wie es sich gerade ergibt. Aber ich schlafe nie irgendwo, wo es keinen Wasserhahn und keine Dusche gibt.«

»Arbeitest du? Wovon lebst du?«

»Ich komme schon zurecht. Sieht man das etwa nicht?« Sie drehte sich im Kreis wie eine Ballerina, machte eine Verbeugung und lachte, und die gegelte Tolle auf ihrem Kopf zitterte. »Vielleicht entdeckt mich ja ein Filmproduzent, vielleicht nimmt mich irgendein Oligarch ...«

»Dieses Kleid ist also zu Ehren eines oligarchischen Filmproduzenten?«

»Wieso denn das. Nein, wegen meines Geburtstags. Ich habe heute Geburtstag.«

»Herzlichen Glückwunsch.«

»Das Glück ist gerade im Eimer, aber es wird schon werden.« Sie legte drei Finger auf den Mund und schickte einen Kuss zum Himmel. »Ich kann die Welt um meinen Finger wickeln, aber Gott hält mich kurz, er sagt, warte noch ein bisschen, bleib ruhig sitzen, Madonna, du hast es nicht eilig, deine Zeit wird noch kommen.« Sie lachte und verschluckte ein Stückchen Sonne, hob ihr Gesicht nach oben und machte den Engeln schöne Augen, damit sie sich bei ihrem Herrn für sie einsetzten.

Dann fragte sie: »Du bist alleinerziehende Mutter, nicht wahr?«, und blickte weiter hinauf zum Dach der Welt, als stelle sie die Frage der Sonne. »Du bist immer allein mit dem Jungen, sonst niemand, nur einmal war ein Mann da ...« Sie wandte das Gesicht von der Sonne und fragte, ob es möglich wäre, bei uns zu schlafen, falls sie einmal abends keinen anderen Platz fände, wenn ich wollte, könnte sie bei uns sauber machen, den Boden putzen und das alles, als Bezahlung für das Übernachten.

Plötzlich ließ ein Bellen die Kiefernnadeln erzittern, Wodkas Nase hatte sie gerochen, leichter Parfümduft strömte von ihren Achselhöhlen und ließ ihn aufspringen, wild und begeistert kam er angerannt, scheuchte einen Schwarm Spatzen nach allen Seiten, warf eine Gießkanne um, zertrat Radieschen, Schatten und glänzende Glasscherben, bellte den Schrei des verlorenen Sohnes, warf sich auf Madonnas goldfarbene Sandalen, erhob sich auf die Hinterbeine und stellte die Vorderfüße an ihre weißen Oberschenkel. Sie hob ihn hoch, Wodutschka, verrückter Kerl, umarmte ihn, mein Augenlicht, Wodka, küsste ihn, Gott sei dir gnädig, was für ein Wildling du bist, Wodka. Der Junge betrachtete sie von dem Bewässerungsgraben aus und ließ seine Augen zwischen Madonna und dem Hund hin und her flitzen.

Wodka begeisterte sich für ihr Kleid, leckte den dünnen Träger, biss in den spitzen Ausschnitt, kostete das Himmelblau. Sie hielt ihn, wie man ein Baby hält, das ein Bäuerchen machen soll, seinen Bauch an ihre flache Brust gedrückt, die Hände auf seinem Rücken, zärtlich und weich klopften sie auf seine Rippen, ihre kleine Handtasche sprang von rechts nach links, schwarz und glänzend wie die Augen des Hundes. Sie sah aus wie Holly Golightly aus ›Frühstück bei Tiffany‹. Ich klopfte mir an den Kopf, lass dich nicht von ihr und ihrem blauen Kleidchen täuschen, das ist die Betrunkene, die dir nachts in die Küche gefallen ist. Die Betrügerin, die dir einen Pyjama ins Bett des Jungen gelegt hat, die von dir Geld geliehen und dir dafür einen Hund gebracht hat.

Aber sie hatte heute Geburtstag. Es ließ sich nicht ignorieren, dass sie einmal auf die Welt gekommen war, und damals war ihr Sündenregister leer und sauber gewesen.

»Komm, hilf mir«, sagte ich zu Nadav, aber er war vertieft in das plötzliche Glück, das über uns hereingebrochen war.

Ich ließ die drei allein, wenn man den Alten nicht in Betracht zog, der am Fenster klebte und dessen Schatten durch das Gitter zu sehen war, und betrat das Haus. Ich ordnete die sieben Rogelech, die vom Schabbat übrig geblieben waren, auf einem Teller zu einem Kreis, und in den Kreis legte ich Mandeln und Rosinen und ganz in die Mitte einen Apfel, steckte eine Kerze hinein, zündete sie an, ging hinaus und sang: »Happy birthday to you ...«

Madonnas Hände öffneten sich, und Wodka sank zu

Boden, die schwarzen Lippen gingen zu, der Vogelschopf verbeugte sich.

»Das letzte Mal, als man meinen Geburtstag gefeiert hat, war ich sieben«, sagte sie zu den Rogelech. »Ich bekam einen Strauß halb verwelkter Gerbera, und die Kinder haben Blütenblätter aus dem Strauß gerupft, wie man Federn aus einem Huhn rupft.« Der Hund sprang an ihr hoch, der Wind ließ ihre Unterhose sehen, die kleine Tasche an ihrem Handgelenk sah aus wie eine schwarze Träne.

Plötzlich brach sie in ein kurzes, nervöses Lachen aus. »Es reicht, das ist keine Beerdigung.« Sie öffnete die Hände und den Mund und sang mit heiserer Stimme: »Madonna hat Geburtstag heut ...« Los, Nadav, steh schon auf. Sie hielt ihm die Hand hin und zog ihn hoch, nahm ihn an beiden Händen und tanzte mit ihm im Kreis, und seine dünne Stimme mischte sich mit ihrer, als tanze er mit dem Geist Gottes. Die Kerze ergab sich dem Wind, tropfte etwas Wachs auf den Apfel und ging aus, der Hund versuchte, die Beachtung wiederzuerlangen, die man ihm genommen hatte, wälzte sich im Sand, bellte die Luft an. Der Alte hüstelte in seinem Fenster, der Rabe senkte sich Richtung Teller, und Madonna wedelte mit ihrer Handtasche und vertrieb ihn.

Der Junge war glücklich.

Ich führte die Geburtstagsgesellschaft zum hinteren Hof, zu einem Platz außerhalb der Sichtweite des Alten, und alle drei folgten mir, der Junge an Madonnas Hand und der Hund als Nachhut hinterher, als würde er eine imaginäre Schleppe tragen.

Ich wollte den Alten nicht von der Feier vertreiben, wie viele Feiern hatte er noch in seinem Leben, aber ich wollte mit Madonna über seine Angelegenheit sprechen.

»Suchst du eine Arbeit?«

»Da und dort. Wenn es sich ergibt. Wenn du damit eine regelmäßige Arbeit meinst, dann nicht. Ich halte das Arbeitsamt und die Sozialversicherung und das ganze Zeug nicht aus.«

»Unser alter Nachbar braucht jemanden, der ein bisschen für das Haus sorgt. Die Arbeit wird gut bezahlt.«

Sie brach in so heftiges Gelächter aus, dass ihre Haartolle erzitterte, die mit Gel zusammengeklebten Haare hüpften und rissen auf.

»Wenn du wüsstest, wie chaotisch ich bin, ich ...« Sie lachte, aber nur ab der Kehle, ihre Schultern blieben starr. »Du kannst dich gut organisieren, wenn du willst«, sagte ich, als würde ich sie von irgendwelchen Wohltätigkeitsaktionen her kennen und als ob das, was ich von ihr wusste, gut für den Alten wäre. Falls er Alkohol zu Hause hatte, bestand große Aussicht, dass die Flaschen verschwinden würden, die gleiche Gefahr gab es für Geld und Wertsachen und für das Entstehen hitziger Wortgefechte waren die Bedingungen günstig. Andererseits würden sie sich, da sie, sowohl was das Alter als auch das Ansehen betraf, so gegensätzlich waren, vielleicht wie Edelmetalle verhalten und einander nicht berühren, sie würde tun, was ihr aufgetragen war und ansonsten schweigen, und er würde am Fenster stehen, mit dem Rücken zu ihr, und schweigen, Schoschana würde ihr ein Gehalt bezahlen, und wenn etwas verschwand, würde die Polizei kommen.

»Mama, ist der Geburtstag zu Ende?« Der Junge versuchte, den plötzlichen Ernst zu durchbrechen. Er zählte Lieder auf, die wir noch nicht gesungen hatten, und suchte Hilfe beim Geburtstagsprotokoll des Kindergartens, aber die Heldin des Geschehens unterbrach ihn: »Es ist vorbei.

Siehst du das nicht?« Nervöse Ungeduld hatte sie gepackt, sie trat mit einer goldfarbenen Plastiksandale nach Wodka. »Hör schon auf, du Nervensäge. Was klebst du so an mir.«

Sie schaute mich an. »Ich habe nicht genug Geduld, um bei einem total bescheuerten Alten zu arbeiten.« Sie nahm eines der Rogelech, aß es und zog die Nase kraus. »Es ist nicht frisch, gut, dass es wenigstens viel Füllung hat.« Ihr Kleid war zerknittert und armselig nach allem, was die Sonne und der Hund ihm angetan hatten, und nun, da der Himmel sich wieder verdüsterte, war auch das Blau nicht mehr so blau. Schade.

Ich schaute hinauf zum Himmel, dessen Blau ebenfalls dunkler geworden war, und sagte: »Der Sommer ist bald zu Ende. Wir haben jetzt Mitte Elul.«

»Wie kommst du auf diesen Elul? Sag August.« Ihr Gesicht verzog sich. »Elul sagen nur die Frommen, was hast du mit ihnen zu tun.« Das Wort Elul spritzte aus ihrem Mund wie ein ordinärer Fluch, als handle es sich um jemanden, der ihr Böses wollte. Sie hob den Kopf zum Himmel und suchte nach irgendwelchen Zeichen, steckte zwei Finger in den Mund und stieß zwei Pfiffe des Abscheus aus.

»Na gut, ich hau ab. Und denk dir nichts, mit allen Schwierigkeiten, die ich mache und nicht mache, Polizei und alles, alte Leute und Kinder rühre ich nicht an.« Ein paar Gelflocken lösten sich aus ihrem Hahnenkamm und sprangen auf ihren Kopf, ein Träger war ihr von der Schulter auf den Arm gerutscht, das Schwarz von ihren Lippen abgewischt, Rogelechkrümel klebten an ihrem verschwitzten Hals. Holly Golightly löste sich vor unseren Augen auf.

»Brauchst du etwas?« Ohne ihre Armseligkeit und ohne das Gebilde, das auf ihrem Kopf zusammenbrach, hätte ich nicht gefragt. Es war gefährlich, ihr die Tür einen Spaltbreit zu öffnen, nachdem sie von sich selbst verkündet hatte, dass nur Alte und Kinder von ihr verschont blieben, schließlich hatte ich einen guten Platz in der Mitte, war also prädestiniert für Unheil.

»Zehn Schekel, um in die Stadt zu kommen.«

Sie nahm die Münze, die ich ihr hinhielt, und steckte sie in ihre schwarze Tasche. »Ich gebe dir das Geld zurück. Mach dir keine Sorgen. Bye, Nadav.« Sie wandte sich zum Gehen und der Hund sprang auf und lief ihr hinterher. »Du sollst hierbleiben, Idiot«, sagte sie, trat mit dem Fuß in die Luft und ging.

»Sie sieht aus wie ein Wiedehopf«, sagte der Junge und schaute dem Haarbüschel hinterher, das einen Schatten auf den Weg warf.

Die zehn Schekel, die sie uns zurückgab, wogen ein Kilogramm und waren kugelig, in sich zusammengekrochen und zitternd.

»Damit bezahle ich meine Schuld zurück.« Sie setzte ein graues Kaninchen auf unsere Schwelle und sagte nicht, wo sie es gefunden hatte oder ob es gestohlen war. Weniger als einen Tag lang befand sich die zitternde Schuld bei uns, dann verließ sie das Land der Lebenden, man könnte sagten, diese zehn Schekel verschafften Nadav den ersten Anschauungsunterricht vom Tod. Ein ums andere Mal ließ er seine Schuhe Nummer 28 zu dem Hügel rennen, der die kleine Leiche bedeckte, und jedes Mal kam er mit schweren Schritten zurück, offenbar hoffte er, der Erdhaufen würde sich öffnen, und das gestorbene Tier würde aus seinem Loch hüpfen und an einer Karotte knabbern. Er hob im Kühlschrank Salatblätter und Gurkenschalen für das Kaninchen auf und glaubte fest daran, dass die Auferstehung von den Toten ein Versprechen war, das in der Regel gehalten wurde.

Mitte Elul drehte sich die Weltkugel, was unten war, war oben, und was oben war, unten. Sommer und Winter wechselten die Plätze, in zwei Wochen war er wieder kindergartenpflichtig, und das Wort Pflicht wird unverrückbar an seinem Leben kleben, er wird wachsen und irgendwann einmal in einem Kreis sitzen, und man wird ihn fragen: Wahrheit oder Pflicht? Und die Entscheidung, was weniger bedrückend ist, wird ihm schwerfallen.

Er wird groß werden und begreifen, dass dann, wenn im Elul die Blausterne blühen und die Zugvögel über das Land ziehen, die Zeit gekommen ist, für Wahrheit oder Pflicht zu bezahlen. Sogar Madonna hatte sich, als sie Elul hörte, geschüttelt, als hätte man ihr gegen einen verstauchten Knöchel getreten.

Inzwischen gelang es dieser Nadja, Gideon erneut zur Sanitätsstation zu bringen, und wieder bekam er eine Spritze gegen die Schmerzen. Mein Vorschlag, er solle nach Hause kommen und sich untersuchen lassen, blieb ohne Erfolg. »Was drängst du so, wer hat denn keine Kopfschmerzen, so, wie sie kommen, gehen sie auch wieder.« Hätte ich seine Stimme nicht brüchig wie eine Eierschale gehört, hätte ich mir keine Sorgen gemacht, aber sie war leer und hohl, er war nicht mehr er selbst.

Auch im Laden geschahen keine Wunder. Amjad stand in der Tür wie ein Seemann auf dem Deck eines untergehenden Schiffes. Er wischte den Staub von den Deckeln alter Marmeladengläser und von Maisdosen, und die meiste Zeit saß er auf einer Kiste, trommelte nervös auf die Seitenwände und sang sehnsüchtige Lieder. Es gab nicht genug Arbeit für uns beide. Der Laden brauchte viel Erbarmen, um zwei Familien zu ernähren, und das Maß an Erbarmen, das ihm zuteil wurde, reichte noch nicht einmal für eine. Amjad sah das wohl, er schaute hinüber zum Billigmarkt, betrachtete die roten Leuchtbuchstaben, die Toilettenpapier und Dosen mit Champignons als Sonderangebote anpriesen, er sah Lastwagen, die Waren anlieferten, und Einkaufswagen, die Münzen schluckten und einer nach dem anderen aus der Reihe gezogen wurden. Zu Hause hatte er drei Kinder, und in zwei Wochen würden sie neue Federmäppchen brauchen, Hefte und heile Schuhe. Ich sagte, wenn du etwas Besseres findest, dann mach es, und wenn du eine Empfehlung für das Führungszeugnis brauchst, wirst du sie bekommen. Aber heutzutage benötigte auch der letzte Bettler oder Käseschneider ein Diplom, Hingabe und Ehrlichkeit waren nichts mehr wert. Er hatte schon Falten auf der Stirn, silberne Fäden im Haar und eingefallene Wangen, er war ungefähr in Gideons Alter, aber der Himmel über seinem Kopf hing unvergleichlich viel tiefer. Ich wusste nicht, wie ich seinen Lohn aus dem sterbenden Laden ziehen konnte, auch nicht das Geld für seine Abfindung. Als Erstes musste unsere Wohnung vermietet werden, ihre nackten Wände konnten uns Früchte bringen, und wir schlossen einfach die Tür ab und bezahlten den Staub, der sich auf ihnen sammelte, die Grundsteuer, den Verwaltungsbeitrag, den Anteil an Wasser und Strom und zusätzlich die Miete für unsere Unterkunft im Dorf. Ich rief meinen leidenden Fischer an und beschrieb ihm unsere zunehmend beengte wirtschaftliche Lage. »Gideon, wir können uns nicht länger erlauben, so weiterzumachen, wir müssen die Wohnung vermieten.«

»Dann vermiete sie doch, wo ist das Problem.« Seine Stimme war leer und flach, und ich hatte das Gefühl, als platze in mir eine tonnenschwere Bombe. Wo ist das Problem. Wirklich, wo war das Problem. Es fehlte uns ein bisschen Geld, das war alles, da vermieten wir eben die Wohnung und leben glücklich und zufrieden bis an unser Lebensende.

»Natürlich, wo ist das Problem, alles läuft doch fantastisch«, fuhr ich ihn an. »Los, komm aus diesem Film, Gideon. Unser Leben ist im Arsch. Wo ist das Problem, wo ist das Problem, wo lebst du eigentlich, Gideon?«

Ich verließ den Laden, ich wollte Amjad den armseligen Striptease unseres Lebens ersparen, ich ging die Straße hinunter, und zwischen zwei mickrig belaubten Bäumen sagte ich zu meinem Herzen, los, zerbrich, lass alles heraus, und es zerbrach. »Hör zu, Gideon, der Laden ist zu Ende, und mit Romantik lässt sich das Minus nicht stopfen, diese ganze Auszeit, die du dir genommen hast, und der Luxus vom Sinn des Lebens muss auf die Zeit warten, wenn du in Rente gehst. Die Bank versteht nur eine Sprache, hörst du mir überhaupt zu?«

»Ja, tue ich.«

»Also, wenn du mir zuhörst, dann hör dir noch etwas an. Auch unser Familienleben steckt tief im Minus. Der Junge braucht dich, und seine Mutter auch.«

Er schwieg, ich hörte sein Atmen und dazwischen ein Schlucken und im Hintergrund Bluesmusik aus dem Radio. Das Blut stieg mir von den Beinen, dem Bauch und der Brust nach oben und strömte durch meine Halsschlagader in den Schädel, bis er zu platzen drohte.

»Das war's, Gideon, diese Regelung ist zu Ende. Ich will nicht mehr. Komm nach Hause, geh wieder zum Gericht oder wohin auch immer, aber komm zurück. Ich rede mit dir, antworte! Wann kommst du zurück?«

»Ich kann nicht, Amiki.«

Ich kann nicht, Amiki. Ich erschrak. Was war es, was diese Worte so bedrückte, dass sie derart zerquetscht herauskamen.

»Dann eben nicht.« Das Blut strömte in meine Beine zurück, die Schwerkraft verdoppelte sich. Ich war allein zwischen zwei mageren, von der Stadtverwaltung gepflanzten Bäumen, als ich verstand, dass das, was war, nicht mehr sein würde.

»Du brauchst Hilfe, Gideon, gib mir deine Adresse, und ich komme.«

Er wollte nicht, dass ich kam, er gab mir weder seine Adresse noch den vollen Namen jener Nadja. Es ist in Ordnung, sagte er, es wird vorbeigehen, er brauche nichts, nur Ruhe und Zeit.

Amjad spürte, etwas war passiert, mein geschorener Schädel verriet das Blut, das mir in den Kopf gestiegen war. Er zog den Stuhl hinter der Theke hervor, stellte ihn für mich vor den Eingang, und ich setzte mich. Zugvögel flogen am Himmel zwischen dem Billigmarkt und unserem Lebensmittelgeschäft und über die Siedlungen, sie flogen zwischen der schwächer werdenden Sonne oben und den schwächer werdenden Menschen unten und umgingen das dünne Erbarmen, das im Elul vom Himmel tropfte. Amjads Hände waren frei, sie hatten nichts zu rücken, zu heben, zu halten, sie öffneten sich für nichts und schlossen sich um nichts.

»Ich könnte dir eine weitere Arbeit anbieten, zwei, drei Stunden am Tag.«

»Was für eine Arbeit?« Er ging um eine Plastiktüte herum, die über den Gehweg schwebte, und drehte mir nicht das Gesicht zu.

»Das Haus eines alten Mannes in Ordnung halten, einkaufen, sauber machen und so weiter. Sie bezahlen gut.«

»Warum nehmen sie keine Thailänderin oder jemanden aus dem Ausland?«

»Der Alte müsste halb tot sein, damit man ihm eine Philippinin oder eine Thailänderin genehmigt, der Alte geht noch auf seinen eigenen Beinen, zieht sich an, wäscht sich. Er spricht. Aber er ist ein schwieriger Mann, deshalb sind sie bereit, mehr zu bezahlen.«

»Wie viel für die Stunde?«

Ich wusste Schoschanas Tarif nicht, und wie hoch sie die Verrücktheiten ihres Vaters in Schekel einschätzte, wie sie Geschrei und Flüche bewertete, was sie an Schweigen und Trauer hinzufügte und welche Summe am Schluss herauskam. Ich versprach ihm, mich zu erkundigen, und während ich sprach, gerieten neben dem Laden zwei Hunde aneinander, der kleinere forderte den großen heraus, und der große stieß ein warnendes Gebell aus, als wollte er sagen, wart's ab, wart's ab. Aber der kleinere wartete nicht, er wollte sofort eine Entscheidung herbeiführen und bellte abgehackt, und der große posaunte zurück. Der Staub, der von diesem Kampf aufgewirbelt wurde, drang in Amjads Augen.

»Was treiben sie da, sie kämpfen um die Ehre«, sagte er und rieb sich die Augen, holte ein altes Brötchen aus der Kiste mit den Waren, die zurückgingen, und warf es zwischen die Hunde. Der Große drehte es um, schlug seine Zähne hinein und hielt es in der Schnauze, bellte und vergaß, dass er dazu das Maul aufmachen musste, das Brötchen fiel heraus, der Kleine machte einen Satz, packte es und rannte pfeilschnell davon. Geschlagen und hechelnd stand der Große da und bellte die Schmach, die man ihm angetan hatte, laut heraus, sein Gebell überquerte die Straße, hinüber zum Billigmarkt, aber dort wurden die Wagen wie üblich geschoben und elektronische Augen öffneten ihnen die Tür und schlossen sie hinter ihnen.

»Alles auf der Welt ist Geld und Ehre.« Amjad hob die Augen und betrachtete die Zeichen der Zeit, die Vögel, die schwächer werdende Sonne, die Farbe des Himmels, die daran erinnerte, dass das Leben sich bewegte, dass die Zeit nicht stehen blieb.

»Wo wohnt der alte Mann, von dem du geredet hast?«

»In einem Dorf, ein paar Minuten von der Stadt entfernt.«

»Spielt es für sie eine Rolle, ob ich diese Arbeit übernehme oder meine Frau?«

»Er ist ein schwieriger Mann, und deine Frau ist zart, er könnte ihr Beleidigungen an den Kopf werfen.«

»Wenn es nur Worte sind, macht es nichts, Worte kann sie aushalten. Aber angenommen, er schlägt sie, dann ist es etwas anderes.«

Woher sollte ich wissen, ob es nur um Worte oder auch um Ohrfeigen ging? Auch das Messer, mit dem er den Hahn erledigt hatte, hatte ich nicht vorausgeahnt, Voraussagen waren nicht meine starke Seite.

Die Sonne drang mit langen Strahlen in den Laden, brach auf dem Regalfach mit dem Öl und brachte das gelbe Blut der Hülsenfrüchte zum Leuchten. Im Billigmarkt galt: Volkes Stimme ist Gottesstimme, Neonlicht beleuchtete Flaschen, Dutzende, Hunderte Liter kränklich gelblich grünen Öls in durchsichtigen Plastikflaschen. Kaum vorstellbar, dass sie früher Samen von Sonnenblumen gewesen waren, die ihre Köpfe zur Sonne reckten, in der Blüte ihres Lebens gepflückt, geknackt, ausgepresst und verpackt worden waren, und damit war ihr Leiden noch nicht zu Ende. Was für eine Welt, auch Samenkörner in ihren Schalen haben ihre Via Dolorosa vor sich. Ich seufzte, und Amjad wusste nicht, warum.

Die Dinge passierten, und ich hatte keine Zeit, über die Schrauben und Verbindungsstücke nachzugrübeln, die sich in unserem Leben gelockert hatten, denn ich hatte genug damit zu tun, sie wieder zu befestigen. Ich begann mit einer Notbluttransfusion für unser Bankkonto und schrieb die Wohnung zum Vermieten aus, vier Zimmer, teilweise möbliert, Aussicht auf die judäische Wüste, Miete drei Monate im Voraus, ohne Makler.

Nach dieser Notbehandlung konnte ich aufatmen und mich Schoschanas Problem zuwenden und rief sie an. »Es könnte sein, dass ich jemanden für deinen Vater habe«, sagte ich.

Schon am gleichen Tag kam sie von Herzlija, traf Amjad im Laden und fuhr mit ihm in ihrem Auto zum Haus ihres Vaters.

»Er ist verrückt, ihr Vater«, sagte Amjad später, nachdem sie ihn zurückgebracht hatte und wieder losgefahren war, »aber sie bezahlen gut. Weil ich Araber bin, verlangt er ein polizeiliches Führungszeugnis. Ich habe gesagt, in Ordnung. Ich habe gehört, wie er mit seiner Tochter redet und dass sie nicht beleidigt ist, und da habe ich mir gesagt, warum sollte es mir besser gehen als ihr, ich werde auch nicht beleidigt sein. Man lässt einen Menschen, der krank im Kopf ist, einfach reden, was er will. Sie, seine Tochter, hat gesagt, mein Vater hat viel mitgemacht im Leben, er ist kein schlechter Mensch, er ist nur seltsam und schwierig. Als sie mich durch das Haus geführt hat, hat er mich nicht aus den Augen gelassen, und da gab es eine Schublade, von der hat er gesagt, die rührst du nicht an. Hast du gehört? Hast du gehört? Und seine Tochter hat gesagt: Papa, er ist nicht taub. Und als wir draußen waren, sagte sie zu sich selbst, gut, ich habe also schon jemanden zum Putzen, jetzt muss ich noch jemanden zum Kochen finden. Ehrlich gesagt, sie hat mir leidgetan. Sie wollte mir Geld im Voraus geben, ich habe gesagt, nein, wieso denn.«

Der Junge war bei Kim, dem neuen Freund, den wir für ihn im Dorf gefunden hatten, und ich lief durch den Wald, um nachzudenken. Ich lief langsam, wie es die Menschen im Kino tun, die ihren Gedanken nachhängen, mit auf dem Rücken verschränkten Händen. Doch ich stammte nicht aus dem Kino, ich kam aus dem richtigen Leben, und meine gemessenen Schritte brachten mir keine neuen Erkenntnisse. Was ich vorher gedacht hatte, war dasselbe, was ich jetzt dachte, ich würde zu ihm fahren, ich würde den Jungen bei meinem Bruder Jonathan lassen, nach Eilat fahren und an eine Tür nach der anderen klopfen, bis ich ihn gefunden hätte. Der Abend senkte sich sehr schnell über den Wald, und die Bäume akzeptierten das Urteil des Himmels, sie zogen ihre Zweige ein und standen stumm da. Kein Vogel zwitscherte, nicht ein Vogel flog ... Heruntergefallene Nadeln zerbrachen unter meinen Sandalen, laut und lärmend, als würde die Erde Karotten kauen, und schnelle Zuckungen gingen durch die Wipfel. Vielleicht war es besser, ihn zu lassen, um was hatte er denn gebeten, um Zeit und Ruhe, ich werde anständig sein, ich werde ihm die Zeit und die Ruhe lassen, die er braucht. Er ist klug, er weiß, was sein Problem ist und wie es sich lösen lässt. Schließlich hat er sich wegen dieses genauen Wissens die Klienten und die Ehre erworben, die die anderen dazu brachte, ihm Platz zu machen, wenn er an ihnen vorbei durch die Flure lief. Aber auch Wissen kann, wie alles im Leben, Schaden nehmen, auch Wissen hängt von Fleisch, Blut und Nervenzellen ab. Reicht nicht eine einzige widerspenstige Zelle, die außer

Kontrolle gerät und sich vermehrt, oder ein Mangel an Serotonin oder eine verstopfte Ader oder sonst etwas, und das vollkommene Wissen ist versaut? Vielleicht wird sein Zustand mit jeder Minute schlechter, vielleicht wird die widerspenstige Zelle immer wilder, das Serotoninniveau sinkt, und ich riskiere das Blut meines Mannes, statt alles stehen und liegen zu lassen und loszufliegen, um ihn zu retten.

Das Handy klingelte, und die Bäume bewegten sich, Vögel raschelten, und Nadav fragte: »Mama, wann kommst du und holst mich ab?« Das bläuliche Glühwürmchen des Telefons leuchtete und leuchtete, die zerbrechenden Nadeln unter den Sohlen weckten die Sinne der Waldbewohner. Der Junge. Wie hatte ich ihn vergessen können. Die Dunkelheit, die ihm aus Kims Fenster entgegensah, war ihm neu und fremd, sah ganz anders aus als die Dunkelheit in unseren Fenstern, man musste bei ihm sein, während er sich an die neue Dunkelheit gewöhnte. Ich rannte, so lange ich konnte.

Er war aufgeregt von all dem Neuen, das seine Augen im Haus seines neuen Freundes gesehen hatten, weißt du, sie haben eine Fernbedienung für das Garagentor, und sie haben so einen großen Fernseher, nein, so, er streckte die Arme aus, ohne die Größe zu erreichen, größer als das Wohnzimmerfenster, glaubst du das? Und ihre Rollläden sind elektrisch, und sie haben eine Warnanlage gegen Diebe und zwei Boxer, einen im Haus und einen im Hof. Und Kim hat vielleicht tausend Playmobilteile. Und zwei Brüder.

»Und ich habe dich.« Ich deckte ihn zu und drückte ihm einen Kuss auf die Stirn.

»Und du hast Papa.« Er schloss die Augen und schlief ein.

Ich ging hinaus, um Wäsche aufzuhängen, nachts sahen die kleinen Unterhosen auf der Leine traurig aus, der Mond machte sie blass, und der Wind brachte sie zum Zittern. Alles wird gut, sagte ich zu den Klammern, die ein Unterhemd kniffen, alles wird gut, er hat sich ausdrücklich ein bisschen Zeit vom Lärm der Stadt ausbedungen, da dürfen Frau und Kind nicht zu Fesseln an seinen Füßen werden. Er ist nicht krank, er ist nur müde, es wird alles gut, du kennst ihn doch, er ist vernünftig, er ist verantwortungsbewusst, er ist seelisch gesund, er wird wieder morgens zur Arbeit gehen und abends zurückkommen, er wird seine Robe zur Reinigung bringen und wieder abholen. Ein Helikopter flog über uns, westwärts, Richtung Krankenhaus, eine knatternde Mahnung an Geschichten, die schlecht ausgehen, jemand hat eine Kugel in den Kopf bekommen, jemand hat sich eine Kugel in den Rachen geschossen, ist von einem Dach gesprungen ...

»Waren Sie das, die diesen Scheißaraber hergeschickt hat?« Die Worte kamen aus dem Fenster des Alten.

»Sie werden ihn nicht Scheißaraber nennen, ist das klar?« Meine gereizten Nerven reagierten auf die Gelegenheit, die sich ihnen bot, und die Sicherung flog raus.

»Sie werden frech. Haben Sie eine Ahnung, wie alt ich bin?«

»Das interessiert mich nicht. Auch wenn Sie hundert wären, dürften Sie ihn nicht beleidigen. Entschuldigung, mein Telefon klingelt.« Ich drehte ihm den Rücken zu und drückte das Handy an mein Ohr.

»Es geht um die Wohnung, ist das Angebot noch aktuell?«
Ich erkannte ihn sofort. »Nicht für dich«, sagte ich gereizt.

»Einen Moment, gibt es keine Begrüßung?« Scha'ul Harnoi lachte und sagte, noch immer lachend, sein Vertrag in der Feigenstraße 9 gehe zu Ende, er habe die Anzeige in der Zeitung gesehen und die Telefonnummer erkannt, deshalb habe er gedacht, es sei überhaupt keine schlechte Idee, schließlich würden sich beide Seiten kennen, man könne schnell zu einem Abschluss kommen, sind deine Haare übrigens schon ein bisschen gewachsen? Das männliche Lachen, das früher mein Herz erzittern ließ, hörte sich jetzt an wie Regen auf Blech, aber wenn man das Lachen von heute und von damals außer Betracht ließ, warum sollte ich nicht an ihn vermieten? Er ist anständig, er wird pünktlich bezahlen, er ist ordentlich und sauber, er wird den Vorhang aufziehen, wenn die Sonne die Anrichte erreicht, er wird das Klobecken entkalken, und er wird die Dichtung an den Wasserhähnen erneuern. Ich werde ihm den Schlüssel geben und ihn dann nicht mehr sehen, die Miete geht auf unser Konto ... und wenn der Abfluss überläuft ...

»Es tut mir leid, Scha'ul, nein.« Das hat mir noch gefehlt, künstlicher Regen und Trommeln auf Blech, soll doch dieser Sommer zu Ende gehen, mit Blausternen und allem, mit Dornen und allen anderen banalen Anzeichen der vergänglichen Zeit, und sollen danach die Regenfälle kommen, wie es der Lauf der Natur ist. Das neue Jahr wird seine Segnungen bringen, Gideon wird nach Hause zurückkehren, wir werden uns an den Händen halten, wie wir es auf unserem Weg von der Klinik nach Hause getan haben, und wie es die beiden Alten auf der anderen Seite des Paravents taten.

»Willst du noch darüber nachdenken?«

»Nein.«

»Wenn du es dir anders überlegst, weißt du, wo du mich finden kannst.« Die Worte kamen trocken aus dem Telefon, kein Regen und nichts.

Gleich danach rief noch jemand an.

»Wegen der Wohnung ...«, sagte eine müde Stimme, leblos, alt, heiser von Zigaretten oder vom Weinen.

Am folgenden Morgen erwartete ich den Mann um zehn Uhr in der Wohnung. Er erschien mit einer Verspätung von sieben Minuten. Weder alt noch jung. Seine Augen waren blau, kalt, mit feinen roten Adern. Auf dem Kopf hatte er dichte Stoppeln grauer Haare. Er hatte einen zerknitterten Kragen und kräftige Hände mit großen, gewölbten Daumen, Hände, wie man sie durch körperliche Arbeit bekommt. Er war einfach gekleidet, die Falten seiner Hose bewiesen, dass sie von einer Wäscherei gebügelt worden war.

»Tausend Dollar im Monat.« Ich nannte einen überhöhten Preis, um aus der Sache herauszukommen, ich wollte, dass er erschrak und zurücktrat. Aber er schaute aus dem Fenster, betrachtete die trockenen Hänge der judäischen Wüste und sagte: »In Ordnung.« Wegen Zigaretten oder einem Lungenleiden klang seine Stimme viel älter, als er tatsächlich war. Er fragte, wann er einziehen könne.

»Heute.« Ich wollte ihn loswerden, und ich brauchte das Geld, je eher, umso besser.

Im Treppenhaus warteten zwei neue graue Koffer auf ihn, und das war seine ganze Ausrüstung. Hätte ich die ganze Angelegenheit geschoben, wäre er mit den Koffern woandershin gegangen. Ich fragte nicht, woher er kam, was er arbeitete, ob er allein hier wohnen würde, ich wollte auch keine Empfehlungen. Er hatte ein Bündel neuer Geldnoten in der Tasche, zählte sie mithilfe seines seltsamen Daumens ab und bezahlte mir drei Monate im Voraus, und während der ganzen Zeit sah er mich kein einziges Mal direkt an.

»Man muss einen Vertrag machen«, sagte ich.

»Einen Vertrag? In Ordnung.« Er schaute hinüber zu den Bergen, die im Fenster zu sehen waren. Am Nachmittag erwartete er mich beim Rechtsanwalt, unterschrieb an der Stelle, die man ihm zeigte, er las nichts durch, stellte keine Fragen, bat um nichts. Der Rechtsanwalt verglich sein Aussehen mit dem Foto in seinem Pass, verglich noch einmal und gab sich zufrieden. Dem Vertrag entnahm ich, dass der Mann, den ich beiläufig in unser Leben gebracht hatte, Gabriel Bar hieß.

6

Die Natur tat alles zu Ehren der Winde des Monats Elul, von den Bäumen fielen Nadeln, und Zapfen zerplatzten auf dem Boden, die Wipfel wurden dünner und bekamen Lücken, Wind blies die Wäsche auf, riss am Rosmarin und ließ das Küchenfenster klappern, bis wir gezwungen waren, es am Rahmen festzubinden. Und zu allem Neuen, das wir durch den Wechsel der Monate erlebten, kam noch Kim, Nadavs neuer Freund, dessen Mutter Mirjam geheißen hatte, bis ihre neue Villa gebaut war und sie zu Maja wurde, und aus seinem Vater Aharon wurde Ron. Wir standen an ihrer Tür, wir streckten die Hände aus. »Sehr angenehm, Amia, sehr angenehm, Maja.« Sie sagte, Mirjam und Aharon würden, obwohl es biblische Namen seien, nicht mehr passen, deshalb hätten sie beschlossen, sich mit dem neuen Haus auch neue Namen zuzulegen.

»Für unsere Kinder haben wir von vornherein Namen ausgesucht, die zum Dorf passen, nicht zu diesem Dorf«, sie lachte, »sondern zum globalen Dorf, Kim und Natalie, Namen, die man in jedem Land der Welt kennt. Kann ich dir eine Tasse Kaffee anbieten?« Sie lächelte freundlich und legte eine Hand auf Nadavs Kopf. »Er ist so süß, ich bin schrecklich froh für Kim, dass er ihn hat, vielleicht magst du trotzdem eine Tasse Kaffee?« Die Tür war breit und ließ mich einen Teil der geräumigen Zimmer und die schön gestalteten Wohnebenen sehen, und die Hausherrin freute sich, dass ich sah, was es zu sehen gab, und genierte sich auch ein bisschen. »Wir haben da und dort vielleicht ein bisschen übertrieben, aber Roni ist so vorausschauend, wir haben das Grundstück fast umsonst bekommen, deshalb haben wir gesagt, wenn schon, denn schon.« Ihre Haare waren gefärbt und sorgfältig frisiert, und ihr mit Steinen besetzter Schmuck passte gut zu dem neuen Haus, aber ihre rissige Hand, die mich zum Eintreten aufforderte, passte zum alten Haus.

Nadav war aufgeregt, als der Gegenbesuch anstand. Er ordnete die Spielsachen auf dem Teppich und beschwerte sich wegen der besseren Spielsachen, die wir in der vermieteten Wohnung zurückgelassen hatten. Seinen Trumpf, das Feuerwehrauto, stellte er an den Kopf der Reihe, er bereitete sich einen Aussichtsplatz am Fenster vor und bedauerte, dass wir keine elektrischen Rollläden hatten, er schaute nach, ob im Kühlschrank Eis am Stiel vorrätig war, und bemühte sich, Wodka beizubringen, dass er sich hinlegte, wenn er den Befehl »Platz« hörte, aber Wodka, der Deutsche Schäferhund, war nicht überzeugt, dass ihn dieser Besuch zu irgendetwas verpflichtete, er weigerte sich.

Kim und seine Mutter erschienen zur verabredeten Zeit, und die Augen des Alten, der vom frühen Morgen bis zum Abend den Weg beobachtete, verpassten sie nicht, als sie durch das Tor gingen.

»Was machst du hier, Mirjam?«, fragte er von seinem Fenster aus.

»Meine Mama heißt Maja«, schrie ihm Kim mit dünner Stimme zu.

»Das willst du mir erzählen, Kleiner? Ich erinnere mich an sie, als ihr der Rotz aus der Nase lief und sie ihn sich nicht abgewischt hat.«

Sie nahm ihren Sohn an der Hand und fragte wie nebenbei: »Wie geht es Ihnen, Herr Levi?« Sie senkte die Schultern, machte sich klein, Hauptsache, Ruhe bewahren.

»Du hast das Haus schrecklich nett eingerichtet«, sagte sie, als sie eingetreten war und sich umschaute. »Ich erinnere mich noch daran, als dieser alte Mann, Herr Levi, mit seiner Familie hier gewohnt hat. Schoschana war eine Klasse über mir. Jede Woche habe ich ihnen einen Karton Eier aus unserem Hühnerstall gebracht, dann haben sie gebaut und sind in das neue Haus umgezogen, und alles ist schiefgegangen.« Sie warf einen Blick in den kleinen Spiegel auf der anderen Seite der Tür und ordnete ihre Haare. »Der Ortswechsel war für sie ein Wechsel des Glücks. Deshalb hatte ich Angst, in unser neues Haus zu ziehen, aber *touch wood*«, sie krümmte einen Finger und klopfte an den Türstock, von dem etwas alte Farbe abblätterte. »Als er noch ein kleines Haus hatte, hatte er alles, heute hat er ein großes Haus und sonst gar nichts mehr.« Kim riss sich von ihr los, rannte Nadav hinterher zum großen Zimmer und kreischte mit seiner dünnen Stimme: »Was, das ist dein Zimmer? Hast du keinen Computer? Ich hatte mal genau so ein Feuerwehrauto.«

Seine Mutter betrachtete unseren kleinen Flur wie ein Foto in einem Album. »Glaub mir, bei der ganzen großartigen Villa, die ich habe, wäre ich manchmal froh, in so ein kleines Haus zurückzukehren.«

Ich glaubte ihr. Wie viele andere verband sie ein kleines

Haus mit Wärme und Nähe, ihr war anzusehen, dass sie sich in ihren geräumigen, durchgestylten Zimmern einsam fühlte. Sie nahm den Kaffee, den ich ihr anbot, setzte sich auf einen der drei Plastikstühle in meiner Küche, der Stuhl senkte sich unter ihr, und sie seufzte, als habe ihr jemand in einem Warteraum einen Platz angeboten. Die Mirjam, die zur Maja geworden war, spähte aus den Ritzen, die sich im schweren Make-up ihres Gesichts und ihres Halses auftaten, der jahrelang der Sonne ausgesetzt gewesen war und auf dem die Creme jetzt glänzte wie Margarine auf einem Toast. Sie war zehn Jahre vor mir geboren, aber alles, was sie sich angetan hatte, um zu Maja zu werden, hatte sie älter werden und zwischen uns die Kluft einer Generation entstehen lassen.

»Du siehst wunderbar aus«, sagte sie, als hätte sie meine Gedanken gelesen. »Bestimmt ist es nicht leicht für dich, ein Kind allein aufzuziehen.«

»Wieso allein? Ich habe einen Mann.«

»Im Ernst? Entschuldige, ich war sicher, du bist alleinerziehend.« Sie wurde rot und nahm einen Schluck Kaffee. »Ich habe dich sogar ein bisschen beneidet, dass du mich nicht falsch verstehst, Roni ist ein guter Ehemann, aber es gibt keine Frau, die sich nicht von Zeit zu Zeit vorstellt, wie es wäre, allein zu sein. Meinst du nicht auch?«

Ich stimmte ihr zu. Die Kinder löschten im Zimmer Brände, Sirenengeheul schwoll an und ab. Sie schossen, wurden getroffen, siegten und gerieten in die schlimmsten Katastrophen, die man sich nur vorstellen konnte, und inzwischen befriedigte ich die Neugier meiner Besucherin und erzählte ihr, dass mein Mann nach Eilat auf eine Fischfarm gefahren war und oft nach Hause kam, und in dem Moment, in dem Gideon zu einem Mann wurde, von dem man erzählt, kam er mir fremd und fern und anziehend vor, und ich wusste nicht, wohin ich meine Sehnsucht richten sollte, deshalb rief ich: »He, Kinder, wollt ihr ein Eis?«

Roter, süßer und tropfender Lärm eroberte die Küche, ich könnte ein ganzes Eis auf einmal verschlingen, na und, ich auch, Mama, gibt es mehr? Kriegen wir zwei? Wodka hörte es und kam angerannt, sprang auf die Eistropfen, die die Münder verfehlten, und vergrößerte den Lärm noch. Maja-Mirjam war fasziniert von dem lebendigen Gewühl, das sich in unserer Zwei-mal-zwei-Meter-Küche zusammendrängte, hätte ich eine so geräumige und gut ausgestattete Küche wie sie, hätte es viel mehr Platz zwischen den Feiernden gegeben, und die Feier hätte sich in Luft aufgelöst.

»Und was machst du?«, fragte sie, nachdem die Kinder wieder im Zimmer verschwunden waren, um zu sprengen und zu erobern.

»Ich habe ein kleines Lebensmittelgeschäft.«

»Bei dir ist alles klein und einfach, deshalb siehst du so gut aus. Wir haben einen großen Porzellanbetrieb, Keramik und das alles, und je größer die Firma wird, umso mehr Kopfschmerzen macht sie.«

Ich schluckte das flüssig gewordene Eis und erzählte ihr nicht, welche Migräneanfälle das einfache Leben hervorrufen kann.

Sie war so offen und aufrichtig wie ihre Hände und ich nicht, ich begnügte mich mit einer Fischfarm, mit einem kleinen Lebensmittelgeschäft, mit der Darstellung eines bescheidenen, sympathischen Lebens. Wo blieben die Gerichtsroben und das Diplom in Betriebswirtschaft, wo die Schulden und die Migräne und das »Ich kann nicht mehr, Amiki«, und wo blieb der seltsame Mensch, dem wir die Wohnung vermietet hatten, ich schämte mich und suchte nach ein paar Worten, um den Eindruck ins rechte Licht zu rücken. »Na ja, du weißt doch, nichts ist so, wie es von außen aussieht.«

»Du hast recht. Wer Herrn Levis Villa sieht, deines Vermieters, denkt, wer weiß, was für glückliche Leute dort wohnen, die Wände, der Verputz und das rote Dach lügen.«

Ich feuerte sie nicht zum Reden an, die Worte kamen einfach aus ihr heraus. »Weißt du, früher war er normal, ganz normal, auch seine Frau und sein Sohn und Schoschana, eine gute Familie.«

»Er hat einen Sohn?«

»Klar, und was für einen Sohn. Aber nach dem Unglück ist alles zerfallen, keine Familie, keine Frau, kein Sohn, kein Gott, nichts.« Sie hatte ihre hochhackigen Sandalen ausgezogen und ihre nackten Füße daraufgestellt.

Ich fragte nichts und erhob mich, um Wasser für eine zweite Runde Kaffee zu kochen.

»Hörst du, Amos, sein Sohn ... Hast du Süßstoff? Kurz gesagt, Amos ist vier Jahre älter als ich, er war der King bei uns in der Schule ... Amos Levi, jahrelang, die ganze Zeit im Gymnasium, war ich in ihn verliebt, und nicht nur ich, aber er beachtete mich nicht, beim Militär hat er eine Frau kennengelernt, eine gewisse Orna, und sie geheiratet. Was für ein Mann ... Aber seit dem Unfall hat man ihn hier nicht mehr gesehen. Er hat den Ort nicht mehr betreten, an dem er seinen Jungen verloren hat, sein einziges Kind, verstehst du, es hat Jahre gedauert, bis Orna schwanger wurde, man hat sie mit Hormonen vollgestopft, Spritzen, Behandlungen, am Schluss hat man ihnen eine Befruchtung im Reagenzglas gemacht, das hat dann geklappt, und das ganze Dorf hat ihre Schwangerschaft gefeiert. Entschuldige, kann ich noch ein bisschen Milch haben?« Maja-Mirjam rührte die Milch in den Kaffee, legte die Hände um die Tasse und starrte hinein, als läse sie darin die Geschichte der Familie Levi.

»Weißt du, es hat hier Leute gegeben, die haben aufgehört, an Gott zu glauben, nach allem, was geschah, denn so einen Jungen gibt es nicht noch mal, er war fünf, wie mein Kim, und so gescheit, ein Genie, und schön wie aus der Werbung, erstaunlich, wirklich erstaunlich ... Wenn er an einer Krankheit gestorben wäre, hätte man gesagt, gut, Schicksal, vom Himmel, aber dass er so sterben musste?« Sie umschloss die Tasse noch fester, ihr Kopf bewegte sich hin und her, nein, nein, nein, um die Geschichte der Familie Levi und die Ungerechtigkeit von Katastrophen zu demonstrieren.

Die Kinder kamen aufgeregt in die Küche, Mama, gibt es Cola? Mama, weißt du, dass Kim einen Drachen mit Fernlenkung hat? An Schabbat besuchen wir sie, er wird ihn mit seinem Papa fliegen lassen ... Sie tranken, wuschen sich das Gesicht am Wasserhahn in der Küche, schüttelten ihre nass gewordenen Haare, spritzten die Anrichte voll und rannten wieder ins Zimmer, nur Wodka blieb bei uns, leckte die Tropfen vom Fußboden, probierte auch den großen Zeh der Besucherin, ihren Unterschenkel, und überließ sich der Hand, die sein Ohr ergriff und es massierte. Sie erzählte die Geschichte nicht zu Ende, ich wusste nicht, ob es gut war zu fragen, nicht alles, was Erde und Zeit bedecken, lohnt es auszugraben. Ich wagte noch nicht einmal zu fragen, ob diesem Amos nach dem Unglück noch andere Kinder geboren worden waren, und inzwischen hatte der Himmel aufgeklart und rötliches Licht drang in die Küche, und ich fühlte mich gezwungen zu sagen: »Ende des Sommers, schau nur, was für ein schöner Sonnenuntergang.«

Aber sie schaute nicht hin. »Auch damals war es Ende des Sommers«, sagte sie.

»Elul?«

»Mag sein, ich erinnere mich nicht, jedenfalls war es schrecklich. Alle Kinder des Dorfes kamen, um zu sehen, was vorgefallen war, sie sammelten sich um die Unglücksstelle. Wenn dieser Junge am Leben geblieben wäre, wäre er heute fünfzehn Jahre alt. Für uns sind diese zehn Jahre wie nichts vergangen, für seine Eltern war jeder Tag bestimmt wie ein ganzes Jahr. Was für eine Vergeudung, wie viel Geld und wie viel Hoffnung hatten sie aufgebracht, bis er geboren wurde, und wie viel haben sie in ihn gesteckt, nachdem er auf der Welt war, und dann kamen ein paar Wörter und brachten ihn um. Fünf Wörter! ›Du hast noch ein bisschen‹, das waren die verfluchten Wörter. Amos saß in seinem Geländewagen mit Allradantrieb, mit dem er überall herumfuhr, er legte den Rückwärtsgang ein und fuhr rückwärts in den Hof seines Vaters, und der alte Levi dirigierte ihn. ›Du hast noch ein bisschen‹, rief er, und Amos fuhr noch ein paar Zentimeter und hielt, und der Alte rief: ›Du hast noch ein bisschen‹ und bedeutete ihm mit der Hand, er solle Gas geben, und in diesem Moment kam der Junge auf den Hof und rannte direkt in …«

Sie bedeckte das Gesicht, und die Tusche floss von ihren Wimpern auf ihre Finger.

»Was soll ich dir sagen, schrecklich, schrecklich, das war schrecklich«, sie schüttelte den Kopf. »Das Einzige, was von ihm geblieben ist, sind seine Schuhe. Seine Beine waren zermalmt und seine Schuhe nur zerdrückt, ihnen ist nichts passiert.«

»Achtundzwanzig.« Ich sprang auf, als hätte ich die Lösung eines Kreuzworträtsels gefunden.

»Wieso achtundzwanzig?« Etwas Schminke löste sich von ihrer Schläfe und bildete einen Fleck.

»Die Schuhe.«

»Woher weißt du das? Na ja, die Größe spielt keine Rolle, was wichtig ist, sind die fünf Wörter, die eine ganze Familie zerstört haben. Fünf Wörter, verstehst du? Carmela, Levis Frau, die Großmutter des Jungen, fing an zu schreien, was heißt schreien, man sagt, ihre Schreie hätten Gottes Trommelfell zerrissen. Levi ist weiß geworden wie ein Leichentuch, und hat immer wieder gesagt, ›ich habe ihn umgebracht, ich habe ihn umgebracht‹, wie eine kaputte Schallplatte. Das ganze Dorf lief zusammen, Krankenwagen, Polizei, was für ein Durcheinander ...«

»Und Amos?«

»Was für eine Polizei, Mama?« Die beiden Jungen standen in der Küche. »Los, Mama, was hast du von der Polizei gesagt?« Kim schüttelte die Hand seiner Mutter und trampelte mit seinen Schuhen Größe siebenundzwanzig auf dem Boden.

»Nichts, gar nichts.« Sie rutschte auf dem Stuhl, und im selben Moment erzitterte der Fußboden vom Müllauto, das die Straße entlangkam, die Kinder rannten hinaus, um das wunderbare Auto und den Mann, der es bediente, nicht zu verpassen.

»Du hast nach Amos gefragt? Hast du einmal einen Toten gesehen? So war er. Weißlich grau, stand völlig erstarrt da, man sagt, er war hart und kalt wie Stein, als ob ihm mit einem Schlag das Blut im Körper erstarrt wäre. Sie haben versucht, ihn zu bewegen, es ging nicht, seine Hand zu schließen, nichts. Wie eine Statue. Als Orna kam, war der Junge schon im Krankenwagen, in einen schwarzen Sack verpackt. Das ganze Dorf wich zurück und machte ihr

Platz, sie rannte wie verrückt, rannte, um den Sack aufzureißen und ihn zu sehen, sie hat getobt, und man hat sie nicht gelassen, sie hat sich auf Amos gestürzt und geschrien: ›Du hast ihn genommen, du musst ihn zurückbringen.‹ Sie hat lauter geschrien als Carmela, ihre Schreie drangen an einer Seite in den Himmel und kamen auf der anderen wieder heraus.«

»Willst du Wasser? Noch einen Kaffee?« Ich stand auf, ging zum Fenster, um nach den Kindern zu schauen und aufzupassen, dass der Fahrer nicht rückwärtsfuhr und dass keiner ihm zurief: Du hast noch ein bisschen. Sie trank nichts, es war, als müsse sie zuerst die Geschichte der Familie Levi loswerden, wie man in der Synagoge den Thoraabschnitt, der sich mit Flüchen beschäftigt, lesen muss.

»Ist da draußen alles in Ordnung mit ihnen?« Sie erhob sich, schaute hinaus, setzte sich wieder und sagte: »Hör zu, was dieser Familie danach passiert ist, war wie ein Dominoeffekt, ein Stein fällt, dann fällt die ganze Reihe. Diese Orna drehte völlig durch, sie stürzte in eine Depression, sie packte ihr Zeug und ging, sie wartete das Ende der dreißig Trauertage nicht ab, sie verlangte die Scheidung. Du musst es verstehen, dieser Junge war das Einzige, was sie zusammengehalten hatte. Sie schickte ihm einen Rechtsanwalt mit endlosen Forderungen. Sie verlangte Millionen für den Jungen, den er ihr umgebracht hatte. Verstehst du, ihr umgebracht? Er hat das Haus verkauft, den Jeep, alles, was sie hatten, und hat es ihr gegeben, ihm sind nur Unterhosen und Unterhemden geblieben. Er wollte keinen Cent von seinem Vater, keinen Cent, er hat die Beziehung zu ihm abgebrochen, zehn Jahre ist er nicht zu ihm gekommen, kein einziges Mal, hörst du? Und Amos' Mutter hielt ein Jahr durch, und eines Morgens stand sie auf und verließ den Alten ebenfalls. Sie konnte ihm das ›Du hast noch ein bisschen‹ nicht verzeihen, und er war völlig verrückt geworden, er hatte ihr die Hölle heiß gemacht, bis sie aufgab, ihre Kleider nahm und zu ihrer Schwester zog, einer alten Witwe, die in irgendeinem Loch in Galiläa lebt. Das war's. Keine Ahnung, wie sie mit dem Haus, dem Geld und allem zurechtkamen, und so ist dieser Levi allein zurückgeblieben, nur Schoschana hat ihn nicht im Stich gelassen, und jetzt ist sie ebenfalls weggezogen, nach Herzlija. Was soll ich sagen, sie tut mir leid. Er tut mir leid. Auf dieser Welt braucht man Glück oder Erbarmen. Wer keins von beidem hat, ist erledigt.« Sie ballte die Hände und schlug mit einer Faust auf die andere, als wolle sie das Glück mit dem Erbarmen verbinden.

»Wie sehr ich in Amos verliebt war, damals, im Gymnasium, und stell dir vor, was für ein Schicksal. Weißt du, wie viele Mädchen hinter ihm her waren? Und er hat diese Orna beim Militär kennengelernt, und dann hatten sie so ein Pech. Wenn die Menschen einen Turm hätten, auf den sie steigen könnten, um zu sehen, was sie in der Zukunft erwartet … Gut, ich rede Blödsinn, ich muss jetzt gehen, ihr seid herzlich bei uns eingeladen, du und Nadav, und wenn dein Mann auftaucht, müsst ihr an Schabbat mal zum Essen kommen …« Sie richtete sich auf, und der Plastikstuhl knirschte unter ihr.

Ein Sonnenstrahl färbte das Porzellan über dem Spülbecken rosa, Maja-Mirjam betrachtete den roten Himmel und sagte: »Nach dem Unfall hat Levi die Kipa abgenommen, er hat seine Gebetsriemen in eine Schublade eingeschlossen und gesagt, ich bin fertig mit Gott.«

Bevor sie ging, fragte ich sie, wie der tote Junge geheißen hatte.

»Chagi«, sagte sie und betrachtete die Kacheln, die langsam grau wurden. »Seine Geburt war das große Fest ihres Lebens. Auf seinen Grabstein haben sie nur seinen Namen und das Geburts- und Todesdatum schreiben lassen. Das war alles. Sonst nichts. Als gäbe es auf der ganzen Welt keine Worte, um zu beschreiben, was für ein Junge er gewesen war.

Der Alte hat sich einen Platz neben ihm gekauft. Von der ganzen Familie sind nur der Alte und der Junge im Dorf geblieben. Der eine unter der Erde, der andere darüber.« Sie betrachtete vom Fenster aus unsere Petersilie mit einem Interesse, als habe sie vergessen, dass es die Erde ist, die viele verschiedene Gewürzpflanzen hervorbringt, nicht irgendwelche Kisten im Supermarkt. Wir gingen hinaus, ich pflückte ihr Petersilie, und sie hielt sich den Strauß an die Nase und roch daran. »Weißt du, Amos hat sich mit Landwirtschaft beschäftigt, er hat einen Doktor in Agrarwirtschaft, er hatte kleine Beete, in denen er alle möglichen Pflanzen gezüchtet und Versuche gemacht hat. Wenn du an seinen Beeten vorbeigegangen bist, sind deine Nasenlöcher aufgegangen, als wärst du in einem himmlischen Laden. Aber nachdem das passiert ist, ist alles vertrocknet, tot, vorbei.« Sie berührte die Petersilienblätter vorsichtig, als hielte sie einen Strauß, den sie jemandem aufs Grab legen wollte. Die Straßenlaternen gingen an, verkündeten offiziell den Beginn des Abends und erinnerten sie daran, dass ihr Mann bald die Türen hinter den Badewannen und Kloschüsseln versperren würde, die sie verkauften, um nach Hause zu fahren. Sie würde ihm ein Omelett oder ein Rührei braten, und die Messer der Gegenwart würden das Brot schneiden und auf dem Teller klappern.

»Gut, es reicht, wir gehen nach Hause, Kim, es wird

schon dunkel.« Sie fuhr sich durch die Haare mit den blonden Strähnchen und rief nach ihrem Sohn.

Bevor sie gingen, gab sie mir den Strauß Petersilie zurück und sagte: »Entschuldige, ich will dich nicht kränken, aber ich kann nichts essen, das in diesem Garten gewachsen ist. Ich weiß nicht, es ist, als läge ein Fluch auf Levis Erde, ich kann nicht vergessen, dass das Blut des Jungen in diese Erde geflossen ist.« Die Stängel, die sie mir zurückgab, waren warm von ihren Fingern, sie drückte die nun leere Hand auf ihr Herz. »Es war dumm von mir, dass ich dir alles erzählt habe, du sagst jetzt bestimmt, das ist Aberglaube, aber was soll man tun, ich habe nicht den Mut, das Schicksal herauszufordern.«

Ich blieb mit meinem Jungen am Tor stehen und schaute zu, wie Maja-Mirjam und Kim sich entfernten und immer kleiner wurden, neben ihnen sahen die Laternenpfosten wie Ausrufezeichen hinter den Sätzen unseres Lebens aus. Der Husten, der aus dem Fenster des Alten drang, war diesmal tief und schwer und hörte sich an, als huste das Herz. Schon einige Zeit hatten wir die Zettel nicht herausgeholt, die sich mit Prospekten zur Körperertüchtigung und für neue Rollläden und ein oder zwei Briefen in unserem Briefkasten gesammelt hatten. Nun, da wir am Tor standen und nicht dringend irgendwohin mussten, leerte ich den Briefkasten und brachte das Papierbündel ins Haus, und in der anderen Hand trug ich die gepflückte Petersilie. Der Alte konnte von seinem Fenster aus sehen, wie der Kies unter den kleinen Turnschuhen aufspritzte und in den Bewässerungsgräben für die Rosen landete. In der Nacht fuhr ein großer schwarzer Jeep durch meine Träume zum Zimmer des Jungen, und ich sprang ihm nach und schrie: Du hast noch ein bisschen, du hast kein bisschen mehr.

Gut, dass die Tage von allein fortliefen, denn wenn wir es tun müssten, hätte ich es nicht geschafft, zum folgenden Tag zu wechseln. Das heißt, es ist ein Glück, dass die Erdkugel ihrer Bahn folgt und uns diese Last nicht zumutet. Und als würde nicht reichen, was wir hatten, erlegte ich mir noch andere Lasten auf, zum Beispiel Levis toten Enkel. Am folgenden Tag ging ich zum Friedhof des Dorfes, um mit meinen eigenen Augen den Grabstein zu sehen, von dem mir Maja-Mirjam erzählt hatte. Ich ging den Feldweg hinunter, der vom Dorf zum Haus des Lebens führte, wie man diese endgültige Wohnstatt auch nennt. Wer sich diesen bescheidenen Ort in einer Senke ausgesucht hat, die man vom Dorf aus nicht einsehen kann, hat eine gute Wahl getroffen. Die Toten stören die Lebenden nicht, und die Lebenden ihrerseits ermöglichen ihnen die richtige Ruhe. Man sah, dass das Dorf das Potenzial der Grundstücke, dieser Löcher der Ewigkeit, nicht erkannt hatte, vorläufig waren dort nur die Ortsansässigen begraben. Ich ging in dem bescheidenen, recht gepflegten Friedhof auf und ab. Die Friedhofsverwaltung hatte der Tatsache, dass alles eitel ist, Rechnung getragen und dafür gesorgt, dass alles sympathisch und bescheiden wirkte. Der Grabstein, klein, wie man ihn nimmt, wenn etwas nicht nach der Natur abgelaufen ist, zog meinen Blick sofort auf sich. Grauer Staub bedeckte den weißen Stein, der Name des Jungen war an der rechten Seite eingemeißelt, eher flüchtig, und im Gegensatz dazu waren die Geburts- und Sterbedaten tief in den Stein gegraben und groß, als würden sie das Ausmaß des Absurden verkünden. Der Junge war am neunzehnten Elul gestorben, nach dem Vollmond, auch jetzt waren der Elul und der Mond bereits am Abnehmen, vielleicht war heute der neunzehnte oder spätestens morgen. Der Grabstein zeigte keinerlei Anzeichen, dass man sich in der letzten Zeit um ihn gekümmert hätte. Wenn jemand kam, um sich an ihn zu erinnern, wäre das vermutlich morgen. Wenn ich gewusst hätte, dass es der Todestag des Kindes war, wäre ich nicht mit leeren Händen gekommen, aber es war nicht zu spät, ich konnte den Fehler noch korrigieren.

»Komm, begleite mich«, sagte ich zu meinem Jungen, damit er das andere Ende des Weges kennenlernte, nicht nur die pastorale Seite, behauene Steine, Bäume, Blumenstöcke, durchsichtige Kerzenbehälter, aber er wurde von Kims technischen Effekten stärker angezogen, er wollte lieber dort auf mich warten.

Ich ging in der Dämmerung hin, in der Zeit zwischen Tag und Nacht, damit niemand mich sah und sich fragte, was diese Frau mit dem Friedhof zu tun hatte. Ich nahm einen Stein mit, einen runden Stein, klein wie ein Taubenei, den ich im Garten seines Großvaters gefunden hatte, und einen kleinen Strauß Petersilie, die aus der Erde dieses Gartens gewachsen war. Die Dunkelheit kam plötzlich, im Osten stieg der Mond auf, und sein Licht wurde vom Berg versperrt. Ich legte den Stein über seinen Namen und die Petersilie zwischen das Geburts- und das Todesdatum. Der Junge war nicht da, er würde es nicht sehen und nicht wissen, der Einzige, der es sehen würde, war der, der von oben zusah.

Noch während ich da stand und nachdachte, ertönte eine durchdringende Stimme aus der Dunkelheit zwischen den Gräbern und fragte: »Wer sind Sie?« Schritte kamen auf mich zu. Ich erstarrte und suchte Halt an dem kleinen Grabstein. Ich hörte hinter mir leichtes Atmen und Klicken, etwas blitzte auf, grell und blendend. Mein Herz klopfte zuerst wie verrückt, beruhigte sich dann aber, wenn ich verloren war, war ich eben verloren. Die Taschenlampe, deren Licht mich getroffen hatte, ging aus, das Gesicht des Mannes lag im Dunkeln, doch hatte ich keinen Zweifel.

»Sie sind Amos, sein Vater, ich habe von Ihrem Vater das alte Haus gemietet«, stieß ich atemlos heraus.

Er machte die Taschenlampe an und lenkte das Licht auf den Grabstein, der Kiesel, den ich hingelegt hatte, blitzte auf, die Petersilie zitterte im Wind, er ließ das Licht der Länge und Breite nach über die Grabplatte wandern, über den Staub, der den Grabstein bedeckte, prüfte jedes Staubkörnchen, als wolle er wissen, mit wem sein Sohn den Sommer verbracht hatte.

»Was suchen Sie hier?« Seine Stimme war hart und kalt, ein verirrter Lichtschein traf sein Gesicht, ich sah seine Augen aufflackern, eine zerfurchte Stirn.

»Ich habe einen fünfjährigen Jungen, genauso alt wie Ihr Sohn war, als es geschah, deshalb weiß ich, was das …«

»Sie wissen gar nichts«, unterbrach er mich und machte die Taschenlampe aus.

»Es tut mir leid, ich hätte daran denken sollen, dass jemand von Ihnen heute Abend kommt, ich werde Sie nicht länger stören, ich gehe.«

»Sie gehen nirgendwohin. Das hier ist keine Fußgängerzone, hier läuft man nachts nicht allein herum.«

»Ich fürchte mich nicht.«

»Damit hat das nichts zu tun. Mein Sohn braucht kein zweites Unglück, das mit seinem Namen verbunden ist.«

Der Mond war höher gewandert und spendete den Toten einen Teil seines Lichts, und ich sah, dass Levis Sohn so mager war wie sein Vater, aber kleiner, mit einem geraden Rücken, als habe man einen Stock in seine Wirbelsäule gesteckt, vielleicht weil er so oft den Kopf gereckt hatte, um mit dem Himmel abzurechnen. Ein Nachtvogel fauchte in einer der Zypressen, löste sich vom Ast und flog davon, ihm folgten andere Vögel, einer nach dem anderen. Die Nacht wurde tiefer, ich wandte mich zum Gehen.

Er packte mich fest am Arm. »Sie gehen nirgendwohin.« »Ich warte am Tor.« Ich befreite mich aus seinem Griff und fügte mich kampflos, wer sich in fremde Feierlichkeiten drängt, darf sich nicht beklagen, wenn die Bedingungen ihm nicht gefallen. Ich lehnte mich an das Gittertor, mit dem Rücken zu den Toten, um nicht zu sehen, wenn er den Kopf gegen den Grabstein schlug oder die Hände zum Himmel reckte. Was tat ein Mann, der statt eines Sohnes einen leeren Schädel hatte, ein knöchernes Behältnis, das einmal ein Gehirn umschlossen hatte, von dem Maja-Mirjam gesagt hatte, es sei wunderbar gewesen.

Ich sehnte mich danach, die Beine meines Jungen zu berühren, die Beine meines Mannes zu streicheln, Gott zu bestechen, ihm ein Gelübde abzulegen und zu beten, dass sie mir nie durch die zusätzliche Drehung eines Autoreifens entrissen werden würden. Ich rieb mir die Nase mit Fingern, die noch nach Petersilie rochen, mein Junge war im Haus von Maja-Mirjam, und ich hatte keine Ahnung, wie lange dieser Vater bei seinem toten Sohn bleiben würde, was wäre, wenn es die ganze Nacht dauerte, er war dort in das Seine versunken, und ich stand am Tor, ich konnte heimlich weggehen, ich schuldete ihm nichts, im Gegenteil, er schuldete mir etwas, weil es außer mir niemanden gab, den der alte Levi beschimpfen konnte, und außer mir gab es niemanden, der bezeugen konnte, ob der Alte morgens die Augen aufmachte. Glücklicherweise hatte der Hausmeister der Toten die Türangeln geschmiert, damit sie nicht laut quietschten. Das Tor bewegte sich leise, der riesige Flügel öffnete sich zum Weg, ich bat Gott, mich vor allen lauernden Feinden zu schützen, ich stand am offenen Tor und wagte nicht, hinauszugehen. Ich habe einen Jungen, so zart wie ein Schmetterling, ich habe einen Mann mit Migräne, ich trage die Verantwortung, ich kann mir nicht erlauben, zu dieser Zeit meines Lebens zum zufälligen Opfer eines Perversen zu werden. Tränen stiegen mir in die Augen und rieben den Mond, er wurde zu einem polierten Kristall, und er wurde umso schmerzhafter, je heller er wurde. Der Vorabend des 19. Elul, ein Jahrestag zum Verzweifeln schön. Ich werde zu diesem Mann gehen und sagen, hören Sie, ich muss jetzt los, und schon war ich unterwegs zu ihm, und plötzlich erklang ein Lied zwischen den Grabsteinen. »Lauf, Pferdchen, renne durchs Tal, flieg auf den Berg, renne und fliege Tag und Nacht, ich bin ein Reiter, ein Held, ein Ritter ...« Er stand am Grab seines Sohnes, und statt »Erhoben und geheiligt werde sein großer Name« sang er das Reiterlied, sang aus voller Kehle. Die Stimme breitete sich auf dem Friedhof aus, die Toten waren tot, aber alle anderen, die jetzt atmeten, Nachtvögel, Ratten, Ameisen, Grillen, Eidechsen und ich, hielten die Luft an.

Sein Auto war alt und klein. Ich stieg ein und er sagte: »Er war verrückt nach diesem Lied.« Und das war die ganze Trauerrede, die er für ihn hielt. Wir kamen am hinteren Eingang des Dorfes an, er blieb stehen, und ich wollte aussteigen.

»Wie geht es dem Alten?«, fragte er und starrte vor sich hin.

»Trotz allem ist er noch am Leben.«

»Trotz allem, ja?« Er sprach zur Frontscheibe des Autos.

»Haben Sie ihn seit damals nicht mehr gesehen?«, wagte ich zu fragen und wollte schon die Tür öffnen. Gleich würde ich aussteigen und hätte keine Ahnung, wie er aussah, welche Farbe seine Augen hatten und welche Zeichen die Zeit und das Leben auf seinem Gesicht hinterlassen hatten. Wie alt war er? Fünfundvierzig? Achtundvierzig? In der Dunkelheit war er gekommen, in die Dunkelheit würde er verschwinden.

»Nein.«

Ich machte die Tür auf, und er sagte, es sei seltsam, dass ich Petersilie gebracht hatte, denn was hätte ein Kind mit Petersilie zu tun.

»Ich habe etwas gebracht, das aus der Erde seines Großvaters gewachsen ist.« Mein linker Fuß tastete über die Steine auf dem Weg, und bevor ich auch den anderen Fuß nach draußen schob, fragte ich, ob ich seinem Vater erzählen dürfe, dass er hier gewesen sei.

Bis er antwortete, schaffte es der Mond, die Hauptstraße des Dorfes zu überqueren, er wanderte vom Wasserturm zu den ersten Baumwipfeln des Waldes.

»Ich überlasse es Ihnen, Sie wissen besser als ich, was ihn zum Sturz bringen kann.« Er hatte mich noch kein einziges Mal angeschaut, nun, da mein zweiter Fuß schon den Boden berührte, drehte er das Gesicht zu mir und sagte trocken und kalt: »Ich wohne im Norden. Seit zehn Jahren habe ich keinen Kontakt mit ihm, an dem Tag, an dem mein Sohn umkam, ist mein Vater für mich gestorben. Aber da Sie nun schon mal hier sind, haben Sie bitte ein Auge auf ihn.«

Ich wusste nicht, ob er den lebenden Alten oder den toten Jungen meinte, seine Kehle war heiser davon, dass er das Pferd hatte traben lassen, Runde um Runde.

Ich bot ihm eine Tasse Kaffee und das Benutzen der Toilette an, bevor er in den Norden fuhr, und er klopfte ungeduldig auf das Lenkrad und sagte, dafür gebe es Tankstellen.

»Schreiben Sie sich meine Telefonnummer auf, für den Fall, dass Sie wissen wollen, was hier los ist«, sagte ich.

»Das werde ich nicht wollen, aber von mir aus.« Er tippte die Nummer, die ich ihm notierte, in sein Handy und fragte nicht nach meinem Namen.

Ich stieg aus und er fuhr los, seine Reifen wirbelten Staub auf, und das Mondlicht wirbelte mit dem Staub und senkte sich mit ihm.

Am Morgen des 19. Elul schlief mein Junge noch, und ich stand am Fenster, atmete den Kaffeeduft aus der Tasse in meiner Hand ein und betrachtete den durchsichtigen Dampf, der aufstieg und sich in nichts auflöste, bis Herr Levi, der mit einem Hut aus dem Haus trat, meine Grübeleien plötzlich unterbrach. Sein Gesicht war verschlossen wie bei einer Zeremonie, er trug einen grauen Anzug und eine dunkelrote Krawatte, hatte einen Gehstock in der Hand und stieß damit hart auf die Stufen.

»Gehen Sie dorthin?«, fragte ich.

»Ich gehe, wohin ich will.«

»Ich kann Sie hinfahren.«

Die Sonne traf seine Krawatte und ließ sie aussehen, als hätte er Blutflecken auf der Brust.

»Ich brauche nichts.« Der Stock schlug durch die Luft, richtete sich auf und stieß auf den Weg. »Wer hat es Ihnen erzählt, Schoschana? Sie kann nichts für sich behalten, was?«

Wir waren auf dem Weg zu unserem Tagwerk, als er uns von dort entgegenkam und seinen Stock im Dunst, der vom Asphalt aufstieg, schwenkte. Nadav, der hinten angeschnallt in seinem Sitz saß, erzählte Wunderdinge von Kims Fotoapparat, als wir neben dem Alten und seinem Stock anhielten, der nicht den Weg traf, sondern gegen einen Reifen schlug.

»Wenn ich nur wüsste, wer dieser Mistkerl war«, sagte er schwer atmend, Schweiß lief ihm von der Stirn und tropfte vom Nasenrücken auf seine Krawatte. Er hatte seit damals, seit man seinen Anzug gekauft hatte, viel Gewicht verloren, die Schulterpolster hingen herunter, ein Gürtel hielt den zu weiten Hosenbund zusammen, und der Wind blies die Hose gegen die Beine.

»Wenn ich ihn in die Hände bekomme, wird er vergessen, wie er heißt. Juden legen Steine aufs Grab, von mir aus brauchen sie gar nichts hinzulegen, aber das Grab lächerlich machen? Was ist, soll er etwa in seinem Grab Suppe kochen, dass man ihm verwelkte Petersilie hinlegen muss? Morgen legen sie ihm dann Hühnerbeine hin.« Er fuchtelte mit dem Stock und schlug auf seine unsichtbaren Feinde ein.

»Steigen Sie ein, Herr Levi, es ist sehr heiß.« Ich machte die Beifahrertür auf.

»Nicht nötig. Von Hitze stirbt man nicht, und wenn ich sterbe, bin ich versorgt, ich habe einen Platz.«

»Steigen Sie ein. Ich möchte Ihnen etwas erzählen.«

»Der Jahrzeittag meines Enkels ist kein Tag für Geschichten. Hast du deine Schuhe an, Kleiner?« Er drückte die Stirn an die breite Scheibe, um die Füße des Jungen zu sehen, und sein Hut wurde an das Glas gequetscht. Der Junge öffnete den Gurt, zog seine Knie an und schob seine Füße zwischen die beiden Rücksitze, um sie zu zeigen.

»Gut, gut, ich habe es gesehen. Sie sind dir zu groß. Du hast auch noch Platz bis Größe achtundzwanzig.« Er trat von der Scheibe zurück, rückte seinen Hut gerade, verabschiedete sich entschlossen, drehte sich um, und sein Stock schlug hart auf den Asphalt.

»Mama, wen will er erwischen?« Der Junge schnallte sich wieder fest, und dabei schob er die neuen Eindrücke zugunsten der früheren zur Seite. »Mama, wenn du gesehen hättest, was für einen Blitz sein Fotoapparat hat …«

Der Alte wurde immer kleiner in meinem Seitenspiegel, wurde zu einem grauen Strich, zu einer Linie, die den Staub durchschnitt, zu einem Streichholz, einem Punkt, bis er nicht mehr zu sehen war. Ich fuhr weiter. Früher hatte ich für drei zu sorgen gehabt, für den Jungen, den Mann, die Bank. Die Gehälter kamen von allein aufs Konto, der Aufstieg entsprach den Erwartungen, die Maßanzüge passten zum Status, der schmale Himmel im Fenster lud ein, ihn zu betrachten, der Kindergarten des Jungen entsprach seiner Entwicklung, das Leben entsprach den Wünschen, bis wir ein einfaches Leben anstrebten. Ein Lebensmittelgeschäft, eine Fischfarm, ein Dorf, Jeans, kilometerweiten Himmel und kilogrammweise Sinn. Vier Monate, und der Packen Sinn, den ich auf dem Kopf hatte, war angeschwollen, jetzt brauchte ich den Kopf einer Beduinin, um diese Last zu tragen und nicht darunter zusammenzubrechen. Wer hätte gedacht, dass diese Petersilie, statt das Herz des toten Jungen zu erfreuen, das Blut seines Großvaters zum Kochen bringen würde? Der Mensch weiß nicht mehr, was er tun soll und was nicht. Ich betrachtete die Menschen, die auf der Straße gingen, sie sahen aus, als hätten sie weniger Sorgen als wir, außer jenen, die sich an der Haltestelle der Linie 19 drängten und auf den Autobus warteten, um zum Krankenhaus gebracht zu werden, wo sie sich ihren Beschwerden entsprechend aufteilen würden, in die Onkologie, die Orthopädie, die Neurologie ... Vielleicht waren unter ihnen auch welche, die unter chronischer Migräne litten und unter einer Schwächung der Arme. Ich werde im Laden erst Inventur machen, wie eine Spinne, die ihr Netz in Ordnung hält. Ich werde Gideon anrufen, meinen Bruder Jonathan, den seltsamen Mann, der unsere Wohnung gemietet hat, und sie fragen, wie es ihnen geht. Und wenn ich mit ihnen fertig bin, werde ich alle aufzählen, die ich nicht anrufe und die nicht mitgerechnet werden, meine toten Eltern und Schoschana und Levi und Amos und der tote Junge und Madonna und Nadja ...

Aber das Leben wartete nicht auf mich, es geschah von allein, zum Beispiel stand Madonna, von niemandem gerufen, plötzlich am frühen Morgen im Laden, noch vor mir. Sie aß ein Bejgel, beugte sich vor Amjad über die Theke und unterhielt sich mit ihm. »Nehmen wir dich, man sieht dir an, dass du Araber bist, das lässt sich nicht ändern, aber was ist mit mir? Bei mir sieht man nichts, man sagt, ich wäre Russin, und das bin ich absolut nicht, wenn du wüsstest, woher ich stamme ...« Sie sah mich den Laden betreten, richtete sich auf, biss in das Bejgel und sagte hi, mit vollem Mund. Feuerstreifen brannten in ihrer Rabentolle, ihr Gesicht war blass, die Augenbrauen und die Lippen schwarz angemalt, ein kleiner Metallknopf blitzte unter ihrer Nase. Sie trug eine enge Lycrahose und ein rotes Oberteil. Ich fragte nicht, woher sie erfahren hatte, wo sich der Laden befand und was sie noch über unser Leben wusste. Ich überging sie und wandte mich an Amjad. »Was ist, sind das alle Brötchen, die übrig sind? Man muss sie mit

Folie abdecken. Ist die Milch schon gekommen? Wie viel ist von gestern noch da?«

Sie leckte Salz von der Bejgelrinde, er sprang los wie von einer Schlange gebissen und deckte die Brötchen zu, und ich zählte im Stillen bis zehn, dann bis zwanzig, um nicht auf unangemessene Weise über Madonna herzufallen. Es war nicht ihre Schuld, dass Gideon nicht anrief, obwohl ich ihm schon zwei Nachrichten auf die Mailbox gesprochen und eine SMS geschickt hatte. Hätte ich nur den vollen Namen dieser Nadja gewusst. Würde ich mich an die Polizei wenden und ihn als vermisst melden, würden sie mir raten, ein Glas Wasser zu trinken und ihn in den nächsten achtundvierzig Stunden immer wieder anzurufen, aber warum war der Gedanke so abwegig, dass ihm das Telefon ins Meer gefallen oder die Batterie zu Ende war oder dass die rote Katze seiner Nachbarin es verschluckt hatte. Madonna hielt das Bejgel zwischen den Zähnen wie ein Hund seinen Knochen und half Amjad dabei, die Folie über die Brötchen zu spannen.

»Acht sind noch da, zwei dreiprozentige und sechs mit einem Prozent«, sagte er und verstaute sie in der Kiste, die zur Rückgabe bestimmt war.

»Wie geht es deinem Sohn? Deine Haare sind schon ein bisschen gewachsen, lässt du sie oder schneidest du sie wieder?« Madonna sprach, kaute, biss ab und sprach. Sie war so dünn, dass ich mir vorstellte, sie würde, äße sie das ganze Bejgel, eine Beule unter dem roten T-Shirt bekommen. Von ihrem Nabel bis zur Wirbelsäule waren es keine fünf Zentimeter.

»Soweit ich gesehen habe, ist dieser Laden im Eimer. Ich bin schon eine Stunde da, und nur zwei Kaugummis sind über die Theke gegangen. Ich an deiner Stelle hätte daraus einen tollen Friseursalon gemacht. Weißt du was? Sogar ein Schuster würde hier mehr verdienen, in dieser Gegend gibt es viele Menschen, die vom Sozialamt leben, all die Looser, die am Achtundzwanzigsten des Monats ihre Schuhe für fünf Schekel reparieren lassen, für zehn Schekel, bevor sie sie wegwerfen. Kann ich einen von den Joghurts zum Zurückgeben haben?«

»Gib ihr einen frischen, Amjad.« Ich ging zum Waschbecken im Hinterzimmer des Ladens und wusch mir das Gesicht, ließ das Wasser in einem so starken Strahl über mich laufen, als gäbe es keine Wasserknappheit, kein Wasseramt und kein Bußgeld für übermäßigen Verbrauch, dann ging ich wieder nach vorn, tropfend und belebt, und sah zwei junge Männer an der Theke stehen. »Habt ihr Marlboro?«, fragte einer und stützte den Ellenbogen auf die Theke. Amjad erhob sich vom Kühlschrank, doch Madonna war schneller, sie zog zwei Schachteln aus dem Zigarettenregal und hielt sie ihnen hin. Sie legten Geld auf die Theke, einer zog am Zellophanstreifen und machte die Schachtel auf, steckte sich eine Zigarette in den Mund, hielt sie unangezündet zwischen den Lippen und musterte Madonna.

»Los, komm«, sagte der zweite, betrachtete sie ebenfalls lange und sagte: »Eine ganz Süße.«

»Bist du neu im Land? Aus Russland?«

»Siehst du, ich habe es dir ja gesagt.« Madonna strahlte und stieß Amjad ihren spitzen Ellenbogen in die Seite.

»Ja, aus Moskau. Noch etwas?« Sie presste ihre schwarz angemalten Lippen zusammen und formte einen kindlichen Schmollmund. »Cola? Bier?«

»Ja, bring uns zwei Bier, warum nicht«, sagte der Mann, der hatte gehen wollen und inzwischen zurückgekommen war. Amjad brachte zwei Dosen Bier und stellte sie ihnen hin, sie stießen eine Dose an die andere und sagten: »Prost, Süße!«

»Los, wir müssen gehen, diese Frau wartet schon eine Ewigkeit, gebt ihr, was sie will.« Einer löste sich und wandte sich mir zu. »Bitte, Gnädigste, kaufen Sie.« Er bedeutete mit einer Handbewegung, ich solle vortreten.

Madonna brach in Lachen aus. »Was soll das, dieser Laden gehört ihr.«

»Echt? Tut mir leid, meine Dame, ich habe Sie nicht erkannt, Sie hatten mal andere Haare, nicht wahr? Um die Wahrheit zu sagen, ich habe hier schon lange nicht mehr gekauft ...«

»Ja, sie hatte lange Haare, einen sehr schönen Zopf.« Madonna nahm das Geld für das Bier, legte die Münzen aufeinander und zog die Hand zurück.

»Also dann, bye. Wenn die Zigaretten aus sind, kommen wir wieder, Süße.« Einer löste sich von der Theke, der andere folgte ihm, er legte vier Finger auf den Mund und warf Madonna einen Kuss zu, bevor er hinausging und dem anderen etwas ins Ohr sagte, sie brachen in Lachen aus und entfernten sich.

»Woher hast du gewusst, dass du mich hier finden kannst?« Ich legte das Geld in die Schublade und knallte sie zu.

»Weißt du noch, als ich bei dir geschlafen habe?«, sagte Madonna, und eine Frau betrat den Laden und fragte, ob wir gelbes Waschpulver hätten, sie wisse nicht mehr, wie es hieß, aber die Packung sei gelb gewesen, und sie sei zu müde, jetzt in den Supermarkt zu gehen, nur für eine Sache ...

»Klar, Supermarkt, das heißt Warteschlangen und Durcheinander«, sagte Madonna. »Warum muss es eigentlich das gelbe sein, auch dieses Waschpulver hier wäscht ausgezeichnet.« Sie deutete auf das einzige Waschmittel, das es im Laden gab.

»Von mir aus«, sagte die Frau, ohne lange nachzudenken, und Amjad holte eine Schachtel herunter, wischte sie mit einem Tuch ab und entfernte so Staub und Zeit.

»Viel Spaß beim Waschen«, wünschte ihr Madonna, die Frau bezahlte und ging.

»Kurz gesagt, du erinnerst dich, als ich bei dir geschlafen habe? Also, ich habe die Augen einer Katze, ich habe an deinem Kühlschrank eine Stromrechnung mit der Adresse vom Laden hängen sehen, und da habe ich gedacht, na ja, schau ich doch mal, was für einen Laden sie hat. Ehrlich gesagt, ich hätte nicht geglaubt, dass der Laden so heruntergekommen ist. Ich habe auch eine Rechnung mit der Adresse der Wohnung gesehen, die du vermietet hast. Eine tolle Wohnung, echt.«

Ich erschrak. Ich versuchte, mich zu erinnern, welche anderen Zettel ich an meinem Kühlschrank zur Schau gestellt hatte, einen Bankauszug? Die Telefonnummer des Gynäkologen? Den Namen des Neurologen, an den ich mich wenden könnte, wenn die Situation schlimmer würde? Eine Zeile von ›Bird on the wire‹ von Leonard Cohen? Die Telefonnummer des Installateurs, des Elektrikers, des Handwerkers für den Rollladen, für Waschmaschinen, der Krankenkasse und weitere Nummern von Rettern aus der Not? Der heiße Wüstenwind blies trockene Blätter vor den Laden, trieb sie in der Gosse zusammen und ließ sie um die Beine der Frau mit dem weißen Waschpulver wehen. Die Blätter fielen früh von den Bäumen, was lässt sich über Bäume sagen, die dem Elul so schnell nachgeben? Hätten sie die Wahl, würden sie sich vielleicht widersetzen, wären nach Eilat gezogen und hätten über den Sinn des Lebens nachgedacht, aber sie waren botanische Geschöpfe, von der Stadtverwaltung in die Erde gepflanzt, mit Bewässerungskuhlen, was für eine Wahl hatten sie? Madonna spannte ihren geschmeidigen Rücken in dem roten T-Shirt, schob eine schwarze Strähne aus der weißen Stirn, leckte den Rest Joghurt aus dem Becher und sagte: »Weißt du was? Der Mann, der die Wohnung von dir gemietet hat, war im Gefängnis. Acht Jahre hat er bekommen, dann hat man ihm wegen guter Führung zwei erlassen, er hat sechs abgesessen.« Sie schob die Zunge in den Becher, um das letzte bisschen aufzulecken.

»Wegen was hat er gesessen?« Amjad brach sein Schweigen und fuhr fort, den Staub von den Waschmittelpaketen zu wischen.

»Woher soll ich das wissen, du solltest dich bedanken, weil ich weiß, dass er gesessen hat. Bis ich das aus ihm rausgebracht habe. Ich habe von dem Zettel auf deinem Kühlschrank die Adresse von deiner Wohnung gewusst, also bin ich hingegangen, ich wollte mich einfach mal umschauen. Ich habe an die Tür geklopft. Erst hat er nicht aufgemacht, hat gefragt, wer ich bin, dann hat er sie einen Spaltbreit aufgemacht, und ich habe gesehen, dass er die Augen eines Hundes hat, den man in den Arsch getreten hat. Ich habe gesagt, ich müsste dringend auf die Toilette, und er hat mich reingelassen. Im Badezimmer habe ich neue Handtücher gesehen, neue Kleidungsstücke, auch das Geld in seiner Hose, die im Badezimmer hing, war neu, als wäre er direkt vom Mond gekommen, mit einer Ausrüstung, damit er etwas für den Anfang hat. Da habe ich gleich Bescheid gewusst. Ich habe es ihm ins Gesicht gesagt, du hast gesessen, nicht wahr? Er hat gesagt, stimmt. Lasst mir Zeit, dann bekomme ich heraus, warum er gesessen hat. So oder so, ich muss wieder zu ihm, ich habe ihm hundert Schekel aus der Hose genommen, wie ich es bei dir gemacht habe, weißt du noch? Also, wenn ich etwas habe, das ich ihm zurückgeben kann, gehe ich wieder hin, genau wie ich es bei dir gemacht habe.«

Amjad hielt inne. »Was, du hast gestohlen?«

»Ich habe etwas genommen, ich habe dir gesagt, dass ich es zurückgebe, also warum nennst du das gestohlen?«

»Er wird dich nicht mehr in die Wohnung lassen«, sagte er, kehrte zum Staub zurück und behielt seine Gedanken für sich, vielleicht dachte er an seine drei Kinder, und was er tun müsste, damit sie nicht bei fremden Menschen an der Tür klopften, in ihren Hosentaschen herumwühlten und etwas nahmen.

»Wirklich? Es gibt niemanden, der mir Nein sagt. Frag sie.« Sie machte mich zur Zeugin ihres Charakters, ich nickte weder, noch schüttelte ich den Kopf. Wer hätte das gedacht, während ich mein Leben oben fortführte, sorgte jemand für die Wurzelarbeit unten. Die Luft war trocken, die Elektrostatik drückte eine Plastiktüte an den Kühlschrank und ließ Madonna die Haare um den Kopf stehen. Soweit ich mich aus dem Physikunterricht bei Elimelech erinnerte, hat die Elektrostatik etwas mit einem Ungleichgewicht der Spannungen zwischen negativen und positiven Feldern zu tun und entlädt sich in elektrischen Funken. Elimelech, der Lehrer, hatte eine Stirn voller positiver Spannungen und eine gespaltene Lippe voller negativer Spannungen, und jedes Mal, wenn er niesen musste, entlud sich die Spannungsdifferenz, schüttelte sein Gesicht und versprühte feuchten Speichel.

Der heiße Wüstenwind drückte die Wipfel der mageren Bäume nach unten, doch er verhielt sich wie ein erschöpfter Wind, der Lust und Interesse verloren hat. Eine Frau kam in den Laden, und statt zu grüßen, sagte sie: »Was für eine Hitze.« Sie erkundigte sich, ob wir Biolinsen hätten, und Madonna, die das begrenzte Angebot des Ladens bereits kannte, sagte: »Wir haben normale, und merken Sie sich, dass all dieses Biozeug nur Augenwischerei ist, sie waschen die Linsen doch so oder so, nicht wahr? Nach dem Waschen sind die Biolinsen und die Nichtbiolinsen gleich, warum wollen Sie dann mehr bezahlen?«

»Natürlich wasche ich sie, ja, also geben Sie mir normale.« Auch diese Kundin dachte nicht lange nach. Amjad brachte eine Tüte mit Linsen, und sein Gesicht wurde rot, er ging hinter den Laden und fing an, die Papiere zusammenzukehren. Madonna ließ einen Träger ihres T-Shirts über die Schulter rutschen und entblößte eine weiße Schulter, sie fragte, ob sie eine Zigarette bekommen könne, eigentlich eine ganze Schachtel, und schwor, sie zu bezahlen, sobald sie Geld hatte.

Ich gab ihr eine Schachtel, ich wollte sagen, schade um deine jungen Lungen, aber mein Handy meldete sich, auf dem Display leuchteten die Worte: »Mir geht es gut.« Vier Wörter und das bisschen Zeit und Kraft, die nötig waren, sie einzutippen. Ich atmete tief und füllte meine Lungen mit windiger Luft und Staub.

»Möchtest du hier arbeiten?«, fragte ich sie. Die Worte »Mir geht es gut« drängten mich, etwas zu unternehmen, und sie hatte ja bewiesen, dass sie Eskimos Schnee verkaufen konnte.

»Was, hier verkaufen?« Ihre schwarz umrandeten Augen gingen weit auf, ihre Stirn bekam Falten, als wolle sie rufen:

Ich glaub es nicht, aber als sie hörte, dass sie sich dafür bei der Rentenversicherung anmelden musste, senkten sich ihre Brauen.

»Nein, lass mich, je weniger sie über einen wissen, umso besser«, sagte sie entschieden, und ihre Stirn glättete sich wieder.

»Für den Fall, dass du den Vorschlag annimmst, musst du wissen, dass hier im Laden nicht geraucht wird und dass man nicht einen Träger nach unten rutschen lässt, und beide schon gar nicht«, sagte ich. Sie schob den Träger noch tiefer und entblößte noch mehr Schulter, zog eine Zigarette aus der Schachtel und ging zum Rauchen hinaus auf die Straße, die Amjad fegte. Sie ging hinaus, und er kam herein, wütend und verschlossen.

»Ich habe ihr vorgeschlagen, hier zu arbeiten«, sagte ich. Ich dachte, es sei besser, wenn er es von mir erfuhr als von ihr.

»Warum? Weil sie die Kunden belogen hat?« Er ballte die Hand um den Besenstiel und hielt ihn wie eine Lanze. »Soll das heißen, an meiner Stelle?« Seine Brauen zogen sich zusammen, und vor Zorn oder Kränkung saugte er die Wangen zwischen die Zähne.

»Was ist mit dir, Amjad, du führst den Laden, und sie tut, was du ihr sagst.«

»Es gibt hier nicht genug Arbeit für zwei, woher willst du Arbeit für drei nehmen?«

»Ich übertrage dir die Aufsicht. Ich werde demnächst kaum Zeit haben.«

Madonna sagte weder Ja noch Nein. Amjad blieb wütend und verschlossen, er fürchtete um das Brot für seine Kinder und hatte Angst, die Neuerungen würden den Laden erschüttern, der ohnehin auf wackligen Beinen stand. Madonna ging zur Toilette im Lager, dann zog sie ein graues, sommerliches Jackett an, das bisher auf der Kiste mit den Sachen zum Zurückgeben gelegen hatte, ging mit herausfordernden Schritten die Straße entlang und verschwand, im nächsten Augenblick war es, als wäre sie nie hier gewesen.

»Siehst du?« In Amjads Augen blitzte es triumphierend auf, er stand auf der Leiter vor den Fächern mit den scharfen alkoholischen Getränken, nun kam er herunter und machte mir Platz auf der Leiter, damit ich hinaufstieg und nachschaute, was es dort oben zu sehen gab. Zwischen den Flaschen war ein runder Fleck im Durchmesser eines Wodkaflaschenbodens, und drum herum Staub wie vorher, als die Flasche noch hier gestanden hatte. Das war ein Beweis.

»Wenn du sie einstellst, wird sie den Laden leer stehlen.«

Ich wollte ihn nicht kränken und sagen, dass Madonna die einzige Chance für diesen Laden war, selbst wenn es geklauten Wodka bedeutete.

»Komm, machen wir uns einen Kaffee.« Ich stellte Wasser auf und dachte, dass Madonna in dieser Nacht den geklauten Wodka in ihren dünnen Körper gießen und anschließend herumtorkeln und sich auf den Küchenboden von irgendjemanden werfen wird, dann wird die Polizei kommen und sie Gott weiß wohin bringen. Amjad wird in dieser Nacht traurig sein, er wird gereizt auf seine Kinder reagieren und mit seiner Frau schimpfen und seinen Ärger an ihnen auslassen, denn die Erde bebte unter dem Laden, und er hatte keine Ahnung, wie es weiterging.

Es verging kaum ein Tag, da tauchte Madonna wieder im Laden auf, angezogen wie am Tag vorher, blass, wild, mit tiefen Ringen unter den Augen, ihr rotes T-Shirt war zerknittert, das Jackett zerdrückt, in der Hand hielt sie eine Schachtel, in deren Deckel zwei Löcher gerissen waren und aus der das Rascheln eines Lebewesens drang, das verzweifelt versuchte, herauszukommen. Sie stellte die Schachtel auf die Theke und stützte sich mit beiden Armen darauf, als wolle sie sich gleich der Länge nach auf der Holzplatte ausstrecken. Sie war fix und fertig.

»Das ist für den Wodka, den ich genommen habe«, sagte sie heiser, streckte eine müde Hand aus und nahm den Deckel von der Schachtel. Winzige Augen blinzelten in das plötzliche Licht, ein kleiner Vogel lief von einer Wand zur anderen, hüpfte in die Luft, faltete die dünnen Beine auf dem Karton, drängte sich an die Luftlöcher, die für ihn gerissen worden waren, und konnte nicht wissen, dass er für einen armseligen Handel eingetauscht wurde.

»Bring ihn deinem Jungen«, sagte sie vernebelt, und ihre Stimme kroch über die Theke.

»Durch deine Klauereien werden wir bald einen ganzen Zoo haben.« Ich hob abwehrend die Hand zum Zeichen, dass ich es nicht nehmen wollte, dieses winzige Geschöpf war keine Sühne für den Alkohol in ihren Venen. Bevor ich den Vogel befreien und seinem Schicksal überlassen konnte, stellte Amjad ihm einen Unterteller mit Wasser und ein eingeweichtes Brötchen hin, und der Vogel senkte den Schnabel und pickte in den feuchten Teig. Amjad verschlang den Vogel mit den Augen. »Wenn er wegfliegt, fliegt er weg, wenn er bleibt, bringe ich ihn meinen Kindern.« Er legte eine flatternde Hand auf die Vogelfedern und dachte nicht zweimal nach, der Vogel blieb bis zum Abend in der Schachtel, dann begleitete er Amjad nach Hause.

Doch bevor es Abend wurde, schlief Madonna zwei

Stunden lang auf dem Fußboden in unserem Lager, bevor sie erholt aufstand.

»Nun, was ist?« Sie kam nach vorn, energisch, mit emporragender Rabentolle, und ihr T-Shirt, das gestern eng anliegend war, schlotterte jetzt, sie zog die Träger sorgfältig nach oben, damit sie nicht mehr abrutschen konnten. »Wie viel bekomme ich in der Stunde, wenn ich hier arbeite?«

»Zwanzig, wenn deine Diebstähle bezahlt sind.«

»Was hast du, zwanzig mache ich in der Minute.« Sie ließ einen Träger sinken und bat um einen Kaugummi, dann fiel ihr ein, dass sie noch die gestrigen Zigaretten schuldig war. »Also schreib alles auf eine Rechnung, mit dem Kaugummi, und wenn ich Geld habe, bezahle ich dich ...« Mager, blass, mit kräftigen Armen, die Schläge empfangen und verteilen konnten. Hatte sie ein Zuhause? Oder nicht? Wo lagen ihre T-Shirts? Ihre Schuhe? Ihre Zahnbüste? Fast hätte ich die Hand ausgestreckt und ihre entblößte Schulter umarmt, hätte den schmalen Träger berührt, der es auf sich genommen hatte, der Welt zu trotzen. Das hätte man sich denken können, niemand kümmerte sich um die Menschen in Ruanda und im Sudan, sollte sich die Welt dann für eine magere Madonna interessieren? Für eine junge Frau von etwas über vierzig Kilo? Für die Welt waren sie und der Vogel in der Schachtel ein und dasselbe.

Eine Minute verging, dann zerbrach sie so plötzlich wie ein Tonkrug, sie wühlte in der Tasche ihres Jacketts, holte einen Personalausweis hervor. »Hier, nimm, melde mich an, was immer du willst.« Sie ließ den Ausweis auf die Theke fallen. Das Gesicht auf dem Ausweisfoto war rund und kindlich, die Augen gaben dem Leben noch Kredit, als müsse nicht zwangsläufig alles schiefgehen. Sie war sechzehn, wohnte in der Jisa-Bracha-Straße und hieß Rivka Schajnbach. In den drei Jahren, die seither vergangen waren, hatte Madonna Solschenizyn die Herrschaft über Rivka Schajnbach übernommen und sie ausgelöscht, und auch die Straße, deren Name Segen bringen sollte, brachte ihr nichts mehr. Sie war einen Kilometer von diesem Laden entfernt geboren worden und hatte sich erneut auf dem Roten Platz auf die Welt gebracht, und von allen Berufen, die jener Platz zu bieten hatte, hatte sie sich die kleine russische Hure ausgesucht.

An diesem Tag schloss Amjad den Laden und nahm den kleinen Vogel mit, ich die Daten, die ich aus ihrem Ausweis abgeschrieben hatte, und sie ihr zerknittertes Jackett. Wir standen vor dem Laden, Amjad drückte den atmenden Karton an die Brust und ging nach Hause, heute musste er sich nicht um den Alten kümmern, denn dieser hatte angekündigt, dass am 19. Elul niemand sein Haus betreten dürfe, auch Gott nicht. Ein letzter Lichtstrahl glitt weich über Madonna, als ob sie noch immer Rivka Schajnbach wäre, mit schwarzen Strümpfen, bis zum Hals zugeknöpft und mit Zöpfen. Nervös und zornig stand sie in dem schwachen Licht und überlegte ihre nächsten Schritte, und bevor sie sich auf den Weg zum Platz im Stadtzentrum machte, an dem sich die Ausgestoßenen sammelten, schärfte ich ihr noch einmal die vier neuen Gebote ein: Du sollst im Laden nicht rauchen. Du sollst im Laden keinen Alkohol trinken. Du sollst nicht betrunken zur Arbeit kommen. Du sollst nicht stehlen.

»Man könnte glauben, dein Laden ist eine Synagoge. Nun, und wenn ich etwas trinke, was machst du dann mit mir? Entlässt du mich? Egal, ich komme mit oder ohne Arbeit klar.« Sie schob eine Hand in ihre wilde Haartolle, die andere hob sie in die Luft, um anzuzeigen, dass sie, wenn es nötig wäre, die Weltkugel anheben und auf einem Finger balancieren könne.

»Hast du einen Platz, wo du zu Abend essen kannst?« Das sanfte Licht, das ihr Kinn rund und ihre Augen größer machte, erlaubte mir nicht, sie allein vor der Dunkelheit stehen zu lassen.

»Zu Abend essen? Klar doch, ich habe Vorspeise, Hauptgericht, Nachspeise ...«, sagte sie verächtlich und wandte sich zur Straße, und ich schlug die entgegengesetzte Richtung ein. Von wo waren sie bloß alle über mich gekommen, der Alte, Madonna, Maja-Mirjam, der freigelassene Gefangene, der die Wohnung gemietet hatte, und, ja, auch jener Amos.

Menschen verließen Büros mit Aktentaschen und Umhängetaschen und gingen nach Hause, in Restaurants, zu ihren Geliebten. Ein Lebensweg, sauber und hygienisch, könnte man sagen, auch wir hatten uns einmal eingereiht, mit weißen Kragen und guten Schuhen. Jetzt trug ich flache Sneakers, und meine Haare waren geschoren, sammelten sich auf meinem Kopf wie verlorene Schafe, dürftig und starrköpfig. Geld geht zu Geld und Last zu Last. Na und, hätte ich jetzt zurückkehren wollen? Nein, auch wenn man das Fenster vergrößert und den Ausschnitt des Himmels verdoppelt hätte. Doch andererseits, was würde mit uns passieren, wenn Gideon weiterhin das Leben betrachten und der Laden weiterhin Schulden anhäufen und der Bankautomat schließlich den Mund zumachen würde. Mein Bruder Jonathan wird sagen, du hast ein Diplom und einen Beruf, der Geld einbringt, geh und verdiene was. Er wird es aus Sorge und aus Liebe und aus der Sicherheit heraus sagen, dass der Heilige, gelobt sei er, dem hilft, der sich selbst hilft. Er ist zum Beispiel sicher, dass Gott sieht, dass er und Tamar sich selbst zu helfen versuchen, indem sie sich um ihre Fruchtbarkeit kümmern, und früher oder später wird er ihnen helfen. Wie kommt es, dass ich so selten an sie denke? Alle zwei Tage? Einmal in der Woche? Wie kommt es, dass ein fernstehender Nachbar mir öfter in den Kopf kommt als ein nahestehender Bruder? Am Abend sagte ich zu Nadav, die hohen Feiertage, diese furchtbaren Tage, kommen näher, und wir werden zum Neujahrsfest zu Jonathan und Tamar fahren. Er fragte, ob die Tage wegen der Anschläge furchtbar seien und ob man an Neujahr Staub von den Schuhen wischen dürfe, und obwohl er sich freute, war er traurig. Er hatte keine Geschwister, und Jonathan und Tamar hatten keine Kinder, was sollte er dort zwei Tage lang anfangen.

Wir hatten ihm geschadet, wir hätten in unserem alten Leben bleiben sollen, wir hätten seine Kindheit nicht erschüttern dürfen, es hätte ihm gut getan, in dem Jugendbett zu schlafen, das wir für ihn gekauft hatten, als er drei war und ich schwanger, aber ohne Erfolg, es hätte ihm gut getan, vor dem Fenster zu schlafen, dessen Dunkelheit ihm vertraut war. Wenn wir jetzt dorthin zurückkehren wollten, würden wir es nicht können, dort wohnte ein anderer Mann mit den Augen eines Menschen, den man in den Arsch getreten hat, und sein Vertrag galt für ein Jahr, und ein Jahr – du lieber Gott, was konnte in einem Jahr alles passieren. Nadav fragte, wann sein Vater endlich mit dem Fischen aufhören und zurückkommen würde. Ich schlug ihm ein Lagerfeuer im Hof vor, wir könnten Kim einladen und Kartoffeln in der Glut garen. Er sagte, ein Lagerfeuer sei prima, und verzichtete auf seine Frage. Während ich noch darüber nachdachte, wie ich ihn aufbauen könnte, drückte woanders ein fremder Finger digitale Zeichen zu meinem Handy.

»Spreche ich mit Gideons Frau? Hier ist Nadja, hören Sie, er, wie soll ich es sagen, er ist nicht gesund, er hat viel geschlafen, wie sagt man das, er ...«

»Was ist mit ihm?«

»Er liegt im Krankenhaus.«

»Was ist passiert, was für ein Krankenhaus, können Sie ...«, fragte ich.

»Er war im Krankenhaus in Eilat, jetzt wird er mit einem Krankenwagen zu einer Klinik gefahren, die eine neurologische Abteilung hat, ich glaube, man bringt ihn nach Be'er Sheva.«

Das Handy, das plötzlich Nachrichten übermittelt hatte, hörte damit auf, das Gespräch wurde unterbrochen. War er bei Bewusstsein? Ohne Bewusstsein? Vielleicht eine Migräne auf Stufe sieben auf der Migräne-Richterskala, vielleicht eine schwere Grippe, Fieber, Hirnhautentzündung, kein Stress, heutzutage gibt es gute Antibiotika ... Ich zog mich um, zweimal erwischte ich den falschen Knopf und fing neu an, der Junge stopfte seinen Pyjama in seinen kleinen Rucksack, die Zahnbürste, einen Kamm, ein kleines Handtuch. »Und du glaubst, dass man bei Kim zu Hause nachts das Licht anlässt? Hat Papas Krankenwagen die Sirene an? Wird Papa sterben?«

Maja-Mirjam sagte: »Klar, natürlich, lass ihn bei uns, mach dir keine Sorgen, Hauptsache, dein Mann wird wieder gesund, fahr vorsichtig.«

Der Junge stand mit seinem Rucksack in der weitläufigen Diele zwischen dem Wohnzimmer und der Küche von Maja-Mirjam. »Mama, glaubst du, dass ... Mama, kommst du morgen früh wieder zurück?«

Kim tauchte hinter ihm auf. »Los, komm schon, spielen wir, dass ich ein Seeräuber bin ...«

»Was soll ich sagen, hoffentlich geht alles gut«, sagte Maja-Mirjam an der Tür, sie stand da und starrte in die Dunkelheit, bis der Mazda anfuhr, und vielleicht stand sie auch danach noch dort.

7

»Zimmer acht«, sagte die Schwester auf der neurologischen Station und deutete mit einer Kinnbewegung in die Richtung, sie hielt in ihrer Beschäftigung inne und musterte mich, als hätte ich etwas an mir, das die Diagnose unterstützte und wahrscheinlich machte. Obwohl es schon Nacht war und die Zimmer dunkel, sagte sie nicht, dass ich die Ruhe der Kranken störte, ich wusste nicht, warum sie nichts sagte und warum sie mich so anschaute, mein Ausschnitt war angemessen, ich hatte keinen Riss im Rock oder sonst etwas Auffälliges, ich nahm an, dass sie etwas wusste, was ich nicht wusste.

»Neben dem Fenster«, rief sie mir nach, damit ich in der Dunkelheit kein fremdes Gesicht oder fremde Gliedmaßen berührte. Schwerer, als es meinem Gewicht entsprach, betrat ich Zimmer acht, tastete mir einen Weg durch die stickige Luft zwischen den eng stehenden Paravents, durch schwere Atemzüge und flackernde Geräte, bis ich das Bett neben dem Fenster erreichte. Der Mann im Bett war nicht meiner. Er schlief, und im Gegensatz zu seinem Nachbarn atmete er ruhig. Der Mond, der mir gestern auf dem Friedhof ein bisschen geleuchtet hatte, stand hoch über dem Krankenhaus und schickte einen dünnen Strahl zu dem durchsichtigen Schlauch, durch den eine Flüssigkeit in seine Adern tropfte, sein Gesicht lag in der Dämmerung, seine Wange und sein Kinn waren auf das Kissen gedrückt. Ich stand vor seinem Bett, wollte seine Faust öffnen und seine Finger befreien, damit die Flüssigkeit frei durch seine Adern fließen konnte und nicht in den zusammengedrückten Venen stockte. Wer konnte mir etwas sagen, er schlief, die Schwester war nicht da, und wenn etwas passierte, lag die Verantwortung bei ihr, sie war es, die mir die falsche Auskunft gegeben hatte, sie war verpflichtet, die Kranken gegen das Eindringen von Fremden zu schützen, und dass ich mich hier bei dem Fremden aufhielt, war nur dazu gut, um Luft zu holen für das Treffen mit Gideon, der vielleicht im Zimmer neun oder vier lag, bewusstlos oder nicht. Ich werde sanft die geballte Faust berühren, die auf der Decke liegt, die zarte Berührung wird vom Gehirn registriert werden, die Handmuskeln werden reagieren und sich entspannen. Doch andererseits wäre dieser Mann hier nicht in die Neurologie eingeliefert worden, wenn er nicht eine Störung des Gehirns hätte, ich kann nicht wissen, was eine leichte Berührung bei ihm auslöst, ob seine Nerven nicht vielleicht krankhaft reagieren und welchen Auftrag sie den Muskeln geben und was dann für ein Durcheinander entsteht. Ich konnte dem Wunsch nicht widerstehen, meine Hand löste sich von dem Riemen meiner Schultertasche, näherte sich der geballten Faust und spürte die Härchen, die sich aufrichteten, ich erstarrte, bevor meine Hand auf seiner lag.

»He, was machst du hier?«

Die Stimme war Gideons Stimme, der Tonfall fremd, gleichgültig und schwach. Meine Hand sank fest auf seine

Faust und umschloss sie von oben, dann kam die zweite Hand von unten.

»Du bist bei Bewusstsein.« Ich lachte erschrocken.

»Soviel ich weiß, ja.« Seine Stimme klang, als sei er die ganze Zeit wach gewesen und habe mich beobachtet. Ich zog den Vorhang zurück, um das schwache Mondlicht hereindringen und auf sein Gesicht fallen zu lassen, um mir zu beweisen, dass dies mein Gideon war. Der Mond hatte sich schon entfernt, aber die helle Nacht des Negev erfüllte das Fenster, zeigte seine blassen Formen, die eingefallenen Wangen, das länger gewordene Gesicht, das spitze Kinn, den geschrumpften Hals.

»Was ist passiert, warum hat man dich hierhergebracht?« Ich konnte meine Stimme nicht beherrschen, sie kam zu aufgeregt aus meinem Mund.

»Sie haben gedacht, dass ich versucht habe zu sterben, aber ich wollte nur schlafen.«

Ich brachte meinen Mund zu seiner armseligen Faust, ich biss hinein, küsste sie, er sagte, er habe viele Nächte hintereinander nicht geschlafen und dieses ständige Wachsein habe ihn ganz verrückt gemacht, er habe dagelegen und Schäfchen gezählt, Sterne, er sei aufgestanden und habe Kognak getrunken, er sei durch die Straßen gelaufen, habe sich bis zum Umfallen ermüdet, aber sein Gehirn habe auf »play« gestanden, habe weitergearbeitet, es sei unmöglich gewesen, zu stoppen. Er habe gedacht, Schlaftabletten würden etwas ändern, würden ihm Stunden des Schlafs bescheren und er würde aufstehen und sich wie neu fühlen. Nein, er wusste nicht, wie viele er geschluckt hatte, er erinnerte sich nicht, und sie hatten es ihm nicht gesagt, gut, sie glaubten ihm nicht, sie gingen von einem Selbstmordversuch aus, und er hatte sich nicht bemüht, ihren Fehler zu korrigieren. Sie sind ein intelligenter Mann, sagten sie, haben Sie nicht gewusst, dass man davon sterben kann? Ich habe nichts gewusst, antwortete er, verstehen Sie doch, ich hatte ein paar Nächte lang nicht geschlafen, ich war vollkommen erledigt, ich wäre bereit gewesen, einen Elefanten zu schlucken, nur um zu schlafen. »So war's, deshalb bin ich hier.«

Seine Sprechweise war leise und flach, als läse er die Gebrauchsanweisung für einen Mixer vor oder eine Zeitungsanzeige. Ich drückte seine Faust an meine Brust, ich küsste ihn auf die Stirn, ich hätte mich am liebsten zu ihm ins Bett gelegt und die Decke über uns beide gezogen, damit wir schlafen und wie neu aufstehen könnten.

»Du glaubst mir auch nicht«, sagte er trocken und zog seine Hand zurück. Im Nachbarbett, auf der anderen Seite des Paravents, wälzte sich jemand herum und sagte »ach, Mama« zum Laken und drehte sich wieder um. Ich knöpfte seine Pyjamajacke auf, schob meine Hände hinein, streichelte seine Schultern und spürte, wie wenig Fleisch er auf den Knochen hatte.

»Merke dir, dass ich zu dir halte. Hast du gehört? Egal, was passiert, ich halte zu dir.«

»Was das betrifft, hältst du zu ihnen.« Seine Schultern ergaben sich mir nicht, sie wichen nicht zurück, sie hatten ihn mit Beruhigungsmitteln abgefüllt, sie hatten seinen Motor ausgemacht, sie hatten Lust und Zorn in ihm ausgeschaltet. Ich schüttelte ihn. »Versteh doch, ich halte zu dir, was spielt es für eine Rolle, was ich glaube, wir sind zusammen«, flehte ich, und der Mann im Bett nebenan murmelte, »was ist das hier, was ist das hier?«

»Nun, und was ist jetzt, warum behalten sie dich hier?« Ich massierte seine Arme, seinen Hals, fuhr mit den Händen zwischen seine Schulterblätter – mit aller Kraft wollte ich ihn in Bewegung bringen, den Lebensfunken in ihm anfachen. Sollte er weinen, mich schlagen, beißen, fluchen, brutal mit mir schlafen, nur nicht so stumpfsinnig sein, nur um Gottes willen nicht diese Apathie. Vielleicht hatten sie in ihm jedes Gefühl abgetötet, damit er nichts mehr spürte, weder Freude noch Verzweiflung, damit er keinen weiteren Selbstmordversuch unternahm, das ist alles egal, hatten sie gesagt, Hauptsache, er bleibt am Leben, sie hatten den ärztlichen Schwur geschworen, sie hatten sich verpflichtet, den Menschen am Leben zu erhalten. Wie? Wozu? Darauf sollten Philosophen und Ethiker und Moralisten antworten. Mit jedem Moment hasste ich sie mehr, und zugleich glaubte ich ihrem Misstrauen mehr und mehr.

»Ich möchte schlafen, Amiki, entschuldige.« Trocken und sauber wie ein abgenagter Knochen war sein Amiki, distanziert und von kalter Höflichkeit, und erinnerte an sein früheres Verhalten bei Gericht.

»Du hast überhaupt nicht nach dem Jungen gefragt.« Ich nahm meine Hand von ihm, und wenn ich gekonnt hätte, hätte ich auch meine Worte zurückgenommen. Der Mann ist krank, es geht jetzt nicht um den Jungen, lass ihn doch, er hat dir gesagt, dass er todmüde ist. Ich stellte mich ans Fenster, drehte das Gesicht zur Nacht, die sich zwischen den lang gestreckten Klinikgebäuden räkelte. Da und dort waren Gestalten zu sehen, die sich auf die Fensterbank stützten und sich hinausbeugten, genau wie ich, die in die Nacht starrten und auf den Morgen warteten.

»Morgen, Amiki, morgen …« Seine Stimme erlosch, versank im Schlaf, sein Atem ging ruhig und tief.

Was ist morgen, wirst du dich morgen nach dem Jungen erkundigen? Wirst du wieder zu dir kommen? Wirst du dich dafür interessieren, wie es mir geht? Wirst du dich daran erinnern, wie viele Tabletten du geschluckt hast und warum? Warum hatte mich diese Lebensform, die er gesucht hatte, nicht misstrauisch gemacht, warum war ich nicht darauf gekommen, dass sie der Anfang von etwas Schlimmem war. Warum hatte ich wegen der seltsamen Art, wie er seine schwarze Robe behandelte, keinen Verdacht geschöpft, er hatte sie so heftig geschüttelt, dass sie Falten schlug, und damit Vögel vom Balkon verjagt, er hatte sie gründlich gebürstet und keine Naht ausgelassen, er hatte sie ganz genau zusammengefaltet, sie wie zu einer ehrenvollen Beerdigung vorbereitet und dann in die Schublade gelegt. Wieso war mir seine mangelnde Konzentration nicht aufgefallen, seine Vergesslichkeit, wieso …

»Im Vorratsraum gibt es Decken und Laken, Sie können sich etwas holen«, sagte die Schwester, die kam, um die Dosierung der Infusion zu regulieren. Sie sprach mit einer Stimme, als wäre es mitten am Tag, als hätten die neurologischen Patienten einen Trank bekommen, der sie vor jedem Lärm abschirmte. Ich verließ hinter ihr den Raum und packte sie im Flur am Ärmel. »Sagen Sie mir, was hat er?«

»Medizinische Informationen gibt nur der Arzt.«

»Und was lassen Sie in seine Adern laufen?«

»Flüssigkeit, der Mann ist völlig dehydriert hier eingeliefert worden«, sagte sie und sah ein Licht neben der Tür eines Zimmers flackern, ging dorthin und ließ auf dem Weg ein paar Worte fallen: »Er wird jedenfalls noch immer untersucht, also …« Sie wurde von dem dunklen Zimmer verschluckt. Im Schwesternzimmer beugte sich eine andere Schwester über Krankenblätter und machte Notizen.

»Entschuldigung, kann ich Sie etwas fragen?«

Sie hob den Blick nicht von den Papieren. »Ja, natürlich.«

»Welche Untersuchungen werden mit Gideon aus Zimmer acht gemacht, das heißt, was vermuten Sie, was er hat?«

»Tut mir leid, aber medizinische Informationen geben nur die Ärzte, sie beantworten nachmittags die Fragen von Familienangehörigen.« Sie hob den Blick von den Unterlagen und schaute mich teilnahmsvoll an. »Aber hören Sie, er ist in guten Händen, übrigens, wenn Sie bis zum Morgen bleiben wollen, es gibt neben seinem Bett einen Sessel, da können Sie ein bisschen schlafen.«

Fragen von Familienangehörigen, was soll das heißen, höchstens eine Frage, und zwei, wenn es mehrere sind, die Frage, was im Gehirn ihrer Lieben schiefgelaufen ist und ob es für immer sein wird. Das kann man vor dem nächsten Nachmittag nicht beantworten?

»Können Sie mir seine Patientenkarte zeigen?«

»Nein, tut mir leid.« Sie legte den Ellenbogen auf den Stapel Papiere, als könnte ich sie ihr gleich wegreißen.

»Die Krankheit gehört ihm, nicht Ihnen, wenn er entlassen wird, wird er Ihnen nichts davon dalassen, er wird sie mitnehmen und mit mir teilen, warum kann ich seine Karte dann nicht jetzt schon einsehen?«

»Hören Sie, so sind die Vorschriften, ich habe sie nicht gemacht.«

»Vorschriften, Vorschriften, lassen Sie den Menschen ein bisschen Spaß, wenn er schon ...«

»Was soll ich machen.« Sie lächelte hilflos und schützte noch immer die Patientenkarten mit ihrem Körper.

Ich wusste nicht, ob es gut war, bis zum Morgen zu warten, neben seinem Bett gab es ein riesiges Fenster, die Sonne würde mit ihren Heerscharen an Strahlen hereindringen und jede Pore und jede Bartstoppel beleuchten, bedenkenlos die Haut und jedes Äderchen bloßlegen, würde einen Projektor auf seine Nieren und seine Eingeweide richten und ihn so durchsichtig machen wie seinen Infusionsschlauch. Er wird an seinem Laken ziehen, er wird sich das Gesicht bedecken und mich bitten, ihn in Ruhe zu lassen, er wird sagen, ihm fehlten nur tausend Stunden Schlaf, er wird versprechen, dass er, wenn er ausgeschlafen habe, wie neu aufstehen und wieder so sein würde, wie er vor dem Tablettenschlucken gewesen war.

»Kann ich Ihnen eine Tasse Tee anbieten?«

Ich wusste nicht, wodurch ich das Mitleid der Schwester geweckt hatte, die mit ihrem Ellenbogen die Patientenkarten schützte, sie hätte mir nichts angeboten, hätte sie nicht gewusst, was mich auf dieser Karte erwartete, die sie mir vorenthielt. In ihren Augen lag tiefer Ernst, eine junge Frau, die schon viel Schlimmes erlebt hatte, Schlimmes, das bei ihr Zwischenstation machte, um dann den Platz für neue Sorgen zu räumen. Ich hätte gern gewusst, ob sie vor dem Spiegel noch die Lippen vorschob, ob sie sich durch die Haare fuhr und ihren Hals prüfte, ob ihr die Schönheit des Fleisches noch etwas bedeutete, nachdem sie hier Tag für Tag seine Vergänglichkeit sah. Sie vertraute meinem Anstand, ließ die Papiere im Stich und kam mit einer dampfenden Tasse zurück, gab sie mir, und ich trank, und nie war mir ein vergleichbarer Tee über die Lippen gekommen. Kochendes Wasser und ein Teebeutel, Trost und Wohltat aus einer Tasse zur späten Stunde. Wer kann wissen, wie viele schmerzende Lippen die Welt verflucht haben oder wie viele den Segensspruch gesagt haben, gesegnet seist du, Gott, durch dessen Wort alles entstand, wenn sie aus dieser orangefarbenen Plastiktasse tranken, wie viele haben sich gequält und darauf gewartet, dass ihnen jemand einen

Trinkhalm gibt, damit sie trinken können, wie oft hat sich die Tasse im Geschirrspüler des Krankenhauses verbrüht, mit Wasser, das heißer und stärker ist als das Fleisch und das Blut, die sich an sie drücken.

Ich trank sie bis auf den letzten Tropfen leer und erkannte erleichtert, dass ich im Moment von niemandem hier gebraucht wurde.

»Ich werde nicht bis zum Morgen warten«, sagte ich zur Schwester.

»Wie Sie wollen.« Sie war sensibel genug, nicht nach dem Grund zu fragen.

Der Kuss, den ich auf Gideons Stirn drückte, wurde von der Haut nicht aufgesaugt und weckte ihn nicht, er wachte auch nicht auf, als ich seine Faust löste und meine Finger in seine verschränkte. Gut, dass sein Kopf nicht auf »play« eingestellt war und er Schlaf nachholte, gut, dass Flüssigkeit in seinen Körper bis zum Gehirn tropfte und ihn von der roten Linie fernhielt, gut, dass sein Bett neben dem Fenster stand und er, wenn es Morgen wurde, den neuen Tag als Erster sehen würde.

Nadav fragte, ob sein Vater gestorben sei, ich sagte, wieso denn, um Gottes willen, er braucht nur ein bisschen Schlaf. Maja-Mirjam sagte, wie leicht doch ein Mensch austrocknet, unser Sommer ist gefährlich, zwölf Gläser Wasser am Tag, das ist das Mindeste, was man trinken muss. Kim sagte, ich habe deinen Vater noch nie gesehen, vielleicht hast du überhaupt keinen. Ich bedankte mich bei Maja-Mirjam und sie sagte, gern geschehen, er ist so ein bequemes Kind, bring ihn ruhig vorbei, wann immer es nötig ist.

Ich brachte Nadav zum Kindergarten für Kinder, deren Eltern auch in den beiden Ferienwochen im August niemanden zum Aufpassen für sie hatten. Ich sagte, ich würde mit ihm in den Zoo gehen und ihm ein Eis kaufen und im Zooladen auch ein Plastiktier, aber heute müsse ich den Playknopf ausschalten und schlafen, Amjad war im Laden, und wenn Madonna sich den Kopf nicht mit Wodka vernebelt hatte, war sie früher aufgestanden, und sie würden zusammen die Zeitungen ordnen, ich könnte die Rollläden herunterlassen, das ganze Haus verdunkeln und nachholen, was ich in der Nacht versäumt hatte. Ich stellte den Wecker, damit er mich mittags weckte, zu der Zeit, zu der die Neurologen den Familien antworteten, bis dahin konnte ich ganz ruhig sein, falls die Welt weiter ihre Bahnen zog und die Kontinentalplatten nicht aneinanderstießen, ich konnte die Tür abschließen, Zähne putzen, mich ausziehen, die Rollläden herunterlassen, das Telefon abstellen, nein, nicht abstellen, es musste bereit sein für irgendwelche Katastrophen, die möglicherweise vom Krankenhaus im Süden mitgeteilt würden, oder vom Laden oder dem Kindergarten hier weiter nördlich. Der Mensch kann sich der Schwerkraft seiner Lieben nicht entziehen, auch wenn er es möchte. Zu einem Zeitpunkt, an dem die Hälfte der Menschheit den ersten Kaffee trank, hob ich meine Beine ins Bett und streckte mich aus, und als ich endlich eine passende Kuhle für meinen Kopf gefunden hatte, blinkte der Nachrichtenmelder am Handy. Ich machte mir keine Sorgen, Katastrophen werden nicht per SMS mitgeteilt, niemand wird dir simsen, dass jemand gestorben ist oder Prügel bekommen hat. Die Nachricht konnte von der Bank kommen, oder es handelte sich um eine Werbeaktion der Telefongesellschaft, oder es war ein Rabattangebot von Superpharm. Hab keine Angst, lies die Nachricht, lösche sie, geh schlafen. Andererseits, warum sollte ich mich dieser Technologie unterwerfen und immer erreichbar sein, was war schlecht an der Stille, bevor sie die elektronischen Heuschrecken erfunden haben. Ich zog mir die Sommerdecke über den Kopf, um eine Trennung zwischen mir und der geschäftigen Welt herzustellen und endlich zu schlafen. Wenn etwas Schlimmes passiert, werden die Türpfosten beben, und die Bewegung wird mich wach rütteln. Ich schloss die Augen, aber die Nachricht blinkte in meinem Unterbewusstsein weiter wie ein Flugzeug, das seine Landung ankündigt. Ich trat die Decke von mir, ich werde die Nachricht lesen und löschen, Schluss damit, ich nahm den Apparat vom Nachttisch und legte ihn sofort wütend wieder zurück, nein. Telefonanbieter und Superpharm oder andere elektronische Büros sollten nicht in mein Leben eindringen. Wieder zog ich mir die Decke über den Kopf, schloss die Augen und murmelte mein Mantra zur Entspannung, vom Meditations-Workshop, let's go, let's go ... Aber das Flackern des runden Auges hörte nicht auf. Ich gab nach. Du kannst sie nicht besiegen, befreunde dich mit ihnen. »Ich brauche Ihre Hilfe. Amos«, stand auf dem Display.

Amos? Amos? Wer war Amos? Amos! An was ich mich erinnerte, war eine Wirbelsäule, die einen Schlag vom Leben bekommen hatte und erstarrt war. Sein Gesicht hatte ich nicht wirklich gesehen, auch seine Hände nicht, und jetzt würde ich auf jeden Fall schlafen, was konnte er von mir wollen? Dass ich den Staub vom Grab fegte? Dass ich den Grabstein mit Wasser kühlte? Er hatte seine Angelegenheit mit dem Leben hier erledigt, und die Angelegenheit der Toten konnte warten. Ich machte das Telefon aus, zog die Decke über meine kurz geschnittenen Haare, und eine Sekunde später wusste ich nichts mehr. Der Wecker klingelte zum Zeitpunkt, an dem man in der Neurologie die Fragen der Familie beantwortet.

Ich rief an. Der Arzt war so kurz angebunden, dass ich ihn festnageln musste, um ihn zurückzuhalten. Was vermuten Sie, was er hat? Welche Untersuchungen …

»Verstehen Sie, ich sage Ihnen noch einmal, wir wissen es noch nicht, Ihr Mann hat Tabletten geschluckt und kam dehydriert hier an. Das sind die Fakten, ja? Wir wissen nicht, ob es einen psychiatrischen Hintergrund gibt, ob er vorher dehydriert war und dann die Tabletten schluckte, Sie müssen geduldig sein.«

»Es gibt keinen psychiatrischen Hintergrund, Doktor, er war Offizier beim Militär, er ist ein erfolgreicher Rechtsanwalt, er …«

»Meine Dame, es ist schade um unsere Zeit, ich sage Ihnen noch einmal, wir werden mehr wissen, sobald wir alle Untersuchungsergebnisse haben.«

»Seine Beurteilung bei der Armee war absolute Spitze, sowohl physisch als auch psychisch, Doktor, woher soll das Psychiatrische kommen …«

»Zum dritten Mal, meine Dame, es gibt noch keine Diagnose. Ich verstehe Sie ja, aber Sie müssen auch mich verstehen. Es tut mir leid, hier warten noch andere …«

Ich verstand ihn. Er hatte keine Zeit. Und wie sollte er auch? Sieben Jahre hatte er in die Medizin investiert, weitere sechs Jahre als Assistent, so viel Zeit, um zu lernen, was die Funktion des Gehirns störte und was es vernichtet. Dieser Doktor wird nur dann, wenn er krank wird, einen Moment Zeit finden, einen Sonnenuntergang zu betrachten oder mit seinen Kindern Seifenblasen zu machen. Möge er gesund sein, aber was geht mich dieser Doktor an, mir geht es um Gideon, und was Gideon betrifft, wenn die

Seele das ist, was ich glaube, dann sollen sie ihn in Ruhe lassen, er ist gesund. Ich kenne ihn. Und wenn ich mich irre, und die Seele besteht aus Blut und Hormonen und elektrischen Impulsen und all dem, sollen sie ihm Chemie geben, die repariert, was kaputtgegangen ist, eine kleine Tablette zweimal am Tag, es kann nicht sein, dass sie nicht etwas Passendes vorrätig haben.

Aber vielleicht ist es trotzdem nicht die Seele, vielleicht haben ihn die vielen Tage, die er bei den Fischen verbracht hat, gelehrt, dass das Leben keinen Sinn hat und ohne Sinn wertlos ist, und deshalb hat er Tabletten geschluckt, um die Zeit abzukürzen. Der Sinn des Lebens, hat irgendjemand eine Ahnung, was das ist? Am liebsten hätte ich ein Fenster aufgemacht und laut geschrien, hallo, kennt jemand den Sinn des Lebens? Aber wenn ich es aufmache, wird nur der Alte zu seinem Fenster kommen und sagen, der Sinn des Lebens ist die Sehnsucht nach den Toten. Als ich an den Alten dachte, fiel mir Amos ein.

Ich schickte ihm eine SMS: »Womit kann ich Ihnen helfen?« Ich schaute aus dem Fenster und sah, dass der Tag seinen Höhepunkt schon erreicht hatte, die Sonne hatte unsere Hauptstraße überquert und bewegte sich jetzt zur anderen Seite, im Kindergarten des Jungen aßen sie schon das Mittagsbrötchen und tranken Kakao aus der Tüte.

Eine Minute verging, da rief Amos an und bat mich, wenn es mir nichts ausmache, kurz auf dem Friedhof vorbeizuschauen und herauszufinden, ob Chagi Besuch bekommen hatte, ob jemand dort einen Gegenstand oder ein Zeichen hinterlassen hatte.

Ich hätte alle Kraft zusammennehmen und mich der Stimme verweigern sollen, die zu jenen gehörte, denen man fast automatisch gehorcht. Ich wollte sagen, hören Sie, ich habe einen Mann im Krankenhaus, auf der Neurologie, der fast in derselben Lage gewesen wäre wie Ihr Sohn, ich habe ein Lebensmittelgeschäft und keine Ahnung, ob man dort nicht Wodka klaut, ich habe einen Jungen, dem seine Eltern fehlen, ich habe genug am Hals. Ich wollte ihn fragen, was es ihm bringe, wenn ich nach Besuchen von Verwandten am Grab spionierte. Ich sagte nichts, ich fragte nichts, ich tat, was er von mir wollte. Manchmal zerreißt dir das Weinen eines Säuglings das Herz, und manchmal das »Tun Sie mir einen Gefallen, können Sie nicht ...«

Ich rief ihn vom Friedhof aus an. »Jemand hat eine Vase mit fünfzehn Teerosen hingestellt. Außerdem hat Ihr Vater einen Zettel mit einer Telefonnummer unter einen Kiefernzapfen gelegt.«

»Sie war also da«, sagte er und bat mich, ihm die Rosen zu beschreiben, und seine Stimme kam so tief aus dem Abgrund, dass ich für ihn die Blätter jeder einzelnen Rose gezählt hätte, wenn er es gewollt hätte.

»Man sieht, dass jede Blüte einzeln ausgesucht ist«, sagte ich. »Die Rosen stehen aufrecht im Wasser, sie öffnen sich nicht, sie sehen aus, als würden sie mit geschlossenen Knospen verwelken.«

»Ja, sie versteht es, auszusuchen«, sagte er und wollte gar nicht wissen, wann die Rosen vermutlich verwelken würden.

»Ihr Vater hat eine Telefonnummer hiergelassen, er möchte wohl, dass jemand sie benutzt, ganz bestimmt nicht sein Enkel ...«

Plötzlich musste ich weinen, der Sinn des Lebens steckte in den leeren Schuppen des Kiefernzapfens, den der Alte auf das Grab gelegt hatte. Er war kleiner als eine Faust, dieser Kiefernzapfen, und sein Sinn passte leicht in seinen Hohlraum. Das war's. Das war der ganze Sinn des Lebens, ein Kiefernzapfen, eine Faust, Samenkörner, die vom Wind davongetragen werden, und Brot und Wein und eine Blase am großen Zeh und eine Blase für Urin, alles hat seinen Moment, der ihm Sinn verleiht, und wer einen grundsätzlichen Sinn sucht, der für alles gilt, soll suchen.

»Was den Alten betrifft, habe ich noch eine Bitte.«

Ich schwieg und verschluckte die Reste des Weines.

»Hallo, sind Sie noch da?«

Wind pfiff in seine Worte. Er lebte ja auf irgendeinem Bergrücken im Norden, dort bliesen kräftige Winde und beeinflussten die kalten Gemüter der Menschen.

»Ja, ich bin da«, sagte ich und setzte mich auf das Grab wie eine trauernde Mutter, zwei Reihen von mir entfernt beschnitt ein Friedhofsarbeiter ein Zierspargelgestrüpp. Er bemerkte mich, hielt inne, schien zu denken, was hat die bei dem verloren, ich kenne hier doch alle Toten und ihre lebenden Verwandten, er schaute mich an, dann bewegte er wieder die Schere und setzte seine Arbeit fort.

»Was ist mit dem Alten?«, rutschte es mir schließlich heraus, und der Arbeiter drehte den Kopf zu mir, dann wandte er sich schnell wieder dem Zierspargel zu.

»Die Schuhe von meinem Sohn. Ich will sie haben.«

»Dann müssen Sie mit ihm reden, was habe ich damit zu tun?« Ich zog eine gelbliche Rose aus der Vase und erschrak, man hatte sie einem Toten gebracht, nicht mir. Ich verstand nicht, warum ich den Launen eines Fremden, mit dem ich nichts zu tun hatte, gestattet hatte, mich mitten am Tag zum Friedhof zu schicken.

Ich erhob mich von dem Stein. »Hören Sie, das geht mich nichts an.«

»Wenn ich mit ihm spreche, wird er auf stur schalten.« Seine Stimme wurde vom Wind zerrieben, er hob sie und sagte, nur ein Fremder könne seinem Vater die Schuhe abluchsen, und auch das sei zweifelhaft, aber er wolle diese Schuhe unbedingt bekommen, egal wie, wenn nicht im Guten, dann im Bösen. »Sie sind die Einzige, die mit ihm sprechen kann, außer Schoschana, meiner Schwester, aber für Schoschana ist es schon schwer genug, auch ohne das.«

»Einen Moment, und mir ist es nicht schwer? Was wissen Sie überhaupt von mir?«

Die Schere hörte auf, sich zu öffnen und zu schließen, der Arbeiter sagte: »Ein bisschen mehr Ehre, bitte, ein Friedhof ist kein Platz zum Streiten.« Er hatte recht, die hier lagen, hatten ihre Streitereien schon beendet, sie hatten sich zurückgezogen. Ich schämte mich, ich bedeutete ihm mit der Hand, dass er recht hatte und ich mich entschuldigte.

»Ich weiß wirklich nichts über Sie«, sagte der Sohn des Alten.

Ich machte das Telefon aus, wegen der Ehre des toten Jungen und wegen des lebenden Arbeiters, verließ den Friedhof und machte das Telefon wieder an, aber dieser Amos war schon nicht mehr da, vielleicht war er von dort auf dem Bergrücken in ein Café gegangen und überlegte bereits, wie er sich die Schuhe seines Sohnes aus der Festung seines Vaters beschaffen konnte. Fünf Jahre hatte er mit dem Jungen gelebt und zehn Jahre ohne ihn, und jetzt war er in der Stimmung, dass ihm alles egal war, und danach kam der Wahnsinn, und dann war der Himmel die Grenze, wie man so sagt. Er trinkt Kaffee und plant den Angriff auf die Schuhe, er nimmt eine der Papierservietten und notiert die Zufahrten, die Tarnungsmittel, die Fluchtwege ...

»Es wird alles gut«, sagte ich, ohne zu wissen, warum und zu wem, und ging den Feldweg hinauf zum Dorf.

Mein Bruder Jonathan und seine Frau kamen überraschenderweise im Laden vorbei. Er war noch keine dreißig und hatte schon einzelne graue Haare, ihre schweren, honigfarbenen Haare waren von einem Kopftuch bedeckt.

Sie betrachteten Madonna und fragten im Chor, wer ist das?

»Ich arbeite hier. Und wer seid ihr?«, antwortete Madonna von einer Leiter herab und warf Schachteln mit Frühstücksflocken auf den Boden, deren Haltbarkeitsdatum abgelaufen war. Ihre schwarz angemalten Augen blickten forschend, suchten nach irgendwelchen Anzeichen, wer die Besucher geschickt hatte, das Finanzamt, die Polizei, das Sozialamt, das Jugendamt ...

»Das sind ihr Bruder und seine Frau, mach ihnen einen Kaffee«, sagte Amjad und kam hinter der Theke hervor und brachte Schemel aus dem Lager und eine Holzkiste als Tisch, damit wir zu dritt daran sitzen konnten. »Mach schon«, sagte er, und Madonnas dünne Gliedmaßen wanden sich, geschmeidig wie eine Katze kam sie die Leiter herunter, verschwand im Lager und kam mit dem Deckel eines Olivenfasses wieder, darauf drei Tassen Kaffee, die sie übertrieben theatralisch hinstellte, die schwarz angemalten Lippen zu einem Lachen verzogen, als wollte sie sagen, mach dir nichts draus, dass du sie bedienst, sie werden in diesem armseligen Laden stecken bleiben, aber nicht einmal Gott weiß, wohin du es noch schaffen wirst.

»Du hast Fromme in der Familie? Was für eine unglaubliche Geschichte, er sieht überhaupt nicht aus, als wäre er dein Bruder.« Sie ging zurück zur Leiter, betrachtete uns von dort und machte sich wieder daran, die Frühstücksflocken zu sortieren. Ihr kleines T-Shirt rutschte mit ihren Händen, die sich auf dem obersten Fach zu schaffen machten, nach oben und gab den Blick auf ihre schmalen Hüften frei.

Jonathan wandte den Blick von ihr und fragte: »Was ist los, Schwester?« Tamars Augen folgten den Armen, die sich mit bedachtsamer Akrobatik bewegten. Ich berichtete ihnen von dem Königreich, das mein Mann suchte, und von den Eselinnen, die er gefunden hatte. Ich erzählte alles. Von den Fischen, dem Schweigen, den abgemagerten Armen, den Migräneanfällen, dem Koma, den Tabletten, dem Krankenhaus. Ich ließ nichts aus. Amjad entfernte sich, um nicht zuzuhören, und Madonna konnte es von ihrem Platz aus nicht hören, auch wenn sie es gewollt hätte. Jonathan schwieg, als ginge es um einen Toten, von dem man erzählt, was er in seinen letzten Stunden getan hatte. Ein jugendlicher Kopf tauchte in der Ladentür auf und rief herein: »Madonna, kannst du einen Moment kommen?«

»Was ist? Siehst du nicht, dass ich arbeite?«, rief sie zurück. Eine Frau und zwei Kinder traten ein, hinter ihnen ein Arbeiter von der Müllabfuhr, und die kleine Gruppe ging zur Theke. Madonna gab ihnen Brote, Kaugummis, Zigaretten und Käse, Amjad tippte die Preise in die Kasse, die Schublade mit dem Wechselgeld ging auf. Ich schaute zu Jonathan, der unserem Vater immer ähnlicher wurde, ich wollte ihn beruhigen, nach all dem Bedrückenden, das ich ihnen erzählt hatte, ich legte die Hand auf seine Schulter und sagte: »Alles wird gut.« Ich hatte ihn nicht mehr berührt, seit wir zusammen Kissenschlachten veranstaltet und ich seine Schultern auf die Matratze gedrückt und geschrien hatte: »Ergibst du dich oder nicht?«, und er, der sich auf den Kampf gegen die Nazis vorbereitete, schrie: »Ich ergebe mich nicht«, befreite sich, stand auf und griff mich weiter mit Kissen an. Er war seither sehr gewachsen, seine

Knochen waren kräftiger geworden, seine Schultern härter, ich wollte ihn daran erinnern, wie ich ihn einmal mit dem dicken Kissen unseres Vaters beworfen hatte, stattdessen sagte ich: »Es wird alles gut«, Worte, die immer im Mund sind, wie Spucke.

»So Gott will«, sagte er und wich meiner Berührung aus.

»Amia, wenn wir dir bei irgendetwas helfen können, musst du es sagen.« Er schaute mich mit den braungrünen Augen unseres Vaters an.

Tamar wandte den Blick von der Leiter und betrachtete ihre Sandalen. Sie dachte sich ihren Teil, sagte aber kein Wort. Erst als sie aufstanden, um zu gehen, fragte sie: »Sehen wir euch bei uns an Neujahr?«

Ich begleitete sie hinaus, ich sagte mir, ich würde bis zur Bushaltestelle mit ihnen gehen und warten, bis sie einstiegen, ich würde Jonathans Schulter noch einmal heimlich berühren, aber statt zur Bushaltestelle zu gehen, blieben sie neben einem alten Mitsubishi stehen und Jonathan sagte: »Das ist unserer.« Er drückte auf den automatischen Türöffner und vier Lichter antworteten ihm. Ein Aufkleber auf der Rückscheibe verkündete, dass wir uns auf nichts verlassen könnten, außer auf unseren Vater im Himmel.

»Herzlichen Glückwunsch«, sagte ich zu ihren lächelnden Spiegelbildern in der Autoscheibe.

»Es gibt noch etwas Neues. Tamar ist schwanger.« Er legte eine Hand auf ihre Schulter, und die Scheibe des Mitsubishi spiegelte ein Bild ihrer Verlegenheit wider.

Ich erschrak vor Freude, ich schnappte nach Luft, hatte das Gefühl zu ersticken. Unser Vater im Himmel hatte ihnen geholfen. Endlich hatte Jonathan einen großen Sieg über die Nazis errungen. Los, Sinn des Lebens, erhebe dich aus den Trümmern.

Gute Nachrichten erweitern das Herz, sodass mehr Platz für mittelmäßige Nachrichten entsteht. »Nun, sag es ihr schon«, drängte Madonna Amjad, und er senkte den Blick auf die Theke, wurde rot wie ein Kind, das man auffordert, ein Gedicht vorzutragen.

»Soll ich es sagen?« Sie hielt eine Zigarette und ein Feuerzeug in der Hand, ungeduldig, hinauszugehen und zu rauchen.

»Das ist nicht deine Angelegenheit«, sagte er und fuhr mit dem Fingernagel über eine Ritze in dem weichen Holz der Theke.

»Los, es ist mir doch egal.« Sie ging hinaus auf die Straße, zündete sich die Zigarette an und verschwand in der bläulichen Rauchwolke, die sie ausstieß.

»Man hat mir eine Arbeit im Supermarkt angeboten.« Amjad machte eine Kopfbewegung zum Billigmarkt hinüber. »Als stellvertretender Leiter der Gemüseabteilung.« Sein Fingernagel, der durch die Ritze glitt, brach ab und blieb im Holz stecken. Ich wartete, dass er einen abschließenden Seufzer ausstieß, erleichtert, dass er es ausgesprochen hatte, aber er war traurig und versuchte vergeblich, seinen abgebrochenen Nagel aus der Ritze zu fummeln. »Drei Monate Probezeit, Anfangsgehalt viertausend im Monat, danach eine Erhöhung und Überstunden und Krankenversicherung und Vorschuss und all das.«

»Wie haben sie dich entdeckt?«

»Der Ausfahrer der Molkereigesellschaft hat ihnen von mir erzählt. Er kommt jeden Tag erst zu uns und dann zu ihnen.«

»Hast du ihnen eine Antwort gegeben?«

»Ich habe gesagt, dass ich erst mit dir reden werde.«

»Was sagt deine Frau?«

»Dass es nicht gut ist, dir das anzutun, sie sagt, das ist Betrug.«

»Wie macht sie sich?« Ich deutete auf Madonna, die draußen rauchte. »Kann man sich auf sie verlassen?«

»Bis jetzt hat sie, soweit ich gesehen habe, keine Probleme gemacht.« Er wurde jetzt noch röter als vorher. Er war nicht daran gewöhnt, den Charakter anderer Menschen zu beurteilen.

»Was heißt das, sie hat keine Probleme gemacht, schau nach oben, es fehlt eine weitere Flasche Wodka, morgen wird sie mir dafür eine Eidechse oder eine Schildkröte bringen.«

»Sie fehlt nicht. Sie hat die Flasche einem Russen verkauft, und eine Flasche Wein. Sie weiß, wie man mit ihnen spricht.«

»Also, was ist?« Madonna kam zurück, eingehüllt in Zigarettengeruch. »Hast du es ihr gesagt?« Sie fuhr sich mit den Fingern durch die Haare, richtete sie auf und betrachtete in der Scheibe des Kühlschranks ihr Spiegelbild.

Der Himmel war stumpf geworden, eine Staubwolke hing über der Straße zwischen dem Laden und dem Billigmarkt und wartete auf Wind, um weggeblasen zu werden, oder auf den Tau, der sie schwer genug machen würde, damit sie zu Boden sank. Zwei Kinder kamen herein, stellten sich vor das Regal mit den Süßigkeiten und erwogen, wie viel Gewicht an Glück sie mit der Münze in ihrer Hand kaufen konnten. Madonna empfahl ihnen Überraschungseier, riet von Kaugummi ab, lobte Vanilleeis am Stiel, und dazwischen sagte sie zu Amjad: »Die Entscheidung liegt bei dir, und schlag dir die Sache mit dem Betrug aus dem Kopf.«

Von ihrem Platz vor dem Kaugummifach fragte sie: »Wie

viele Kinder hast du, drei? Nur ihnen bist du etwas schuldig. Und deiner Frau und dem Vogel, den ich dir gebracht habe.« Sie wandte sich wieder den Kindern zu, ohne sich darum zu kümmern, welchen Eindruck ihre Worte hinterlassen hatten.

Er wurde lauter. »Das geht dich nichts an.« Die Kinder drehten sich einen Moment lang zu ihm um, dann wandten sie sich wieder der Frage zu, wie viel Glück ihnen Vanilleeis am Stiel im Vergleich zu einem Stück Schokolade bescheren würde, die war blitzschnell aufgegessen. Was hast du, Schokolade, das sind vier Bissen, und aus ...

Amjad ergab sich zugunsten seiner Kinder, seiner Frau und des Vogels. Er sagte, er würde bis Monatsende im Laden arbeiten, dann würde er auf die andere Straßenseite umziehen.

Ich müsste mir keine Sorgen machen wegen der Arbeit beim alten Levi, er würde weiterhin zu ihm gehen und sich die Stunden entsprechend der Schicht beim Supermarkt einrichten, so oder so wollte der Alte nichts von ihm, er sagte immer nur, mach das sauber oder das und kauf das oder das ein.

Madonna zog einen schwarzen Lippenstift aus ihrer Tasche, erneuerte die Farbe ihrer Lippen und bereitete sich auf das vor, was noch kommen würde.

»Was ist, arbeitest du ab jetzt jeden Tag hier?«, fragte sie und schaute hinauf zu der Staubwolke, die sich draußen sammelte. »Wow, der Himmel ist verschwunden, das Ende der Welt kommt näher.« Sie verschränkte die Hände, umarmte sich selbst, schützte ihren mageren Körper, ließ dann plötzlich los und rief: »Weißt du, weshalb dein Mieter im Gefängnis gesessen hat?«

»Hat er es dir erzählt?« Amjad riss sich aus seinen Gedanken. »Warst du dort, und hat er dich wirklich reingelassen, nachdem du ihn bestohlen hast?«

»Was für ein Dummkopf du bist. Ich habe nicht gestohlen, ich habe dir doch gesagt, dass ich nur etwas genommen habe. Und ich habe es schon zurückgegeben, ich habe ihm eine weiße Katze gebracht. Die ist mehr wert als hundert Schekel, auch wenn sie hinkt, ein Bein ist zu kurz, er war sofort ganz wild auf sie, kaum dass er sie gesehen hat.«

Zwei junge Leute mit Gel in den Haaren kamen herein. »Hi, wie geht's? Kannst du jetzt?«, fragten sie Madonna.

»Was soll ich können?« Ihre schwarzen Lippen wurden hart. »Ich arbeite, also haut ab.«

»Was für eine Arbeit?«, fragte der eine lachend und stieß den anderen in die Seite. »Was habe ich dir gesagt? Los, komm, rück eine Marlboro raus.«

Sie warf ihm eine Schachtel hin, er legte einen Geldschein auf die Theke und strich ihn mit dem langen Nagel seines kleinen Fingers glatt. Sie gab ihm das Wechselgeld und knallte die Kassenschublade laut zu.

»Los, komm, ich hab's dir gesagt. Hab ich es dir nicht gesagt?«

»Du hast es gesagt, was hast du denn.« Sie gingen hinaus und Amjad wandte den Blick von Madonna zu den Rücken, die sich entfernten, dann wieder zu Madonna, wie ein Tennisball, der hin und her springt. Auch sie schaute ihnen hinterher, bis sie in der Dunstwolke verschwunden waren. »Hast du das mit deinem Mieter gehört? Der die Wohnung gemietet hat? Er war Manager von einem Steinbruch, man hat ihn beschuldigt, Sand gestohlen zu haben, und er soll versucht haben, den Wachmann umzubringen. Er hat Berufung eingelegt, und sie haben gesagt, jemand hätte ihn falsch beschuldigt, er wurde freigesprochen. Bestimmt bekommt er jetzt eine Entschädigung vom Staat.«

»Hat er dir das alles erzählt?« Amjad lachte, ein Lachen, das tief unter seinem Zwerchfell gelegen hatte und das er jetzt erst freilassen konnte, nachdem er das Geheimnis mit dem stellvertretenden Leiter der Gemüseabteilung losgeworden war.

»Versteh doch, er weiß nicht, dass ich hundert Schekel genommen habe. Irre, man hat einen Dieb aus ihm gemacht, und er versteht nichts vom Klauen. Er kann noch nicht mal jemandem ein Streichholz wegnehmen. Ein armer Kerl, wegen der falschen Beschuldigung hat ihn seine Frau verlassen, und seine Kinder schämen sich, weil ihr Vater ein Dieb ist, man hat ihm das ganze Leben zerschlagen, nichts hat er mehr, nur die hinkende Katze, die ich ihm gebracht habe.«

»Hast du diesmal auch etwas von ihm genommen?«

»Ich habe dir gesagt, die Katze ist mehr wert als die hundert Schekel, die ich ihm schuldig war, deshalb habe ich die Summe aufgefüllt, ich habe aus seiner Hosentasche im Badezimmer genau so viel genommen, wie die Katze wert ist.«

»Was ist sie wert, sie hinkt.«

»Na und? Geht sie etwa zur Olympiade?«

Amjad lachte befreit. »Sie geht zur Olympiade und bringt Gold, man wird die HaTikwa spielen, und diese, wie heißt sie noch, Livnat, wird aufs Podium springen und der Katze die Ehre erweisen, sie wird die Katze küssen. Ist sie wirklich weiß?«

Madonna lachte, griff sich an ihren flachen Bauch und sagte: »Und ob sie weiß ist, die Katze, wenn sie durch den Schnee geht, wird man sie nicht sehen, leg sie auf einen

Stuhl und man wird sie als Kissen ansehen und sich auf sie setzen. Wie komisch.«

Amjad wischte die Theke mit einem Lappen ab und fragte, woher sie all diese Tiere eigentlich hatte, sie betrachtete konzentriert ihre schwarz lackierten Fingernägel und sagte: »Was heißt da, woher, man gibt sie mir.« Dann schwieg sie, und auch er schwieg, und plötzlich waren alle wieder da, wo sie vor der Katze und dem Mieter, den man falsch beschuldigt hatte, gewesen waren, sie stand in der Ladentür, legte die Arme um sich und betrachtete das Ende der Welt, und er stand auf seinem Platz hinter der Theke und betrachtete die Staubwolke, die die andere Straßenseite verdeckte und den Supermarkt verschluckte, als hörte die Welt vor dem Laden auf und als begänne das Weltall direkt hinter den mageren Bäumen der Stadtverwaltung. Die Welt sah aus, als stünde ihr im nächsten Moment ein großes Drama bevor, als wäre Gott auf dem Weg in die Atmosphäre und als wirbelten die Räder seiner Kutsche Staub auf. Vermutlich stand auch der Alte gespannt an seinem Fenster, schaute den Himmel an und wartete. Ich muss ihn warnen, dass er schnell die Schuhe versteckt, denn dieser Amos hat geschworen, wenn es nicht im Guten gehe, dann eben im Bösen. Wenn er in seinem Haus kein Versteck für die Schuhe findet, werde ich ihm meinen Staubboden anbieten. Wer weiß, vielleicht hört er nachts den kleinen Schuhen zu, drückt sie an seine Ohren wie zwei Muscheln und lauscht dem Echo der zerbröckelnden Knochen. Der Staub stand in der Luft, kein Wind trug ihn fort, und wenn er hier schon so dicht war, wie war er dann im Negev? Was sah man aus dem Krankenhausfenster? Vielleicht war das private Ende der Kranken zu vernachlässigen gegen das allgemeine Ende, das sich vor dem Fenster abspielte.

Auch im Kindergarten hatte man alle Schafe in den Stall gebracht, der Hof war leer, die Kinder hatten sich im Haus versammelt, mein Junge saß an einem kleinen Tisch und malte einen Vogel und streute graue Bleistiftpunkte um ihn herum.

»Hast du den Staub gemalt?«

»Wieso Staub. Das sind Körner, ich male dem Vogel etwas zu essen.« Er hob die Augen nicht zu mir, sondern fuhr mit den dichten Bleistiftpunkten fort. »Ist Papa gesund geworden?« Er stach mit der Bleistiftspitze auf das Blatt ein und füllte die Scheune des Vogels.

»Es geht ihm schon besser.«

»Aber ist er gesund?« Er stach in den Vogel und füllte ihn mit Punkten, bohrte mit dem Bleistift Löcher in das Blatt Papier.

»Der Vogel wird durch das Loch wegfliegen.«

»Der Vogel ist schon tot, siehst du das nicht? Wann kommt Papa nach Hause?«

Ich sagte, bald, so Gott will, er müsse sich noch ein bisschen erholen ... Der Junge griff nach seinem Brotbeutel, er suchte nach etwas, um sich zu trösten, und fragte, wann Madonna zu uns komme. Wir verließen den Kindergarten, und die Staubwolke ließ ihn vergessen, was er gefragt hatte, er kniff die Augen zu und machte sie wieder auf. »Schau nur, man sieht gar nichts.« Er gab mir die Hand und seine Finger klammerten sich so fest wie möglich an meine.

Der Alte stand nicht an seinem Fenster, sein Rollladen war ganz heruntergelassen, als habe er sich auf Befehl der Stadtverwaltung eingesperrt, die Fenster ohne Rollladen waren geschlossen und verriegelt wie bei einem verlassenen Haus. Der Alte verrammelte sich vor den Zeichen Gottes, verbot dem von seinem Gefährt aufgewirbelten Staub, ins

Haus zu dringen. Wodka hatte sich auf der Fußmatte vor der Haustür zusammengerollt, den Kopf auf den angezogenen Pfoten, hatte sich, bis die Gefahr vorbei war, so klein wie möglich gemacht. Als er uns sah, wusste er nicht, was tun vor Freude, er bellte und kugelte sich und folgte uns ins Haus, lief dem Jungen hinterher zur Toilette. Die Dunkelheit senkte sich, und im Haus des Alten wurde kein Licht angemacht. Ich sagte zu dem Jungen: »Herr Levi ist bestimmt eingeschlafen«, und der Junge lachte. »Nur Babys gehen so früh schlafen.« Ein weißer Blitz flammte auf, und heftiger Donner rollte hinter ihm her aus dem Wald, der Junge und der Hund drückten sich an mich, das Licht erlosch für einen Moment, ging wieder an, Blitze und Donner folgten jetzt aufeinander, drängten sich aus den Öffnungen des Himmels, stürzten herunter wie Fallschirmspringer aus einer Flugzeugtür, sanken auf den Wald und auf das Dorf, und Nadav wollte, dass sie aufhörten, und zugleich wollte er, dass sie fortfuhren.

»Der Hausbesitzer ist verrückt geworden«, sagte ich.

»Aber Mama, gerade hast du noch gesagt, er ist eingeschlafen.«

»Ich habe den Besitzer der Welt gemeint, Kind.« Zur Sicherheit gab ich ihm die Hand.

Wodka verkroch sich unter dem Küchentisch und bellte sich die Seele aus dem Leib. Und dann, mit einem Schlag, rissen die Ränder der Wolke auf, die den Himmel verdunkelte, und Regen ergoss sich, eine Überschwemmung aus fernen Orten, eine Überschwemmung, die sich im Ziel und der Adresse geirrt hatte und ein paar Haltestellen zu früh ausgestiegen war. Der Junge erschrak vom Lärm der Welt, vom Wasser, das auf uns niederging, und hielt sich die Ohren zu, der Hund senkte den Kopf, drückte seine

Schnauze auf den Boden und zitterte. Wir hatten Elul, die Tage waren nicht furchtbar, Gott schüttelte die Weltkugel, schickte Erinnerungen an alle, die es nötig hatten, eine letzte Warnung vor dem Ausschalten. Stille breitete sich aus, ebenso plötzlich wie der Lärm begonnen hatte. Der Himmel hatte sich mit einem Schlag entleert, und die Erdkugel organisierte sich aufs Neue, Wasser floss aus den Dachrinnen, tropfte, floss in die Gullys. Erst am nächsten Morgen sahen wir die vielen Kiefernzapfen, die durch den Wolkenbruch heruntergerissen worden waren und unseren Hof füllten. Aber am Abend vor jenem Morgen waren wir mit dem Erstaunen des Jungen und mit der Angst des Hundes beschäftigt. »Wenn es weiter so regnet, werden wir wie bei der Sintflut sterben«, sagte Nadav. Ich erinnerte ihn an den Regenbogen und an Gottes Verpflichtung, die er unterschrieben hatte. »Aber das ist lange her, und vielleicht hat er es inzwischen vergessen ...« Er drückte die Stirn an die Scheibe des Fensters, das zur Straße ging, und schaute, ob das Wasser schon weg war, ob man die Straße und die Fundamente der Strommasten sah. Ich stand mit ihm am Fenster und sah, dass das Haus des Alten noch dunkel war. Alte Leute haben einen leichten Schlaf, wenn der Lärm der aufbrechenden Wolke ihn nicht geweckt hatte, was würde ihn wecken? Der Junge begleitete mich hinüber, um an seine Tür zu klopfen, Wodka, der noch aufgeregt und verschreckt war, kam, eng an uns gedrückt, ebenfalls mit, klopfte mit den Vorderpfoten gegen die Tür des Alten und zerkratzte sie mit seinen Krallen. Erst klopfte ich nur, dann wurde ich laut, und Nadav ballte die Hände und trommelte dumpfe Schläge, doch es kam keine Antwort. Ich bedeutete den beiden aufzuhören, vielleicht saß der Alte in seinem Bett, wollte gerade aufstehen und tastete mit den Füßen nach seinen Hausschuhen, gleich würden wir seine Schritte Richtung Tür tapsen hören. Aber außer dem Gurgeln des Wassers in den Dachrinnen hörten wir nichts. Unser Klopfen hatte vielleicht den Schlaf unter seinen Lidern erzittern lassen, ihn aber nicht zerrissen, vermutlich döste er noch, wir würden noch einmal kratzen und schlagen, dann würde er bestimmt aufwachen. Aber auch die zweite Runde Lärm weckte, statt des Alten, nur Wodka und stachelte seinen Eifer an, er bellte, stürzte sich auf die Tür und versuchte mit aller Kraft sie zu zerstören.

»Platz, Wodka«, befahl ich, »hör auf mit diesem blödsinnigen Eifer.« Der Mann war nicht zu Hause, oder es war ihm etwas passiert. Wodka gehorchte, er hörte auf und schaute mich an, als wollte er sagen: Und was machen wir jetzt? Er ließ ein schwaches Bellen hören, er hatte wohl verstanden, dass es sinnlos war, er senkte den Kopf und schnüffelte an der Schwelle des Alten. Wir gingen ins Haus zurück, der Junge war aufgeregt wegen allem, was in der letzten Stunde passiert war, der Hund nahm es nicht so ernst, was vorbei war, war vorbei, er zog es vor, draußen zu bleiben und die neuen Gerüche in der Erde zu erschnüffeln, die von der Überschwemmung angespült worden waren.

»Herr Levi hat etwas verpasst, weil er den Wolkenbruch nicht gesehen hat«, sagte Nadav.

Und was, wenn Herr Levi bereits alle Versäumnisse der Welt hinter sich gelassen hatte und in jene Welt gegangen war, in der man nichts verliert und nichts gewinnt? Wen sollte ich anrufen, Schoschana? Nein, sie würde sterben, und was könnte sie von Herzlija aus tun? Sollte ich beim Notruf anrufen? Bei der Polizei? Damit sie kommen und die Tür aufbrechen, vielleicht hatte er ja einen Schlaganfall erlitten und lag da, wo er hingestürzt war, vielleicht einen

Herzinfarkt, Eile war geboten, vielleicht hatte er noch etwas zu verlieren und zu gewinnen.

Der Junge wollte, dass wir seinen Vater anriefen und fragten, ob es auch bei ihm einen Wolkenbruch gegeben hatte, doch noch während er sprach, klingelte das Telefon.

»Papa«, schrie Nadav und sprang auf. Ich gab ihm ein Zeichen, sich wieder hinzusetzen.

»Hier spricht Levi. Ich bin nicht zu Hause. Ich komme heute Nacht nicht zurück, also haben Sie ein Auge auf das Haus.«

»Geht es Ihnen gut?« Ich atmete auf, wie bei einer Sirene, die zur Entwarnung heult.

»Was ist das für eine Frage, Sie hören mich doch, oder? Nun, höre ich mich krank an?« Er sagte, das sei alles nur wegen der Panik von diesem Doktor, zu dem er wegen seiner monatlichen Medikamente gegangen sei, der habe ihm ein EKG gemacht und den Papierstreifen betrachtet, der aus der Maschine kam, und einen Krankenwagen für ihn bestellt. Man habe ihn ins Krankenhaus gebracht, er habe ihnen einen Skandal gemacht, damit sie ihn gehen lassen, aber sie seien Kesselflicker, sie würden nicht den Menschen anschauen, sondern nur die Maschinen, sie hätten ihn nicht gefragt und ihn an einen Apparat angeschlossen, der einen ganz verrückt mache. »Was ist das? Was wollen Sie wissen? Welches Krankenhaus? Nun, das Krankenhaus unterhalb vom Dorf, Sie brauchen nur eine Aprikose aus Ihrem Fenster zu werfen und treffen das Krankenhaus ...«

Er war gegen seinen Willen ins Krankenhaus gebracht worden und fand in seiner Not auf dem ganzen Erdball nur mich, um es zu erzählen. Obwohl er seine knochigen Schultern gegen die Welt straffte, brauchte auch er eine weiche Berührung. Ein Mensch kann nicht allein leben. Er nicht, Gideon nicht, Madonna nicht, Amos nicht. Amos nicht? Wer hat das gesagt?

Ich ging am nächsten Tag zu ihm, der Mann in der Auskunft des Krankenhauses sagte, er sei auf der zweiten Inneren, die Schwester von der zweiten Inneren sagte: »Sind Sie seine Tochter oder seine Enkelin? Zimmer vier.«

Vorsichtig betrat ich den Raum, als könnte er auf mich schießen.

»Ich bin gekommen, um nach Ihnen zu schauen.«

»Wer bin ich, ein Bild in einer Ausstellung? Was gibt es da zu sehen?« Er zog die Decke über seine Brust, er war nicht rasiert, alt und stoppelig, in einem blauen Pyjama, und bebte vor Zorn, ein gejagtes Wild.

»Wenn Sie schon gekommen sind, dann sagen Sie den Leuten hier, dass Sie meine Tochter sind, schwören Sie ihnen bei Leib und Leben, dass ich immer so war, dass sich mein Zustand nicht verändert hat, sie sollen aufhören, mich zu behelligen, und mich gehen lassen. Was stehen Sie da rum wie … Dort ist ein Stuhl.« Ein säuerlicher Geruch nach Bettwäsche hing im Raum, vier Männer, ans Bett gefesselt, essen, entleeren sich, schwitzen und spucken zwischen ihren Laken. Flimmernde grüne Fäden schlängelten sich über Monitore, zeigten die Tätigkeit schwacher Herzen.

Ich legte eine Tüte mit einer Zahnbürste und Zahnpasta auf seinen Nachttisch, Rasierzeug und einen Kamm, die ich im Krankenhausladen gekauft hatte.

Er betrachtete den Monitor wie Eilmeldungen im Fernsehen, er wusste nicht, was er mit meiner unbedeutenden Geste anfangen sollte, nach Jahren, in denen ihm niemand etwas gebracht hatte.

»Was soll das alles, ich brauche nichts, ich habe nicht vor, hierzubleiben.« Er regte sich über die Tüte auf, über mich und über den Rest der Welt, alle sollten ihn in Ruhe lassen. Die Zunge würde ihm am Gaumen kleben bleiben, wenn er sich bedankte.

»Es passiert nichts, wenn Sie Danke sagen«, sagte ich und überraschte ihn und mich selbst mit diesen Worten, aber er fasste sich als Erster.

»Ich habe um nichts gebeten, und ich brauche nichts.«

»Ich glaube Ihnen nicht. Wir alle brauchen manchmal etwas, Herr Levi.«

Er biss sich auf die Lippe, hielt die Ecken seiner Decke umklammert und brachte keinen Ton heraus, er klopfte gegen seine Schlüsselbeine und seine Rippen, er kämpfte um Beherrschung, strengte sich an, Flüche zurückzuhalten, oder Tränen, das konnte man nicht wissen. Ich hatte Angst, ihn weiter aufzuregen und seine Herztätigkeit noch mehr zu stören. Ich schwieg und wartete auf den richtigen Moment, um aufzustehen und zu gehen, ich wartete darauf, dass eine Schwester hereinkam, um ihm in den Finger zu stechen, dass sie kamen, um die Kranken zu waschen, und mich bitten würden, hinauszugehen, dass die Putzfrau kam, um den Fußboden zu putzen, oder ein Arzt zur Visite, damit mein Besuch ein Ende fände und mir die Zeremonie des Abschieds erspart bliebe. Ich schwieg in der Gesellschaft meines Hausbesitzers, der in seinem Bett lag und die ganze Welt hasste, mich, weil ich gekommen war, und die anderen, weil sie nicht gekommen waren, sein Herz, weil es ihn hier festhielt, den Monitor, der die Wahrheit herausschrie, das Leben, das in einem einzigen Augenblick zerstört worden war, Gottes kalte Schulter.

»Dass Sie ja kein Wort zu Schoschana sagen. Sie soll

hier nicht mit ihren Taschen und Töpfen auftauchen und Theater machen.«

Ich stand auf, um zu gehen. »Gute Besserung, Herr Levi.«

»Ich bin nicht krank.« Er ballte die Hände auf dem Laken zu Fäusten und schaute mich an.

»Ihr Junge soll ja nicht ohne Schuhe aus dem Haus gehen, es gibt Schlangen im Hof«, rief er mir nach, als ich schon an der Tür war. »Haben Sie gehört? Nur mit Schuhen …« Außer den Füßen eines Fünfjährigen gab es auf der Welt nichts, was diesen bitteren und ausgedörrten Alten bewegte.

Ob er will oder nicht, der Mensch schafft es nicht allein, und wenn er nichts hat, sucht er sich einen Schnürsenkel und bindet sein Herz daran. Klipp und klar, der Mensch schafft es nicht allein, Levi nicht, Madonna nicht, Amos nicht. Amos nicht? Wer hat das gesagt? Ich blieb stehen, auf dem Weg zu den Fahrstühlen, rief ihn an und ließ ihm keine Zeit, sich zu wundern. »Ihr Vater liegt im Krankenhaus.«

»Na und?«, sagte er mit einer Stimme, die mich niederdrückte, doch diesmal gab ich nicht nach.

»Was heißt da, na und, er ist Ihr Vater, Ihr Vater, der Mann, der Sie gezeugt hat, er ist im Krankenhaus. Wenn er stirbt, werden Sie sich ewig Vorwürfe machen.«

»Die Gefahr besteht nicht. Was hat er?«

»Das Herz.«

»Ach, er besitzt tatsächlich so ein Organ? Gut zu wissen.«

Ich schwieg. Die Aufzugtür öffnete sich, und dumpfe Luft schlug mir entgegen, Menschen strömten heraus und machten sich auf den Weg, jeder zu seinem Nahestehenden, jeder zu seinem Schmerz, der Himmel in dem großen Fenster war blass, von einem durchsichtigen weißen Laken bedeckt. Ich hatte keine Lust, zu predigen, zu diskutieren, zu argumentieren, zu streiten. Eine Frau sagte in ihr Handy: »Na und, dann habe ich eben seinen Morgenmantel vergessen, was ist daran so schlimm? Man gibt ihnen hier Morgenmäntel vom Krankenhaus ... Die Frikadellen? Natürlich habe ich sie für ihn dabei ... Gott behüte, bis man zu ihnen kommt, können sie siebenmal gestorben sein ...« Die Tür ging wieder zu, schloss sich hinter den Menschen, die sich hineingedrängt hatten, bis jeder an seinem Ziel war. Der Aufzug schaffte es, seine Last abzuladen und zurückzukehren, bis er die Stille unterbrach und fragte, in welchem Krankenhaus der Alte sei.

»Unten im Tal, wenn Sie im Dorf eine Aprikose werfen, treffen sie es.«

»Gut, danke«, sagte er und legte auf. Auch wenn es nicht gut ist, sagt man gut. Wenigstens das. Draußen, unter dem weißen Himmel, fand ich Zeit, mich um meine eigenen Angelegenheiten zu kümmern, ich rief Gideon an. »Nein, Amiki, komm nicht, tu mir den Gefallen, ich bin todmüde, du würdest den ganzen Weg zurücklegen und mich schlafend vorfinden ...«

Ich könnte dich wenigstens berühren, das ist doch auch schon was, oder? Dumme Tränen verwischten den Himmel und spannten ein durchsichtiges Laken über das Krankenhausdach. Sehnsucht packte mich, so schmerzhaft wie Geburtswehen, ein Krampf und ein Druck, der bis zum Herzen ausstrahlte. Mein Mann entglitt mir, während ich mich in fremde Lebensgeschichten hineinziehen ließ. Was gingen mich der Alte und sein Sohn und diese ganze durchgeknallte Familie an. Ich bin nicht von der UNO beauftragt, Probleme zu lösen und Frieden über das Land zu bringen. Ich bin eine Frau, die möchte, dass ihr Mann zu ihr zurückkommt, repariert und restauriert, ganz so, wie er war, vor den Fischen und seiner Sinnsuche. Ich werde zu ihm fahren, ich werde nicht auf ihn hören, ich werde Nadav mitnehmen, wir werden uns vor ihn hinstellen und ihn überzeugen. Es steht ja schon fest, dass die Beine eines Kindes Herzen zerreißen können, diese Medizin hat man bei ihm noch nicht ausprobiert.

»Wir fahren zu Papa«, sagte ich zu dem Jungen.

»Hast du gehört, Wodka, wir fahren zu meinem Papa«, schrie er und zog seine gute Hose und seine Turnschuhe an, kämmte sich, lief hinter mir her vom Zimmer zum Badezimmer, vom Badezimmer zur Küche, wartete neben der Toilette auf mich, wohin fahren wir, ins Krankenhaus oder zu den Fischen? Dürfen Kinder überhaupt hinein? Sieht man dort Leute mit Blut? Was tun wir, wenn es einen Wolkenbruch gibt, wie gestern?

Als wir das Krankenhaus betraten, ließ er meine Hand nicht mehr los, er drückte sich an mich, rieb sich an meinem Oberschenkel, als wir durch Flure gingen, wir stießen uns gegenseitig an und brachten uns gegenseitig zum Stolpern. In der anderen Hand hielt er das zusammengefaltete Bild, das er vom Wolkenbruch gemalt hatte. Bevor wir die Abteilung erreichten, nahm er Verbände in sich auf, Seufzer, Rollstühle, Krücken, und als wir von dort weggingen, achtete er auf nichts mehr, sein Herz war übervoll mit seinem Vater, der ihm ein verhaltenes Lächeln geschenkt hatte, der eine magere Hand entgegengestreckt und ihn nur mit zwei Fingern berührt hatte, der gefragt hatte, wie es ihm gehe, und ihn angeschaut hatte, als er antwortete, und der murmelte, »was du nicht sagst«, und der nicht wirklich zugehört hatte, als er von dem Regenguss erzählte und der Wolke, die aufgebrochen war. Er hatte gesehen, wie meine Hand über den Arm seines

Vaters geglitten und auf seiner Schulter liegen geblieben war, und er hatte gehört, wie sein Vater geschimpft hatte: »Ich habe dir doch gesagt, du sollst nicht kommen, ich will nur schlafen, wartet, bis ich genug geschlafen habe, das war keine gute Idee, wirklich nicht ...«

Wäre der Junge nicht dabei gewesen, hätte ich ihm eine Schocktherapie verpasst, ich hätte ihm mit aller Kraft ins Gesicht geschlagen. Ich hätte ihn an den mager gewordenen Schultern gepackt und geschüttelt, bis man das Knacken der Knochen und das Knarren der Bettfedern gehört hätte. Eine Schwester kam an die Tür und schaute uns an, blieb stehen, als wäre sie zufällig vorbeigekommen, dann ging sie und eine andere kam, blieb ebenfalls wie gedankenlos stehen, die dritte verstellte sich nicht mehr, sie betrachtete uns lange und sagte dann mitleidig: »Ach, was für einen süßen Sohn er hat.«

»Papa ist müde, gib ihm einen Kuss, und wir gehen.« Ich krümmte meine Zehen und drückte sie gegen die Sohlen. Nadav trat näher zu ihm, spitzte die Lippen und küsste seinen Vater einen Millimeter oberhalb der Wange, bevor er nach meiner Hand griff. Ich legte eine Tüte mit Birnen und Nüssen auf seinen Nachttisch, drei saubere Unterhosen, ein Buch von Georges Simenon und die zusammengefaltete Zeichnung, dann gingen wir.

Nadav plapperte unterwegs über Wolkenbrüche und Raumschiffe und Astronauten und erwähnte mit keinem Wort den Besuch, den wir hinter uns hatten. Wir gingen nicht zum Laden und nicht zum Kindergarten, sondern nach Hause, und weil es noch mitten am Tag war, arbeiteten wir im Garten, jäteten das Unkraut in den Beeten mit den Karotten und Frühlingszwiebeln. Der gestrige Regen hatte Erde von den Beeten geschwemmt, aber die Geschmeidigkeit der jungen Stängel hatte dem Wasser widerstanden. Der Wald hatte den Wolkenbruch genutzt, er erhob sich über dem Garten und füllte ihn mit großen und kleinen Kiefernzapfen, offenen und geschlossenen, grünen und braunen, alles war voller Zapfen. Der Junge machte sich daran, sie zu sammeln und neben der Schaukel aufzuhäufen, er tat, als wären es Asteroiden, die aus dem Weltall hier gelandet waren. Sehr gut, soll er vom Weltall träumen und sich mit dem Krieg der Sterne beschäftigen, nicht mit den Niederlagen auf unserer Erde, nur nicht nachdenken, lieber lärmen, die Dinge laut beim Namen nennen, Gras, Erde, Steine, Karotten, Schlamm, Schuhe, achtundzwanzig, Himmel ... Das Gehirn in Ruhe lassen, Unkraut jäten, sammeln, Wicken aufrichten und festbinden, Petersilie ausdünnen, still, sei ruhig, Gehirn, nicht nachdenken.

Nadav rannte im Garten herum, sammelte Kiefernzapfen, und der Hund rannte vor ihm her und sprang in den Haufen, wurde geschimpft, floh und kam wieder.

Der Himmel war blass, hatte sich vom gestrigen Schrecken noch nicht erholt, Raben, in einer Pause zwischen Schreien, hatten sich auf dem Dach des Alten niedergelassen und schauten uns zu, und plötzlich flogen sie auf, alle auf einmal, der Schatten eines Menschen fiel auf das Zwiebelbeet, der Hund bellte und rannte davon, und der Junge erstarrte, in jeder Hand einen Kiefernzapfen.

»Haben Sie einen Schlüssel zu seinem Haus?«, hörte ich Amos fragen.

Ich hatte keinen Schlüssel, und selbst wenn, hätte ich ihn ihm nicht gegeben. Er sollte die Schuhe des toten Jungen nicht bekommen, er sollte dem Alten nicht den Trost seiner Seele stehlen. Ich erhob mich, schüttelte mir den Staub von der Kleidung, rieb eine Hand an der anderen, um die Erde loszuwerden, sah sein Gesicht im scharfen Licht des Nachmittags, und ein Gefühl der Schwäche packte mich.

»Ich habe keinen«, sagte ich und wandte die Augen ab, doch sie kehrten von selbst zu ihm zurück, trafen sich mit seinen und wichen nicht aus.

»Haben Sie ihn besucht?«

Er trat einen Schritt vor, bückte sich zur Petersilie. »Ganz und gar biologisch, nicht wahr? Nein, ich habe ihn nicht besucht.«

»Haben Sie es vor?«

»Mal sehen.« Er zog einen Petersilienstängel heraus, biss ein paar Blätter ab und kaute sie. »Ich zerreiße keine Kinder, nur Petersilie«, sagte er zu Nadav gewandt, der in der Nähe der Schaukel stand, mit Kiefernzapfen in den Händen. »Mach nur, was du machen wolltest, ich tu dir nichts.« Nadav rührte sich nicht. Augen schauten ihn an, wie er sie noch nie gesehen hatte, weder er noch seine Mutter. Tief liegende Augen, verschattet von dichten schwarzen Brauen, Augen, in denen Funken aufleuchteten und wieder erloschen, sie brauchten keine Sonnenbrille, sie hatten einen natürlichen Schatten. Linien wie bei Clint Eastwood zogen sich durch seine Wangen, eine auf jeder Seite, gerade und tief, wie mit einem Messer sorgfältig in die Haut geschnitten.

Ich legte dem Jungen meine schmutzige Hand auf die Schulter. »Sei nicht so schüchtern, Nadav, das ist der Sohn von Herrn Levi.«

Nadav drückte die Zapfen fest an die Brust, schüttelte sich und wandte sich zu dem Haufen neben der Schaukel.

Herr Levis Sohn beugte sich zum Wasserhahn, spülte sich den Mund aus, spuckte Petersilienwasser aus, trank, wusch sich das Gesicht, trocknete sich die Hände an der

Hose und sagte: »Gut«, und ging zum Auto, das vor dem Haus des Alten stand.

»Er heißt Amos«, sagte ich zu Nadav, denn ich spürte ein Bedürfnis, seinen Namen auszusprechen. »Hast du gehört? Amos.«

»Bei mir im Kindergarten gibt es auch einen Amos.« Er schaute sich nach Wodka um und rief ihn. Der Hund kam zurück, mit heraushängender feuchter Zunge, leckte meine zitternden Knie.

Der Junge fragte, ob dieser Mann noch einmal kommen würde.

»Ich glaube nicht.«

Insgeheim wusste ich, dass er kommen würde. Entweder wegen seines Vaters oder wegen der Schuhe oder wegen des toten Jungen oder wegen etwas anderem.

Ich hatte recht. Wir waren beim Abendessen, da klopfte Herr Levis Sohn an die Tür, er stand gebeugt im Türrahmen und sagte: »Er soll morgen sehr früh einen Herzkatheter bekommen, jemand von der Familie sollte dabei sein. Können Sie hingehen?«

»Ich gehöre nicht zur Familie, und ich kann sowieso nicht. Möchten Sie etwas Kaltes trinken?«

Auch Schoschana konnte nicht. Sie musste selbst untersucht werden. Eins, zwei, drei, und du bist frei.

Es lohnte sich nicht, in den Norden zu fahren und wiederzukommen, er hatte keinen Schlüssel für das Haus seines Vaters, es blieb ihm nichts anderes übrig. Ich überließ ihm mein Zimmer und schlug für mich das Klappbett am Fuß vom Bett des Jungen auf.

»Du hast gesagt, du glaubst, er würde nicht wiederkommen«, flüsterte Nadav.

»Ich habe mich geirrt.«

»Wird Papa sterben?«
»Wieso denn das?«

Er schlief sofort ein. Ich nicht. Ein fremder Mann lag im Nebenzimmer, in meinem Bett, er atmete rhythmisch, er schlief. Nur nicht nachdenken, sei still, Gehirn, morgen ist auch noch ein Tag, still, habe ich gesagt, still, Gehirn …

8

Vier Tage schlief ich auf dem Laken, auf dem Amos geschlafen hatte, ohne es zu wechseln. Nach vier Tagen, am Vorabend des Neujahrsfestes, packte ich einen kleinen Koffer für Nadav und mich, und wir fuhren zu Jonathan und Tamar, um die Feiertage bei ihnen zu verbringen und um mit Gott zu hadern, der über uns ist. Die Hoffnungen und der Jubel waren stark und glatt aus der Kehle des Schofars, aber sie ließen mein Herz nicht erzittern, denn mein Herz war woanders. Gott möge mir verzeihen, dass ich auf dem Höhepunkt des Neujahrsfestes nicht an seine Größe und meine Nichtigkeit dachte, und dass ich, statt aufgewühlt vom Schofar zum Himmel zu schauen, meine Fingernägel betrachtete und an Gideon und an das dachte, was uns geschah. Tamar nahm an, ich wäre tief bewegt, weil an diesem Tag die Welt geboren wurde und uns vor Gericht stellte. Sie vergoss eine Träne vor lauter Freude und fürchtete um ihre Schwangerschaft und liebte Gott ihretwegen.

Vor dem Fest hatte ich zu Gideon gesagt, komm, bitten wir die Ärzte der Neurologie, dass sie dir für das Fest freigeben, aber er atmete tief und blies die Luft aus wie eine Last, die er loswerden musste, und sagte: »Lass mich, wozu sollte ich weggehen und wiederkommen und das alles, ich ziehe es vor, diesen ganzen Krankenhausaufenthalt an einem Stück hinter mich zu bringen.«

»Und wenn es vorbei ist, kommst du dann nach Hause?«

»Erst sollten wir damit fertig sein. Eins nach dem anderen.«

Er zog die Decke bis zum Hals und sagte, er sei todmüde, vielleicht fehle ihm ja irgendeine Substanz im Körper, und es sei gut, dass sie an den Festtagen keine Untersuchungen machten, die Abteilung wäre bestimmt halb leer und es wäre still, er könne zwei Tage lang schlafen, und wenn er aufwache, sei er wie neu. Ich brachte ihm ein Glas Honig, einen Apfel und Kuchen, ein Messer und einen Teller von unserem festlichen Service und eine kleine Flasche Wein. Er bedankte sich, obwohl er nicht nachschaute, was ich gebracht hatte, seine Augen waren geschlossen, und als er sie öffnete, blickte er hinauf zur Decke.

Ich legte eine Hand unter dem Laken auf seine Brust. »Was ist mit dir los, Gideon?« Er zog das Zwerchfell ein.

»Woher soll ich das wissen? Ich bin müde, das Medikament ... keine Ahnung ...«

Ich konnte sehen, wie mein Mann sich entfernte, ich berührte seine Brust, und er zog das Zwerchfell ein und verkroch sich in sich selbst, und wenn ich ihn frage, wird er sagen, ich bin müde, wenn ich ihn berühre, wird er vor mir zurückweichen.

»Morgen ist Neujahr, wir fangen an, die Zeit neu zu zählen.« Ich strich mit der Hand über seine Stirn.

»Morgen ist Neujahr?«, fragte er gleichgültig und schaute mit erloschenen Augen zum Fenster, als sei ihm alles egal, drinnen, draußen, Licht, Dunkelheit, einfach alles. Im

Fenster war der Ende-Elul-Himmel zu sehen, niedrig und staubbedeckt.

»Wir sind Partner in allem, Gideon, was ist passiert, dass ...« Ich hielt inne. Es war sinnlos, weiterzusprechen. Ich musste warten, bis sich der Staub gesenkt hatte und im Fenster ein anderer Himmel zu sehen war, aber man musste es versuchen, man durfte nicht zulassen, dass das Leben bergab ging und dabei immer mehr Geschwindigkeit gewann. »Vielleicht sollten wir irgendwohin fahren, nur wir beide, wir lassen den Jungen bei meinem Bruder, wir reden, wir schweigen, wir werden verstehen, was und warum ...«

»Wir werden gar nichts verstehen. Was gibt es zu verstehen? Die Dinge geschehen einfach, man braucht keine geheimnisvollen Gründe zu suchen.« Er hatte wieder die Stimme von früher, wie vor dem Gericht, wenn sein Argument das Urteil bestimmte. Sein Adamsapfel bewegte sich auf und ab, sein Mund schloss sich am Satzende, um zu zeigen, dass es keine Berufung gab, die Oberlippe verzog sich zu einem dünnen, triumphierenden Lächeln, dann wurde sie wieder ernst. Früher war ich in meiner Freizeit hingegangen und hatte zugeschaut, wie er einen Mandanten bei Gericht verteidigte. Ich sah ihn auf dem Podium und war so stolz und hätte am liebsten der ganzen Welt verkündet, das ist mein Mann, hört ihr? Verehrtes Publikum, dieser großartige Mann, der euch in Grund und Boden geredet hat, den ihr mit offenem Mund anstaunt, hat mit mir geschlafen, dieser Mann, der in der schwarzen Robe aussieht wie ein römischer Senator, macht in der Nacht Liebe mit mir. Ich wartete, bis er fertig war und die Papiere in die schwarze Ledertasche gepackt hatte, die ich ihm zum Ende seines Praktikums gekauft hatte, damit wir zusammen das

Gericht verließen, dann zog er seine Krawatte aus, und wir küssten uns, wir überquerten die Straße und gingen in ein Café, er nahm einen griechischen Salat, und zum Nachtisch aßen wir zusammen ein Stück Kuchen, mit einer Gabel, er stach Stücke ab und fütterte mich und fragte, wie war ich, gut, nicht wahr? Ich wischte ihm ein Stück Käse vom Kinn, und er nahm meinen Zopf, zog ihn nach vorn und legte ihn auf meine rechte Brust ...

Nun lag mein Senator im Bett, zugedeckt mit einem Laken, welches das Logo eines Krankenhauses trug, und sein Zwerchfell war flach, sein Mund entspannt, mit einer haarbreiten Öffnung zwischen den Lippen, kein Wort wird über sie kommen, auch kein Seufzer, kaum die Luft, die von seinen Lungen eingesaugt und wieder ausgestoßen wird. Ich küsste ihn auf die Lippen und sie verzogen sich, versuchten unaufrichtig, mir zu antworten.

»Ich wünsche uns ein gutes neues Jahr, Gideon«, sagte ich und sah das Fenster mit dem gelblichen Himmel, der sich in seinen Pupillen spiegelte.

»Hoffentlich«, sagte er, gleichgültig dem neuen Jahr gegenüber. Ein Jahr ist eine Zeitspanne für gesunde Menschen. Ich nahm seine Hand, fuhr ihm mit einem flatternden Finger über die Stirn, bemüht, nicht zu drängen und nicht so weit zu gehen, bis ich das Schild »Betreten verboten« erreichte, das vor seiner Seele hing. Ich zog den Nachttisch mit dem Honig und dem Kuchen näher zu ihm, sagte Bye und erschrak vor der Hohlheit dieses Bye und ging. Im Flur quietschte schon der Wagen mit dem Essen, vier Kranke saßen vor ihren Tischen und warteten auf die Suppe, das Püree, die Frikadellen. Im Vorbeigehen verabschiedete ich mich von ihnen, und sie freuten sich über diese nichtssagende Geste, einer winkte mit der Hand, der zweite sagte, alles Gute, der dritte verzog den Mund zu einem schiefen Lächeln, und der vierte wartete auf seine Suppe.

Im Radio sprachen sie über ein Attentat, aber ich war zu sehr mit mir selbst beschäftigt und drehte das Radio leiser, ich atmete tief ein und rief Gideons Eltern an, ich erzählte ihnen von ihrem Sohn, der dehydriert ins Krankenhaus eingeliefert worden war, in die Neurologie.

»Wir haben es euch ja gesagt, wir haben von Anfang an gewusst, dass das zu nichts Gutem führt«, sagte seine Mutter, und sein Vater fragte, was ihm denn gefehlt hatte, dass er zu diesem Loch gehen musste, und warum plötzlich Be'er Sheva, man hatte ihn von Eilat hingebracht, was, hat er denn nicht gewusst, dass man in Eilat viel trinken muss? Er verstand ihn nicht, wer nimmt schon eine Auszeit von seiner Karriere und bremst mitten im Aufstieg? Wer weiß, wie viele Mandanten und wie viel Geld er dadurch verloren hat. Aber du wirst sehen, er wird mit großem Appetit zurückkommen, dieser Gauner, ich kenne ihn, er wird all seine Kollegen ohne Salz verspeisen ...

»Ich bin nicht so sicher, dass du ihn kennst«, sagte ich in dem Versuch, ihn auf die Veränderung zwischen dem Sohn, den er im Kopf hatte, und dem, der auf der neurologischen Station lag, vorzubereiten.

»Süße, ich will ja nichts sagen, aber wie viele Jahre bist du mit ihm zusammen, sieben, acht? Ich schon plusminus vierzig.«

Alisa erklärte einem Kunden die Vorzüge von Springbrunnen und kam zurück, um über ihren Sohn zu sprechen, sie sagte, Dehydrierung ist keine große Sache, man gibt Flüssigkeit über eine Infusion, das ist alles, sie verstehe nicht, warum man ihn über die Feiertage dort behielt. Bezalel sagte: »Was heißt warum, sie wollen noch ein paar Cents aus der Krankenkasse herausschlagen, er kostet sie nichts, und sie bekommen gutes Geld für ihn. Warte, ich sage ihm, er soll ihnen einen kleinen Skandal machen, dann lassen sie ihn gehen. Er ist ja wirklich gescheit, aber es gibt ein paar Dinge, die er noch nicht gelernt hat. Einen Moment, Alisa, dieser Springbrunnen ist nicht im Sonderangebot ...«

Sie stellten die Springbrunnen ab, verschlossen die Tür von »Babek« und fuhren zu ihm. Geschockt von dem, was sie vorgefunden hatten, riefen sie mich auf dem Rückweg an. Warum ich nicht erzählt hatte, dass er so abgenommen hatte, dass er so schwach war, er habe ihnen kaum geantwortet, keine zehn Worte hätten sie aus ihm herausgebracht. Und es gab dort niemanden, mit dem man sprechen konnte, so etwas hatten sie noch nie gesehen, man hatte ihnen gesagt, er würde noch untersucht, also Negev ist Negev, dort arbeitet man im Tempo von Beduinen. Man muss ihn in ein Krankenhaus im Zentrum des Landes bringen, einen Privatarzt nehmen und die Sache beenden. Ist es euch so schlecht gegangen, dass ihr euch auf so ein Abenteuer einlassen musstet? Wenn er diese Angelegenheit hinter sich hat, kehrt ihr zu eurem normalen Leben zurück. Wenn schon nicht euretwegen, dann wegen des Jungen ...

Ich war nicht wütend, ich konnte sie verstehen. Wenn mein Junge in ein paar Jahren alles stehen und liegen lässt, wenn er sich abkapselt und schwach und ausdruckslos daliegt, werde auch ich die Wände hochgehen, ich werde Beschuldigungen ausspucken, ich werde Vorschläge machen und nicht wissen, wie mir das alles geschehen konnte.

Nadav fragte, ob sein Vater zu den Feiertagen kommen werde, ob er wieder gesund werde, ob er sterben werde. Er sprach mit ihm am Telefon und erzählte ihm, dass bei uns ein Mann geschlafen habe, der Amos heiße. Er hat in Mamas Bett geschlafen und Mama bei mir im Zimmer. Der Mann ist der Sohn von Herrn Levi, und Herr Levi liegt im Krankenhaus, sein Herz macht Probleme, und vielleicht schläft der Mann auch an Neujahr hier, Mama hat ihm den Schlüssel gegeben, weil wir zu Tamar und Jonathan fahren. Weißt du, dass ich Wodka dressiere, Stöckchen zu fangen ...

Dann wurde er plötzlich müde und gab mir das Telefon. Das Gerät war warm von seinem kleinen Mund, der seine Geschichten und Wünsche hineingepresst hatte.

Gideon erkundigte sich nach dem Jungen. »Hi, geht es ihm gut?« Kein Wort über den fremden Mann, der in meinem Bett geschlafen hatte, oder über Herrn Levis krankes Herz.

»Es geht ihm gut. Er pinkelt nachts nicht ins Bett, er stottert nicht, er macht keine Szenen.«

Ich drückte dem Jungen das Telefon in die Hand. »Hier, wünsch Papa ein gutes neues Jahr.« Als hätten Wünsche aus dem Mund eines kleinen Kindes größere Chancen. Er zuckte mit den Schultern und malte ein Dreieck in sein Malbuch, drückte den Stift fest auf das Papier und zog dicke Striche. Ich ließ nicht locker, denn wer konnte wissen, was die guten Wünsche eines Jungen an der Börse des Schicksals wert waren. »Komm, lass die Stifte einen Moment liegen und wünsch Papa ein gutes neues Jahr.«

»Ich will nicht.« Er tauschte den roten Stift gegen einen blauen und zog das nach, was er schon gemalt hatte.

»Lass ihn doch«, hörte ich die schwache Anweisung auf der anderen Seite.

Ich platzte. »Ich will das nicht, du sollst mir nicht sagen, was ich zu tun habe, Gideon.« Der Junge hob erschrocken den Kopf vom Blatt, und ich beeilte mich, ihm über den

Nacken zu streicheln. »Komm, Schatz, sag ein gutes neues Jahr zu Papa«, flehte ich, ich hatte das Gefühl, dass unser Leben davon abhing, dass er diese paar Worte herausbrachte. »Los, tu's, nur eine halbe Minute, sag's und Schluss.« Ich konnte nicht mehr zurück, ich musste uns irgendeine Form von Zukunft sichern. »Ich bitte dich darum, ist es denn so schwer, Papa ein gutes neues Jahr zu wünschen? Du willst doch, dass er gesund wird, nicht wahr? Also sag ihm ein gutes neues Jahr ...« Aber als ich ihn quälte, brach es aus ihm heraus: »Ich will nicht, du sollst mir nichts befehlen.« Sein Vater hörte dort in seinem Bett unserer Diskussion zu, und selbst wenn er das Telefon weit vom Ohr hielt und sogar wenn er es aufgelegt hatte, konnte er nicht anders, als bei dem »Ein gutes neues Jahr« zu erschrecken, das der Junge schließlich ins Telefon brüllte, ein gutes neues Jahr, das die Adern an seinem Hals anschwellen ließ, er knallte das Handy auf die Farbschachtel, warf die Küchentür hinter sich zu, floh in den Garten und warf Steine gegen die Schaukel. Wer wusste schon, welchen Eindruck dieser Schrei auf das Schicksal hatte und wie es das Jahr beeinflussen würde, das es uns bereitete.

Auch der Alte brauchte gute Wünsche. Der Katheter hatte gezeigt, dass die Wege zu seinem Herzen verstopft waren, man musste den Brustkorb öffnen und Bypässe legen. Dieser Katheter verschaffte uns erneut einen Besuch seines Sohnes Amos. Der Junge hörte, wie an die Tür geklopft wurde, und verkündete aufgeregt: »Mama, das ist der Sohn von Herrn Levi, der Sohn von Herrn Levi!«

Ich hörte einen Mann an der Tür lachen und wunderte mich, dass dieser faltige Hals so ein lautes und befreites Lachen hervorbringen konnte. Ich ging ebenfalls zur Tür.

Amos stand dort, aufrecht, schon wieder ernst geworden, man würde, wenn es keine andere Möglichkeit gäbe, den Alten an den Feiertagen operieren, und die Anwesenheit eines Familienmitglieds sei erforderlich. Der Alte weigere sich beharrlich, ihm die Schlüssel zu seinem Haus zu geben, er versperre jeden Zugriff auf die kleinen Schuhe, die er schon seit zehn Jahren gefangen hielt. Seit Jahren hatte er nicht mehr mit seinem Vater gesprochen, und plötzlich war er seine einzige Stütze geworden.

»Du kannst hier bei uns wohnen, wir fahren über die Feiertage weg.« Ich gab ihm den Reserveschlüssel zu dem Haus, das ursprünglich einmal ihm gehört hatte und wieder sein Eigentum werden würde, zusammen mit allem, was der Alte nach seinem Tod hinterließ.

»Kaffee? Saft?«

»Nein, ich muss rennen.«

»Renne durchs Tal, flieg auf den Berg …«, witzelte ich, und die Clint-Eastwood-Falten wurden tiefer, er schnaubte, als bediente ich mich ohne Erlaubnis seines Privatbesitzes. Nadav betrachtete unseren Besucher, der den Schlüssel in die Tasche steckte, er freute sich, dass der Mann unsere Toilette benutzte, und hoffte, er würde auch in dieser Nacht hierbleiben. Er wollte, dass ich neben ihm schlief, und vor allem wollte er ein Haus mit dem Lärm von drei Personen, wie es früher gewesen war.

»Ziehst du ihn allein auf?«, fragte Amos, als er von der Toilette zurückkam, sein Hemd zurechtzog und zur Tür ging.

»Ja, nein, eigentlich nicht.« Ein Schwächegefühl ergriff mich, ging aber sofort vorüber.

»Du musst dich entscheiden.«

»Vorübergehend allein.«

Er verlangte keine Erklärung, die Wipfel des Waldes, die sich in der Tür zeigten, erhoben sich hinter ihm, die Sonne drang durch die Zwischenräume zwischen ihm und dem Türstock herein, einen Moment lang wurden seine schwarzen Augen von der Sonne getroffen, ein dunkelblauer Blitz fuhr auf, dann war es vorbei, sie lagen wieder tief in den Höhlen, der dichte Bogen der Brauen verdunkelte sie und machte sie düster.

»Was ist, Junge, möchtest du ein Papierschiffchen?«

Nadav flog ins Haus, er brachte das Papier mit den wütenden Dreiecken, die er gemalt hatte, und hielt es ihm hin. Der Sohn des Alten faltete das Papier mit der Geschwindigkeit eines Origamikünstlers und reichte ihm ein Schiff mit gespannten Segeln und spitzem Bug, seine Augen folgten den kleinen Händen, die das Boot durch die Luft fliegen ließen. Der kleine Seemann widerstand Stürmen, nahm Seeräuber gefangen, fing Wale und faszinierte den Gast. Der Adamsapfel von Levis Sohn bewegte sich auf und ab, er fuhr sich mit nervöser Hand durch lichter werdendes Haar, beugte den Hals zu dem Jungen und beobachtete, was er tat. Offenbar ist nur Gott gefeit gegen das Lachen von Kindern, von seiner Höhe sieht ihr Lachen aus wie banale Smileyaufkleber. Aber unser Gast war von hier, und das Lachen kam zu ihm, als würde ihn sein toter Sohn aus der Erde heraus anlachen. Er richtete sich auf, sagte ein hastiges Bye und lief mit schnellen Schritten zum Tor, und unser Schlüssel mischte sich mit den anderen Schlüsseln in seiner Tasche und klirrte gemeinsam mit ihnen. Plötzlich versank das Boot, der Seemann rettete sich an festes Land, stand auf dem Kai an der Tür, und seine Augen folgten dem Schiffsbauer, der im Sturm den Hof verließ, das Tor öffnete und losließ, sodass es krachend zufiel.

»Wann kommt er wieder?« Nadav sah aus, als wäre er mitten in einem Vertragsabschluss und die andere Seite wäre plötzlich aufgestanden und weggegangen. Das Heulen einer Katze brachte Wodka dazu, sinnlos zu bellen und das Fell zu sträuben. Nadav vergaß seine Frage und beobachtete den Streit der Tiere. Schon seit jeher sind Hunde und Katzen Feinde, aber diesmal lag in dieser Tatsache eine besondere Gnade.

An Neujahr, wenn alle ihre Vergangenheit bedenken, bedachte ich gegen meinen Willen unsere Zukunft, was man mit Gideon tun könnte, damit er wieder zu sich selbst zurückfand, und was wir tun konnten, wenn er nicht mehr zu sich zurückfand und ein anderer wäre. Vielleicht waren die beiden leeren Tage in der Neurologie ja gut für ihn, er würde schlafen, bis in die letzte Zelle seines Körpers, und erholt aufwachen und sein Leben wieder in die Hand nehmen. Inzwischen würden die Untersuchungen in den Labors weitergehen und zu einer klaren Diagnose führen, man würde herausfinden, was ihm fehlte oder wovon er zu viel hatte. Ich schaltete das Telefon während der Feiertage aus, zwei Tage lang würde er kein Wort von mir hören und ich keines von ihm. Ich machte mir keine Sorgen, er wurde gut bewacht, sowohl von der Hand Gottes als auch von den Menschen, es bestand keine Gefahr für sein Leben. Wenn ich mir um jemanden Sorgen machen musste, war es Herr Levi, dessen Leben in diesen beiden Tagen auf der Kippe stand. Als man in den Synagogen das Schofar blies, wurde auf dem Operationstisch sein Brustkorb geöffnet, und die Ärzte sahen seine Trauer, seinen Zorn, wühlten in seinen Sehnsüchten, berührten seinen Hass, umgingen Hindernisse und ertasteten sich den Weg zu seinem Herzen.

Amos schlief zwei Tage in meinem Bett, er lief in unserem Haus herum, und unser Haus war voller Anzeichen eines lebendigen Jungen, Feuerwehrautos, kleine Unterhosen im Badezimmer, Mickymäuse, Sandalen der Größe achtundzwanzig, Plastikbecher mit Trinkrohr, ein Fußschemel vor dem Spülbecken, eine Taucherbrille am Badewannenrand, Aufkleber von Pinguinen und Seehunden auf den Kacheln, wohin er sich auch wandte, das Leben eines fünfjährigen Jungen blickte ihm von den Wänden entgegen, vom Fußboden, von den Möbelstücken. Auch das Leben einer Frau über dreißig. Im Badezimmer, im Schrank, bei der Wäsche, auf der Toilette, in Form von Unterhosen, die auf der Wäscheleine geblieben waren. Wenn er es darauf anlegte, konnte er sich ein vollkommenes Bild unseres Lebens machen. Doch dafür war er nicht gekommen, zehn Jahre lang hatte er sich nicht für seinen Vater interessiert, er tat es auch jetzt nicht. Er war hier, weil die Klempner der Kardiologie um die Anwesenheit eines Familienmitglieds gebeten hatten, an dem Tag, an dem sie die alten Rohre reparieren wollten. Schoschana konnte nicht kommen, denn sie hatte eigene kardiologische Probleme, sie bekam keine Luft beim Treppensteigen, ihr linker Arm schmerzte, und der Arzt in Herzlija hatte ihr strenge Ruhe verordnet. Sie befolgte die Anweisung des Arztes, fand aber keine Ruhe, sie rief an, weinte, bat mich, ein Auge auf ihren Vater zu haben. Amos, ihr Bruder, habe seine eigene Last zu tragen, sagte sie, er sei unfähig, ihrem Vater auch nur ein Glas Wasser zu reichen, zehn Jahre, hörst du, zehn Jahre hat er keinen Kontakt mehr zu ihm, er hat keine Ahnung, wie sein Vater aussieht, und von allen ist ausgerechnet er da, in den schwersten Stunden, denn es gibt keinen anderen, alle sind gegangen, mein Vater hat seine Frau verloren, die Schwiegertochter, den Enkel, alle ... Du darfst mich nicht falsch verstehen, ich gebe Amos keine Schuld, nicht die geringste, Gott bewahre uns vor dem, was er mitgemacht hat ... Ihre Stimme am Telefon brach. Wäre sie neben mir gewesen, hätte ich ihr eine Tasse Kaffee angeboten, kaltes Wasser, irgendetwas, aber weil ich keine Wahl hatte, stieß ich banale Trostworte aus, alles wird gut, Schoschana ... Du wirst sehen, aus diesem Schlimmen wird etwas Gutes sprießen ... Nach einer Weile beruhigte sie sich, wenn auch nicht durch meine Worte, sondern durch den ehrlichen Ton, den sie wahrnahm.

Die Sonne bewegte sich träge an den Feiertagen, und wenn der erste Tag langsam verging, dauerte der zweite ewig. Die Schatten wurden länger, ein violetter Streifen tauchte langsam am westlichen Himmel auf, Licht klebte am Horizont und verblasste mit nervenzerreißender Langsamkeit. Ich wartete darauf, dass der zweite Tag des neuen Jahres zu Ende ging, dass Jonathan den Segensspruch zum Ausgang des Festtages sprechen und das Telefon einschalten würde, damit ich erfuhr, wie es wem in den ersten Tagen des Jahres ergangen war.

Nadav stand auf den Zehenspitzen, als es endlich so weit war, und stellte sich enttäuscht auf die ganzen Sohlen, er wollte Feuer im Wein löschen, er wollte den Wein zum Schäumen bringen und das erstarrte Wachs abkratzen, doch die Hawdala war ohne Glanz, ohne Gewürze und ohne Feuer. Wer ein so banales Ende für das Ende der beiden hohen Tage ausgewählt hatte, wollte uns wieder an den Alltag gewöhnen. Jonathan und Tamar umarmten sich, ein Jahr mit einer guten Botschaft erwartete sie. Ich umarmte den Jungen, küsste ihn auf die Stirn, auf den Mund, auf den Hals, und er überließ sich meiner Zärtlichkeit. Auch uns stand eine Botschaft bevor, aber wir wussten nicht, welcher Art sie sein würde.

»Komm, packen wir unsere Sachen ein.« Ich zog ihn hinter mir her, um meinen Bruder und seine Frau ihrem Glück zu überlassen.

»Schauen wir mal, was auf der Welt passiert ist«, sagte ich, faltete mein Festtagskleid zusammen, legte es in den Koffer und griff nach meinem Telefon. Sechzehn verpasste Gespräche. Die Mailbox lief über. Ich sortierte die Nachrichten im Kopf, die beste, die ich mir vorstellen konnte, war, dass Gideon wieder bei sich war und zu uns zurückkam. Auf der Liste der schlechten Nachrichten standen mehrere ganz oben. Die am wenigsten schlechte war, dass der Laden abgebrannt wäre. Keine Katastrophe, ich war versichert, und er war sowieso am Ende, ein Brand wäre eine Superlösung. Ich schluckte das bisschen Spucke, das ich noch im Mund hatte, versuchte, Gnade von oben auf uns zu ziehen, sagte, ich will den Kelch des Heils nehmen und keine Angst haben, und drückte auf den Anrufbeantworter.

Sie werden gebeten, im Krankenhaus anzurufen.

Bitte rufen Sie dringend im Krankenhaus an.

Bitte rufen Sie bei uns an ...

Wir bedauern, Ihnen mitteilen zu müssen, dass Ihr Mann das Krankenhaus auf eigene Verantwortung verlassen hat.

Ich setzte mich auf das Klappsofa, auf dem der Junge und ich geschlafen hatten, sagte »Shit« und dann »Gott«, dann atmete ich tief, und dann verfluchte ich Gideon mit geschlossenem Mund, sagte, er solle zum Teufel gehen, und was er wolle, dass wir losliefen und ihn suchten?

»Los, Mama, pack schon, ich möchte nach Hause.« Er versuchte, seinen Pyjama zusammenzulegen, gab es auf, knüllte ihn zu einer Kugel und stopfte ihn in den Koffer.

»Ich will zu Wodka.« Er legte sein Feuerwehrauto auf mein Feiertagskleid, nahm mein Nachthemd, packte es auf das Feuerwehrauto und drückte die Ärmel zurecht, damit sie nicht heraushingen.

Gideons Telefon verkündete, dass der Teilnehmer vorübergehend nicht erreichbar sei. Nadjas Telefon funktionierte, aber sie wusste nichts und erschrak. »Was Sie nicht sagen, oh weh, wenn er kommt, rufe ich sofort an.« Die Fische im Roten Meer hatten keinen Anschluss, unser Telefon zu Hause sagte, bitte hinterlassen Sie eine Nachricht, das Telefon des Krankenhauses wies mich an zu warten, bis eine Leitung frei würde. Die Telefonistin in der Zentrale verband mich, als ich endlich dran war, mit der Abteilung, die Abteilung verband mich mit dem Schwesternzimmer, eine Schwester sagte: »Einen Moment, bitte ... Ja, womit kann ich Ihnen helfen? Endlich, wir suchen Sie schon den ganzen Tag, warten Sie einen Moment, ich gebe Ihnen den Arzt, sprechen Sie mit ihm.« Sie verband mich mit dem Arztzimmer. Der Arzt sagte »Ja«, sachlich und hörbar unter Druck, los, fassen Sie sich kurz und kommen Sie zur Sache.

»Ich bin Gideons Frau ...«

»Ja, ja, hören Sie, der Mann ist aufgestanden und weggegangen, er hat seine paar Habseligkeiten genommen und ist verschwunden. Wir haben versucht, ihn umzustimmen, die Untersuchungen und die Behandlung sind noch nicht zu Ende, er bringt sich selbst in Gefahr, aber er ließ nicht mit sich reden. Er ist gegangen und hat noch nicht einmal das Formular unterschrieben, dass er auf eigenen Wunsch das Krankenhaus verlässt. Und erlauben Sie mir eine Bemerkung, weil es einen Suizidversuch im Hintergrund gibt, ist es wichtig, dass Sie alles erfahren.«

»Einen Moment, Sie sind für ihn verantwortlich, nicht wahr?«, platzte ich heraus.

»Meine Dame, er ist nicht zwangsweise eingeliefert worden und nicht auf Anordnung eines Psychiaters, wir behalten Kranke nicht mit Gewalt hier.«

»Wie lange ist es her, dass er gegangen ist?«

»Sieben, acht Stunden, ungefähr. Wir haben einen ausführlichen Bericht geschrieben, die Schwester kann Ihnen alles genau sagen.« Er war trocken und distanziert, möglicherweise lehnte er tief in seinem Sessel, suchte mit einem Zahnstocher zwischen seinen Zähnen herum und hatte die Füße auf den Tisch gelegt, vielleicht war er erschöpft, unterdrückte ein Gähnen, musste den Kopf stützen, damit er nicht auf die Tischplatte sank, er hatte die ganzen Feiertage über gearbeitet und vor ihm lag noch ein Stapel Formulare, und dabei war er fix und fertig und sehnte sich danach, heimzugehen. Ich wusste nicht, was ich ihn oder die Schwester noch fragen konnte, die Verantwortung lag jetzt bei mir. Ich brauchte sie nicht, damit sie mir sagten, das ist jetzt Ihr Problem.

Wohin könnte er gegangen sein? Hatte er Geld? Eine Zahnbürste? Unterhosen zum Wechseln? Einen Rasierapparat? Kopfschmerztabletten?

»Mein Papa ist aus dem Krankenhaus weggegangen.« Der Junge rannte los, um Tamar und Jonathan mitzuteilen, was er verstanden hatte, und die beiden waren einen Moment später im Zimmer und sahen auf einen Blick, dass die Mitteilung stimmte. Sie setzten sich ebenfalls auf das Klappsofa, Tamar legte die Hand auf den Bauch, um das Ungeborene vor der Bedrängnis des Lebens zu schützen. Jonathan schlug die rechte Faust in die linke Hand, und bevor er den Mund aufmachte, gab ich ihm ein Zeichen, vorsichtig zu sein und den Jungen nicht zu beunruhigen. Beide, er und Tamar, überlegten, was sie sagen sollten, und wie man über die Katastrophe in Anwesenheit eines fünfjährigen Kindes sprechen sollte. Ich machte das Telefon an und aus, um zu kontrollieren, ob es funktionierte, ob der Ton eingeschaltet war, ob nicht eine SMS gekommen war, ob die Batterie noch geladen war. Jonathan sagte: »Man muss die *police* einschalten, eine Vermisstenanzeige aufgeben, ich möchte dich nicht kränken, Amia, aber es ist möglich, dass der Mann nicht im Gleichgewicht ist ...«

»Schlag dir das aus dem Kopf«, fuhr ich ihn an. »Er hatte zwei Tage, um nachzudenken, und er hat seine Entscheidung getroffen. Wo und was, das werden wir bald wissen. Er ist verantwortungsbewusst, und er wird mich nicht in der Luft hängen lassen, schlag es dir aus dem Kopf, radiere einfach das ›nicht im Gleichgewicht‹ weg. Er ist hoch vier im Gleichgewicht. Der Mensch ist einfach nicht angepasst, na und? Der Mensch verabscheut das System, es stinkt ihm, mit der ganzen Herde Heu zu fressen, das ist sein gutes Recht, oder?« In meinen Worten lag keine Logik, aber ich hatte keine Wahl.

»Was für eine Herde, Mama, ist Papa Hirte geworden? Ist er kein Fischer mehr?« Nadav schaute von mir zu Jonathan und wieder zu mir.

»Nein, das ist nur als ob, ich werde es dir bald erklären.« Ich zog ihn an mich, sodass er zwischen meinen Knien stand. »Willst du ein Eis? Tamar, ist noch ein bisschen Eis da?«

Tamar stand auf und ging zur Küche, aber er wollte kein Eis, er wollte diese angespannte Diskussion nicht, das wenige, das er verstand, erschreckte ihn, und das, was er nicht verstand, erschreckte ihn noch mehr. Er wollte, dass wir endlich nach Hause fuhren. Tamar kam zurück, setzte sich wieder auf das Sofa und legte die Hände auf ihren Bauch. Sie betrachtete Nadav, dann Jonathan, vielleicht kam sie insgeheim zu dem Schluss, dass die Chance gleich null war, dass ihr Ungeborenes jemals solchen Szenen beiwohnen müsse.

Jonathan ging zum Fenster und schaute in die Nacht hinaus, dann drehte er das Gesicht zum Zimmer und sagte, es sei besser, übertrieben vorsichtig zu handeln, statt es später zu bereuen: »Und außerdem ist es auch eine Frage des religiösen Gebots, Amia. Es steht geschrieben: Du sollst auch nicht stehen wider deines Nächsten Blut. Auch wenn du beschließt, dass du nicht ... Ich werde es tun ...«

»Keine Frage des religiösen Gebots. Hier steht niemand auf Blut, denn es gibt kein Blut, und hör damit auf, die Religion in alles zu schieben.« Religiöse Gebote. Endlich hatte ich den Sündenbock gefunden, um Dampf abzulassen. Keinen atmenden, lebendigen, verletzlichen, keinen Ziegenbock. Religiöse Gebote. Ein Sandsack, man kann machen, was man will, er wird alles überleben. Verfluche ihn, verleumde ihn, schrei ihn voller Verachtung an, und was tut er? Nichts. Er schwillt von Tag zu Tag an, gewinnt an Gewicht, und die, die in seinem Namen sprechen, vermehren sich.

»Halte die Religion draußen, Jonathan. Begnüge dich mit der Vernunft. Du wendest dich an keine *police*, es eilt doch nicht, oder?« Meine Worte entsprachen nicht meinem Bauchgefühl. Ich hatte eine Todesangst. Es fiel mir schwer, zuzugeben, dass Jonathan recht hatte, Gideon war nicht mehr der Mensch, den ich geheiratet hatte, und den neuen kannte ich nicht. Wohin war er gegangen, warum war er weggegangen, hatte er einen großen Vorrat an Tabletten aus dem Krankenhaus mitgenommen, was würde er mit ihnen tun? Und wie gehören Herde und System hierher? Angenommen, der Mensch wurde plötzlich von dem Abscheu vor einem bürgerlichen Leben und noch einigen anderen Grundsätzen und Werten gepackt, was hatte das mit der Trennung von dem Jungen zu tun, von mir, von seinen Eltern? Ein normaler Mensch findet irgendeinen Weg, mit der Verantwortung, dem Gefühl und der Lebensführung zurechtzukommen, er verlässt kein Bett im Krankenhaus und verschwindet. Was ist die Schlussfolgerung? Dass Gideon nicht mehr normal ist? Dass er kurz davor ist, sich in irgendein Wasser zu stürzen? Sich in einer öffentlichen Toilette die Pulsadern aufzuschneiden? Einem Wachmann eine Pistole zu stehlen und sich eine Kugel in die Schläfe zu jagen? Ein Flugzeug zu entführen? Ich drückte meine Knie gegen die Hüfte des Jungen, ich klammerte mich an das einzig Reale, das ich besaß, und der Junge spielte mit, er kam näher und drückte sich an meine Brust.

»Gut, Jonathan, tu das, was du für richtig hältst.« Ich senkte die Stimme und hob die Hände. Ich stand auf, suchte die Dinge zusammen, die noch im Zimmer herumlagen, schloss den Koffer, die Beschläge schlugen gegeneinander, und der Junge ging zur Tür. Wir verzichteten auf einen gefühlvollen Abschied, das Drama, in dem wir steckten, war schon groß genug, wir verhielten uns, als würden wir uns jeden Tag treffen und jeden Tag verabschieden. Die Luft draußen war klar, der neue Mond stand am Himmel, schmal und golden wie die Wimper eines Säuglings, in der Ferne bellten Hunde, Geschirr klapperte in Spülbecken, schreiende Babys wurden ins Bett gebracht, die Welt ging einfach weiter, der Atem, der in einer einzigen Brust stockte, konnte sie nicht rühren.

»Los, ins Auto«, sagte ich zu dem Jungen.

Tamar wünschte uns gute Nachrichten, auch Jonathan sagte »gute Nachrichten« und küsste den Jungen. Sie winkten, wir stiegen ins Auto, und wie andere übernatürliche Phänome, die manchmal vorkommen, spielte das Radio »Ich hatte einen Freund, ich hatte einen Bruder, er reichte mir in der Not die Hand«. Ich weinte. Es war dunkel im Auto, und der Junge sah nichts, er saß angeschnallt in seinem Rücksitz, ließ Autos über den Sitz fahren und summte Autogeräusche. Aus Sicherheitsgründen ließ ich meinem Weinen nicht freien Lauf, Tränen waren gefährlich, ich bemühte mich, den Blick auf die freie Fläche zwischen den Trübungen zu konzentrieren. Wer hätte gedacht, dass wir am zweiten Tag des Jahres von einem großen Unglück getroffen würden. Wieso denn das. Wir wurden nicht von einem großen Unglück getroffen. Ein großes Unglück war ein Junge, der von einem Auto totgefahren wurde, und das größte Unglück war, dass er vom Geländewagen seines eigenen Vaters überfahren wurde. Was war denn schon passiert? Ein Mann war aus dem Bett gestiegen und hatte das Krankenhaus verlassen, ohne es mir mitgeteilt zu haben. Das war alles.

»Komm, Nadav, singen wir. Ein Jahr ist vergangen. Ein neues Jahr kommt. Ich erhebe meine Hände ...«

Er ließ sich von meiner Fröhlichkeit anstecken, er stimmte ein und sang aus kleiner Kehle, wir sangen schreiend, so laut wir konnten, wir stießen literweise Luft aus, die uns auf der Brust saß und uns bedrückte, und vor lauter Schreien mussten wir lachen, die Wörter wurden unverständlich und gerieten durcheinander, und wir lachten noch mehr. Uns kamen die Tränen vor Lachen, und diese Tränen hielt ich nicht zurück, Mama, noch ein Lied, »Zehn Finger habe ich, sie wissen alles …« Der Junge geriet ganz aus dem Häuschen, er hüpfte und schlug von hinten gegen die Lehne meines Sitzes, sang aus voller Kehle, brachte sich selbst zum Lachen, um ja nicht zur Ruhe zu kommen. Solange wir im Auto saßen und es mit Lärm füllten, würden die schlechten Nachrichten draußen bleiben. Wir erreichten das Dorf, und je länger wir über die Dorfstraße fuhren, umso lauter wurde er. »Wem es gut geht und wer fröhlich ist, soll in die Hände klatschen.« Aber seine Stimmbänder waren schon geschwollen und aufgeraut, seine Stimme kam heiser und belegt heraus. Wodka erwartete uns nicht, vermutlich stellte er einer zufälligen Geliebten auf irgendeinem Bauernhof nach.

»Ich habe eine Stimme, als würde ich bellen«, sagte Nadav und half mir, den Koffer aus dem Mazda zu laden. Er nahm seinen kleinen Rucksack, in den er ein Kartenspiel und eine Zahnbürste und ein paar bewaffnete Plastiksoldaten gepackt hatte, und ich trug den Koffer. Er lief vor mir den Pfad entlang, der zum Haus führte, den Kopf zum Boden gesenkt, er lief vor mir, und zwischen uns war es still und dunkel. So fängt die Fremdheit an, was wir auch tun, sie wird wachsen, die dünnen Fäden um ihn herum werden sich straffen, und es wird schwerer und schwerer werden, ihn zu berühren, nicht, weil ich daran schuld bin oder er, sondern weil das unser aller Schicksal ist. Und genau aus diesem Grund ist Gideon unfähig, mir zu sagen, was er hat, und ich schaffe es nicht, zu ihm durchzudringen. Wir waren ein Fleisch, wie es die Bibel befiehlt, doch unsere Seelen lebten getrennt weiter, im Guten wie im Schlechten. Es ist eine Dummheit, an eine vollständige Vereinigung zu glauben. Die Bibel weiß genau, warum sie nur vom Fleisch spricht. Ich machte das Licht im Haus an. Vielleicht würden wir ihn ja hier in der Küche finden, grübelnd am Tisch sitzend, oder schlafend in einem der beiden Zimmer. Ich hörte den Anrufbeantworter ab, kontrollierte mein Handy. Nichts.

Das Spülbecken in der Küche war leer, ein einzelnes Glas stand umgedreht auf dem Trockengestell. Ich machte die Tür zum Badezimmer auf, zur Toilette, nichts. Ich ging in die Küche zurück und bemerkte den Zettel, der auf dem Rand des Tischs lag. Ich trat einen Schritt zurück, um das Lesen hinauszuzögern, mein Herz zu organisieren. War er hier vorbeigekommen? Hatte er Sachen mitgenommen und geschrieben, dass er für immer weggegangen war? Hatte er beschlossen, sich umzubringen? Sich von uns zu trennen? Bat er uns um Verzeihung? Dass wir seinen Eltern Bescheid sagen sollten? Ich packte den Zettel, hielt ihn an einer Ecke wie eine brennende Zündschnur und las: »Levi ist gestern operiert worden. Ich war bei ihm. Ich werde spät in der Nacht kommen. Amos.« Ich küsste das Papier, nicht wegen dem, was darauf geschrieben stand, sondern wegen dem, was nicht darauf stand. Ich atmete für zehn Lungen, ich stützte mich auf den Tisch und sagte zu dem Jungen: »Ich werde heute Nacht wieder bei dir schlafen.«

»Kommt der Sohn von Herrn Levi?« Seine Augen leuchteten auf.

Ich will den Kelch des Heils nehmen.

Ich prüfte, ob die Telefone angeschlossen waren, ob bei dem einen der Hörer aufgelegt war und ob das andere an das Ladegerät angeschlossen war, ich zog den Schlüssel aus der Tür, ließ im Flur Licht an und legte mich neben den Jungen schlafen.

Das Drehen eines Schlüssels im Schloss weckte mich. Gideon! Ich stand auf und sah, dass der Schatten im Flur zu

Herrn Levis Sohn gehörte, der Zettel fiel mir ein, ich legte mich wieder ins Bett. Er schloss hinter sich ab, und obwohl er sich schnell und auf Zehenspitzen bewegte, hörte ich die kleinsten Geräusche in der Toilette, in der Dusche, das Rascheln von Kleidungsstücken, die ausgezogen wurden und vom Körper glitten, die Schnallen, die an den Sandalen geöffnet wurden, den Körper, der sich im Bett bewegte und nach der richtigen Stellung für die Gliedmaßen suchte, und dann, nach ein paar Minuten, tiefe, gleichmäßige Atemzüge. Wie alt er wohl war? Was spielte das für eine Rolle. Hatte er jemanden, den er liebte? Auch das war nicht wichtig.

Am Morgen, als wir das Bett verließen, war er nicht mehr da. Er war früh aufgestanden, hatte seine Sachen gepackt und war gegangen. Die Anrufbeantworter waren leer, es gab keine akustische Nachricht, keine SMS. Kein Zettel auf dem Küchentisch. Unser neues Leben nahm seinen Lauf. Zerrissene Wolken hingen über dem Wald, Raben flogen kreischend über den Wipfeln, wollten mit den Schnäbeln in die Wolken stoßen, sie zerfleischen.

Der Junge betrachtete sie, einen Fuß schon im Auto, ich drängte ihn, einzusteigen. Nun, da der normale Kindergarten wieder angefangen hatte, durfte er nicht zu spät kommen. Er war stolz auf diese offizielle Verpflichtung, woher sollte er wissen, dass Verpflichtungen im Lauf der Zeit zunehmen und ihm das Leben schwermachen würden.

»Papa ist schon wieder ins Krankenhaus zurückgegangen, nicht wahr?«, fragte er und hängte seine Tasche mit dem Essen an den Haken, er wartete nicht auf eine Antwort, er zog es vor, dass die optimistischere Möglichkeit ihm für diesen Tag erhalten blieb. »Gehst du in den Laden?« Noch ein Zeichen, dass die Welt so war wie sonst.

»Wow, du siehst vielleicht aus, was ist mit dir?« Madonna sah mich sofort, als ich den Laden betrat. »Bist du krank oder was?«

Amjad sagte nichts, er senkte verlegen die Augen.

Ich erzählte es ihnen. Ich wollte mich nicht zusätzlich damit belasten, ihnen etwas vorspielen zu müssen. »Mein Mann ist aus dem Krankenhaus weggelaufen, und keiner weiß, wo er ist.«

»Ich will dir ja nicht wehtun«, sagte Madonna, »aber bestimmt ist da eine Frau im Spiel. So sind die Männer. Aber er wird auf allen vieren zu dir zurückgekrochen kommen, mach dir keine Sorgen. Das tun sie alle, ohne Ausnahme, nicht wahr, Amjad?« Sie zwinkerte ihm zu.

»Dort, wo ich herkomme, ist es nicht so.« Er drehte uns den Rücken zu und sortierte die Zeitungen.

»Klar, natürlich«, sagte sie herausfordernd, aber er reagierte nicht, er steckte die Beilagen mit Essen und Mode und Kultur zwischen die Seiten mit Kriegen und Attentaten, mit Politik und Verbrechen, und schwieg. Die üblichen morgendlichen Käufer von Milch und Brötchen kamen und gingen, Madonna, von den Füßen bis zum nackten Hals in enge, schwarze Sachen gekleidet, bediente sie, und zwischen Brötchen und Brötchen warf sie mir verstohlene Blicke zu. Ich wollte nicht, dass sie mich bemitleideten, diese beiden, ich stürzte mich auf den Kühlschrank, räumte das Milchfach leer, wies sie an, die Milch, die aus beschädigten Packungen gelaufen war, aufzuwischen, und während sie damit beschäftigt waren, hörte ich das Telefon ab und hasste die mechanische Stimme der Ansagerin, die ständig wiederholte, dass ich keine neuen Nachrichten hatte. Sie sollten ja kein Mitleid mit mir haben, diese beiden, ich suchte mir Beschäftigungen, ich trennte das Rapsöl vom

Sojaöl und ordnete sie in zwei verschiedenen Türmen, ich baute Pyramiden aus Dosen mit Erbsen und kontrollierte das Handy. Die morgendlichen Wolkenfetzen lösten sich auf, die Sonne war nicht bereit, sich dem Gesetz der Natur zu unterwerfen, sie knallte vom Himmel, als hätten wir Juli. Wenn er keine Flasche Wasser mitgenommen hat, wird er austrocknen, wenn er nicht rechtzeitig Hilfe findet, wird er wieder die Besinnung verlieren, wenn ...

Jonathan rief an. Ich ging hinaus, vor den Laden, damit das Gespräch vom Straßenlärm verschluckt wurde und es keine Mithörer gab. »Was ist los?«, fragte er, und ich wusste, dass er sich das freie Ohr mit der Hand zuhielt und gespannt zuhörte.

»Einstweilen ist alles in Ordnung.« Ich bemühte mich, meiner Stimme einen kräftigen Ton zu verleihen.

»Ich möchte, dass du etwas weißt, Amia, ich habe bei der Polizei angerufen, aber sie haben gesagt, dass sie erst achtundvierzig Stunden nach dem Verschwinden anfangen, nach einem Vermissten zu suchen. Ich habe auch in den Krankenhäusern angerufen, bei den Unfallstationen, nichts.«

»Das ist in Ordnung, Jonathan, du hast getan, was du für richtig hältst.«

Drei junge Männer betraten den Laden, von weitem sah ich, wie ein Lächeln auf Madonnas schwarz gemalten Lippen erschien, von mir aus, sollte sie lächeln. Ich war dem Schicksal des Ladens gegenüber gleichgültig geworden, er war im Vergleich zu meinen anderen Sorgen ganz nach unten gesunken. Sollte Madonna doch mit ihnen lachen, sollte sie ihretwegen mit Amjad streiten, sollte sie ihnen etwas umsonst geben, sollte sie das ganze Bier wegtrinken, das war mir alles egal.

»Bist du noch da, Amia?« Jonathan war ebenso zielgerichtet wie früher, in unserer Kindheit, als es um die Jagd auf Nazis ging, er sagte, von der Polizei sei nichts zu erwarten, wir sollten ihn selbst suchen, denn jede Minute konnte kritisch sein ... »Du kennst ihn am besten, hast du eine Ahnung, wo er sich gern aufhält? Wo könnte er hingegangen sein?«

»Keine Ahnung. Ich kenne ihn inzwischen nicht mehr.« Ich erschrak vor dem, was mir entschlüpft war, und noch mehr erschreckte mich das Wort »kritisch«, ich schaute zum Laden hinüber, um mich an Brot und Öl festzuhalten, die nichts Kritisches an sich hatten. Ich sah, dass Madonna die Lippen bewegte, und was sie sagte, amüsierte die Zigarettenkonsumenten, die ihr gegenüberstanden und lachten. Ein solches Lachen am Morgen? Bei ihnen war entweder alles super oder alles beschissen, wer konnte das wissen.

»Mach alles so, wie du es für richtig hältst«, sagte ich zu Jonathan, den die Sorge mit der gleichen Intensität wie die Religion bewegte. Innerlich dankte ich ihm dafür, dass er sich vorläufig des Mitleids enthielt.

Ich ging zum Laden zurück. Amjad betrachtete mich prüfend vom Platz mit den Cornflakes aus, und weil er nichts Besorgniserregendes an mir entdeckte, wartete er nicht auf eine günstigere Gelegenheit und sagte: »Ich fange in zwei Tagen beim Supermarkt an.«

»Viel Erfolg.« Ich sagte es kurz angebunden und lakonisch, aber ich hoffte wirklich, dass er Erfolg haben würde, von meinem Laden konnte er keine große Rettung für seine kleinen Kinder und sich selbst erwarten.

»Morgen ist mein letzter Tag«, fügte er hinzu, als er sah, dass mein Gesicht unbewegt blieb, als hätte ich nicht kapiert, dass die Katastrophe übermorgen stattfinden würde.

Es kommt, wie es kommt. Mir blieb nichts anderes übrig, Madonna würde den Laden einen oder zwei Tage versorgen, bis Gideon wieder in unser Leben zurückkam, was konnte schon passieren? Dass sie Wodka klaute? Dass sie die Kasse leerte? Dass sie aus dem Laden eine Räuberhöhle machte? Sollte sie doch. Das war keine lebenswichtige Frage. Nicht vor dem Hintergrund eines Mannes, der vor über zwanzig Stunden sein Krankenhausbett verlassen hatte und spurlos verschwunden war. Wieder kontrollierte ich die Funktionstüchtigkeit meines Handys und ob Gespräche oder SMS eingegangen waren, und wieder hörte ich den Anrufbeantworter zu Hause ab. Wieder schaute ich die Straße hinunter, ging vom Brot zur Milch, von der Milch zur Schokolade und von dort zum Lager und vom Lager zur Theke, ich fand einfach keine Ruhe. Meine beiden Helfer verhielten sich wie im Haus eines Verstorbenen, sie erledigten ihre Aufgaben in angespannter Ruhe und ließen mich nicht aus den Augen. Sie sollten mich bloß nicht bemitleiden, diese beiden. Ich nahm die Schlüssel des Mazda und meine Tasche, sagte, ich habe noch etwas zu erledigen, und verließ den Laden.

Amos saß zwischen den übrigen Leidenden Zions und Jerusalems in der Lobby, nicht weit von den Aufwachräumen. Ich entdeckte ihn schon vom Eingang aus, er las eine Zeitung und fiel durch seine kalte Distanziertheit und seine übertrieben aufrechte Haltung auf. Obwohl er in der Nacht geschlafen hatte, machte er einen müden Eindruck, er sah älter aus und glich seinem Vater. Ich ging auf ihn zu, bis mein Schatten auf seine Zeitung fiel und er den Blick hob.

»Du siehst schlecht aus«, sagte er.

»Takt ist nicht gerade deine starke Seite«, antwortete ich und blieb stehen, obwohl der Platz neben ihm frei war. »Wie geht es ihm?«

»Einstweilen beschissen, aber er wird es schaffen, er ist ein zäher Brocken«, sagte er.

»Kann man zu ihm rein?«

»Wenn du keine Angst hast. Er ist absolut unsympathisch.«

Ich hätte nicht unterschreiben können, dass der Knochenhaufen in dem Gewirr aus Schläuchen im Bett Nummer drei tatsächlich mein Hausherr war. Aber da gab es den Namen, der am Bett klebte, und die Augen. Erst gingen sie weit auf, drängten die Brauen erstaunt nach oben, bevor sie sich plötzlich schlossen.

»Wozu sind Sie gekommen?«, flüsterte er zornig. Die Narkose, die er hinter sich hatte, hatte seine Kehle trocken und rau gemacht. »Geben Sie ihm ja nicht meinen Schlüssel«, sagte er so langsam und so deutlich, als habe er seine ganze Kraft für diesen Satz aufgespart. Er rang nach Atem, das Laken, mit dem seine Brust bedeckt war, hob und senkte sich mit erschreckender Langsamkeit. »Ich habe eine Schachtel mit Schuhen, er darf sie nicht anfassen, er darf nicht ...« Die Luft reichte ihm nicht, er schwieg.

»Machen Sie sich keine Sorgen, Herr Levi, ich passe auf den Schlüssel auf.«

Er war grau, schwach und unrasiert, auch auf seinem dünnen Hals wuchsen spärliche graue Stoppeln. Seine Lider waren dünn und durchsichtig, die Äderchen darunter rot und geschwollen. Seine großen Ohren waren welk, der Schädel kahl und blass. Alles andere war von einem Laken bedeckt. An Ständern schaukelten Beutel, aus denen

Schläuche kamen und unter dem Laken verschwanden, andere Schläuche führten unter dem Laken heraus zu Flüssigkeitsbeuteln, Urin, Blut, der Teufel weiß, was noch. Ich wollte mich erbrechen und protestieren. Es konnte doch nicht sein, dass alles, was Herrn Levi ausmachte, eine Ansammlung von Flüssigkeiten war, die in ihn hinein- und aus ihm herausflossen, und ein Schädel voller Zorn.

Ich bat ihn nicht um Erlaubnis und tastete unter dem Laken nach seiner Hand, bis ich die fremde Haut fühlte, seine Hand war hart, kalt und feucht. Ich gab ihm die Hand, wie man es bei einem Kind tut, er kniff die Augen zusammen, und ein paar vereinzelte Tränen liefen heraus, gelb geworden in den Jahren. Zehn Jahre, wenn nicht länger, hatte keiner mehr nach seiner Hand gesucht und nach ihr gegriffen. Ich fürchtete, die Rührung könnte den Blutkreislauf zu seinem genähten Herzen beschleunigen und die Nähte könnten dem Druck nicht standhalten und würden aufgehen. Ich nahm meine Hand von seiner, strich das Laken an der betreffenden Stelle wieder glatt. »Gute Besserung, Herr Levi. Wir passen auf das Haus auf.« Ich wandte mich zum Gehen und achtete darauf, nicht nach rechts und links zu den anderen Patienten zu schauen, unter denen vielleicht jemand seine Existenz auf dieser Welt schon beendet hatte.

»Gesund oder nicht gesund, das ist egal«, sagte er, wieder zu Atem gekommen. »Am Schluss sterben alle.« Er hustete, sein Gesicht verzerrte sich einen Moment, dann hatte es wieder den zornigen, armseligen Ausdruck von früher.

»Du könntest ebenfalls ein Bett im Aufwachraum brauchen«, sagte Herr Levis Sohn, als ich aus dem Zimmer kam.

»Ich brauche einen Kaffee, das ist alles.«

Wir gingen durch lange Gänge zur Cafeteria, ohne ein Wort zu wechseln. Ich hatte Mühe, mich seiner Geschwindigkeit anzupassen, und atmete schwer. Als ich mein Spiegelbild in der Tür der Cafeteria sah, musste ich ihm recht geben, ich sah schrecklich aus. Wir fanden einen freien Tisch für zwei, tranken Filterkaffee aus Wegwerfbechern.

»Möchtest du Kuchen, ein Sandwich, irgendetwas?«

Ich wollte nichts. Wieder kontrollierte ich mein Handy, und während ich den Anrufbeantworter von zu Hause abhörte, schob mir der Sohn des Alten den Zucker zu, seiner Meinung nach brauchte ich dringend Glukose.

Ein Mann und eine Frau trinken Kaffee und schweigen. Worüber kannst du mit ihm sprechen, wenn dein Mann verschwunden ist, einfach weg? Über das Wetter? Und er, nachdem ihn das schlimmste aller Übel getroffen hatte, was konnte ihn noch bewegen? Man muss sich nicht unterhalten. Man kann schweigen und in den Kaffee starren oder die kranken oder gesunden Gestalten betrachten, die essen, bezahlen, aufstehen und weggehen. Für Tiere ist es kein Problem, nebeneinander zu liegen und zu schweigen, zum Beispiel Kühe. Sie existieren, und das ist alles, sie sind weder traurig noch fröhlich, sie wissen nichts vom Schlachthaus am Ende ihrer Zukunft. Früher, wenn ich mit Gideon in einem Café saß, hatten erloschene Paare zu uns herübergeschielt, erstaunt, dass wir etwas hatten, worüber wir reden konnten, dass bei uns die ganze Sache noch so lebendig war. Wir unterhielten uns über die Zukunft, darüber, was wir anziehen und wo wir wohnen würden, wenn wir reich und berühmt wären, wir lachten über die Vergangenheit, analysierten die Gegenwart, fütterten einer den anderen, saßen nebeneinander, nicht einander gegenüber, und wenn wir plötzlich schwiegen, dann war es, weil der geräucherte Lachs kam und unsere Zungen sich vom Plappern ausruhten und den Fisch genossen.

Nun schwieg ich, und auch der Mann mir gegenüber schwieg, trotzdem tranken wir langsam, keiner von uns hatte es eilig, den Becher schnell leer zu trinken und die Gelegenheit zu verkürzen. Fremde sind so weit entfernt voneinander, dass es keine Verlegenheit gibt. Doch der Sprecher des Schicksals machte sich einen Spaß und brachte im Radio der Cafeteria das Lied von einem Mann, der über die Terrasse verschwunden war. Amos trommelte mit den Fingern auf den Kaffeebecher in seiner Hand. Es waren die Hände eines Mannes, der den Boden bearbeitet, sie waren rau und bräunlich wie die Erde, trocken, mit tiefen Falten an den Knöcheln und mit starken, bis zur Kuppe heruntergeschnittenen Fingernägeln. Halte daneben die Hände eines Rechtsanwalts oder eines Geisteswissenschaftlers, und du wirst sehen, dass ihre Topografie ganz anders ist, dass sie gepolsterter sind, weicher und glatter.

»Ein schönes Lied«, sagte ich.

»Die Melodie ja, aber der Text? Ich weiß nicht. Kennst du jemanden, der über die Terrasse verschwunden ist?«

»Mein Mann. Nicht über die Terrasse, aber er ist verloren gegangen.«

Er hörte mit der Trommelei auf und schaute mich an. Er überlegte wohl, ob er sich nach dem Was und Wie erkundigen sollte, ob er sich die Beichte einer verlassenen Frau anhören wollte, eine jener Beichten, wie man sie für zehn Schekel in jeder Wochenendbeilage der Zeitungen lesen konnte.

»Er lag im Krankenhaus, in der Neurologie, gestern hat er das Krankenhaus auf eigene Verantwortung verlassen und ist seither spurlos verschwunden.« Ich gab mir Mühe, mich kurz zu fassen und es ihm zu ersparen, sich weiter darauf einzulassen, und ich hörte mich für mich selbst an wie eine Polizeisprecherin, die für die Suche nach einem alten, an Alzheimer leidenden Mann um die Mithilfe der Öffentlichkeit bittet. Doch der Sohn des Alten sollte ja nicht denken, dass der Mann, den ich verloren hatte, hilflos, verwirrt und armselig war.

»Was tust du dann hier? Warum suchst du ihn nicht?« Er schaute mir in die Augen, und ich konnte den Blick nur schwer ertragen. In seinen Pupillen flackerte es wie elektrisches Licht. Das hielt ich nicht aus, ich floh vor seinem Blick zu den roten Geranien, die im Fenster der Cafeteria blühten.

»Ich verlasse mich auf ihn«, log ich, »er weiß, was er tut.«

»Das glaube ich nicht. Willst du noch einen Kaffee?« Er stand auf und brachte zwei dampfende Becher.

»Du liegst richtig damit, mir nicht zu glauben. Ich bin völlig ratlos.« Diesmal wich ich seinem stechenden Blick nicht aus. Bis wir die Becher leer getrunken hatten, kannte er mehr oder weniger alle Fakten, er war informiert über Gideons monatelange Suche nach dem Sinn des Lebens, über die Zeit, die er bei den Fischen verbracht hatte, wusste von den Migräneanfällen, von den Tabletten, die er geschluckt hatte, und dass er dehydriert ins Krankenhaus eingeliefert worden war. Die umfassende Liste der Tatsachen ergab das Bild eines Sonderlings, dem sein Arbeitsleben schwerfiel. Wie sollte ich ihm erklären, dass der Mann, den ich geheiratet hatte, außerordentlich geschickt bei seiner Arbeit gewesen war und alles, nur kein Sonderling?

»Du beschäftigst dich mit Botanik. Hast du irgendwann Pflanzen erlebt, die plötzlich ihre Natur ändern?«

»Ich habe Pflanzen erlebt, mit denen es die Natur gut meinte, sie hätten allen Grund gehabt, zu leben, und trotzdem wollten sie sterben.«

»Hast du sie gerettet?«

»Als ich merkte, dass es das war, was sie wollten, habe ich nicht versucht, mich ihrem Willen zu widersetzen.«

Die Geranien im Fenster der Cafeteria sahen aus, als würden sie das Leben genießen. Trotz einer Umgebung von Krankheit machten sie nicht den Eindruck, als würden sie plötzlich austrocknen. Der Mann mir gegenüber allerdings schon.

»Möchtest du manchmal sterben?«, fragte ich.

»Sagen wir mal so, nicht immer habe ich Lust zu leben.« Er drückte die Handfläche gegen den Pappbecher, saugte die Wangen mit den Clint-Eastwood-Falten ein und sagte: »Aber ich habe nie irgendetwas in diese Richtung unternommen, ich habe mich nicht auf Eisenbahnschienen geworfen, und ich habe keine Tabletten geschluckt. Übrigens, hast du dich an die Polizei gewandt?«

Ich erzählte ihm von der polizeilichen Regel mit den achtundvierzig Stunden, und inzwischen waren noch nicht mal vierundzwanzig vergangen.

»Bei selbst verschuldeten Unfällen sind sie innerhalb von Sekunden da, der Himmel stürzt auf dich, und sie legen dir auf der Stelle eine Akte an«, sagte er.

Der Sohn des Alten war ein Fremder gewesen, als wir die Cafeteria betreten hatten, und er war fremd geblieben, nachdem wir zwei Tassen Kaffee getrunken hatten. Nun ja, ich übertreibe, ich kannte seine Finger, ich hatte festgestellt, dass es nicht unmöglich war, seinem Blick zu widerstehen, ich hatte ihn viermal verhalten lächeln gesehen und gelernt, dass die Skala seiner Freude am Leben von mittel bis mäßig reichte. Er warf die beiden Pappbecher in den Mülleimer, wir kehrten zurück zum Aufwachraum, um sicherzustellen, dass sich im Leben seines Vaters keine Dramen ereignet hatten. Bevor ich das Krankenhaus verließ, schaute ich noch einmal nach dem Alten. Er lag mit offenen Augen im Bett und bemerkte mich erst, als ich mich über ihn beugte. Seine faltigen Lider hoben sich. »Für den Fall, dass ich sterbe, möchte ich, dass die Schuhe des Jungen in mein Grab gelegt werden.« Seine Stimme klang heiser und entschlossen.

»So schnell werden Sie nicht sterben.«

»Woher wollen Sie das wissen? Sind Sie Gott? Schreiben Sie das, was ich gesagt habe, auf ein Stück Papier und bringen Sie es mir, damit ich unterschreiben kann ...« Die Kraft und die Luft verließen ihn.

»Ich übernehme die Sache mit den Schuhen, Herr Levi, Sie können sich auf mich verlassen. Aber jetzt muss ich gehen.« Er schwieg verwirrt, das Versprechen, das er mir abgepresst hatte, übertraf seine Erwartungen.

»Gute Besserung, Herr Levi.« Ich drehte mich um.

»Ist er noch da?«

»Amos? Ja.«

»Gut.«

Was war gut? War es gut, dass keine Gefahr für die Schuhe bei ihm zu Hause bestand, solange Amos im Flur des Krankenhauses saß?

Ich hätte es keine Minute länger dort ausgehalten, ich fühlte mich eingeengt. Ich prüfte, ob mein Handy funktionierte, ob es geladen war, ob es neue Nachrichten gab.

»Ich gehe«, sagte ich zum Sohn des Alten. Ich fragte nicht, ob er auch in dieser Nacht bei uns schlafen würde, ich wollte weg von dort, als wäre eine Feuersbrunst ausgebrochen, als würde mich draußen wer weiß was erwarten.

»Wenn du beim Suchen Hilfe brauchst, ich habe einen Geländewagen mit Vierradantrieb.«

Vor dem Krankenhaus wuchsen wilde Geraniensträucher, so wie jene in der Cafeteria, Beweise für eine gesunde Option an diesem kranken Ort, sie zeigten, dass, obwohl alles schlimm ist, es immer noch andere gibt, die den Mut haben zu leben. Dazu brauchte man nur die dicken Blätter anzuschauen, die roten Blüten und die prallen Knospen. Ein Stück Gesundheit. Was sollte ich mit seinem Vierradantrieb anfangen? In den Felsen herumfahren, durch Flussbetten und über die Hänge der judäischen Wüste? Gewundene Straßen entlangfahren und einen vertrocknenden Wanderer suchen, oder seine Leiche? Nein, danke. Ich ging nach Hause, mir blieben zwei Stunden, bis ich den Jungen um vier Uhr vom Kindergarten abholen würde. Obwohl ich von einem Menschen nicht viel erwartete, der in die Wüste, ans Meer, auf Berggipfel oder in Felsspalten gelaufen war, fort von der Zivilisation, von elektrischem Strom, Computern und Solarantennen, kontrollierte ich meine E-Mails und zappte mich durch die Nachrichten im Internet, vielleicht hatte man einen Ertrunkenen aus dem Wasser gezogen, oder jemand war vom Felsen gestürzt, vielleicht hatte man einen Sonderling gefangen, der die Grenze nach Ägypten überqueren wollte, vielleicht war ein entflohener Kranker in die Klinik zurückgebracht worden. Doch die Nachrichten befassten sich mit schicksalhaften globalen Angelegenheiten, mit Politik, einer Bombe im Gepäck, die nicht explodiert war, und der Scheidung irgendeines Prominenten.

Auf keinem Apparat erwartete mich eine Nachricht. Ich

rief im Reich von Brot und Margarine an, meiner einzigen stabilen Stütze im Moment. Madonna sagte, es sei alles in Ordnung, es laufe heute sogar wirklich gut, jemand hatte sechs Flaschen Öl gekauft und das ganze Mehl mit Backpulverzusatz, und auch mit dem Käse und dem eingelegten Gemüse klappte es prima. Sie räusperte sich, um von einem Thema zum nächsten zu wechseln, und fragte: »Entschuldige, aber gibt es etwas Neues mit deinem Mann?« Ich wusste nicht, ob Gideons Schicksal ihr ans Herz ging, oder ob sie die Einnahmen und Verluste überschlug, die durch sein Verschwinden zu erwarten waren.

Am Abend erschien sie auf unserem Hof in einem kurzen grünen Kleid. Sie roch nach billigem Parfüm, und ihre nackten Glieder leuchteten im Licht des mageren Mondes und der Straßenlaterne, die ein schwaches Licht auf den Hof warf. Der Junge war ganz aus dem Häuschen, eine Minute davor hatte er vier Dinge aufgezählt. »Ich bin eins, Wodka zwei, Amos drei, Mama vier.« Er freute sich, dass Amos auch in dieser Nacht bei uns schlafen würde, die Welt war sicherer mit einem größeren Forum, und nun war auch noch sie gekommen und vergrößerte seine Freude. Der Hund sprang ihr entgegen, der Junge folgte ihm.

»Das ist meine Hilfe im Laden, sie heißt Madonna«, stellte ich sie Amos vor. Er hob die müden Augen zum Tor. Er saß auf der Treppe und aß eine Guave, die er im Garten seines Vaters gepflückt hatte, betrachtete Madonna, die im Tor auftauchte wie eine kleine grüne Heuschrecke, sie hüpfte zwischen dem Jungen und dem Hund herum, die sich auf sie stürzten, und rief: »Was habt ihr denn? Einer nach dem anderen.«

Und dann rief sie begeistert vom Tor herüber: »Wie schön!

Dein Mann ist zurückgekommen! ... Oh, entschuldige, ich habe nicht gesehen, dass er es nicht ist.« Sie kam auf uns zu.

»Ich bin gekommen, weil ich sicher war, dass es euch schlecht geht.«

Es war Tischri, der erste Monat des neuen Jahres. Über uns zogen sich Wolken zusammen und betonten ihr weißes Gesicht. Sie stand vor uns, über uns, und von dem umgedrehten Eimer aus, auf dem ich saß, und von den Treppenstufen aus, auf denen Amos saß, sahen ihre Beine länger aus, als sie es tatsächlich waren. Ihre schwarzen Haare waren zu Igelstacheln gegelt und mit vielen glitzernden Nägeln geschmückt.

»Kann ich auf die Toilette?« Sie rannte ins Haus, der Junge und der Hund hinterher.

»Eine Erscheinung«, sagte Amos.

Die Erscheinung kam zurück, trocknete sich die Hände an dem winzigen Stofflappen ihres Kleides. Sie senkte den Kopf und zog das Kleid hoch, um sich das Kinn abzuwischen, und das Dreieck ihrer weißen Unterhose leuchtete in der Dunkelheit.

»Los, dann zeig's mir«, rief sie dem Jungen zu, und der forderte Wodka auf, seine drei Kunststückchen zu zeigen: Platz, Pfötchen, fass.

Der Hund ignorierte seinen Gönner, er demonstrierte Unabhängigkeit und umkreiste Madonna mit herrischen Schritten.

»He, was ist mit dir? Los, mach, was man dir sagt.« Sie versetzte ihm einen Tritt in den Hintern, er ergab sich, wälzte sich auf dem Boden, erinnerte sich an seine Kinderstube und gehorchte, er hob die Vorderpfote zum Gruß, lief dem Stöckchen hinterher, das der Junge warf, und brachte es zurück.

»Toll!«, rief Madonna, nahm das Stöckchen, hob ihre

dünne Hand und warf es aus dem Hof hinaus, sie nahm den Jungen an die Hand, und beide liefen dem Hund hinterher, um zu sehen, was er tat.

»Bei welcher Lotterie hast du sie gewonnen? Sie ist eine Nummer, dieses Mädchen.« Der Sohn des Alten stand auf, lief ebenfalls zum Tor, nahm das Stöckchen und warf es hoch in die Luft, das Stöckchen flog über das Dach des Alten und landete in seinem Hinterhof. Wodka, aufgestachelt von Madonnas Begeisterung, sprang über den Zaun, rannte durch den stillen Hof und verschwand hinter dem Haus, und bis er zurückkam, das Stöckchen im Maul, war es Madonna gelungen, den Sohn des Alten zum Sprechen zu bringen und persönliche Dinge zu erfahren.

»Einen Moment, du bist also geschieden oder was? Gut, das spielt keine Rolle. Ich werde nie im Leben heiraten. Ich lasse mir von niemandem sagen, was ich zu tun habe. Hast du schon mal einen Schmetterling gesehen? Er fliegt dahin und dorthin und tut, was ihm gerade in den Kopf kommt, genauso bin ich.«

Von meinem Platz auf dem Eimer aus beobachtete ich, wie Rivka Schajnbach aus der Jisa-Bracha-Straße den Sohn des Alten verzauberte. Woher sollte er wissen, dass die hundert Schekel, die sie auf dem Weg zur Toilette aus seinem Rucksack genommen hatte, jetzt auf ihrem flachen Bauch hüpften, in der Gürteltasche, die sie umgebunden hatte. Morgen wird er erleben, dass eine Ente oder eine Schildkröte mit ihrer Freiheit dafür bezahlt, oder was sonst zu ihrem Sühneopfer wird.

Bevor sie die grüne Lebenslust zusammenraffte, um sie andernorts zu verstreuen, verkündete sie dem Opfer den Diebstahl und genoss seine Überraschung. »Hör zu, wie heißt du, Amos? Also hör zu, Amos, was ich dir weggenommen habe, kommt morgen zu dir zurück, spätestens übermorgen«, sagte sie ohne eine weitere Erklärung.

Später zählte er sein Geld und sagte, wenn er gewusst hätte, dass sie Geld brauchte, hätte er es ihr gegeben. Er lehnte sich an den Pfosten der Küchentür und gab zu, dass er Menschen mochte, die die normale Ordnung nicht akzeptieren und sich gegen sie auflehnen, wenn er so alt wäre wie sie, hätte er das auch getan. Ich empfand eine leichte Eifersucht und wusste nicht, auf wen, auf Madonna? Ich beneidete sie nicht um ihre Oberschenkel oder um ihre glatte Haut, auch nicht um die Zuneigung, die der Sohn des Alten ihr entgegenbrachte, sondern um die unreife Selbstsicherheit ihrer Worte: »Ich lasse mir von niemandem sagen, was ich zu tun habe.« Und da war noch etwas. Es war dumm, gehörte eigentlich nicht dazu, und trotzdem – ich konnte nicht leugnen, dass er eine gewisse leichte Anziehung auf mich ausübte. Vielleicht wegen Madonna, die seine Härte aufgeweicht und einen zerbrechlicheren, menschlichen Amos hervorgebracht hatte. Er lehnte am Türpfosten, aufrecht, wie es seine Art war, aber nicht angespannt, und faltete die Hände, die ich bereits erwähnt hatte, über dem Kopf und machte nachdenkliche Pausen zwischen den Worten, von den Genen des Alten und dem Unglück, das ihm geschehen war, war nichts mehr zu sehen. Im trüben Küchenlicht arbeiteten auch die tiefen Falten, die das Leben ihm zugefügt hatte, zu seinen Gunsten.

»Ich vertreibe dich schon seit ein paar Nächten aus deinem Bett, wenn der Junge nichts dagegen hat, schlage ich vor, dass ich heute Nacht bei ihm schlafe.«

Nadav reagierte mit großer Aufregung auf diese Neuerung. Er zog schnell seinen Pyjama an, schob beide Füße in ein Hosenbein, lachte über sich selbst, zog die Matratze, die an seinem Fußende lag, so weit, dass sie sein Bett berührte, legte sich auf die Seite, das Gesicht zur Matratze, und betrachtete gespannt den Gast, der die Nacht neben ihm verbringen würde. Was soll man sagen, ein Junge braucht einen Vater, und ein Vater braucht einen Jungen.

Die beiden Bedürftigen unterhielten sich, bevor sie einschliefen, ich konnte nicht hören, was sie sagten, ich nahm nur das wohlklingende Duett aus einer Kinderstimme und einer Männerstimme wahr, die das beschissene Schicksal zusammengeführt hatte. Morgen am Nachmittag werden die achtundvierzig Stunden, die vor der Suche nach einem Vermissten verlangt werden, voll sein, morgen kommt die Polizei ins Spiel.

Ich zog mir die Decke bis über den Kopf, ich wollte nicht daran denken, was die Polizei möglicherweise finden könnte. Plötzlich herrschten Stille, eine wache Stille, und Sehnsucht nach dem familiären Dreieck, das jeder von uns gehabt hatte, bevor alles zerbrochen war. Auch wenn es einen Ombudsmann in der Welt gäbe, der Welten erschafft und zerstört, würde ich ihm keine Erklärung schulden. Die kleine Diebin Rivka Schajnbach hat recht, dass sie ihn überlistet, dass sie seine Ordnung von vornherein austrickst und ihm keine Chance gibt, ihren Lebenslauf zu zerstören und sie mit einem Unglück zu überraschen. Wäre ich so jung wie sie, würde ich ebenfalls ausbrechen.

Am nächsten Morgen stellten wir fest, dass die Sonne, die am Vortag den Kalender durcheinandergebracht hatte, nun zur natürlichen Ordnung zurückgekehrt war, sie hatte die Temperatur gesenkt, das Licht gedämpft und angefangen, sich dem Herbst zu ergeben.

9

Der Mann, der bei uns die Nacht verbracht hatte, achtete darauf, die Bettwäsche zusammenzufalten und zu verschwinden, bevor wir aufstanden. Der Junge machte die Augen auf, betrachtete die leere Matratze und zog sich die Decke über den Kopf. Schade, hätte er den Morgenkaffee mit uns getrunken, hätte unser Tag gelassener angefangen. Die Sonne, die über unsere Dächer strich, war alt und schlecht gelaunt, auch diese Feuerkugel war nicht frei von der allgemeinen Ordnung, und es war gut, dass die Welt vorläufig noch unter ihrer Kontrolle stand. In fünf Stunden wird die Polizei in Erscheinung treten, und auch das war ein Teil der allgemeinen Ordnung. Jedes Ding hatte seine Zeit. Nach der polizeilichen Statistik war unsere Sorge um Gideon achtundvierzig Stunden nach seinem Verschwinden legal, genau genommen ab zwölf Uhr mittags.

Nadav sagte: »Es ärgert mich, dass der Sohn von Herrn Levi schon weggegangen ist.« Aber er machte nicht viel Aufhebens darum. »Wann besuchen wir Papa?«

»Ich weiß es nicht. Komm, beeil dich, sonst kommst du zu spät zum Kindergarten. Schau doch, was für ein Tag das wird. Bald beginnt der Herbst.« Vergeblich versuchte ich, ihn für die grauen Zugvögel zu interessieren, die sich auf dem Dach des Alten niedergelassen hatten.

»Wird Papa sterben?«

»Wieso denn das. So schnell stirbt man nicht.«

»Doch, man stirbt so schnell. Erinnerst du dich an den Hasen, den Madonna uns gebracht hat?«

»Bei Tieren ist es etwas anderes«, sagte ich entschieden. Wir fuhren zum Kindergarten. Er hängte seine Tasche mit dem Essen im Flur auf und sagte zu dem ersten Mädchen, das ihm entgegenkam: »Tiere sterben schneller als wir.«

»Das stimmt nicht. Meine Oma ist ganz schnell gestorben.« Das Mädchen hatte keine Sekunde gewartet, und ihre Mutter wartete auch nicht. »Was ist mit euch los, Kinder, redet doch über fröhlichere Sachen«, sagte sie. »Er hat angefangen«, antwortete das Mädchen, zog die Schultern hoch und stürzte sich in den Kindergartentrubel.

»So eine blöde Gans«, sagte Nadav und befestigte den Riemen seiner Tasche am Haken, dann lief er ihr hinterher.

Vier Stunden blieben mir, bis die Polizei mir Gideon zurückbringen würde, entweder freiwillig oder in Fesseln. Die Polizisten würden allerdings erst dann in Erscheinung treten, wenn eine Vermisstenanzeige aufgegeben war. Bevor sie anfingen, in unserem Leben herumzuwühlen, würden sie die von der Statistik empfohlenen Fakten sammeln. Sie werden fragen, ist er zum ersten Mal verschwunden? Und ich werde lügen und sagen, ja, zum ersten Mal. Ich werde ihnen nicht sagen, dass ich ihn schon einmal gesucht und nicht gefunden hatte, vor ungefähr zwei Jahren. Sein Verschwinden hatte höchstens acht Minuten gedauert, er war zwar mit mir zusammen gewesen, aber er ging verloren. Damals vertrat er einen Mann, der kein Zuhause hatte und auf einem Karton in der Jaffastraße wohnte und des versuchten Mordes verdächtigt wurde. Der Mann bettelte nicht, er entblößte keine kranken Gliedmaßen, er wollte von niemandem etwas. Er saß auf seinem Stück Karton, aß sein Brötchen mit Gurke, betrachtete die Beine der Vorübergehenden und schien zufrieden zu sein. Sein Bedürfnis erledigte er in den öffentlichen Toiletten, er duschte unter den Sprinkleranlagen, mit denen der Rasen im Stadtpark gegossen wurde. Seine Unterhosen wusch er im Gießwasser und trocknete sie auf dem Geländer des Parks. Er führte sein Leben mit dem Wasser der Rasensprenger, bis man eines Tages ein junges Mädchen auf der Damentoilette im Park fand, mit Stichwunden am Hals. Der Verdacht fiel auf ihn. Es kam zu einer Gegenüberstellung, und das junge Mädchen sagte, ich bin nicht sicher, ich war ohnmächtig vor Angst, kann sein, dass er es war, kann sein, dass er es nicht war, ich weiß es nicht. Er leugnete, aber er hatte kein Alibi, er spielte weder Tennis noch ging er ins Kino, er wurde auch nirgendwo eingeladen, und zu seinem Pech besaß er ein gezacktes Messer, mit dem er Gurken schälte. Er erzählte den Untersuchungsbeamten, dass er auf der Straße wohnte und zum Pinkeln die öffentlichen Toiletten benutzte, aber immer nur die Seite der Männer, und sie glaubten ihm nicht. Gideon erbot sich, ihn zu verteidigen, obwohl er kein öffentlicher Pflichtverteidiger war. Er war bezaubert von dem Mann, der sein Haus vermietet hatte und auf der Straße lebte, für das Geld, das ihm die Miete einbrachte, kaufte er Schwarzbrot und Bücher, die er auf den Parkbänken liegen ließ, wenn er sie gelesen hatte. Er beharrte darauf, Gideon für seine Arbeit zu bezahlen, ihre Treffen fanden auf der Straße statt, manchmal stand er in seinen schäbigen Klamotten auf dem Karton, manchmal setzte sich Gideon in seinen gebügelten Hosen und seinem weißen Hemd zu ihm. Er wusste, dass der Mann unschuldig war, dass es keine Beweise dafür gab, dass er etwas mit dem Verbrechen zu tun hatte, dass er mit Leichtigkeit seine Unschuld beweisen würde. Die berufliche Herausforderung bei diesem Fall war eher banal, aber die menschliche Herausforderung, die dieser Mandant bedeutete, begeisterte ihn. Gespräche über Toiletten und das Mädchen wechselten mit Gesprächen über Freiheit, Ordnung und System. Der Mann, der das genaue Gegenteil von ihm war, faszinierte Gideon, kein Talar, keine Ehre, keine Schande, keine Hypothek, keine Familie, keine Freunde, keine Schulden und keine Beziehungen. Keine Einkommensteuer und keine Krankenkassenbeiträge, kein Briefkasten, keine Adresse, nur einen Personalausweis wegen der Polizei und wegen der noch zu erwartenden Beerdigung und der damit zusammenhängenden Löschung aus der Datei im Innenministerium. »Er ist erstaunlich, dieser Mann«, sagte Gideon damals, »schau es dir an, er ist aus dem Spiel ausgestiegen und hat sich dazu entschieden, das Leben von der Tribüne aus zu betrachten, im ganzen Dreck der Straße ist er sauberer als wir alle, und im Gegensatz zu den meisten ist er auch zufrieden.« Er stand vor dem Spiegel, band seine Krawatte, und während er den Kragen zurechtzog und kontrollierte, ob keine Härchen vom Rasieren zurückgeblieben waren, sagte er: »Und glaub ja nicht, dass es sich um einen Idioten handelt, dieser Obdachlose steckt mich und etliche meiner angesehenen Kollegen in die Tasche, doch er hat es nicht nötig, das zu demonstrieren.«

»Alle Achtung, dass du dich um solche Ausgestoßenen kümmerst. Dein neuer Freund ist vermutlich gaga, ein besonderes Exemplar.«

Seine Augen im Spiegel wurden hart, er löste wild den Krawattenknoten, warf den Kamm auf die Ablage und explodierte.

»Sag mal, hast du überhaupt gehört, was ich gerade gesagt habe? Dieser Gaga steckt dich und mich in die Westentasche. Hast du jemals einen Mann gesehen, dem es völlig egal ist, ob er im Bewusstsein der anderen existiert? Der Gefühl und Bewusstsein völlig autark beherrscht und von keinen Äußerlichkeiten abhängig ist. Nimm Gott, hörst du, sogar Gott ist nicht fähig, ohne andere zu existieren, ohne Menschen, die an ihn denken, die an ihn glauben und ihn bewundern. Ich sage dir, dieser Mann ist eine erhabene menschliche Mutation ...«

»Gut, beruhige dich. Was ist los mit dir? Du hältst mir einen Vortrag, als wären wir bei Gericht, eine erhabene menschliche Mutation, das überzeugt mich ganz und gar nicht ...« Ich berührte ihn von hinten, um ihn zu beruhigen, und da verlor ich ihn, der Mann, der mich da aus dem Spiegel anschaute, war ein Fremder. Er schüttelte mich ab und sah aus, als sei er auf dem Gipfel einer Erkenntnis, im besten Fall, oder als erleide er einen epileptischen Anfall, im schlechtesten.

»Ich koche Kaffee.« Ich ließ ihn im Badezimmer allein, damit er wieder zur Besinnung kam. Ein paar Minuten später folgte er mir in die Küche, trank schweigend seinen Kaffee und war noch immer erregt.

»Du wirst nie im Leben obdachlos sein, und weißt du auch, warum? Du wirst es nicht aushalten ohne deinen Kaffee am Morgen.«

»Das werden wir sehen.« Er lächelte bitter, räumte die Tassen in die Spüle, griff nach der beeindruckenden Tasche, die ich ihm zum Abschluss seines Praktikums gekauft hatte, und sagte: »Los, gehen wir Geld verdienen.« Wir verließen die Wohnung, und der Junge rannte vor uns die Treppe hinunter, und er war noch immer aufgebracht wegen des Vorfalls im Badezimmer. »Weißt du was? So, wie es Herzanfälle gibt, gibt es auch Bewusstseinsanfälle, plötzlich wird das Gehirn durch einen Gedanken blockiert, und das war's dann, ein Pfropfen, es kommt kein Blut mehr, der ihn auflöst, schmelzen lässt und weiterschwemmt, er bleibt stecken und verstopft das Gehirn.«

»Was für ein Gedanke?«

»Ich schwöre dir, ich weiß es nicht mehr, und dass ich mich nicht erinnere, erschlägt mich mehr als alles andere.«

Er drehte das Lenkrad im Lärm des Straßenverkehrs und sagte: »Ich weiß nicht mehr, was das war, ich werde verrückt.« Unser Leben ging weiter, das Thema kam nicht mehr auf die Tagesordnung, die Sache wiederholte sich nicht, wurde nicht mehr erwähnt, und er fuhr fort, sich mit seinem seltsamen Mandanten zu treffen.

Inzwischen hatte sich das junge Mädchen, das überfallen worden war, erholt und sagte aus, der Angreifer sei ein junger, muskulöser Mann gewesen, kein alter Obdachloser von fünfzig. Er war frei, seine Akte wurde geschlossen, doch Gideon fuhr fort, sich mit ihm zu treffen, mit seinem makellos weißen Hemd lehnte er sich an das Gitter des Schuhgeschäfts hinter dem Karton, und der Mann in Lumpen saß ihm gegenüber und breitete seine philosophischen Theorien vor ihm aus. Eines Tages, als Gideon sich dem Karton näherte, erkannte ihn der Mann an seinen Schuhen, hob den Kopf von dem Buch, das er gerade las, und sagte: »Das war's, wir haben einander nichts mehr zu geben. Beziehungen werden zu Fesseln, wenn man sie nicht rechtzeitig abbricht.« Das Buch, das er las, handelte vom

Seelenleben der Pflanzen. Gideon drehte sich um und ging, der Mann trug seinen Karton woandershin, und sie hörten auf, sich zu treffen.

Wer weiß, welche Gedanken der Obdachlose in Gideons Gehirn gesät hat, Gedanken, die jetzt aufgehen. Wie soll ich der Polizei vom Gehirnanfall und dem verstopften Muskel des Bewusstseins und dem Blutgerinnsel der Gedanken erzählen, das sich nicht auflöst und das Gehirn verstopft. Sie werden mir ein Glas Wasser anbieten und sagen, das ist nicht so schlimm, ruhen Sie sich ein bisschen aus, beruhigen Sie sich, und sie werden in das Verhörprotokoll schreiben, die Ehefrau ist völlig abgedreht, und in Klammern werden sie hinzufügen: Ist es da ein Wunder, dass er abgehauen ist? Es blieben noch drei Stunden. Ich kontrollierte das Handy nicht, ich hörte den Anrufbeantworter von zu Hause nicht ab, ich hoffte auf keine Nachrichten. Ich wartete darauf, dass es zwölf Uhr wurde, um zur Polizei zu gehen.

Amjad war allein im Laden. Madonna hatte noch nicht angerufen, um mitzuteilen, dass sie sich verspäten würde und warum. Es war sein letzter Tag im Laden, und er schaute abwechselnd zum Billigmarkt auf der anderen Straßenseite und zur Bushaltestelle, an der Madonna zu erwarten war.

»Man hat ihn noch nicht gefunden«, beantwortete ich die Frage, die er nicht zu stellen wagte.

»Hoffentlich kommt er heute gesund zurück.« Er wich mir aus und schielte zu seiner Zukunft hinüber, die auf der anderen Straßenseite lag, bestimmt sah er vor seinem geistigen Auge schon Pyramiden von roten Paprikas vor sich, die er aufhäufen würde, die Pagoden aus Zucchini, die er bauen würde, gekleidet in das rote Hemd mit dem gelben Logo des Billigmarkts, er würde mit Tomaten vollgeladene

Wagen von den Kühlräumen zu den Regalen schieben, die Gurken in Reihen ordnen, schimmelige und angefaulte Früchte heraussuchen und Petersilie und Koriander zu Sträußen binden.

»Soll ich dir einen Kaffee machen?«

»Mach einen für uns beide.«

Wir tranken schweigend, wie zwei Mumien, die jugendlichen Kunden hatten schon Brötchen und Kakao gekauft und waren zur Schule gegangen, die Alten waren noch nicht aus der Krankenkassenambulanz zurück, Gott hatte seinen Tag schon in Bewegung gesetzt, und das Leben nahm seinen Gang, und wir saßen da und tranken Kaffee. Jeder dachte daran, was ihn erwartete, da hörten wir plötzlich das weiche Geräusch von Autoreifen. Auch die Sonne war herausgekommen und strahlte aus aller Kraft auf den schwarzen Mercedes, der vor dem Laden anhielt. Eine glänzende Tür ging auf, und als erstes kamen zwei kleine Pappkartons heraus, dahinter zwei glatte Beine, und darüber Madonna in einem kurzen, lilafarbenen Kleid. Sie legte zwei Finger auf die Lippen, warf dem Fahrer eine hollywoodreife Kusshand zu, und der Mercedes fuhr los, zu irgendwelchen geheimnisvollen Gebieten. Madonna bückte sich zu den Kartons, nahm einen in jede Hand und tänzelte wie eine Primaballerina, die durch den Vorhang vor das jubelnde Publikum tritt, in den Laden, doch das Publikum bestand nur aus zwei von Sorgen zernagten Personen, die nicht jubelten. Einer fielen fast die Augen aus dem Kopf, und sie erstickte ein Lachen, die zweite war sauer wegen der Verspätung.

»Nun, was machen wir?«, rief uns Madonna entgegen, lief zierlich mit den zwei Kartons auf uns zu, eine aufgestellte Haarsträhne hüpfte auf ihrem Schädel und deutete auf den Inhalt einer der Schachteln hin.

»Ist dein Mann zurückgekommen?« Sie kam in ihrer ganzen Pracht durch die Tür und stellte die Kartons auf die Theke.

»War das dein Freund?« Amjad konnte sich nicht zurückhalten, erregt vom Anblick des prachtvollen Gefährts, das Madonna zu den Zeitungen und der Brotfront gebracht hatte.

»Ein Bekannter. Habt ihr gesehen, was für eine Klasse? Erste Sahne. So ist das auf der Welt, man gibt und bekommt.« Sie stand hinter der Theke, lilafarben und strahlend. »Los, hört auf, so bedrückt zu sein.« Sie verströmte einen leichten Alkoholgeruch, nahm nun das Brotmesser, zerschnitt die Schnur, mit der der eine Karton zugebunden war, zog die beiden Laschen des Deckels heraus und verbeugte sich in Amjads Richtung.

»Für dich, ein Abschiedsgeschenk.« Die erschrockenen Augen dreier Flügelträger glänzten im dunklen Karton, ein Pfauenküken, dessen Stirnschopf zu wachsen begann und dessen Schwanzfedern noch nicht gewachsen waren, und zwei zitternde Stieglitze, die sich aneinanderdrängten.

»Ein grüner Pfau, gib ihm Würmer, Schnecken oder Kakerlaken, dann wird er schnell groß, auf seinen Schwanzfedern wachsen blaue Kreise, so blau wie die Augen von Schwedinnen.«

»Wer hat sie dir gegeben? Sie sind schön, die kleinen Vögel.« Amjad beugte sich über die Schachtel.

»Sie sind für deine Kinder, und ich wünsche dir viel Erfolg im Supermarkt.« Sie breitete ihre Hände über die Schachtel, wie Priester ihre Hände während des Segens ausbreiten, die kleinen Vögel hüpften erschrocken in der engen Schachtel herum, und sie hinderte sie daran, in die Freiheit zu flattern. Während der ganzen Zeit hatte sich auch Leben in der zweiten Schachtel geregt, es wurde gegen die Seitenwände geschlagen, gekratzt, jemand wehrte sich gegen sein Schicksal.

»Danke. Wenn ich es gewusst hätte, hätte ich dir ebenfalls etwas mitgebracht.« Amjad sah zu, wie ihre Hände die Schachtel schlossen und wieder zubanden.

»Natürlich tust du das. Ich werde dich im Supermarkt besuchen, und du wirst mir eine Pflaume oder eine Banane on the house geben. Wie ich gesagt habe. Man gibt und man nimmt, das ist das Erfolgsrezept.«

Die Sonne war verschwunden, vermutlich hielt sie sich am Dach des Mercedes fest und fuhr mit ihm zu ihren Bereichen. Die Welt war düster, aber der Laden wurde von Madonnas lilafarbenem Kleid erhellt. Die Konservendosen warfen das Lila zurück, die Scheibe des Kühlschranks spiegelte den fliederfarbenen Satin, die Neonlampe flackerte, und die Stellen, die nicht vom Staub bedeckt waren, blitzten lilafarben. Mit ein bisschen Fantasie und einer mutigen Seele hätte man sich den Laden als großartiges Veilchenbeet vorstellen können, aber die Seele hatte an anderes zu denken. Zweieinhalb Stunden bleiben mir noch, dann werde ich mir die Hände und das Gesicht waschen, ich werde mir die Haare kämmen, die sich schon zwei Zentimeter vom Schädel entfernt haben, ich werde zur Polizei fahren und wie ein zivilisierter Mensch vor den Beamten stehen, vernünftig und ausgeglichen, damit sie keinen Grund finden, den Mann zu verstehen, der mir verschwunden ist, der sich aufgelöst hat.

Das Geschöpf in der zweiten Schachtel wurde ungeduldig, es schlug heftig gegen die Wände. Madonna legte ihre Hände mit den schwarz lackierten Fingernägeln auf die wogende Schachtel, breitete die Hände über ihr aus, um das

Drama zu erhöhen, und sagte: »Jetzt werde ich euch zeigen, dass ein Wort von Madonna ein Wort ist.« Sie nahm das Messer und zerschnitt die Schnur, mit der die Schachtel zugebunden war, der darin Eingesperrte hörte, dass man sich mit seinem Gefängnis beschäftigte, und hielt inne. Mit einer theatralischen Geste klappte Madonna die Laschen des Deckels auf und gab den Blick auf den Inhalt frei. Ein gelbes Katzenjunges hatte sich darin zusammengerollt, blinzelte in das plötzliche Licht und erschrak vor den Menschen, die sich nun über seine Schachtel beugten.

»Das ist ein blondes Weibchen, ich habe sie für deinen Bekannten gebracht, für Amos, wegen der hundert Schekel, die ich ihm schulde.«

»Die du ihm geklaut hast.«

»Ich habe nicht geklaut, es ist wie ein Darlehen. Dieses Kätzchen ist mehr wert als hundert Schekel, aber ich bin großzügig, wenn ich jeden Schekel berechnen würde, hätte ich ihr den Schwanz abmachen müssen, damit es genau hundert sind, aber das macht nichts, bei Gelegenheit wird er mir den Rest geben.«

Amjad unterdrückte ein Kichern, nachdem er um drei Flügelträger reicher geworden war, hatte er nicht das Herz, sie auszulachen. Sie wusste um die vorläufige Wertschätzung, die sie sich mit den Vogeljungen erkauft hatte, und ließ die Gelegenheit nicht ungenutzt vorbeigehen.

»Mach mir einen Kaffee«, verlangte sie kokett. »He, Muschmusch, du kommst in gute Hände, Süße, glaub mir das, ich verstehe was von ledigen Männern.« Sie massierte das Fell des Kätzchens. »Soweit ich verstanden habe, ist er geschieden, dieser Amos, nicht wahr?«

»Wer ist Amos?«, wollte Amjad wissen.

»Ein Bekannter von unserer Chefin. Ich habe ihm eine

Blondine mit grünen Augen gebracht, diese Kleine wird wachsen, sie wird ihm im Winter eine nette Bettgenossin sein, bis er eine Frau findet.« Sie zwinkerte Amjad zu, und er lächelte und brachte die Schachtel mit den Vögeln nach hinten, ergriff das Brotmesser und bohrte ihnen ein paar zusätzliche Luftlöcher in den Karton.

»Sag schon, ist dein Mann zurückgekommen?«, sagte Madonna. »Pass gut auf die Kleine auf.« Sie ging zum Kühlschrank, goss etwas Milch in den Deckel einer abgelaufenen Käseschachtel und stellte ihn neben die gelbe Kugel, die in einer Ecke das Fell sträubte, schloss den Deckel über dem Gefängnis und klopfte mit einer knochigen Faust auf die Theke, zum Zeichen, dass es vorbei war, Schluss mit dem Spielen, jetzt wird gearbeitet.

»Sortiere die Eier, Madonna, nimm alle heraus, die einen Sprung haben.« Ich erinnerte sie daran, wer hier das Sagen hatte. Plötzlich zerfiel ihr Gesicht. Die Cinderella, die dem Mercedes entstiegen war, war wieder das zerlumpte Mädchen, der großzügige Nikolaus der Tiere hatte seinen Sack geleert, jetzt musste sie Eier sortieren, die mit einem Sprung in der Schale, die zerbrochenen, musste aus den Vertiefungen der Kartons getrocknetes Eiweiß abkratzen, während Mercedesse Entfernungen zurücklegten und man sich auf ihren Rücksitzen mit gekühlten Weißweingläsern zuprostete. Der Fall war hart, und von Sekunde zu Sekunde verflog der Einfluss des Alkohols auf die Leichtigkeit des Seins.

»All diese Eier haben Hühner geschissen, es ist doch eklig, etwas anzufassen, was ihnen aus dem Arsch gekommen ist. Da lohnt sich doch das Klauen.« Sie rückte den lilafarbenen Glanz zu den Eierkartons und atmete tief, bevor sie das Produkt der Hühnerärsche berührte. Etwas zerbrach in Madonnas Babuschka, Rivka Schajnbach kam heraus und beugte die schmale Wirbelsäule über die Kartons und fing an, die Eier zu sortieren, obwohl sie mit Leichtigkeit hätte hinausgehen und sich einen Mercedes schnappen können, geben und nehmen. Und wenn Rivka Schajnbachs Babuschka einen Riss bekäme, welche Form und welches Aussehen hätte dann die kleine Puppe, die in ihr steckte. Jemand verlangte Brot, ein anderer Oliven, und wieder einer kaufte eine Zeitung und Zigaretten, die Tasten der Kasse klapperten abwechselnd und die Zeiger wanderten weiter, in einer Stunde werde ich vor den Polizisten sitzen und Gideons Verschwinden wird in den Listen auftauchen, und er wird eine Nummer und eine Akte bekommen. Und was ist, wenn der Gideon, den ich kenne, nur eine äußere Babuschka ist, die viele andere Gideons enthält, die in ihr leben? Und wer ist dann der innerste, der verborgenste, der am besten bewachte? Zart und empfindsam? Bitter und hart? Man kann hundert Jahre mit einem Menschen leben und weiß doch nichts von ihm.

Jonathan rief an, um mich an die Polizei zu erinnern, und vor allem, um sich nach meinem Befinden zu erkundigen. Es ist gar nicht so selbstverständlich, dass ich einen Bruder habe, der von weitem auf mich aufpasst und mit dem ich mich noch aus der Zeit verbunden fühle, in der wir Kissenschlachten machten. Hat Rivka Schajnbach einen Bruder? Eine Schwester? Das Lila löste sich vom Laden und sammelte sich wieder in ihrem kleinen Kleid, ihre Seele sehnte sich nach etwas, aber wessen Seele sehnt sich nicht nach etwas? Ich ging zum Waschbecken im Lager, wusch mir das Gesicht, kämmte mich vor der rostigen Spiegelscherbe. Ich nahm meine Tasche, sagte, ich hätte etwas zu erledigen, und hinterließ sechs saure Seelen, einschließlich der Geschöpfe in den Pappkartons. Ich setzte mich in den Mazda und fuhr los, um mein Leben auf die Theke der Polizei zu legen, Gideon zu beschuldigen, ihn zu verraten, seine Gutgläubigkeit zu hintergehen und ihn und uns zu retten, und um danach wie ein Computer zu sein, dem man die Festplatte entfernt hat. Ich fuhr langsam. Viertel vor zwölf, jemand hupte, ich solle Gas geben, und ich gab ihm ein Zeichen zum Vorbeifahren, ich hatte es nicht eilig, irgendwohin zu kommen. Er überholte mich und bedeutete mir mit dem Stinkefinger, was er von mir hielt, und das reichte mir, ich fuhr an den Straßenrand und weinte. Ein grober Mittelfinger, bei siebzig Stundenkilometern vor mir erhoben, und ich fiel um, als hätte mich das Universum beleidigt. Wäre ich nicht auf dem Weg zur Polizei, um eine Vermisstenanzeige aufzugeben, hätte ich eine lange Reihe von Autos ertragen, die an mir vorbeifahren und mir den verdammten, dreckigen Stinkefinger zeigen, doch in diesem Moment hätte mich eine Feder umgeworfen. Mein Weinen war warm und tröstlich, ein außergewöhnliches Geschenk Gottes, mit einer Hand schlägt er, mit der anderen schenkt er uns endlose Tränen. Nehmt, weint, erfreut euch, ihr braucht nicht zu sparen, es gibt genug für alle. Also sparte ich nicht. Gideon war vor achtundvierzig Stunden und zehn Minuten verschwunden. Es würde nichts passieren, wenn die Polizei es erst nach neunundvierzig Stunden erfuhr. Oder doch? Angenommen, er trocknet aus und die Flüssigkeitsmenge in seinem Körper hält ihn höchstens noch vierzig Minuten am Leben, sie könnten einen Hubschrauber mit einer Rettungsmannschaft losschicken und ihn retten, unter der Bedingung, dass er gerettet werden wollte. Wenn er es nicht will, können sie ihn festbinden und bis morgen aus der Klemme ziehen, er wird sich selbst zusammenschrumpfen lassen, wird seinen Umfang verkleinern, er wird die Gurte lösen und wie ein Stein zur Erde fallen. Jonathan rief wieder an, ich sah seine Nummer auf dem Display, ich hörte das fieberhafte Klingeln, fast sogar das Klopfen seines Herzens, aber ich nahm nicht ab. Amos schickte eine SMS. »Gibt es etwas Neues?«

»Nein, und bei deinem Vater?«, antwortete ich sofort. Die Gedanken an Amos verdrängen, das leichte Zittern des Flügels nicht wahrnehmen.

»Er erholt sich wunderbar«, schrieb er.

Schön. Das Erbarmen war noch nicht aus der Welt verschwunden.

Zwölf Uhr fünfundvierzig. Der Flüssigkeitspegel in seinem Körper war gesunken, ich musste mich beeilen, bevor es zu spät war ... Wer hatte gesagt, nicht jedes Problem in diesem Land habe etwas mit Wassermangel zu tun, im Gegenteil, vielleicht gab es zu viel Wasser, zu viele Tabletten, zu viele Gedanken. Jonathan würde sagen, dass ich wider meines Mannes Blut stehe. Ich stehe nicht, Jonathan, ich sitze, und meine Beine gehorchen mir nicht, ich schaffe es nicht, mit dem Fuß den Gashebel zu drücken. Komm, Jonathan, beweise mir, dass Gideons Verschwinden aus meinem Leben nicht das Ergebnis kühler Abwägung und freier Entscheidung ist. Solange noch Leben in einem Menschen ist, kann er herumwandern und sich bewegen, er kann den Ort und seine Meinung wechseln, keiner weiß das besser als du, Jonathan, du bist doch überzeugt, dass der Mensch sogar dann, wenn er den Geist aufgegeben hat, noch weiterwandert. Zum Beispiel ist Jizchak, unser Vater, auf die Brokatdecke gestickt, die wir der Synagoge gestiftet haben, und er bewegt sich dort, wenn das Fenster offen steht und Wind hereinweht, und wenn ein Junge am Saum zieht, bewegt er sich auf und ab, und wenn man den Toraschrein öffnet, versteckt er sich in den Falten. Ich zwang mich, den Fuß auf das Gaspedal zu drücken, und fuhr zur Polizei, mit einer Langsamkeit, die weitere erhobene Mittelfinger herausforderte. Ich parkte den Mazda auf dem Parkplatz des Russischen Platzes, in Rufweite von den Gefangenenzellen. Ich stieg mit wackligen Beinen aus. Ich, die geliebte Frau meines geliebten Mannes, schleppte mich dahin, um auszusagen, zu flehen, zu hoffen, mich zu schämen, ihn der Polizei auszuliefern. Man müsste den Namen des Platzes in Platz der Zerstörten ändern. Die Menschen hier sind entweder selbst zerstört, oder sie haben das Leben anderer zerstört. Ich blieb stehen und kontrollierte, ob mein Personalausweis den Hinweis enthielt, der bezeugte, dass ich mit Gideon verheiratet war. Die Sonne beleuchtete das Dokument, das mir das Innenministerium vor Jahren gegeben hatte, den Zopf, der nass war vom Regen, der an dem Tag gefallen war, als ich die Aufnahme gemacht hatte. Es gibt nichts auf der Welt, was seit damals nicht getrocknet ist, nur dieser Zopf ist nass geblieben. Ich steckte den Ausweis, der mein glückliches Lächeln konservierte, wieder in die Tasche, in das innere Fach, aber nicht zu tief, damit er griffbereit blieb, dann überlegte ich es mir anders und steckte ihn in die äußere Tasche, und als ich den Blick von der Tasche hob, sah ich einen Mann, der aus dem Schatten der Zypressen vor der Russischen Kathedrale trat und auf mich zukam. Mager, mit rasiertem Kopf, die Augen gegen die Sonne mit einer Zeitung abschirmend, noch einer von den Grünen oder von Greenpeace, der versuchen wird, mich zu einer Unterschrift für eine Spende zu überreden. »Hi«, sagte er, und in meinem Magen schwamm ein Eisbrocken.

»Was tust du hier?« Die Stimme blieb mir im Hals stecken, ich brachte nicht heraus, was ist mit dir, bist du komplett verrückt geworden?

Er kam auf mich zu, auf dem sonnigen Russischen Platz, mager, geschoren und ernst wie bei einer Beerdigung. Schweißtropfen verdunkelten die Stellen unter den Achseln des alten T-Shirts, das er trug.

»Du hast dich um eine Stunde verspätet, ich bin seit zwölf Uhr hier«, sagte er und stand schon vor mir.

»Soll ich eine schriftliche Entschuldigung von meinen Eltern bringen«, brachte ich heraus. Zum ersten Mal sah ich den Schädel meines Mannes und die Knochen, die sein Gehirn umschlossen. Wie soll man anfangen? Mit wo warst du und was hast du getan? Warum hast du dir die Haare abrasiert? Was geht in dir vor? Bist du noch zurechnungsfähig? Willst du überhaupt leben? Sterben? Erinnerst du dich, dass du einen Sohn hast? Hast du von der Erfindung des Telefons gehört?

Zorn und Mitleid stritten in mir, was als erstes an der Reihe war, ich stieß sie zurück, sie sollten warten, und sagte: »Komm, gehen wir was trinken.« Absurd. Etwas hineinfüllen, damit man seine Bitterkeit herauswürgen kann. Unsere Schatten liefen niedergeschlagen vor uns her, nichts an ihnen erinnerte mehr an das Paar, dessen Schatten einmal zu einem doppelköpfigen Wesen mit mehreren Beinen zusammengeflossen war. Er wollte nichts anderes als Mineralwasser, ein Zeichen der Askese, von der seine Magerkeit überdeutlich zeugte. Ich trank einen Kaffee mit Milch.

»Was ist los?«, fragte ich in einem gleichgültigen Ton, um das Gespräch mit ihm zu beginnen. »Was bedeutet die Glatze? Hast du etwas mit Buddha zu tun, mit Hare Krishna?« Ich versuchte zu lachen, aber es hörte sich säuerlich an.

Obwohl ihm neunundvierzig Stunden und fünfzehn Minuten zur Verfügung gestanden hatten, um sich die Erklärung zu überlegen, die er mir geben wollte, schwieg er und betrachtete konzentriert die bläuliche Flasche, zwischen seinen Augenbrauen hatte sich eine tiefe Falte gebildet, ich kannte ihn, er wollte genau und präzise sein, auf diese Art hatte er die Akte eines Verbrechers studiert, in den Geheimnissen gewühlt, die winzige Stelle in der Naht gesucht, von der aus sich der Faden aufziehen und die ganze Geschichte freilegen ließ, um einen Freispruch zu erreichen. Er war so versunken, dass ich ihn in aller Ruhe betrachten konnte. Was war von ihm übrig? Alles, die gleichen Kieferknochen, die gleiche Stirn, es waren auch die gleichen intelligenten Finger, wenn man so etwas über Finger sagen konnte, die sich um die Flasche schlossen, mit dem gleichen physischen Druck, mit dem sie sich früher um eine Flasche Chardonnay geschlossen hatten, um eine Flasche Merlot oder Whiskey. Die Schlüsselbeine, der Adamsapfel, alles war gleich, nur die Masse hatte sich verringert, war ausgetrocknet, die Haut spannte sich über den Knochen. Als habe er sich bemüht, sich aus sich herauszuschälen, alles loszuwerden, was der Originalgideon im Lauf der Jahre angesammelt hatte, zu einem Minimum zu gelangen, zum Knochengerüst. Ich kenne ihn, er ist gründlich und pedantisch, er wird sich nicht damit zufriedengeben, er wird sich bis zum Embryo zurückziehen, bis zum Samenfaden, und von dort bis zu Bezalel, seinem Vater, der ihn gezeugt hat, und dann? Wird er dann die Tatsache anerkennen, dass es kein wirkliches Original gibt, und sagen, wenn es so ist, warum existiere ich dann überhaupt. Vielleicht hat er das ja schon erkannt und Tabletten geschluckt, hat einen Selbstmordversuch unternommen und wird es weiter tun, bis es ihm gelingt.

Er konzentrierte seine Versuche auf die durchsichtige Plastikflasche, und als er schließlich die Augen hob, sah ich, dass auch sie erloschen waren, seine braunen Augen hatten an Bräune verloren, die Augäpfel waren durchsichtig geworden, glasiger und heller. Er schaute mich mit großer Gelassenheit an, ließ die Flasche los, faltete die Hände auf dem Tisch und sagte: »Sie sind schon gewachsen. Das Kurzgeschorene hat dir gut gestanden.«

»Danke, aber dafür sind wir nicht zusammengekommen.« Ich verdächtigte ihn nicht, dass er mich mit Worten kaufen wollte, ich kannte ihn, aber ich wurde ungeduldig. Unsere Leben lagen vor uns auf dem Tisch wie zappelnde Fische, er sollte sie packen, aufschneiden, zerlegen, damit wir sehen konnten, was übrig war und womit wir von hier weggehen konnten. Doch er hob langsam die Hand zu seinem geschorenen Schädel, passte sich dem Rhythmus eines Anglers an, ließ die Füße ins Wasser hängen und wartete auf den Fisch, der den Fehler seines Lebens machen würde. Warte, sagte ich mir, hast du nicht neunundvierzig Stunden ausgehalten? Nimm noch einen tiefen Atemzug, nur keinen Druck ausüben. Die Kellnerin kam und fragte: »Noch etwas?«, Dann wandte sie sich wieder von uns ab, und er wölbte die Schultern, beugte sich zu mir und sagte: »Mir ist etwas passiert, Amiki, mir ist das Gefühl herausgerissen worden. Das hört sich unwahr an, aber so ist es. Ich bin nicht traurig, ich bin nicht froh, ich bin nicht sehnsüchtig, ich bin nicht zornig, ich liebe nicht. Nichts.«

»Was ist mit einem Psychiater, mit Untersuchungen? Mit einer Reha?«

Mit der gleichen Langmut, mit der er mich fassungslos gemacht hatte, wartete er nun, dass ich mich beruhigte, und sagte, er sei nicht behindert, und von ihm aus sei es in

Ordnung, so weiterzuleben. Es genüge ihm, seinen Körper und seinen Geist zu behalten, es fehle ihm an nichts. Er brauche keine Anerkennung und keine Liebe, es interessiere ihn nicht, was andere über ihn dachten. Er brauche keine Bindung an einen anderen, er müsse nichts fühlen. Es stimme, er sei nicht gerade das Modell, das Gott vorgehabt hatte, aber das sei Gottes Problem.

»Du irrst dich, Gideon, das ist dein Problem.«

Er hob die gefalteten Hände in den Nacken, lehnte sich zurück und hörte mir mit der Höflichkeit vergangener gemeinsamer Tage zu. Ich sagte, du bist krank, auch wenn dir die Symptome einstweilen nicht wehtun, ein Leben ohne Gefühle ist kein Leben, sagte ich, du brauchst Hilfe, sagte ich, das Gefühl ist der Antrieb der Existenz, es waren große, klischeehafte und hohle Worte, die ich aussprach, ich suchte einen Ausweg, ich schoss nach allen Seiten, ich demonstrierte wenig Vernunft und viel Gefühl, aber es war sinnlos, meine Worte trafen ins Leere. Bevor ich mich ergab, zog ich die ultimative Waffe.

»Du hast einen Sohn, Gideon.«

»Ich leugne weder die biologische Tatsache noch die moralische Verpflichtung.«

»Das ist alles? Darüber hinaus hast du nichts mit ihm zu tun?« Ich war außer mir, Leute drehten sich zu uns um, bevor sie sich wieder ihren eigenen Angelegenheiten zuwandten.

»Einen Moment, habe ich dir nicht gesagt, dass mir das Gefühl abhandengekommen ist? Im Ernst, habe ich es dir gesagt oder nicht? Ich weiß es nicht mehr.«

»Du hast es gesagt. Gideon, du bist kränker, als ich dachte. Der Junge braucht dich, er liebt dich, er sehnt sich nach dir, also komm seinetwegen, wir suchen dir den besten Arzt ...«

Seine Hände sanken vom Nacken auf den Tisch, entspannt und offen, ausgeruht, die Ader, über die ich immer gern gestreichelt hatte, trat auf seinem Handrücken hervor, auch seine Fingernägel, denen ich so gern Namen gegeben und die ich geküsst hatte, einen nach dem anderen, waren da, alles war da. Seine zärtlichen, verlangenden Berührungen von früher waren da, alles war da, aber mir gegenüber saß eine Statue aus dem Kabinett von Madame Tussaud. Ich winkte der Kellnerin und bat um die Rechnung. Hätte er jetzt die Hand nach mir ausgestreckt, hätte ich jeden Finger einzeln geküsst, ich hätte sie unter mein Kinn gezogen und auf meinen Nacken gelegt und auf mein Dekolleté, den Verschluss meiner Bluse, was sollte ich tun, ich hatte keinen Unfall erlebt, mein Gefühl war lebendig und zitternd. Jetzt bloß nicht weinen, die Augenmuskeln beherrschen, streng zu den Tränen sein.

Ich bezahlte, und wir standen auf, um zu gehen. Wir sprachen nicht über Geld, über Einkommen, über die Wohnung, über Besuche, und was mit diesem ganzen Zukunftsgebäude sein würde, das wir errichtet hatten. Ich fragte, wie ich ihn im Notfall erreichen könnte.

»Mit dem Handy.«

»Wo schläfst du?«

»Da und dort, nichts Festes.«

Wir gingen auf die Straße. Er begleitete mich zum Auto, wir betraten den Russischen Platz, die Dächer der Dreifaltigkeitskathedrale glänzten.

»Die Dreifaltigkeitskathedrale, wir könnten hier heiraten, wenn wir schon in der Nähe sind«, sagte ich.

»Soweit ich weiß, sind wir schon verheiratet, oder?« Er betrachtete die Kupferdächer und kniff die Augen gegen die Sonne zusammen.

Ich verzichtete auf bittere Spitzfindigkeiten, der Gedanke, dass diese Schritte über den Russischen Platz vielleicht die letzten waren, die wir gemeinsam gehen würden, drängte mich, nur das Allernötigste zu sagen oder zu schweigen.

»Hör zu, Gideon, mir ist nichts abhandengekommen, ich kann nicht auf dich verzichten, ich kann dir nicht zustimmen, ich kann so nicht weitermachen. Ich flehe dich an, um des Jungen willen, um meinetwillen, ja, um meinetwillen, lass uns zu einem Arzt gehen. Vielleicht hast du eine Geschwulst im Kopf, die dir das Gefühlszentrum blockiert und sich bald ausbreitet und die Erinnerung und den Verstand ergreift und dich umbringt, vielleicht sind bei dir Drüsen kaputtgegangen, vielleicht fehlt dir ein Hormon, ein Enzym, ein Vitamin, vielleicht ist etwas in deiner Seele zerbrochen, vielleicht bist du nicht verantwortlich für das, was du tust, du siehst schrecklich aus, du bist krank, ich schwöre dir, Gideon, du brauchst einen Arzt, ich kann nicht zuschauen, wie du so zugrunde gehst, ich ... Herr Wachtmeister, können Sie einen Moment herkommen?«

Ich schrie nach dem Polizisten, der den Platz überquerte, er wandte sich zu uns, seine Hände bewegten sich nach rechts und links, und er fragte, ob wir ein Problem hätten.

»Beruhige dich, Amiki, mach keine Dummheit.« Gideon stand ganz ruhig da, die Hände in den Hosentaschen, er hatte keine Angst vor mir, auch nicht vor dem näher kommenden Polizisten, auf den ich mich stürzte, als er noch ein paar Meter von uns entfernt war.

»Dieser Mann ist krank, er ist eine Gefahr für sich selbst, das schwöre ich, Herr Wachtmeister, ich bin seine Frau, ich weiß es, er hat schon mal versucht, sich umzubringen, wer weiß, ob er nicht gefährlich für die Öffentlichkeit ist, man kann ihn nicht ...«

»Gehen Sie zum Revier und erstatten Sie eine Anzeige, meine Dame. Ich bin Verkehrspolizist.« Er betrachtete Gideon prüfend und suchte nach Anzeichen von Wahnsinn bei dem kahl rasierten, harten Mann, der so ruhig vor ihm stand, als warte er auf den Autobus, der nichts sagte, nicht fluchte, nicht lachte, dem keine Spucke aus dem Mund lief und der nicht öffentlich seine Hose aufknöpfte.

»Sie ist aufgeregt, sie wird sich beruhigen.« Die ruhige, bedachtsame Stimme meines Mannes funktionierte und bewirkte, dass man ihm glaubte, er stellte die Situation auf den Kopf und machte mich zur Verrückten.

»Gehen Sie in den Schatten«, schlug der Polizist vor und legte mir väterlich die Hand auf die Schulter, als wolle er sagen: Trinken Sie etwas Kaltes, nehmen Sie eine Tablette zur Beruhigung.

Mit der Hand auf meiner Schulter wandte er sich an Gideon. »Frauen bekommen manchmal Angst und geraten durcheinander.« Und bevor er ging, fragte er zur Sicherheit und um dem Protokoll Genüge zu tun: »Hat er jemals die Hand gegen Sie erhoben? Kam es zu häuslicher Gewalt? Hat er etwas kaputt gemacht? Irgendetwas?«

»Nein, nie. Im Gegenteil, er hat mich sehr geliebt, bis er von dieser Krankheit überfallen wurde, die ihn zu einem Zombie gemacht hat. Er liebt nicht, und er hasst nicht, er ist ein Automat ...«

»He, mein Herr, bleiben Sie stehen, sehen Sie nicht, dass man hier nicht einbiegen darf?« Der Polizist unterbrach mich, reckte den Hals, erhob sich über uns und streckte den Arm des Gesetzes zur Seite, straffte sich und wandte sich dem Gott der Dinge zu, die wirklich geschahen, ein Lieferwagen wollte abbiegen, wo er nicht durfte. Die Kirchenglocken verkündeten, dass die Welt eine Stunde älter geworden war, auf dem rasierten Schädel zeigten sich Schweißtröpfchen, zumindest gehorchte die Biologie dem Gesetz, der Schweiß floss vom Schädel ohne Rücksicht auf den Kurzschluss, der unter ihm stattgefunden hatte.

»Ich liebe dich, Gideon. Wenn dein Gedächtnis sich noch nicht aufgelöst hat, dann nimm diese feierliche Deklaration mit.« Die Kathedrale und das Polizeigebäude waren meine Zeugen.

»Mein Gedächtnis ist wirklich kaputt«, sagte er, aber ich ging weiter, mit langsamen Schritten, um einen dramatischen Abschied zu vermeiden, um keine scharfe Bewegung zu machen, damit nichts passierte und irgendwelche noch nicht abgestorbenen Gefühlszellen eine Chance hätten. Er begleitete mich bis zum Auto, meine Hand würde verbrennen, würde ich ihn auch nur leicht berühren, selbst wenn sich unsere Arme nur zufällig aneinanderreiben oder eine Rippe mit einem Ellenbogen zusammenstoßen würde, aber seine Hände steckten tief in den Hosentaschen. Es war mir egal, ob er krank war, ein Zombie, ein Automat, meine Sehnsucht wuchs und wuchs. Nach Gottes Gesetz und nach menschlichem Gesetz war dieser Mensch mein Mann, und wir waren ein Fleisch, ich berührte seinen Arm, fuhr zart über die Haare, die da wuchsen, schob meine Hand in seine Tasche, meine Finger glitten über die Vertiefungen zwischen seinen Fingern, suchten die vertrauten Nischen und fanden eine harte, gleichgültige Hand. Ich schob meine Finger in seine Handfläche, drückte vier Nägel, die nicht dafür geschnitten worden waren, in sein Fleisch, das nicht darauf reagierte. Vielleicht hatte er das Gefühl wegen einer Geschwulst verloren, die in ihm wuchs, oder wegen einer anderen Krankheit, meine Fingernägel, die von nichts zurückgehalten wurden, bohrten sich wild in seine tote Hand, wieder und wieder, dann zog ich sie mit derselben Wildheit aus seiner Tasche, sie waren mit seinem Blut beschmiert.

Er zog seine Hand heraus, sah die vier blutenden Wunden und sagte: »Eine gründliche Arbeit«, zog ein Taschentuch aus der anderen Tasche, wickelte es um seine Hand und hielt sie mir dann hin, um sich von mir die Zipfel zuknoten zu lassen.

»Wenn wir schon hier sind, kannst du eine Anzeige wegen häuslicher Gewalt machen«, sagte ich und verband seine Hand mit dem Taschentuch. Trotzdem ist er gut weggekommen, ich habe nicht angefangen zu schreien, ich habe keine Polizisten von ihren Stühlen aufgescheucht, außer diesem einen Verkehrspolizisten, ich habe nicht die Scheidung verlangt, keine Unterhaltszahlungen, keinen Besitz, alles in allem habe ich darum gebeten, dass er zu einem Arzt geht, und ich habe ihm vier hässliche Löcher in die Handfläche gebohrt. Menschen zahlen viel mehr, um ihre Freiheit zu erkaufen. Ich bat ihn nicht um Verzeihung für das, was ich ihm angetan hatte, ich benahm mich, als wären bei uns Fingernägel im Fleisch etwas ganz Normales. Falls er von den schwarzen Oliven oder irgendetwas anderem, das sich unter meinen Nägeln gesammelt hatte, eine Infektion bekam, konnte er sich ja bei der Krankenkasse Antibiotika besorgen. Der Arzt wird ihn sehen und sagen, das mit der Hand ist nichts, Sie haben eine viel ernstere Erkrankung …

Eine andere Möglichkeit: Der Arzt wird seine Hand voller Abscheu betrachten und fragen: »Wovon ist das?«

»Von den Fingernägeln meiner Frau.«

»Man muss eine Probe von ihren Nägeln nehmen und sie bakteriologisch untersuchen. Übrigens, ist sie normal, Ihre Frau?«

Er betrachtete die Kuppel der Kathedrale, beschattete mit der verbundenen Hand die Augen, prüfte die Architektur, sein Blick blieb an den Türmen hängen. Der leere, blaue Himmel über den Kupferkuppeln, der Dichtern den Lebensunterhalt bescherte, interessierte ihn nicht.

Ich drängte mich zwischen ihn und die Kathedrale. »Was soll ich dem Jungen sagen?«

Er schloss die Augen, als wären seine Nerven gereizt.

»Dass sein Vater gestorben ist? Verrückt geworden? Weggefahren? Dass er ihn nicht mehr braucht?«

»Ich weiß es nicht. Übrigens, wann hast du dieses Auto gekauft?« Er betrachtete den Mazda und mich mit braungelben Augen, die sauber und leer waren.

»Wieso gekauft? Was ist mit dir? Das ist schon seit vier Jahren unser Auto.« Ich befahl meinen Tränen, sich nicht zu bewegen, ich war noch strenger zu ihnen als vorher, sie sollten in den Augenhöhlen bleiben und nicht in die Arena rinnen, die sowieso übervoll war. Mein Telefon klingelte, mein privater Sicherheitsdienst schickte mir eine Nothilfe, dieses Klingeln war eine Beschäftigung, man musste eine Taste drücken, antworten.

Jonathan fragte, wie es bei der Polizei gewesen sei.

»Bald, Jonathan, ich kann jetzt nicht.«

Mein Mann stand vor mir, im nächsten Moment würde er weggehen, irgendwohin, und ich wusste nicht, ob ich ihm ein Abschiedswort sagen sollte, das zu einem Schwerkranken passte, oder ein Abschiedswort wie für einen, der in den Zug steigt und mir die Sorge für sein Gepäck überlässt.

»Geh zu einem Arzt, Gideon«, sagte ich und drehte mich zum Auto.«

»Du weißt, wie du mich in dringenden Fällen erreichen

kannst«, sagte er, und ich fragte nicht, was für ihn dringende Fälle waren. Ein überfahrenes Kind? Ein Gehirnschlag bei einem Verwandten ersten Grades? Ich stieg ins Auto, er betrachtete die Reifen und sagte: »Vorn rechts fehlt dir Luft.«

»Für eine Frau, die alles hat, ist es gut, wenn ihr endlich mal etwas fehlt«, sagte ich, ließ das Auto an und fuhr davon. Gegen meinen Willen schaute ich in den Innenspiegel, das graue T-Shirt verschmolz mit den Zypressen und wurde von ihnen verschluckt, ohne das weiße Taschentuch, mit dem er sich die Wunden verbunden hatte, hätte ich nicht gesehen, ob er noch dort war. Ich erreichte die Ampeln, und noch immer war das weiße Taschentuch zwischen den dunklen Zypressen zu sehen, oder es war nur eine weiße Taube, die dort Schutz suchte.

Warum hatte ich ihm nicht den Segensspruch zu Neujahr und Jom Kippur mit auf den Weg gegeben? Ich erschrak. Wer dachte daran, dass dies die Tage der Reue waren, dass die Erde sich an den Tagen zwischen Neujahr und Versöhnungsfest weiterdrehte und dass es im Himmel eine ständige Sprechstunde gab, die allen offen stand. Ich blieb am Straßenrand stehen und sprach ihm eine Nachricht auf den Anrufbeantworter und schickte eine SMS, für den Fall, dass er Gott nicht vollkommen aus seinem Herzen vertrieben hatte, er sollte diese Gelegenheit nicht verpassen, er konnte noch um Heilung bitten. Früher, in seinen gesunden Tagen, hatte er immer ein kleines Stück Gott in sich bewahrt, eine billige Versicherungspolice mit geringem Einsatz, den Kiddusch am Schabbat gesprochen, Synagogenbesuche an den Feiertagen, Mazzot an Pessach, er hatte sich nicht in die komplizierte Beziehung eingemischt, die ich mit Gott hatte. »Du bist schon ein großes Mädchen, entscheide selbst, ob du für oder gegen ihn bist«, hatte er gesagt, als er noch in der Welt der Entscheidungen und der Urteile gelebt hatte. Seit über dreißig Jahren ist diese Frage für mich offen, und der Angeklagte im Himmel ist nicht unter Druck. An Jom Kippur wird es zu einer erneuten Verhandlung zwischen uns kommen, und ich werde bescheidener sein denn je. Mein Junge wird in der Frauenempore Knabberzeug essen und wird durch das Gitter Väter betrachten, denen nicht das Gefühl abhandengekommen ist, und er wird fragen: »Warum ist mein Vater …«, und jemand wird hinzuspringen und sagen, psst, leise, psst …

Nachdem er die wichtigsten Neuigkeiten erfahren hatte, räumte Jonathan den großen Hut und die zwei Wasserflaschen zurück, die er für die Suche nach seinem Schwager vorbereitet hatte. Die Eltern des verlorenen Sohnes verließen ihre Springbrunnen, die richtiges Wasser spritzten, gingen zum Telefon und fragten: »Was heißt das, er kommt nicht nach Hause zurück? Was ist mit der Karriere, dem Jungen, dem Lebensunterhalt. Vielleicht hast du ihn nicht richtig verstanden … Was, ist er komplett verrückt geworden?«

»Ihr habt seine Handynummer, versucht es selbst.«

Es war nicht einfach, die Nachricht nicht in Gath und auf den Gassen zu Askalon zu verkünden.

Madonna und Amjad sahen, wie ich zurückkam, und sie verstanden von sich aus, dass der Ehemann ihrer Chefin zwar noch am Leben war, aber trotzdem nicht vorhanden. Madonna sagte: »Ich sage dir, da steckt eine Frau dahinter, aber am Schluss wird er zurückkommen, sie kommen am Schluss immer zurück.«

Amjad sagte nichts, ihm blieben nur noch wenige Stunden im Laden, was hätte er über eine Zukunft sagen sollen, die nicht seine war.

Er kochte mir einen Kaffee, stellte mir zwei Datteln und drei Feigen hin, die er von zu Hause mitgebracht hatte, und sagte: »Ich bringe euch Olivenöl, das man bei uns macht. Es gibt schon welches von diesjährigen Oliven. Es hat einen viel kräftigeren Geschmack. Stärker als das Flaschenöl, das in Fabriken gemacht wird.« Er stand an der Theke, betrachtete mich besorgt und wartete, dass ich den Kaffee trank.

Madonna sagte: »Ich bringe deinem Jungen einen Pfau, wie ich einen für Amjads Kinder gebracht habe.«

Ich hatte nicht gewusst, wie bedauernswert ich den beiden vorkam, die mich für etwas trösten wollten, was sie nicht verursacht hatten. Ich liebte sie beide und dachte, hoffentlich fällt das Urteil über ihre Zukunft, das in diesen Tagen im Himmel gefällt wird, gnädig für sie aus, hoffentlich bekommt Amjad einen Gehaltszettel mit Rentenversicherung und Krankenkasse und fühlt sich im roten Hemd mit dem Logo des Billigmarkts wohl, hoffentlich wird Rivka Schajnbach glücklich, hoffentlich kommt das Glück aus ihr selbst und nicht aus der Flasche. Aus den Schachteln drangen Zwitschern und Schlagen, Madonnas Zoo meldete Vorwürfe an, und sie empfand das Bedürfnis, mit ihnen durch ihre Mägen zu kommunizieren, sie streute den einen Körnern und eingeweichte Brötchenbrocken hin und verkündete ihren kleinen Gefangenen: »Was habt ihr, ihr solltet Danke sagen. Ihr wisst ja gar nicht, was für ein gutes Leben euch erwartet, was ist, auch Menschen sind stundenlang in einem Flugzeug eingesperrt, wenn sie von einem Platz zu einem anderen umziehen.« Sie hüpfte von einer Schachtel zur anderen, und ihr Kleid warf lilafarbene Flecken auf Getränkeflaschen und Konservendosen.

»Bist du schon einmal geflogen?«, fragte Amjad.

»Warte, ich hab noch nicht mit meinem Leben angefangen. Ich? Mein erstes Ausland wird New York sein. Wenn ich erst mal anfange, dann richtig groß.« Sie schaute hinaus auf die Straße, dahin, wo der Mercedes gestanden hatte, als er sie am Morgen brachte.

Ich steckte die drei Datteln in eine Plastiktüte, um sie Nadav mitzubringen, das Telefon klingelte, Amos fragte, ob es etwas Neues gab.

»Dein Vierradantrieb ist nicht mehr nötig.« Ich erzählte ihm in Kürze, was los war, denn was war ein Mann, der sein Gefühl verloren hatte, doch nur ein Klacks im Vergleich zu einem Mann, der sein Kind überfahren hatte. Das Problem mit den großen Katastrophen ist, dass sie die kleinen unbedeutend werden lassen, wenn man sie von oben betrachtet. Ich fragte, wie es dem Alten ging.

Amos sagte, man habe ihm schon einen Teil der Schläuche entfernt, er gehe bereits ein paar Schritte auf der Station herum und schimpfe, weil schon alles für sein Verlassen der Welt bereit gewesen sei und plötzlich habe er einen Aufschub bekommen und müsse nun erneut mit dem ganzen Theater beginnen.

Ich hatte kein Geschenk für Amjad vorbereitet, deshalb füllte ich Nahrungsmittel in einen Korb, Sardinen, Erbsen, Kekse und Schokolade.

Er sagte, heute werde er die Schachtel mit den Vögeln mitnehmen, und morgen werde er nach der Arbeit im Supermarkt kommen und den Korb holen, damit er an der

Straßensperre nicht zu viele Pakete habe, auch so werde man ihm wohl Schwierigkeiten machen, man werde sagen, die Vögel seien gestohlen, er werde sagen, wieso gestohlen, da ist die Adresse vom Laden, gehen Sie doch hin und fragen nach.

Madonna übernahm es, den Laden am Morgen aufzumachen und vor den Zeitungen und der Milch da zu sein. Bis ich über das Schicksal des Ladens in unserem neuen Leben entschieden hatte, machte ich die größte Katze zur Aufpasserin über die Sahne. Was konnte schon passieren, dieser Laden lag vermutlich sowieso in den letzten Zügen.

Amjad sagte: »Du schläfst viel, wie wirst du es schaffen, so früh aufzustehen, und wie erwischst du den Autobus und alles.«

»Was für ein Autobus? Ich schlafe nachts hier in der Nähe.«

»Wo?«

»Bei ihr, bei dem Mann, der ihre Wohnung gemietet hat.« Sie wandte sich um, prüfte ihre Lippen in der Schneide des Brotmessers, holte aus der Schublade ihren schwarzen Lippenstift und malte sich den Mund an, wobei sie in das Messer schaute.

Amjad konnte sich nicht beherrschen. »Was, du schläfst mit ihm?«

»Was heißt da mit ihm schlafen, es heißt bei ihm, nicht mit ihm. Der alte Bock ist fünfzig, sieht es so aus, als würde ich mit ihm schlafen?«

»Und warum lässt er dich bei sich schlafen?«

»Ich putze manchmal für ihn, oder ich wasche die Wäsche, ich mache alle möglichen Sachen für ihn und bekomme dafür Bett und Frühstück.«

»Na gut, alle möglichen Sachen ... Willst du Datteln?«

Amjad lächelte vor sich hin. Die Vögel, die sie ihm gebracht hatte, galten ihm als Sühne für kleine und große Sünden.

Ich trank langsam meinen Kaffee, Madonna und Amjad unterhielten sich über eine Sängerin, die sie gestern im Fernsehen gesehen hatten, die Tiere lärmten in ihren Kartons, Wind blies gegen die Ballons, die vor dem Laden zum Kauf angeboten wurden, ein Junge kaufte einen Kaugummi, eine Frau Eier, ein Mann fragte, wo die Haltestelle von Nummer 31 sei. Ich hatte ganz vergessen, dass das Leben dahinfließen kann wie Wasser aus dem Wasserhahn, eine bittere Sehnsucht packte mich, ich wusste nicht, nach wem, aber ich tröstete mich damit, dass mir das Gefühl nicht abhandengekommen war. Mit dieser guten Nachricht stand ich auf, nahm die Schachtel mit der kleinen Katze, die für den Sohn des Alten bestimmt war, verließ Madonna und Amjad, stellte die Schachtel auf den Rücksitz des Mazda und holte Nadav aus dem Kindergarten ab.

Nadav fragte, ob sein Vater im Krankenhaus sei, und wann er gesund werde und nach Hause komme. Wie üblich kam die Hilfe von oben im Handumdrehen, ein Ballon schwebte am Himmel und ließ ihn vergessen, was er gefragt hatte. Er legte den Hals zurück, betrachtete den Nylonvogel, der am Sportplatz der Engel dahinschwebte, und fragte, ob dieser Drache, wenn er Augen hätte, ganz Jerusalem sehen könne. Ein Müllcontainer versperrte uns den Weg, und Nadav senkte den Blick wieder zur Erde und betrachtete die enge Durchfahrt, die uns der Müllcontainer ließ, und er erinnerte sich an seine Frage.

»Also, wann kommt Papa heim?«

»Es dauert noch sehr lange, bis er wieder gesund ist, wir müssen Geduld haben.«

»Ein Mädchen hat gesagt, ihre Großmutter sei blitzschnell gestorben.« Er gab mir die Hand, die weich und warm war. »Was für eine Krankheit hat Papa?«

»Es fehlt ihm eine bestimmte Substanz.«

»Wie heißt das Zeug, das ihm fehlt?« Ein Muskel spannte sich in seiner Hand, sie wurde hart und ließ mir keine Wahl.

»Emotion.« Eine ehrenhafte Ausrede. Er sollte nicht morgen im Kindergarten erzählen, sein Vater habe kein Gefühl.

»Emotion?« Er ließ meine Hand los und hüpfte über zwei Platten auf einmal. »Emotion, Emotion, Emotion.« Endlich hatte die Krankheit einen Namen, die Welt war präziser und klarer geworden. Bis wir das Auto erreichten, wiederholte er immer wieder das Zauberwort, er glaubte, man würde seinem Vater ein paar Portionen Emotion mit einer Spritze geben, oder als Pulver oder Tabletten, und er würde aufstehen und würde zurückkommen, und alles wäre wieder wie vorher. Er stieg ins Auto, sah den Karton, berührte ihn, hörte, dass etwas darin raschelte, und fuhr zurück. »Mama, was ist das?«

»Ein Geschenk von Madonna für Herrn Levis Sohn.«

Diese Neuigkeit schob die Emotion in den Hintergrund. Eine Freude jagte die andere.

Am Abend kam Amos zu uns, um seine Sachen abzuholen, Nadav empfing ihn mit der Mitteilung: »Meinem Vater fehlt Emerotion, deshalb ist er im Krankenhaus.«

Amos sah, dass ich ihm zuzwinkerte. »Emerotion? Das ist ein sehr wichtiger Stoff«, sagte er, machte die Schachtel auf und nahm das blonde Kätzchen heraus, die Kleine krümmte sich in seiner Hand und stieß ein Miauen aus, das von einer Ecke des Hofs zur anderen drang und andere Katzen aufscheuchte und sie veranlasste, ebenfalls zu heulen und zu miauen. Verblüfft von diesem lauten Empfang, richtete sie sich auf ihren kurzen Pfoten auf, spitzte die Ohren und lauschte den Stimmen ihrer Artgenossen. Der Junge berührte vorsichtig ihr blondes Fell. »Mama, sag Madonna, sie soll uns auch so eine Katze bringen.«

»Bis sie dir eine bringt, möchtest du vielleicht auf diese aufpassen?« Amos sagte, die zwei Schäferhunde, die er zu Hause habe, könnten der Kleinen etwas antun. Es wäre gut, wenn sie erst noch ein bisschen wachsen und längere Krallen bekommen würde, bevor er sie mitnahm. Nadav wusste sich kaum zu halten vor Freude. Genau in diesem Moment roch Wodka, dass etwas Neues passiert war, er kam begeistert angerannt, mit dem Gebell des Herrn über alle Dinge. Der Junge beugte sich schützend über die Katze und schob das Bein vor, um den Hund wegzujagen. Der Weggejagte begriff, dass er in einer Situation drei gegen einen nicht gewinnen konnte, er bellte kurz und beließ es dabei.

»Also, willst du auf sie aufpassen? Versorge sie gut.«

Nadav nickte ernsthaft, der Sohn des Alten klopfte ihm auf die Schulter und verließ das Haus, und ich folgte ihm und begleitete ihn zu seinem Auto.

»Ich kann mir denken, dass du es demnächst nicht so leicht haben wirst«, sagte er.

»Was wird mit dem Alten? Wer wird für ihn sorgen?«

»Der, der für die ganze Menschheit sorgt.« Er stellte seinen Rucksack ins Auto und schaute zum Haus seines Vaters hinüber. »Ich werde vermutlich immer mal wieder bei ihm vorbeischauen.« Sein Blick mied den Hof, auf dem sein Reifen über seinen Sohn gefahren war und den er seither nicht mehr betreten hatte. Jetzt wuchs Dornengestrüpp dort. »Nun, da man sein Herz in Ordnung gebracht hat, lässt er sich vielleicht in der Sache mit den Schuhen erweichen und gibt sie mir.« Er schaute mich an. Ein horizontaler Strahl der Abendsonne blitzte in seinen Augen auf, es fiel mir schwer, dem Blick der schwarzen Augen standzuhalten. Na und. Hatte jemand versprochen, dass das Leben leicht war? Die Sonne ließ Funken in einer Pupille aufsprühen, die zweite blieb stumpf, sie beleuchtete eine Clint-Eastwood-Falte, die andere blieb im Schatten. Eine Hälfte von ihm war im Licht, die andere im Dunkel, ein zögerndes Lächeln bewegte sich in seinem erleuchteten Auge und wurde vom dunklen verschluckt.

»Einen Moment, dein Schlüssel.« Er nahm unseren Schlüssel von seinem Bund und hielt ihn mir hin. »Und sag dem Mädchen Danke für die Katze«, sagte er noch, bevor er ins Auto stieg.

»Sie hat gesagt, sie hat dir eine Blondine gebracht, damit sie im Winter deine Nächte erwärmt.«

Er lächelte knapp und gab nicht preis, ob er jemanden hatte, der ihm im Winter die Nächte erwärmte.

Er drehte den Zündschlüssel um, fuhr aber noch nicht los, er zögerte, ob er noch etwas wegen des Alten sagen sollte oder über das Leben im Allgemeinen, und da kam ein schrecklicher Aufschrei aus dem Haus und zerschnitt die Luft. Er sprang aus dem Auto, rannte als erster ins Haus und ich hinterher, der Junge war so blass, dass er grau aussah, die Katze lag auf dem Boden, auf dem Rücken, und schrie, Wodka stand über ihr mit glühenden Augen und gefletschten Zähnen, und sein Knurren ließ das Geschirr im Trockengestell erzittern.

»Er hat sie vom Tisch geworfen, er will sie umbringen«, rief Nadav mit bebender Stimme.

Der Blick, den Amos dem Hund zuwarf, ließ ihn erstarren und lähmte ihn. »Rühr dich nicht«, fauchte er und versetzte ihm einen Schlag auf die Schnauze. Er hob die kleine Katze hoch, tastete über ihren blonden Rücken. »Es ist ihr nichts passiert, sie ist geschmeidiger als eine Eidechse«, sagte er. »Los, bring ihr Milch, Junge. Sie hat neun Leben.« Er massierte ihren Rücken noch stärker, und in kürzester Zeit hatte er ihre Zuversicht ins Leben wiederhergestellt. Ich ging zu Nadav, um seinen zitternden Händen zu helfen und Milch in ein Schälchen zu gießen. Der Hund legte sich mit hängenden Ohren hin, verbarg die geschlagene Schnauze am Boden und machte sich klein.

»Wenn du eine Idee hast, welchen Namen sie bekommen soll, dann ruf mich an, damit ich zustimme.« Er legte seinen Arm um Nadavs schmale Schultern. »Er wird sie nicht noch einmal anrühren.« Er streckte drohend einen Fuß nach dem Hund aus, um ihn daran zu erinnern, dass es ein Gesetz und einen Richter gab. Dann verließ er das Haus, stieg ins Auto und fuhr los.

Ganz ohne Absicht und ohne Ehemann waren wir eine vierköpfige Familie geworden, mit einem Dutzend Beinen und zwei Schwänzen. Der Alte wird nach Hause kommen, er wird den Bevölkerungszuwachs sehen und mich anklagen, den Mietvertrag gebrochen zu haben. Aber warum schwarzsehen? Vielleicht wird der Alte mit einem reparierten Herzen zurückkommen und großzügig und milde gegen alle Mitgeschöpfe sein.

Dank dem Aufpasser dort oben, der gewusst hatte, wann er diese Katze in unser Leben schicken sollte, die Katze, die das Herz des Jungen eroberte, als wäre ihm eine Schwester geboren worden. Danke für das Gleichgewicht, er hat uns an einer Stelle etwas genommen und an einer anderen etwas gegeben. Einen ganzen Abend lang fiel kein Wort über seinen Vater, es ging nur darum, wo sie schlafen sollte, wie sie Pipi macht und was ist, wenn sie nachts jammert, oder wenn sie friert und zu ihrer Mutter möchte ... Er legte sie vor der Badewanne ab, als er sich wusch, sie wich vor dem Wasser zurück, das auf sie spritzte, und er war glücklich.

»Ich weiß es, Mama! Emotion!«

»Was für eine Emotion?«

»Der Name für die Katze, Emotion.«

»Du musst Herrn Levis Sohn fragen, ob er einverstanden ist.«

Nackt, nur in ein Handtuch gewickelt, wartete er, bis ich auf dem Handy seine Nummer gewählt hatte.

»Ich habe einen Namen für sie, Emotion«, schrie er ins Handy.

»Emotion? Gib mir einen Tag zum Nachdenken«, antwortete das Herrchen.

»In Ordnung«, sagte der Vormund und gab mir das Handy zurück.

Wieder wurde uns bewiesen, dass die Schöpfung im Gleichgewicht war, eine Emotion ging verloren, und wir hatten eine andere dafür bekommen.

Wodka schlief neben der Tür ein, armselig und besiegt, das blonde Kätzchen schlief in einer Waschschüssel, die wir für sie ausgepolstert hatten, neben dem Bett des Jungen, der Junge schlief ein, mit dem Gesicht zur Waschschüssel. Ich ging hinaus, setzte mich auf die Schaukel, betrachtete das Leben und sagte, warte ein bisschen, Leben, schaukle auch du ein wenig, was hast du es so eilig? Hole tief Luft, zieh diese Nacht in dich ein, lass dich vom Hier und Jetzt berauschen, da ist der magere Mond, der über dem Wald hängt, die Grille, die irgendwo im Gras zirpt, ein trockenes Blatt, das vom Zitronenbaum fällt, ein Junge, der in seinem Bett schläft, eine Katze in ihrer Waschschüssel, ein gekränkter Hund. Nur keinen Millimeter weiter denken.

Halte dich ruhig, Leben. Hör auf mit »was wird mit dem Laden sein, was wird mit der Bank sein«, du wirst es nicht schaffen, du wirst mich nicht dazu bringen, Selbstmitleid zu haben, weil ich nicht den Mann habe, den ich hatte, du wirst mich nicht dazu bringen, dass ich in dem wühle, was ich hatte, und mir einen folkloristischen Abend mache mit »warum ist mir das passiert und wie«.

Mag sein, dass auf irgendeinem Berg oder in irgendeiner Bar ein magerer, kahl geschorener Mann mit einer verbundenen Hand sitzt, den letzten Schimmer des Lichts betrachtet, den der Steinball über uns zurückwirft, und am Rand der Atmosphäre kreuzt sich die Bahn seines Blickes mit meinem. Nun, und wenn? Nichts. Es ist Zeit für weniger Romantik, es ist Zeit, die beiden Vögel auf dem Baum in Ruhe zu lassen und den festzuhalten, den man in der Hand hat. Ich bin gesund, ich habe einen wunderbaren Sohn, einen hinkenden Laden, einen Beruf, einen Hund und eine Katze, wie viele Menschen auf der Welt können eine solche Vermögenserklärung vorweisen? Unter uns, ich habe keine schlechten Karten für dieses Spiel, das man Leben nennt, und ich habe genug Geschicklichkeit und den Wunsch, es richtig zu spielen.

Die Schaukel schaukelte mich und ließ das Leben eindösen, das sich neben mich setzte, bis es bequem und entspannt wurde. Der Duft der feuchten Kiefern erfüllte den Garten, ein Stück wunderbare Gegenwart umfing mich. Derselbe Gott, der mir am Mittag den Himmel über dem Russischen Platz zerschmettert hatte, hatte ihn bis zum

Abend repariert, er hatte ihn gespannt und Sterne darübergestreut.

Das Telefon klingelte. Hoffentlich der Mann vom Berg oder jener mit der verletzten Hand. Es war keiner von beiden, es war Scha'ul Harnoi. »Es tut mir leid, dass ich dir kein gutes neues Jahr gewünscht habe ...«

»Du hast nichts verpasst.«

»Stimmt, es gibt noch eine Chance bis zum Jom Kippur und auch noch danach. Ehrlich gesagt, ich weiß nicht, was ich dir wünschen soll.«

»Warum hast du dann angerufen?«

»Ich hatte Sehnsucht.«

Ich nicht. Ich schwieg, neue Sorgen ließen die alten verblassen, er war schon im Gepäck des Lebens, das neben mir auf der Schaukel eingeschlafen war.

»Kann ich dich irgendwann sehen?«

»Zwischen acht und vier im Laden.« Ich lachte, aber er hörte, dass es vorbei war, und sagte: »Gut, ich wünsche dir ein gutes Jahr, und trotzdem ... Na ja, nicht wichtig.«

Ich machte den beiden Sternen, die rechts neben dem Mond flimmerten, ein Victoryzeichen und bedeutete ihnen, sich aus ihrem Kreis zu lösen und mir auf der Schaukel Gesellschaft zu leisten.

Am Mittag hatte ich das Ende der Welt gesehen, und in der Nacht sah ich eine endlose Welt.

König, tötender und belebender und Rettung erschaffender.

10

An den Tagen der Reue, als der Himmel überfüllt war und die Welt nicht wie sonst, war es schwer, die persönliche Last von der allgemeinen zu unterscheiden. Nur wenn sich das Gericht dort oben zum jährlichen Urlaub trifft und die Roben der himmlischen Verteidigung zusammengefaltet sind, können wir uns dem zuwenden, was wir haben und was nicht.

Die Sonne hatte ihre sommerlichen Auftritte schon hinter sich, aber am Ersten des Monats Cheschwan zeigte sie sich in ihrer ganzen Pracht und brannte heiß. Der Junge betrachtete die Hitze von unserem Fenster aus und rief: »Herr Levi! Herr Levi kommt!«

Der Alte kehrte allein nach Hause zurück. Das Taxi stand vor seinem Tor, sein Stock wurde herausgeschoben, tastete nach einer Vertiefung im Sand und bohrte sich hinein, Die Sonne schickte Strahlen auf die Hand, die den Stock hielt, und beleuchtete die alten Gelenke, die sich um ihn schlossen. Seine knochigen Knie tauchten auf, sein Körper bewegte sich sehr, sehr langsam, bis er aus dem Auto gestiegen war, und das Licht blendete ihn. Er hob eine durchsichtige Plastiktüte, um seine Augen zu schützen, und die

Sonne drang durch die Tüte und ließ Hausschuhe sehen, einen Kamm und eine Zahnbürste.

»Warte, warte, wir werden noch sehen, wer wen begräbt.« Sein Stock fuchtelte einem Hahn der Horowitz entgegen, der zwischen den Torpfosten herumtrippelte. Der Hahn war schneller als der Stock, er stieß einen Schrei aus und brachte sich in Sicherheit.

»Guten Tag, Herr Levi«, rief der Junge erfreut aus dem Fenster. Der Stock, der den Hahn in die Flucht getrieben hatte, wurde nun grüßend zu dem Jungen erhoben. Wegen des grellen Lichts hob der Alte den Blick nicht zu uns, aber sein Stock bewegte sich nach rechts und nach links und malte einen weiten Bogen in die Luft. So weit, dass wir überzeugt waren, dass er sich freute, uns zu sehen. Der offene Hemdknopf ließ eine frische senkrechte, rote Narbe auf seiner Brust sehen, die Stelle, an der der Chirurg seine geologischen Schichten geöffnet hatte, durch all seine Babuschkas hindurch, und alles gesehen hatte. Mager und gebeugt wegen der Operation stieg er die Stufen zu seinem Haus hinauf, öffnete die Tür und trat ein, und niemand erwartete seine Ankunft. Wir nahmen Brötchen und Milch aus unserem kleinen Vorrat, eine Tomate, Käse und Marmelade und gingen zu ihm. Er öffnete die Tür spaltbreit, fragte, was wir wollten, schaute uns mit zornigen Augen an und nahm, was wir ihm gebracht hatten, murrte einen Dank und sagte: »Ich sehe, dass dir die Achtundzwanziger noch passen, sie werden auch im Winter noch gut sein, aber warum putzt du sie nicht? Du musst sie putzen, hast du gehört?«

Weil er so versöhnlich war, fragte ich ihn, ob seine Kinder wüssten, dass er aus dem Krankenhaus entlassen worden war.

»Wofür? Der Große hat mit seinen eigenen Angelegenheiten genug zu tun, und Schoschana hat selbst ein lahmes Herz.«

Auch Nadav erkannte die Gunst der Stunde und sagte: »Wir haben eine neue Katze. Sie heißt Emotion.«

»Das ist ein Wort aus der Psychologie, kein Name für eine Katze.« Er machte die Tür ein Stück weiter zu und wich zurück, hinter ihm herrschte das Dämmerlicht heruntergelassener Rollläden, muffiger Geruch drang bis zur Tür.

»Die Katze gehört Ihrem Sohn, wir ziehen sie nur für ihn auf.« Der Junge bemühte sich, ihn ihretwegen gnädig zu stimmen.

»Ist das seine Bezahlung dafür, dass er tagelang bei Ihnen geschlafen hat? Eine Schande. Bekommt ein Hotel und bezahlt mit einer Katze.« Er atmete schwer. Das Stück Stirn, das im Türspalt zu sehen war, war feucht und blass. Ich bat ihn, alles stehen und liegen zu lassen und sich erst ein bisschen hinzulegen.

»Herr Levi, nicht alles, was man tut, tut man für Geld.« Mit diesen Worten zog ich Nadav hinter mir her.

»Sie brauchen mir keinen Unterricht zu geben. Ich könnte Ihr Großvater sein. Außerdem soll er mir keine neuen Mieter bringen. Ich habe an Sie vermietet, nicht an irgendeine Katze.« Er war wieder der Alte wie vorher. Die versöhnliche Stunde war vorbei. Ich griff fester nach der Hand des Jungen, wir gingen die Stufen hinunter, und hinter uns wurde die Tür zugeknallt. Der Junge machte sich daran, seine Schuhe zu putzen, und ich rief Amos an, um ihm mitzuteilen, dass sein Vater zurückgekommen war und sein streitsüchtiges Leben wieder aufgenommen hatte.

»Er gibt Gott nicht so schnell nach, er hat noch eine offene Rechnung mit dem Himmel, das weißt du doch.«

»Du auch, oder?«

»Ich? Die leeren Räume zwischen den Galaxien schulden mir nichts. Und was ist mit dir?«

»In der Sache mit dem Himmel oder allgemein?«

»Sowohl als auch.«

»Was den Himmel betrifft, so ist meine Beziehung mit ihm nicht konsequent und nicht geordnet. Und allgemein – wir sorgen gut für deine Katze und sehen Erfolg, sie hat zugenommen, und ihre Probleme mit dem Hund werden einfacher, je besser sich ihre Lungen entwickeln, sie produziert ein Fauchen, das ihm solche Angst macht, dass er nur mit Beruhigungstabletten zu besänftigen ist.«

»Ich habe nach dir gefragt, und du antwortest mit der Katze.«

»Dafür hat man eine Katze.« Er ist kein Kind mehr, dieser Amos, er hat schon Menschen getroffen, denen die Haut brennt und die über ihren Papagei oder ihre Katze sprechen. Ein Mann mit seiner Lebenserfahrung wird doch nicht erwarten, dass ich ihm beichte, wie gut der Herbst und der Blätterfall mir tun und dass ich mich mit den Bäumen identifiziere, die auf das Alte verzichten und sich mit der armen, sauberen Nacktheit auseinandersetzen. Er ist nicht der Mann, dem ich sagen könnte, dass ich ein paar Tage Regen brauche und ein Kilo oder zwei existenzielle Traurigkeit, um zu entscheiden, ob ich auf dem Papier verheiratet bleibe, ob ich auf dem Papier geschieden sein will, ob ich dem Gefühllosen eine Chance geben soll, dass sein emotionaler Stumpf nachwächst.

»Sie ist schon groß, du kannst sie zu dir holen, deine Hunde werden nicht den geringsten Eindruck auf sie machen.« Die Katze, die gewachsen war, hatte es nicht geschafft, mir zu gefallen. Ich hielt ihre Schlauheit nicht aus, ihre herrschsüchtigen Sprünge, die läufigen Kater, die sich nachts unter unserem Fenster versammelten, die Niedergeschlagenheit, die Wodka befallen hatte. Eine Katze, die keine Spur von Dankbarkeit zeigt, die sich aufbläst, als schulde die Welt ihr etwas. Der Junge stellte alles Mögliche mit ihr an, er setzte sie auf sein Fensterbrett, um ihr die Wunder des Hofs zu zeigen, und sie schlug ihre scharfen Krallen ins Holz und war zornig auf die Welt, die sich nicht genug anstrengte für sie.

Ihr Herrchen sagte, wenn er bei Gelegenheit ins Dorf komme, werde er sie mitnehmen, oder wenn wir zufällig mal in den Norden führen, könnten wir sie ihm bringen. »Was immer zuerst passiert«, sagte er, und das Gespräch ging zu Ende, wie viele nichtssagende Wörter kann man schon auf eine Katze von mittlerem Gewicht laden, wie viele Säcke mit Nichts kann sie schleppen?

»Gut, was immer zuerst passiert.« Insgeheim wusste ich schon, dass es das Richtige wäre, sie zu ihm zu bringen, damit sie sich aneinander gewöhnten und sie, wenn der Winter kam, ihren Auftrag erfüllen und ihm die Nächte erwärmen konnte. Der Junge freute sich über die Idee, in den Norden zu fahren, und war traurig wegen des Zwecks der Reise. Er hatte sich noch nicht von einer Trennung erholt, da stand ihm schon die nächste bevor.

Nachdem wir das Jahr mit gebrochenen Gefäßen begonnen hatten, kam Madonna und bewies, dass es möglich war, Gebrochenes zu reparieren. Der Laden hatte noch nie so geblüht, wie er unter ihren Händen blühte, seit sie zur Haupthelferin aufgestiegen war. Anfangs kamen die Leute, um ihre Frisur zu bestaunen, an manchen Tagen sahen ihre Haare aus wie gegelte Igelstacheln, dann wieder wie die Stacheln eines Stachelschweins, oder sie hatte schwarze

Löckchen wie aufgeschäumte Sahne, oder die Krone eines Wiedehopfs, oder eine schwarze Locke, die wie eine Sechs in ihre Stirn hing. Auch ihre Kleidung, in die sie ihren geschmeidigen Körper steckte, verführte die Passanten zu einer Pause mit Milch und Brötchen. Sie kamen, um Schnüre zu sehen, Pailletten, Flicken, Samt, Röhrenkleider, denen es an Stoff fehlte, winzige Cloche-Röckchen, raschelnde Bänder, und Ausblicke auf ihren Bauch, wenn sie die Arme reckte. Und sie hörten sich ihre kernigen Sprüche und Schlagworte an, was ist mit Ihnen, dieser Käse? Eine einmalige Ziege hat ihre Milch dafür hergegeben, und diese Pasta? Eine bessere gibt es nicht. Oliven in dieser Größe? Im Supermarkt macht man drei aus so einer großen. Wenn Sie geräucherten Fisch wollen, gehen Sie zum Supermarkt, dort kriegen Sie auch den Magenkrebs zum halben Preis, bei uns bezahlen Sie die Sardinen und bekommen dazu eine Portion Omega 3 umsonst. Hören Sie doch auf mit Vollkornbrot, als ob es Brot gäbe, das nicht aus Korn gemacht würde. Wenn nicht aus Korn, etwa aus Steinen?

Sie hätte eine Ladentheke am Pol aufstellen und mit Eis spekulieren können und wäre dabei reich geworden, die Eskimos hätten bei ihr Schlange gestanden.

Der Strom der Kunden war lebhaft, wir schlossen später, abends sammelten sich auf dem Platz vor dem Laden Käufer von Bier und Zigaretten. Die Finger mit den schwarz gelackten Nägeln tanzten vom Morgen bis zum Abend über die Tasten der Kasse. Sie war ständig beschäftigt, während ich mich um die Bestellungen, die Retournierungen und die Rechnungen kümmerte. Manchmal rief ich sie zur Ordnung und wies sie auf die Knappheit des Saums oder die Tiefe ihres Ausschnitts hin, ich sagte ihr, wenn du dich bückst, sieht man deinen Bauchnabel, und wenn du

Keksschachteln von oben herunterholst, sieht man deine Unterhosen, ich verbot ihr, Kaugummi zu kauen, wenn sie Kunden bediente, und ich schimpfte, als sie einen Milchlieferanten einen Hurensohn nannte. Sie machte den Laden morgens auf und schloss abends die Kasse und verriegelte die Tür. Manchmal schlief sie nachts im Laden, sie hatte im Lager eine Matratze, ein Kissen und eine Decke, ebenso einen roten Koffer mit einigen Unterhosen und Kleidern, die nichts wogen. Ich übersah den Alkohol, den sie auf Kosten des Hauses trank, und die Zigaretten, die sie sich nahm. Solange sie nicht übertrieb, ließ ich ihr diese kleinen Freuden.

Eines Morgens kam ein orthodoxer junger Mann mit einer glatten, weißen Stirn in den Laden, mit einem weichen Bart und traurigen Augen. Er senkte die Augen vor meinem Blick und fragte, ob Rivka Schajnbach hier arbeite.

»Madonna, jemand sucht dich«, rief ich.

Sie putzte den Laden und rief zurück: »Wer?« Einen Moment später kam sie heraus, mit wildem schwarzem Schopf, klopfte sich den Staub aus dem Rock und kam auf die Theke zu, der junge Mann sah sie, bevor sie ihn bemerkte, er schaute zur Seite, zu den Säcken mit Bohnen und Reis, und sagte: »Rivka, Vater ruhe in Frieden, die Beerdigung ist um zwei Uhr.«

»Ich bin für ihn schon seit zwei Jahren ›sie ruhe in Frieden‹, er hat meinetwegen seine Kleidung zerrissen und mich zur Hölle geschickt, was willst du, Nachman, dass ich zur Beerdigung komme?« Sie trat näher, blieb einen Meter von ihm entfernt stehen, ihr Gesicht hatte jede Farbe verloren.

»Rivka, es ist Vater.« Er schaute sie an, senkte aber schnell wieder den Blick. Ihre grüne Bluse saß zu eng auf den schmalen Rippen, und über dem Rockbund war ein Stück ihres nackten Bauchs zu sehen.

»Er ist dein Vater«, sagte sie, sie ballte die Hände zu Fäusten, und ihre Augen glühten in dem blassen Gesicht. »Soweit es ihn betraf, war ich schon seit zwei Jahren tot.«

»Du sollst deine Eltern ehren, Rivka. Die letzte Ehre.« Er sprach mit demütiger Stimme, sein Hals war gesenkt, sein Gesicht angespannt, seine Haut war so weiß wie die seiner Schwester, seine Augen ebenso schwarz, seine eine Hand tastete über die Schaufäden, die andere wusste nicht, was sie tun sollte, er öffnete und schloss die Finger.

»Ihr seid alle Angsthasen, Nachman. Du, Mutter und Channa und Towa und Jankel und Menachem, ihr seid alle Angsthasen, einer wie der andere. Plötzlich, nachdem er gestorben ist, fällt euch ein, dass ihr eine Schwester habt. Rivka ist auferstanden. Hätte er weitergelebt, wäre Rivka weiterhin tot gewesen.«

»Das ist nicht die Zeit, um abzurechnen, Rivka. Du sollst deinen Vater und deine Mutter ehren, auf dass du lange lebest auf Erden.« Sein Blick, den er zu ihr hob, war flehend, als fürchte er mehr um ihr Wohlergehen und um ihre Abrechnung mit dem Himmel, als um die Ehre seines Vaters.

»Richte der Familie Schajnbach das Beileid von Rivka aus, sie ruhe in Frieden.« Sie zog eine Zigarette aus der Schachtel, die auf der Theke lag, und steckte sie unangezündet zwischen die Lippen. Nachman verstand genau, was diese Zigarette ihm sagen sollte, nämlich: Ich lebe mein Leben und ihr eures.

»Gut ... also ...« Er wusste nicht, wie er mit Zigaretten reden sollte, senkte den Kopf und wandte sich zum Gehen.

»Vielleicht möchtest du ein paar Schachteln Kekse und

Saft mitnehmen, damit ihr etwas für die Schiwa habt.« Ich wollte ihn nicht ungetröstet gehen lassen, aber er lehnte ab. »Danke, das ist nicht nötig.« Seinen schwarzen Schuhen war anzusehen, dass er nicht gerade im Wohlstand lebte, ebenso seinem zerschlissenen Kragen. Er küsste die Mesusa und ging mit gesenktem Kopf davon, Richtung Bushaltestelle. Madonna stellte sich vor den Laden und schaute ihm hinterher, sie stieß dichten Rauch aus Nase und Mund, als wollte sie, dass der Rauch ihn einhole, ihn begleitete bis zur Familie Schajnbach, und ihr einen rußigen Gruß von ihr brächte. Sie fuhr sich wild durch die Haare und trat mit dem Fuß gegen die Steine des Gehwegs. Es war schwer vorstellbar, dass ihre schmalen Lungen fähig sein sollten, solche Massen Rauch auszustoßen, sie rauchte, als wäre in ihr ein Brand ausgebrochen und würde dichtes Gift aus ihrem Hals und ihren Nasenlöchern blasen, und sie rührte sich nicht von der Stelle, bis der Autobus an der Haltestelle ankam und Nachman mit sich nahm. Die Türen gingen zu, und sie warf die Zigarette auf den Boden, trat sie mit dem Absatz aus, kam in den Laden, nahm das Brotmesser, setzte es am Ausschnitt ihrer Bluse an und schnitt einen Riss in den Stoff. Sie nahm ein Seelenlicht aus der Packung mit den Kerzen, zündete den Docht mit ihrem Feuerzeug an und brachte die Kerze ins Lager, wobei sie die Flamme mit der Hand schützte, und stellte sie auf den Rand des Waschbeckens.

»So, bis dahin war es Rivka, jetzt ist es wieder Madonna«, verkündete sie, zog den Schminkbeutel aus ihrer Tasche, malte die Lippen schwarz an, betonte die Augenbrauen, tuschte die Wimpern, legte Rouge auf die Wangen, drückte etwas Gel aus der Tube und fixierte ihre Tolle, nahm dann noch ein Fläschchen Parfüm und betupfte ihren Nacken.

»So. Rivka ist wieder in die Hölle zurückgekehrt, sie hat nichts zu tun mit Rafael Schajnbach, es geht ihr am Arsch vorbei, ob er lebt oder gestorben ist.« Sie prüfte ihr Aussehen in einem kleinen Spiegel, den sie in der Schublade unter der Theke aufbewahrte. »Weißt du was? Die Verbrecher in der Hölle haben viel gelacht über Rivka, sie konnten einfach nicht glauben, dass man sie wegen einer einzigen Zigarette hingeschickt hatte, die sie am Schabbat geraucht hatte. Die Bösewichte in der Hölle kannst du dir nicht vorstellen, und ihr Vater schickte eine Siebzehnjährige dorthin, wegen einer Zigarette am Schabbat.«

Eine Kundin betrat den Laden, fragte, ob die Milch frisch sei, und wühlte in der Kiste mit den Brötchen. Nach ihr kam Amjad, im roten Hemd des Billigmarkts, in seiner Pause auf einen Sprung vorbei und brachte sein Baguette gleich mit.

»Du hast einen Riss in der Bluse«, sagte er zu Madonna.

»Das ist jetzt Mode.«

»Gott behüte, morgen werden sie mit zerrissenen Unterhosen herumlaufen. Wie geht's?«

»Alles in Ordnung«, sagte sie und drückte die Lippen zusammen, um den Lippenstift zu verteilen.

»Gibt es etwas Neues?« Er schaute sich um und nahm einen großen Bissen Baguette, schaute auf die Uhr, kaute und schluckte.

»Nichts«, sagte sie, ihre lackierten Fingernägel trommelten auf das Brotmesser und spiegelten sich in der glänzenden Klinge.

Er ging ins Lager, um sich die Hände zu waschen, sah die brennende Kerze und fragte, ob das wegen der Schoah oder wegen der Gefallenen des Unabhängigkeitskriegs wäre.

»Nicht jedes Leid hat mit der Schoah oder der Unabhängigkeit zu tun«, sagte sie, ganz Haut und Nerven. »Man kann auch eine Kerze für eine Katze anzünden, die überfahren worden ist, oder für einen Verrückten, der einem wehgetan hat. Wer kann es einem verbieten.«

»Ist dir eine Katze überfahren worden? Welche? Diese kleine gelbe?«

»Lass mich doch in Ruhe. Wie geht es den Vögeln?«

»Sie wachsen. Jeden Tag ein bisschen mehr. Der Pfau hat schon drei blaue Augen im Schwanz. Meine Kinder stellen sich an, als wäre ihnen ein Bruder geboren worden, den ganzen Tag reden sie, was er gemacht hat, was er gegessen hat, was er geschissen hat, meine Frau sagt, sie verehren diesen Vogel, als wäre er Gott.« Wieder warf er einen Blick auf seine Uhr, wischte sich über den Mund, strich sein Hemd glatt, und bevor er zu den Zwiebeln und den Zucchini des Supermarkts zurückkehrte, sagte er zu mir: »Hoffentlich kommt dein Mann bald zurück. Aber Madonna stellt sich gut an. Ein Glück, dass du sie genommen hast. Gott soll dir und deinem Jungen helfen.«

Die Worte kamen aus seinem Mund, zusammen mit dem Geruch des warmen Baguettes, das er gegessen hatte, und weckten in mir eine Rührung, wie man sie sonst bei den Zeilen eines Gedichts empfindet.

Er ging hinaus, blieb auf dem Gehsteig stehen, schaute nach rechts und links, überquerte mit schnellen, erschrockenen Schritten die Straße, und die automatische Tür des Supermarkts öffnete sich vor ihm und schloss sich hinter ihm.

»Du kannst es noch schaffen«, sagte ich zu Madonna, es war halb zwei.

»Wohin?«

»Zur Beerdigung.«

»Du kennst meinen Vater nicht. Er wird aus dem Grab springen, wenn er mich dort sieht, er wird mich im Leichentuch verfolgen.« Sie stampfte mit dem Fuß auf, trommelte mit den Fingernägeln, knirschte mit den Zähnen, trieb zur Eile, wollte die Zeit mit Gewalt vorwärtsdrängen, und als sie im Radio sagten, es ist vierzehn Uhr, legte sie eine Kassette von Britney Spears ein und spielte sie in Diskothekenlautstärke ab, um die Stimmen der Beerdigungsgesellschaft und alles andere zu übertönen, was Akavja Ben Mahalal gesagt hatte, und damit die Seele ihres Vaters es hören musste, falls sie auf ihrem Weg nach oben über den Laden flog. Bitte sehr, soll seine Seele Britney Spears hören, soll er mit den Ohren schlackern.

»Meine Schwester Hanna hat geheiratet, und sie haben mir nichts davon gesagt, sie haben mich nicht eingeladen, sie haben mir keinen einzigen Krümel vom Kuchen aufgehoben. Für freudige Feste bin ich nicht gut genug, aber für den Friedhof schickt man mir eine persönliche Einladung.«

Eine Frau trat ein. »Was für eine Musik, was wird heute hier gefeiert, eine Hochzeit?« Sie hielt sich die Ohren zu und fragte, was Feuchtreinigungstücher kosteten. Ich ließ zu, dass Madonna gegen die Gegenwart tobte und sie mit Dezibel schlug, solange die Beerdigung ihres Vaters dauerte, nach einer halben Stunde stellte ich den Kassettenrekorder leiser, und damit endete die Trauerfeier, die im Laden für Rafael Schajnbach abgehalten wurde. Die Kerze löschte ich nicht, und Madonna ging immer wieder mal ins Lager und warf einen schnellen Blick auf die Flamme. Ein kleines Stück von Rivka Schajnbach steckte noch in ihr, das hatte sie noch nicht herausreißen können. Dieses Stück Rivka befahl ihr am nächsten Tag, für eine Stunde den Laden zu verlassen, zum Friedhof zu fahren und einen Stein auf das Grab zu legen.

»Ich habe ihm einen spitzen Stein hingelegt, so einen, wenn man jemanden mit dem trifft, dann sei Gott ihm gnädig.« Sie atmete tief, und ein Seufzer der Erleichterung verriet der Welt, dass sie ihre Rechnung mit einem wichtigen Thema abgeschlossen hatte. Doch sosehr sie sich auch bemühte, Madonna zu sein, sich anzog und schminkte wie Madonna und rauchte, blieb die kleine Rivka, die in ihr steckte, stur und brachte sie dazu, während der sieben Trauertage nervös und aufbrausend zu sein. Einmal rief sie in ihrem Elternhaus an und verlangte, mit Nachman zu sprechen, man sagte ihr, er sei mitten im Gebet und wollte wissen, wer ihn suchte, sie legte auf und rief kein zweites Mal an. Ich hörte, wie schnell sie atmete, und sah, wie sie Brotkrümel rollte, und sagte mir, vielleicht sind ja alle Entwurzelten so. Eines Morgens stehen sie auf, schneiden die Verbindung durch und gehen fort, aber für immer wird eine winzige Wurzelzelle in ihnen bleiben, und niemand wird etwas davon erfahren, bis sich zufällig eine Gelegenheit ergibt. Auch in meinem Mann wird sich, selbst wenn er auf einem Gipfel im Himalaja lebt, abgeschnitten von Gott und den Menschen, an irgendeinem Tag etwas regen und ein Samenkorn wird aufgehen. Seltsam, dass die dünne, leichtsinnige Madonna mich an Gideon erinnerte, aber wenn eine schwangere Frau die Straße entlanggeht, sieht sie lauter Schwangere, und eine Frau, deren Mann eine Metamorphose durchgemacht hat, sieht Metamorphosen.

Und wie einer Schwangeren, die in ihrer Schwangerschaft aufgeht, sodass niemand sie daran erinnern muss, so ging es mir auch, ich atmete, ich aß, ich schlief und beschäftigte mich ständig mit Gideons Rückzug aus unserem Leben.

Wäre er in Feindseligkeit gegangen oder wäre er gestorben, hätte ich jemanden gehabt, den ich hassen oder um den ich hätte weinen können. Ich hätte einen Haufen Formulare auszufüllen gehabt, beim Rabbinat vorsprechen und einen Erbschein besorgen müssen, aber nun, da er so gegangen war, waren mein Kopf und mein Herz durcheinandergeraten, und ich wusste nicht, wie ich sie versöhnen und alles wieder zurechtrücken konnte.

Trotzdem waren die ersten Tage des Cheschwan ziemlich ausgewogen in dem, was sie von uns verlangten und was sie uns gaben. Der Laden blühte, Kunden kamen und gingen, die Retouren wurden weniger, die Bestellungen und die Gewinne größer, Madonna war die richtige Person zum richtigen Zeitpunkt. Demgegenüber verlor die Aktie von Emotion, der gelben Katze, ständig an Wert, ihre Verhaltensstörungen waren so ausgeprägt, dass Nadav überzeugt war, sie sei eine Hexe, die sich als Katze verkleidet hatte, er bekam Angst, sie würde noch einmal zaubern und uns in Mäuse verwandeln. Die Frage, sie von uns zu entfernen, wurde entschieden, als sie Nadav eines Tages anfiel, und ohne den lauten Schrei, den ich ausstieß, hätte sie ihre Krallen in seinen Hals geschlagen. Wir befestigten eine lange Leine an ihrem Halsband und banden sie an einen Pfosten der Schaukel. Bei ihrem Geschrei flogen die Vögel erschrocken auf und den Hühnern sträubten sich die Federn, der Alte schob seinen Kopf durch das Fenster, warf einen feindseligen Blick in unseren Hof und sagte: »Sagt ihm, wenn er nicht kommt und dieses Vieh hier wegholt, wird er es erst in der nächsten Welt wiedersehen. Ich habe ein ausgezeichnetes Gift vorrätig für solche Fälle.«

Wir riefen ihn an und sagten ihm: »Morgen bringen wir sie zu dir.«

Wir sagten Madonna und der Kindergärtnerin Bescheid, dass wir uns einen Tag freinahmen, liehen uns einen Käfig aus einer Kleintierhandlung, packten Emotion hinein und stellten den Käfig ins Auto. Sie brach in wütendes Fauchen aus, zerkratzte den Käfig, sprang gegen den Deckel und schlug gegen die Gitterstäbe. Doch wenige Minuten, nachdem sie von dem Wasser getrunken hatte, in dem wir ein Beruhigungsmittel aufgelöst hatten, wurde sie schwer, ihre Glieder entspannten sich, sie rollte sich auf dem Käfigboden zusammen und schlief ein.

Endlich lockerte sich der Nacken des Jungen, er lehnte sich zurück und betrachtete die Schäfchenwolken, die am Himmel hingen. Er fragte, ob Galiläa in Israel liege und ob in Galiläa jetzt Winter sei, und ob es dort jetzt früher Morgen oder später Abend sei. Ich versuchte, ihm zu erklären, was in Begriffen des Erdballs nah oder weit war, wie die Tage und die Jahreszeiten vergingen, und versprach, einen Globus zu kaufen, um ihm die wichtigsten Dinge des Planeten zu zeigen, auf dem sich unser Leben abspielt. Wir fuhren auf einer Straße, die sich durch ein langes Tal zog, wir sahen weite Felder, vertrocknete Hügel, ausgelaugte Erde und Gebiete, die von den Menschen nicht in Ruhe gelassen wurden, von denen er verlangte, dass sie sich bemühten und gehorchten. Der Junge staunte darüber, dass der Himmel die Bergkette berührte, fragte, warum der Regen sich entlud, bevor er die Bergkette erreichte, warum die Schäfchenwolken so langsam weiterzogen und warum die Berge aussahen, als wären sie zerbrochen. Und was passiert, wenn es noch einmal so ein Erdbeben gibt, wie du mir erzählt hast, und wir mit dem Auto unterwegs sind.

Kein Requiem von Verdi hätte anrührender sein können als die Stimme des Jungen, der Fragen zu Dingen stellte, die er nicht verstand, und ich gab viele Antworten. Dank dem, der die Dinge erschaffen hat, die erhaben sind, die Berge, die Täler, die Wolken, die zerbröckelnde Erde, und uns damit von den kleinen Dingen ablenkt, die uns in der Kehle stecken bleiben und uns zu ersticken drohen.

»Mama, kommen wir Papas Platz näher oder entfernen wir uns weiter?«

»Wir fahren zu Amos, um ihm seine Katze zu bringen.«

»Aber ist Papa in dieser Richtung oder in der anderen?«

»In der anderen. Schau mal, diese Frau, der schwere Sack fällt ihr nicht vom Kopf.«

Es klappte, er richtete den Blick auf die Frau, drückte die Stirn an die Autoscheibe und hörte auf, nach seinem Vater zu fragen. Aber wer will solche Siege. Wer will eine schwer beladene Beduinin einsetzen, um den Sohn hereinzulegen und um seine Naivität auszunutzen, wer will sich schuldig fühlen, wer will bestechen und ein Bonbon anbieten.

»Was für eines?«

»Ein rosiges Toffee.«

Er fragte, ob der Geruch des Bonbons Emotion nicht aufwecken würde, und wickelte die Süßigkeit aus dem Papier, teilte sie mit den Zähnen, lutschte und kaute und schwieg, bis er eindöste und im Schlaf kleiner aussah als sonst, sein Kinn sank in seinen Hals, der Abstand zwischen den Wirbeln verringerte sich, seine Wirbelsäule zog sich zusammen. Der Schlaf verkleinerte seine Gestalt und vergrößerte meinen Kummer über das, was war, und das, was zwangsläufig sein würde, und die Angst vor den Tagen, die ihn erwarteten, wenn er heranwuchs und ihnen allein gegenüberstand. Er lachte im Schlaf, ein kurzes Lachen, als würde er gekitzelt, und seine Lippen waren weich, und der Rest des Lachens blieb auf ihnen zurück. So schlief er viele Kilometer lang, er verpasste die Störche im Tal von Beit Sche'an und die Biegung des flachen Jordans im Jordantal. Ich weckte ihn für den See Genezareth, aber er betrachtete ihn, als würde er noch immer schlafen. Die Katze bewegte sich in ihrem Käfig, sie stieß einen dumpfen Seufzer aus, wachte aber nicht wirklich auf.

Er sagte: »Es sieht so aus wie das Meer in Eilat, wo ich mit Papa war«, als wir am nördlichsten Punkt des Sees stehen blieben, um ihn zu betrachten.

»Das Meer, an dem ich mit Papa war, ist mehr wert. Wenn er erst wieder gesund ist und genug Emotion hat, fahre ich mit ihm dorthin.«

Auch mein Blick ruhte auf dem Wasser, aber was ich darin sah, kam aus meiner Seele, klar und deutlich sah ich Gideon mitten in dem silbrigen See, er war da und nicht da, wie Jesus, mager und kahl geschoren, gleichgültig und gelassen. Wäre er in Reichweite, hätte ich ihn geschlagen und angeschrien, du hast mich geliebt, du hast mit mir ein Kind bekommen, und eines Tages bist du aufgestanden, hast den Tod deines Gefühls verkündet und bist gegangen. Einfach und kurz wie ein Niesen. Hast du beschlossen, aus dem Spiel auszusteigen? Dann sei ein Mann, schneide dir die Pulsadern auf. Wenn du gehen willst, geh. Du hast es nicht getan, du hast nicht das Recht, dem Jungen den Vater wegzunehmen und ihm die Seele zu zerknittern. Und was mich betrifft, wir haben uns auf das Abenteuer eingelassen, das Familie heißt, und dann hast du mir den Mann weggenommen und mich mit einem Mann, der nur in der Kartei des Rabbinats existiert, zurückgelassen, mit Kleidern im Schrank und saurem Aftershave im Badezimmer. Die

Wohnung ist auf unser beider Namen eingetragen, auch die Hypothek, auch das Kind, auch das Ehebett, auch ein paar Träume. Ich hätte dir eine Superohrfeige verpasst, hier, vor den Golanhöhen und vor Palmen mit niedrigen Wipfeln.

»Komm, fahren wir weiter, bevor die Katze aufwacht und uns Theater macht«, sagte ich. »Hast du Lust zu singen?«

»Nein, ich mag nicht.«

»Dann nicht.« Er hatte recht, er würde singen, wenn er Lust dazu hatte, und nicht, wenn seine Mutter Angst hatte vor der Stille. Wir fuhren weiter, und die Stille schwoll an, sie breitete sich aus und erdrückte uns. Wir verließen die Hauptstraße und fuhren eine gewundene, unbefestigte Straße mit vielen Bäumen hinauf, rechts und links neben uns wuchsen dicke Eichen. »Chagis Hof«, stand auf einem Schild, und ein Pfeil zeigte uns die Richtung zum Anwesen. Unter dem Pfeil war ein Zettel befestigt: »Arbeiter gesucht, für Wachdienste und zur Instandhaltung. Wohnmöglichkeit auf dem Hof.« Nur ein Verrückter oder einer, der vor der Welt flieht, würde seine Tage an diesem Ort verbringen wollen, der nach einem toten Jungen benannt ist.

»Wir sind gleich da«, sagte ich, und der Junge richtete sich auf, löste sich von der Lehne und schaute sich um. Er hatte Angst, dass die Schäferhunde, von denen Amos gesprochen hatte, sich auf uns stürzten, und wenn nicht auf uns, dann auf die Katze, oder dass die Katze aufwachte und uns alle angriff. Aber die Hunde lagen unseretwegen an Laufleinen, die den Hof entlangführten, sie rissen rote Schnauzen auf und bellten uns entgegen, ihre Raubtiergebisse glühten in der Sonne und schnappten in die Luft. Das Tor, durch das wir gingen, lag außerhalb der Reichweite ihres Zorns.

Der Hausbesitzer, Herr Levis Sohn, kam uns mit einem

Cowboyhut entgegen, in Arbeitsstiefeln und mit einem Gürtel, an dem eine Baumschere, ein Telefon und eine Pistole hingen. Er zeigte mir, wo ich den Mazda parken konnte, und kam auf uns zu. Sein Cowboyoutfit machte einen großen Eindruck auf den Jungen. »Mama, schau mal, er hat eine Pistole und ...«

Hinter ihm sah ich ein zweistöckiges Steinhaus, weiß gestrichen, mönchisch, einfach, rechtwinklig, Fensterrahmen aus Holz und Rollläden aus Metall. Auch in dem großen Garten war keinerlei Schmuck zu sehen. Keine Rose, keine Lilie, kein Stiefmütterchen. Nur dickblättrige Kakteen und Felsen, die vom Berg bis in den Garten gebracht worden waren. Das Haus, das Anwesen, der Mann schmückten sich nicht und weigerten sich, der Welt zu schmeicheln.

»Wo ist die Dame?«, fragte er.

»In einem Käfig. Sie hat eine Beruhigungstablette bekommen und sich ergeben.«

Er beugte sich ins Auto und zog den Käfig heraus. Plötzlich schlug Licht gegen die Lider der Katze, sie krümmte sich, der Junge wich zurück, die Hunde bellten, als hätten sie den Verstand verloren, als bestünden sie nur noch aus Lungen und Kehlen. Die Katze hatte sich in einer Ecke des Käfigs verkrochen, jetzt kam sie langsam zu sich, spreizte die Beine und sah uns aus grünen Augen feindselig an. Sie lag auf dem Rücken, dann drehte sie sich um und richtete den Blick auf den Jungen, geduckt wie ein Sprinter am Start. Der Junge wich noch weiter zurück, schrie »Mama«, und dann fiel der Startschuss. Sie sprang gegen das Gitter und stieß ein schreckliches Geheul aus. Sogar die Hunde wurden still, das Gebell blieb ihnen im Hals stecken.

»Ich kann mich nicht erinnern, je so etwas gehört zu haben«, sagte Amos erstaunt in der kleinen Pause zwischen dem ersten und dem zweiten Heulen. Aber er vergeudete keine Zeit, schwang den Käfig durch die Luft, stellte ihn auf die Erde, schrie »Ruhe!« und starrte die Katze an. Verblüfft und geschlagen drehte sie sich um sich selbst, dreihundertsechzig Grad in der Geschwindigkeit einer Diskuswerferin, sah aus wie ein gelber Fleck auf einem Karussell, sie drehte sich um die eigene Achse und wurde mit jeder Umdrehung schneller, eine Zentrifuge, die außer Kontrolle geraten ist. Der Junge war wie hypnotisiert, auch der Besitzer der Katze. Ihr wurde schwindlig, sie knallte von einer Wand ihres Käfigs zur anderen, ihre Drehungen wurden schwächer, sie brach zusammen, atmete schwer, bemühte sich aufzustehen, fiel wieder hin.

»Diese Lektion wird sie nicht vergessen. Kommt ins Haus, trinkt etwas.« Amos packte den Käfig samt Inhalt und bedeutete uns, an ihm vorbei hineinzugehen.

Das Haus war auch innen ordentlich, ohne zu protzen. Es enthielt alles, was zu einem praktischen Leben nötig ist, aber nichts nur fürs Herz, außer einem Foto, das allein an einer weißen Wand hing, an einer Stelle, die vom Licht aus dem nach Westen gehenden Fenster sanft beleuchtet wurde. Als sei der ganze Ort nur für dieses Bild erbaut worden. Das lebensgroße Schwarz-Weiß-Porträt eines fünfjährigen Jungen. Der Junge auf dem Bild war eine weichere, verfeinerte Version seines Erzeugers, er besaß eine Ernsthaftigkeit, der das Leben noch keinen Schaden zugefügt hatte. Seine Augen waren klar und lagen so tief in den Höhlen wie die des Mannes, der in die Küche gegangen war, um die Limonade zu holen, die er für uns vorbereitet hatte.

»Mama, wer ist der Junge auf dem Bild?«
»Der Sohn von Amos.«
»Kann ich mit ihm spielen?«

»Nein, das Foto stammt aus einer Zeit, als er so alt war wie du, das ist schon lange her.«

Amos hörte in der Küche, was ich sagte, und beeilte sich nicht mit der Limonade, er wusste, welche Kraft das Foto an der Wand ausstrahlte, und wartete darauf, dass wir uns wieder fassten. Der Mund des Jungen auf dem Bild war leicht geöffnet, als läge ihm ein Wort auf den Lippen, zurückgehalten, bevor die Stimme es ausgesprochen hatte. Ich trat näher an das Bild, die Augen des Jungen schauten mich mit durchdringendem Ernst an und verlangten von mir, etwas zu tun. Ich hielt den Blick nicht aus, ich fuhr mit dem Finger über die leicht geöffneten Lippen und hinterließ einen feuchten Streifen auf dem Glas.

»Mama, warum fasst du ihn an?«

»Da war ein bisschen Staub, ich habe ihn weggewischt.«

Was würde es ihm helfen, wenn er wüsste, dass es ein Wort gab, das für immer gefangen blieb. Ich wollte auch nicht, dass der Lebende eifersüchtig würde auf den außergewöhnlichen Toten.

Amos deckte für uns einen bescheidenen Tisch in der Diele, die sowohl als Essecke als auch als Zimmer zum Empfang von Gästen diente. Wir saßen an dem großen, groben Holztisch, auch die Stühle waren knorrig und aus festem Holz. Es gab durchsichtige Glasteller, ohne Farbe und ohne Verzierung, und Schwarzbrot mit Körnern und Kleie. Der Salat war frisch und mit Kräutern und Olivenöl angemacht. Wir sprachen nicht viel, wir waren wie die Kartoffelesser auf dem Bild von van Gogh. Der Junge schielte von seinem Teller zu Herrn Levis Sohn und reckte den Kopf, um die Pistole zu sehen, die er am Gürtel trug. Die Katze betrachtete uns aus ihrem Käfig, ergeben, die Lektion war noch frisch und brennend. Das Geschirr, die vorhanglosen Fenster, der nackte Fußboden, auf dem kein Teppich lag, alles führte zu dem Schluss, dass Herr Levis Sohn ein Mann war, der jedes Interesse an den Spielereien des Lebens verloren hatte. Er saß am Kopfende des großen Tisches, dem Jungen auf dem Foto direkt gegenüber. Nadav und ich hatten auf der rechten Seite Platz genommen, und an den beiden übrigen Seiten des Tischs saß niemand. Hätte das Glas den Jungen nicht gefangen gehalten, wäre er herausgekommen und hätte sich links neben seinen Vater oder ans Fußende des Tischs gesetzt, ihm gegenüber. Die Augen des Jungen auf dem Bild waren auf mich gerichtet, immer nur auf mich, wohin ich mich auch bewegte, sie folgten mir. Falls ich einen Moment mit ihm allein bin, werde ich ihm versprechen, sein Grab im Dorf zu besuchen, sobald wir wieder zu Hause sind. Als Nachtisch servierte uns sein Vater selbst gemachten Obstsalat und bot an, nach dem Essen das Anwesen zu besichtigen. Nadav fischte sich nur die Rosinen aus dem Tellerchen mit dem Obstsalat, und er fragte, ob die Hunde während der Besichtigung angebunden blieben, und als die Katze sich sichtlich erholte, sagte er: »Mama, schau mal, Emotion.«

Sie machte akrobatische Kunststücke im Käfig, drückte sich gegen die Tür und schnurrte, riss das Maul auf, als wolle sie ein Jaulen ausstoßen, überlegte es sich aber anders.

Auch die Toilette war sauber, einfach, ohne Raumspray, ohne Dekor. Ein einfaches, weißes Klo aus Porzellan, billiges Papier, grobe Seife, billige Zahnpasta, ein quadratischer Spiegel, ein Plastikkamm, der in einer Haarbürste steckte, ein abgegriffenes Handtuch. Keine Keramik, keine Badematte, keine Creme, kein Aftershave, kein Duftbehälter.

So lebte jemand, der vorhatte, immer er selbst zu bleiben, der das, was hässlich an ihm war, nicht versteckte und das Schöne nicht betonte.

Wir gingen mit ihm hinaus, und er zeigte uns sein Anwesen, drei schwarze Pferde, ein Versuchsgewächshaus, in dem er Biogemüse zog, einen großen Olivenhain und einen Obstgarten mit Apfelbäumen, einen Schuppen mit einem Traktor und einem Gabelstapler, und einen Geländewagen mit verdreckten Reifen. Der Junge lief herum wie Alice im Wunderland, immer wieder zog er mich am Ärmel zu sich herunter, um mir sein Erstaunen ins Ohr zu flüstern.

»Mama, das alles hier gehört dem Sohn von Herrn Levi?«
»Glaubst du, dass er wirklich auf diesen Pferden reitet?«
»Mama, er ist reich wie ein König.«
»Mama, schlafen wir heute Nacht hier?«

Amos hatte einen Hirtenstab in der Hand und ging vor uns her, er zeigte uns, was auf seinem Hof wuchs, erklärte uns die topografischen Details dieses Ortes, sprach über Windrichtungen und Regen, streckte die Hand mit dem Stab aus und deutete auf die Wasserquellen der Umgebung und die Orte, die Unheil verkündeten. Von Norden her wird das Unglück losbrechen. Und ich, statt der Linie zu folgen, die uns der Stab zeigte, wandte den Blick von dem Stab zurück zu der Hand, die ihn hielt, und zu dem Mann, dem die Hand gehörte. Wie sein Esstisch, wie seine Toilette und wie sein Badezimmer war an diesem Mann nichts Überflüssiges, kein Lächeln, keine Feinheit, keine Höflichkeit, auch keine Bitterkeit und keine Grobheit, nur Klarheit, Geradlinigkeit und keine überflüssigen Manieren. Ich fürchtete, er sei von dem Virus angesteckt worden, der Gideon das Gefühl zerstört hatte, doch als er eine Hand auf die Schulter des Jungen legte und ihm zeigte, wie kräftig die

Beine einer Heuschrecke waren und welche Sprungkraft sie hatten, war nicht zu übersehen, welche Achtung er der mageren Schulter entgegenbrachte und mit wie viel Vorsicht und Respekt er sie berührte. Ich gebe zu, auch die cowboyhafte Erscheinung beeindruckte mich, der Hut, die Stiefel, der braun gebrannte, gegerbte Nacken, eine Männlichkeit, die man durch Zubehör aus Leder und Metall bekommt. So dumm sich das anhören mag, aber anscheinend schreibt die weibliche DNA eine Sehnsucht nach dem charmanten, starken Fremden vor den Brücken des Madison County vor. Aber es war nicht das Leder, das Metall oder der Hut, es war der Stempel, den ein schweres Schicksal seinem Gesicht aufgedrückt hatte, das verhaltene Lächeln, der Blick eines Mannes, den Gott an den Haaren gepackt und herumgewirbelt hat, dem er einen Blick in den Abgrund und ein anderes Wissen über das Leben gewährt hat.

Wir blieben über Nacht, Amos schlug es vor, und der Junge bettelte darum, und außerdem fehlten wir im Dorf niemandem, außer vielleicht dem Alten. Wir bekamen ein geräumiges, minimal möbliertes Zimmer im oberen Stock. Zwei Betten, ein schmaler Holzschrank, zwei Stühle und ein Fenster mit Fensterläden aus Metall. Das Fenster ging nach Westen, auf ein Wäldchen aus Kiefern und dicht belaubten Eichen hinaus.

Ich schlief nicht mit dem Sohn des Alten, aber wir waren nicht weit davon entfernt. Man könnte sagen, es war unvermeidlich, und trotzdem vermieden wir es. Der Junge war sofort eingeschlafen, wir saßen in der großen Diele im unteren Stock, Leder und Metall hatte er abgelegt, auch den Cowboyhut. Er war mager, sonnengebräunt und nicht mehr jung. Weil es weder Sessel noch ein Sofa oder einen

Teppich gab, saßen wir einander an dem langen Esstisch gegenüber, wie bei einem Schachspiel, ohne Brett, ohne Turm und ohne Königin. Wir saßen jeder auf seinem Platz und unterhielten uns miteinander, es gab nichts, wohin der Blick abirren konnte, die leeren weißen Wände ließen keine andere Wahl, der Blick wanderte vom Bild des toten Jungen zu seinem Vater, der mir gegenübersaß. Ich erzählte ihm von unserem Leben in den letzten Monaten und beschrieb das Leben, das wir geführt hatten, als die Tage noch so gewesen waren, wie sie hatten sein sollen. Ich sprach viel und schnell, als hätte ich nicht genug Zeit, die Worte strömten aus mir heraus, denn sie hatten noch niemals bessere Bedingungen vorgefunden. Mein Gesprächspartner war neutral und ohne Forderungen, zufällig und nicht wirklich beteiligt, ohne Verstellung, und wenn er etwas fragte, tat er es nicht aus Höflichkeit, und er hörte auch nicht aus Höflichkeit zu. Ich beschrieb ihm in allen Einzelheiten die Szene meines Zusammentreffens mit Gideon auf dem Russischen Platz, einschließlich der vier Löcher, die ich ihm in die Handfläche gebohrt hatte. Ich erzählte auch von Gideons Magerkeit und seinem geschorenen Kopf. »Ich weiß nicht, ob es eine chemische Störung des Gehirns ist oder ein Ausdruck absoluter Freiheit. Als ich ihn heiratete, war er jedenfalls gesund genug, um die Last eines gemeinsamen Schicksals zu übernehmen. Und dann, eines Tages, gab es einen Schlag, und alles war vorbei ...«

Emotion kam und rieb sich an meinen Beinen, sie war noch ängstlich in ihrem neuen Zuhause und besonders ihrem neuen Hausherrn gegenüber scheu. Ich beugte mich zu ihr und strich ihr über das Fell, denn obwohl sie wirklich unerträglich war, verdiente sie es nicht, allein auf der Welt zu sein.

Er fragte, ob ich etwas trinken wollte.

»Es brennt noch nicht.« Das war eine dumme Antwort, er hätte ihr entnehmen können, dass ich eine lange Sitzung plante. Ich schwieg, betrachtete die Katze, die sich an meine Beine schmiegte, und auch er schwieg, vermutlich betrachtete er mich, denn er sagte plötzlich: »Die geschorenen Haare, die du hattest, als wir uns zum ersten Mal auf dem Friedhof trafen, haben dir sehr gut gestanden.«

»Und jetzt, wo die Haare ein bisschen gewachsen sind?«

»Weniger gut.«

»Seltsam, dass du überhaupt etwas zu meiner Frisur sagst.«

»Warum?«

»Weil dich das nicht wirklich interessiert.«

»Wenn ich ein Bild sehe, das schief hängt, hänge ich es gerade.«

Ich war nicht gekränkt. Dieser Mann würde, wenn er alt war, so unsympathisch werden wie sein Vater. Wie alt war er eigentlich? Fünfzig? Dreiundfünfzig? Achtundvierzig? Ich nahm an, dass es zwischen uns einen Altersunterschied von etwa zwanzig Jahren gab.

»Im letzten Monat musste ich mich um Wichtigeres kümmern«, sagte ich.

»Ja, natürlich.« Er stand auf, um einen Kräutertee zu bereiten. Ich folgte ihm in die Küche, ich wollte nicht allein mit dem Jungen hinter Glas bleiben. Die Katze lief mir nach, ruhig und demütig. Er bewegte sich geschickt in seiner Küche, und weil er meine Hilfe nicht brauchte, schaute ich mich um. Die Küche war mit der gleichen sparsamen Bescheidenheit eingerichtet wie das übrige Haus. Über dem Spülbecken hing ein Trockengestell aus Metall, es gab einen Handtuchhalter aus Holz, Schränke aus glattem, weißem

Resopal, eine graue Marmorplatte als Arbeitsfläche, ein großes, rechteckiges Fenster, das auf einen dunklen Garten hinausging, endlos, als sei dieses Anwesen aus den Lichtkreisen des Mondes oder der Sonne herausgeschnitten. Das Wiehern der Pferde drang vom Stall herüber und das Rasseln der Hundeketten.

»Zwei Hunde, drei Pferde und du. Fällt dir diese Einsamkeit nicht schwer?«

»Nein, es fällt mir schwerer, mit Menschen zusammen zu sein.« In der Edelstahlkanne war ein Aufguss aus Zitronenverbenenblüten und Pfefferminzblättern, er stellte zwei Teegläser auf ein Tablett, Löffelchen, einen Teller mit Rosinen und Pekannüssen, noch in Schalen. Dann brachte er das Tablett zum großen Tisch, und wir setzten uns wieder.

»Wenn es so ist, sind der Junge und ich eine Last für dich.«

»Wirklich nicht«, sagte er kurz und entschieden. »Außerdem bin ich euch für die Nächte, die ich bei euch geschlafen habe, auch etwas schuldig, und dafür, dass ihr die Katze für mich behalten habt.« Und mit der gleichen Sachlichkeit fügte er hinzu: »Deine Gesellschaft ist mir angenehm.«

Angenehm. Was hieß das, dass ich ihm nicht auf die Nerven ging? Dass ich ihn nicht bedrängte? Dass ich ihn nicht nervös machte? Dass ich erträglich war wie der Stuhl, das Fenster, die Hunde? Ich knackte eine Nuss, und während ich den Kern herauspulte, kam von oben ein kurzer, scharfer Schrei des Jungen. Ich sprang vom Stuhl und rannte die Treppe hinauf. Er schlief und murmelte im Schlaf vor sich hin. Ich stand im Dunkeln vor ihm, ein schwaches Licht fiel aus dem Treppenhaus herein und warf einen hellen Fleck auf den Fußboden, dann war es wieder dunkel. Der Hausherr stand hinter mir und lauschte mit mir den regelmäßigen Atemzügen des Jungen. Nadav schlief tief, auf dem Rücken liegend, mit ausgebreiteten Gliedern, war eins mit dem Universum.

Ich zog ihm die Decke über die Füße, er rührte sich nicht. Amos verließ das Zimmer, ich folgte ihm. Auf der dritten Treppenstufe stolperte ich und fiel nach vorn, wäre ich nicht gegen seine Beine gestoßen, wäre ich die ganze Treppe hinuntergerollt, hätte mir einen Knöchel verstaucht oder das Knie ausgerenkt. Er reichte mir den Arm und half mir, aufzustehen. Ich schwankte einen Moment und stützte mich auf ihn, ich ließ seinen Arm nicht los, auch als ich wieder fest auf den Füßen stand. Er traute mir nicht und stützte mich weiter mit seinem rechten Arm. So stiegen wir die restlichen Stufen hinunter, und dann spürte ich plötzlich den Wunsch, meinen Kopf an seine Schulter zu legen. Er blieb stehen, hob seine linke Hand zu meinem Gesicht und legte sie auf meine Wange. Ich schmiegte mich an ihn, und so standen wir auf einer der unteren Stufen, im schwachen Licht, zwischen den hohen, leeren Wänden, und ich atmete viele Liter Luft, bevor ich sagte: »Küss mich auf den Kopf, wie man ein Kind küsst.«

Er küsste mich mitten auf den Kopf. Ich spürte seine Lippen auf meiner Haut, und ihre Wärme drang bis in mein Gehirn.

»Komm hinunter«, sagte ich. Meine Stimme kam besiegt und zerbrochen aus meinem Mund. Zum Teufel mit Moral und Schuldgefühlen, diesen Schildwachen der Seele, die die Lust abtöten, noch bevor sie da ist, ohne zu fragen, was und warum. Wir gingen hinunter, mein Kopf lag da bereits nicht mehr an seiner Schulter, doch er stützte mich noch immer, berechtigterweise, meine Beine hörten nicht auf zu zittern.

Es war dumm, zu verzichten, schließlich hätte kein Mensch deswegen gelitten, niemand wäre betrogen worden oder hätte etwas verloren, wenn wir miteinander geschlafen hätten. Nun, da wir es nicht getan hatten, kam er mir womöglich noch anziehender vor als vor dem Nichts, das auf der Treppe geschehen war. Auch ich wurde wirklicher und vielleicht sogar schöner. Ich sah es ihm an. Er war nicht verlegen, im Gegenteil, er war sehr ruhig, als habe er die Antwort auf eine Frage bekommen, die ihn bedrückt hatte, und von diesem Moment an war unsere Unterhaltung leicht und selbstverständlich. Er erzählte, dass er dieses Anwesen aus dem Nichts aufgebaut hatte, nachdem er vor zehn Jahren alles verloren hatte. Seine Frau hatte ihn wegen des Unglücks verlassen, man könnte sagen, durch seine Schuld sei ihr alles genommen worden, deshalb habe er ihr das Haus und die gemeinsamen Ersparnisse überlassen, die Spielsachen des Jungen, seine Kleidung, seine Bücher, alles, was er jemals berührt hatte, sie hatte ihm noch nicht einmal die Zahnbürste des Jungen geben wollen. Der Alte hatte die Schuhe genommen, die man dem Jungen in der Pathologie ausgezogen hatte. Das war's. Ihm, dem Vater, war noch nicht einmal ein Schnürsenkel geblieben, kein Knopf, kein Strumpf, kein angebissener Keks. Nur ein kleines Foto, das er in der Brieftasche gehabt hatte und mit dem er zu einem Fachmann gegangen war und gebeten hatte, es auf ein natürlicheres Format zu vergrößern. »Es ist das Foto, das du hier an der Wand siehst.«

»Dein Haus ist wie ein Kloster, der Heilige hängt an der Wand und außer ihm gibt es nichts.«

»Das Haus ist kein Kloster, und ich bin kein Mönch. Ich trinke sehr häufig Wein.«

»Und Frauen? Hattest du seit damals eine Frau?«

»Keine, die einer Erwähnung wert wäre.« Er schaute hinüber zu dem offenen Fenster, in die große Dunkelheit, und sagte, er habe weder das Interesse noch die Geduld für eine Beziehung mit einer Frau. Er könne keine Frau brauchen, die komme und den Sack mit ihrem Leben in seinem Haus aufhänge. Das sei das letzte, was er brauche, dass jemand komme und ihn von der Tatsache ablenken wolle, dass er einmal einen Sohn gehabt hatte und jetzt keinen mehr hatte.

»Strafst du dich? Warum ist es dir so wichtig, das Unglück jede Minute neu zu leben?«

»Ich lebe nicht das Unglück, ich lebe den Jungen. In mir lebt und atmet der Junge weiter, egal was passiert, er wird nicht vor mir sterben. Wir werden gemeinsam sterben. Ich brauche keine Frau, die mich bedauert und versucht, meine Aufmerksamkeit auf sich zu ziehen. Mir geht es gut mit den Pferden, den Hunden und den Oliven, die ich ernte. Außer Zuneigung, ein bisschen Achtung und Essen erwarten die Tiere nichts von mir.« Er atmete tief. Er war nicht gewöhnt an Bekenntnisse, vor allem nicht an Vorträge. Und weil er seine Karten offen auf den Tisch gelegt hatte, war auch ich aufrichtig und ohne Winkelzüge.

»Und wenn wir uns vorhin hätten hinreißen lassen, miteinander zu schlafen, wäre das auf Kosten des Jungen gewesen? Hättest du mich danach verflucht?«

»Nein.« Er wandte das Gesicht vom Fenster, einen Moment später schaute er wieder hinüber und fragte: »Dieses Mädchen, die Kleine, die die Katze gebracht hat, wie geht es ihr?«

Ich war eifersüchtig. Es war ein scharfes, schmerzhaftes Gefühl. Ich sprach über zusammen Schlafen, und ihm kam Rivka Schajnbach in den Sinn. Ich spürte bis ins tiefste Innere eine Eifersucht, die nichts mit Vernunft zu tun hatte, denn was hatte ich mit seiner Lust zu tun, und was hatten er und ich überhaupt miteinander zu tun, und wenn ich ehrlich war, musste ich zugeben, dass Madonna ihm genau das hätte geben können, was er brauchte, und dass sie ihm nichts wegnehmen würde, außer Geld.

»Gut, mein Laden hat noch nie so viel eingebracht wie unter ihren Händen«, sagte ich trocken und schämte mich vor mir selbst. »Ihr Leben ist nicht leicht, aber es gelingt ihr, etwas Tolles daraus zu machen. Sie ist stark, eine, die überlebt.«

»Ja«, sagte er und knackte eine Nuss zwischen den Händen. »Das Leben hat sie einstweilen noch nicht zerbrochen, sie gehorcht ihrem Bauchgefühl.«

»Du auch«, sagte ich, und mein Telefon flackerte mir eine Nachricht von Gideon zu: »Hast du eine Minute Zeit?«

Was konnte er mir schon in einer Minute sagen? Was hatte er zu fragen? Mitzuteilen?

»Mein Mann«, sagte ich und tippte seine Nummer ein. Amos stand auf und ging hinaus, um meine und seine Privatsphäre zu wahren.

»Was ist los?« Ich achtete darauf, diese drei Wörter betont sachlich klingen zu lassen.

»Ich brauche Geld. Nicht viel. Nur so lange, bis ich eine Arbeit gefunden habe.«

»Und wo liegt das Problem? Geh zum Automaten und hol dir, was du brauchst. Einstweilen gehört uns das Geld gemeinsam.« Ich war kühl wie eine Angestellte am Busbahnhof.

»Ich habe das Gefühl verloren, Amia, nicht die Moral, ich möchte nicht auf deine Kosten leben. Ich bitte dich um ein kurzzeitiges Darlehen.«

»Okay.« Ich wollte mit seiner Gefühllosigkeit konkurrieren, aber der Preis waren heftige Kopfschmerzen.

»Wie viel gestehst du mir zu?«, fragte er.

»Im Ernst, Gideon, nimm, so viel du willst, und geh zum Teufel.« Ich drückte einen Finger gegen die Schläfe, denn ich hatte das Gefühl, sie würde gleich platzen. Der tote Junge schaute mich vom Foto herunter an, das Wort, das zwischen seinen Lippen gefangen war und herausdrängen wollte, tat mir so weh wie die Schläfe, wie alles, was eingesperrt war und darum kämpfte, freigelassen zu werden.

»Hör zu, Gideon. Wir müssen miteinander sprechen und entscheiden, was mit unserer Ehe passiert, mit dem Jungen, dem Geld, dem Leben, mit allem.«

»Es gehört alles dir, Amia. Du bestimmst auch den Zeitpunkt, wann wir alles auflösen.«

»Ich will keine Zeit. Ich will die Entscheidung jetzt.«

»Dann entscheide. Ich werde deine Entscheidung akzeptieren.« In seiner Stimme lag eine unerwartete Weichheit oder eine tiefe Verzweiflung. Ich hörte, wie die Hunde draußen ihren Herrn mit Bellen begrüßten, auch die Pferde fingen an zu wiehern, und plötzlich kam ein Nordwind auf, peitschte gegen die Fensterläden und schlug einen von ihnen zu. Nur der Mann im Telefon schwieg. Ich verdrängte meine schmerzende Schläfe, unter dem Einfluss von Kopfschmerzen zu agieren war zu gefährlich, zu plötzlich, ein Blutgefäß, das sich in meiner Stirn zusammenzog, durfte nicht über unsere Zukunft entscheiden.

»Ich habe Kopfschmerzen, lassen wir es jetzt. Was für eine Arbeit suchst du?« Ich war bereits nicht mehr kühl und trocken, nur leidend und neugierig, wenn ich wüsste, welche Arbeit er suchte, würde ich etwas über ihn erfahren, was er anstrebte und wie weit er sich schon von uns entfernt hatte.

»Keine Ahnung, vielleicht Hirte, irgendetwas, wozu man kein Gehirn braucht, etwas, was jeder Dummkopf machen kann.«

Ohne die Kopfschmerzen, die sich von der Schläfe bis zum Hinterkopf hinzogen, hätte ich gesagt, hör doch auf mit Hirte, Gideon. Warum willst du auf das Gehirn verzichten, mach doch etwas ... Aber ich hatte das Gefühl, als schlüge mir jemand mit dem Hammer gegen die Schläfen, ich schloss die Augen und sagte nichts. Zwischen dem Flackern in meinem Kopf flammte die Anzeige auf, die wir unterwegs gesehen hatten: »Arbeiter gesucht, für Wachdienste und zur Instandhaltung ...«

»Ich habe eine Idee für dich. Hör zu, lass es mich checken, reden wir morgen früh.« Ich brach das Gespräch ab, machte die Augen auf und fühlte mich wie eine Mutter, die endlich einen Hort für ihren gestörten Sohn gefunden hat, obwohl niemand versprochen hatte, ihn dort aufzunehmen.

Trotz meiner Kopfschmerzen und trotz des Jungen, der im oberen Stockwerk schlief, und trotz der Warnung meiner Vernunft ging ich hinaus und suchte Amos, als wäre der Job von hundert Bewerbern belagert und jede Sekunde wichtig. Ich stand im Lichtkreis auf der Schwelle des Hauses, die Hunde waren von meiner Anwesenheit unbeeindruckt und blieben ruhig liegen, sie bellten nur einmal kurz auf, das war alles.

»Hi«, rief Amos mir aus der Dunkelheit zu.

»Sag, der Mann, den du zu Wachdiensten und zur Instandhaltung suchst, ist das noch aktuell?«, rief ich in seine Richtung.

»Was ist los, willst du diesen Job?«, rief er zurück und lachte, und sein Geisterlachen breitete sich aus und kam als Echo von allen Seiten zurück.

Eine wahnsinnige Eile trieb mich dazu, mir durch die Dunkelheit einen Weg in die Richtung zu ertasten, aus der das Lachen kam, als würde ich den Job verlieren, wenn ich nicht schnell genug war. Er drückte irgendeine Fernbedienung, und das Hoflicht ging an, ich sah, dass er an die Stallwand gelehnt dastand, die Hände im Nacken verschränkt, ein nicht mehr ganz junger Mann, seine Zähne leuchteten im schwachen Licht, als lache er noch immer. Ich ging zum Stall, das Licht erlosch wieder. Er sagte, Pferde und Hunde würden die Dunkelheit vorziehen, die Nacht sollte Nacht sein. »Wenn es dir unangenehm ist, mit mir hier in der Dunkelheit zu stehen, können wir wieder ins Haus gehen.«

»Im Gegenteil, mir tut die Dunkelheit gut, ich habe heftige Kopfschmerzen, das Licht stört mich.« Ich drückte die Hände an die Schläfen. Die Dunkelheit und die Stille waren tief, vielleicht wie vor der Erschaffung des Menschen, und sie mischten sich mit den Werken Gottes. Die Pferde schliefen, die Hunde schwiegen, mit ein bisschen Mühe konnte man das Gras wachsen hören und wie das Heu sich mit Tau vollsaugte und anschwoll. Dieser Mann hatte sich einen leeren, sauberen Platz geschaffen, einen Platz, an dem man sich selbst treffen konnte.

Ich sagte, Gideon suche eine Arbeit. Ich sprach schnell und viel, als stünden andere Bewerber hinter mir und würden mich vorwärtstreiben. »Hör zu, er ist ein verantwortungsbewusster Mann, er ist aufrichtig, anständig, fleißig, er ist nie zu spät bei Gericht erschienen oder zu einer Verabredung mit einem Mandanten, jetzt will er Ruhe, genau wie du, er möchte weg von der Gesellschaft der Menschen, du würdest dich nicht mit ihm unterhalten müssen, du gibst ihm Anweisungen und kannst ihn vergessen, er wird alles tun, was man ihm sagt ...« Ich betonte alle Vorzüge des Mannes, der sich aus meinem Leben gerissen hatte, ich übertrieb seine Fähigkeiten, ich war wie eine Heiratsvermittlerin, die zwei Parteien zusammenbringen wollte, um den Fall abzuschließen. Ein blasser, kränklicher Mond tauchte im Osten auf, erhob sich verwirrt über den Horizont, hastete den Himmel hinauf und verringerte die Dunkelheit.

»Ich bin bereit, es mit ihm zu versuchen«, sagte er.

Mein Dank kam aus meiner Kehle wie ein Brocken, der darin festgesteckt hatte, und auf seinem Weg zog er auch die Kopfschmerzen mit. Ich war leer und müde, mein Kopf war ganz leicht, Gideon wird eine Arbeit haben, eine Adresse, er wird unter der Obhut dieses asketischen Mannes sein, die neue Arbeit wird das Rad aufhalten und es, so Gott will, zurückdrehen. Ganz ohne Zweifel war Gott in den ruhigen, dunklen Bergen aufmerksamer.

Er brachte eine große Kiste, lud mich zum Sitzen ein und setzte sich neben mich. Das Schicksal hatte mich mit diesem fremden, kühlen Mann zusammengebracht, zufällig, wie zwei Menschen im Wartezimmer eines Arztes nebeneinander auf einer Bank sitzen und ein paar Worte miteinander wechseln, bis einer von ihnen hineingerufen wird. Wenn er wieder herauskommt, murmelt er ein ›Gute Besserung‹, und wenn er das andere Ende des Flurs erreicht, hat er schon alles vergessen. Trotzdem ist eine Kiste, auf der ein Mann und eine Frau in der Dunkelheit sitzen, keine Bank in einem Wartezimmer, und die atmende Stille war sehr lebendig. Ich dachte, wir sollten über etwas Fernes und Geheimnisvolles sprechen, zum Beispiel über Gott, aber für Gott braucht man Kraft, und die hatte ich nicht. Ich erzählte ihm von Madonna, die eigentlich als Rivka Schajnbach geboren wurde, von ihrem verstorbenen Vater, von dem Lippenstift, mit dem sie sich den Mund angemalt hatte, als er begraben wurde, von dem spitzen Stein, den sie auf sein Grab gelegt hatte. Solange ich über sie spreche, dachte ich, muss ich nicht über mich sprechen, aber er unterbrach mich: »Sie interessiert mich im Moment nicht, und ich bin sicher, dich auch nicht. Du brauchst keine Angst vor der Stille zu haben, es gibt sowieso zu viele Wörter auf der Welt.«

Wir schwiegen. Er lehnte mit den Schultern an der Stallwand, schaute nach oben und richtete drei spitze Dreiecke gen Himmel, seine Nase, sein Kinn und seinen Adamsapfel. Ich hörte ihn atmen, ich roch die billige Seife, mit der er sich wusch, und schob mein Bein näher zu ihm, sodass mein Oberschenkel seinen berührte. Die Kiste knarrte, ein dumpfes Keuchen kam aus dem Stall. Er legte eine Hand auf mein Bein, die andere um meine Schulter. Wir rechneten nicht miteinander, aber unsere Lust war gesünder und einfacher als wir. Die Hand, die er um meine Schulter gelegt hatte, näherte sich meinem Hals, glitt an ihm herunter und blieb in meinem Ausschnitt liegen, ohne tiefer zu gehen. Es hört sich dumm an, aber das Leben konzentrierte sich in der Vertiefung der Schlüsselbeine, in der fremden Hand, die schwer dort lag. Seine Lippen erinnerten sich an die Stelle auf meinem Kopf und kehrten dorthin zurück, meine Lippen erinnerten sich an nichts und gingen zu seinem Hals und schmeckten trockene, raue Haut, salzige Falten, wanderten zu seinem Kinn, und ich stoppte sie, bevor sie seine Lippen trafen und alle Zäune fielen. Mit einem Mal kam das Leben zu mir zurück, das mich unabsichtlich zwischen den schweigenden Häusern des Dorfes in Gesellschaft des Alten verlassen hatte, Maja-Mirjam, die Hühner, die Raben, die Hunde und die lange Straße, die die Langeweile in zwei Hälften teilt. Ich kaute meine Lippen, bevor sie selbstständig etwas unternahmen, der dunkle, kahle Berg mit dem einzigen Mann, der ihn bewohnte, gab mir die Sehnsucht nach der großen Stadt zurück, mit ihren blendenden Lichtern und ihren Verführungen, mit ihren Pfiffen und ihrem Flüstern, mit ihren Hinweisen auf Anfänge, mit ihren Versprechungen, die in einer Sekunde geboren werden und in einer Minute sterben, mit Liebschaften, die entstehen und vergehen, all die Erregungen, die Leben bedeuten. Aber das waren lügnerische Vorspiegelungen der Lust, Illusionen im Moment vor dem Zusammenbrechen. Er streichelte den Ausschnitt meiner Bluse, knöpfte sie aber nicht auf. Er küsste meine Wange und meinen Hals, umging aber meinen Mund, er war glühend und verlangend, hatte aber Angst davor, seine Hand vom Ausschnitt und der Schulter wegzuziehen, er blieb dicht neben mir, unsere Oberschenkel berührten sich, unsere Arme berührten sich.

»Was passieren soll, wird passieren, und wenn nicht, dann soll es nicht sein«, sagte er verschlüsselt und war noch immer sehr dicht neben mir, verlangte nach meiner Nähe.

Was für eine Verzweiflung lag in allem. Ich hätte gern gesagt, egal was passiert oder nicht, unser Schicksal ist es, allein zu sein. Du bist allein, ich bin allein, Gideon ist allein, dein Vater ist allein, mein Sohn ist allein. Auch wenn zwei zusammen sind, sind sie allein. So ist die Welt, auch deine Pferde, die Hunde und die Katze sind allein. Ich schwieg. Es war nicht die Zeit für Gedankengänge über die Situation des Menschen in der Welt.

Wir standen auf und gingen ins Haus. Der Hof war übersät mit Steinen und Unebenheiten, er stützte mich, damit ich nicht stolperte, und diese gewohnheitsmäßige und beherrschte Berührung zerriss mir das Herz. Ich wollte ihn, ich wollte jemanden, jetzt, hier, in diesem Moment. Unerfülltes Begehren wird zu einem Lasso, das die Seele einfängt und je nach Wunsch festhält oder lockerlässt.

Ich schlief neben meinem Jungen, der nicht gemerkt hatte, dass ich weggegangen und wiedergekommen war. Sein Schlaf war tief. Als ich am Morgen die Augen öffnete, war er schon wach, stand im Bett und schaute aus dem Fenster.

»Ich wünschte, wir würden lange hierbleiben«, sagte er zu der hellen Welt, die sich vor dem Fenster auftat.

Ich wartete nicht darauf, dass sein Vater anrief, noch bevor ich mir die Zähne putzte, setzte ich mich mit ihm in Verbindung. Er freute sich nicht, weil er die Fähigkeit zur Freude verloren hatte, aber er wollte diese Arbeit. Er fragte, wann er anfangen könne und wie man dort hinkam, und dann fragte er nach der Telefonnummer von Amos, und es fiel ihm schwer, sich die Zahlen zu merken. Nach Geld und Arbeitsbedingungen fragte er nicht. Und ich, die ich lange Zeit nicht mehr gebetet hatte, legte auf und sagte: »Ich danke Dir, König, Lebender und immer Bestehender, dass Du mir in Barmherzigkeit meine Seele wiedergegeben hast, groß ist Deine Treue.« Ich sprang so leicht aus dem Bett, als gäbe es keine Gravitation auf der Welt, es war sehr hell, das Licht strömte ins Zimmer und die Wände warfen den weißen Glanz zurück. Und auch dafür dankte ich Gott.

Auf dem Esstisch erwartete uns frisches, grobes Schwarzbrot, Tomaten, Gurken, Paprikaschoten, Pflaumenmarmelade und Tee. Der Hausherr hatte sich schon in aller Frühe an die Arbeit gemacht, auf einem Zettel, den er hingelegt hatte, stand: »Quark ist im Kühlschrank, auf der Anrichte liegt eine Tüte mit Äpfeln für unterwegs, sie sind schon gewaschen. P.S. Ich habe die Katze mitgenommen.« Ich drehte den Zettel um und war eine Römerin in Rom, ich ersparte mir das übliche Gerede und schrieb nur: »Danke.«

Der Alte sah aus, als habe er seit gestern am Fenster gestanden und auf uns gewartet. Er war blass, seine Wangentaschen hingen herab, sein Hemd stand offen, die Operationsnarbe ertrug das Scheuern des Stoffs nicht, sie war rot und der Sonne ausgesetzt. Er sagte nichts, er war nicht zornig auf uns, weil wir einfach für einen Tag verschwunden waren, er fragte nicht, wo wir gewesen waren, seine Augen begleiteten uns, als wir den Pfad zum Haus entlanggingen, als fände endlich ein Aufmarsch statt, auf den er lange gewartet hatte. Wir winkten ihm zur Begrüßung zu, er nickte und hob seine knorrige Hand.

Wodka erwartete uns nicht, er war böse auf uns, weil wir mit der Katze weggefahren waren, und war weggelaufen, um in fremden Höfen um Futter zu betteln. Er hielt uns nicht die Treue, in der kurzen Zeit, die er mit Madonna verbracht hatte, hatte er schnell gelernt, dass alle Menschen lügen. Wir gingen ins Haus, aßen Äpfel aus der Tüte, die Amos für uns vorbereitet hatte, und bevor wir etwas anderes unternahmen, gingen wir zum Friseur.

»Man hat mir gesagt, dass es mir geschoren gut steht«, sagte ich zu dem Friseur, und er schob die Finger in die Schere und fing an zu schneiden.

Dann setzte er den Jungen auf das Brett, das den Sitz erhöhte, wickelte ihm einen weißen Nylonumhang um den Hals und schnitt ihm auch die Haare. Zufrieden verließen wir den Salon, frisch geschnitten und mit kleinen Härchen, die an unserem Nacken klebten. »Du siehst aus wie ein Mann«, sagte Nadav. Ich kaufte ihm ein Eis, und dann kaufte ich mir auch eins. Der Wind strich um das Eis und löste rosafarbene Tröpfchen, wir lachten, leckten sie schnell auf und lachten wieder, schließlich waren wir gesund, unsere Köpfe waren geschoren und luftig, wir hielten Eis am Stiel in der Hand, und vom Gehweg aus, vor dem Haus des Friseurs, schien das Leben groß und vielversprechend zu sein.

Wenn es einem gut geht, denkt man an andere erfreuliche Situationen. »Ich möchte noch mal zum Sohn von Herrn Levi fahren.«

»Das werden wir tun, Nadav, natürlich fahren wir wieder hin. Pass auf, dir läuft Eis über das Kinn.«

Der Friseur kam heraus und hielt uns Papiertücher hin, er deutete mit der offenen Schere zum Himmel. »Man sagt, es wird ein regenreicher Winter«, sagte er, er ließ den Blick über den Horizont wandern, blieb noch einen Moment stehen und kehrte dann zu seiner Arbeit zurück. Bis wir das Eis aufgegessen hatten, häuften sich Haare auf dem Boden des Ladens und Wolken am Himmel, und der Junge sagte: »Bald fängt der Winter an, und es wird in den Geschäften wieder Schokoküsse geben.«

11

Ausgerechnet im Cheschwan, dem Monat ohne viele Aufregungen, der selbst wenig zu bieten hat, keine Feste und keine Schlusstage von Festen, keine besonderen Launen der Natur, hatte sich eine Wendung in unserem Leben gezeigt. Gideon hatte eine Arbeit gefunden und ließ sich in »Chagis Hof« nieder, er brachte seine wenigen Besitztümer mit und bekam einen Wohnwagen am nördlichen Ende des Geländes. Am Abend rief er an, beschrieb das Anwesen, und seine Stimme war flach, leer von Trauer oder von Freude, als lese er eine Liste ab, ein Fenster seines Wohnwagens ging zum Apfelgarten hinaus, das andere zu bewaldeten Hängen. Er hatte einen alten Lieferwagen bekommen, einen Hund und ein Funkgerät. Wasser und Essen hatte er frei.

Obwohl er nicht nach dem Jungen fragte, freute ich mich, dass er überhaupt ein Gespräch führte.

Mein Mann, der keine Gefühle mehr hatte, empfand eine Art Phantomschmerz und rief an. Das Rad unseres Lebens drehte sich endlich langsam rückwärts, es gibt dich noch, Gideon, fahr los, gib Gas, es gibt dich noch.

Es war nur eine Frage der Zeit, wann wir in unseren Mazda steigen und nach Norden fahren würden, aber zuerst mussten wir auf Gott vertrauen und ihm Zeit lassen, damit der Hof einen glücklichen Einfluss auf ihn nehmen konnte, und wir mussten auch abwarten, was der Herbst mit den Herzen von hier und denen von dort anstellen würde. Inzwischen führten wir unser Leben weiter. Die Sehnsucht und das Verlangen, die davor ein Pfeil gewesen waren, gerichtet auf den Mann, der uns verlassen hatte, hatten etwas von ihrer Spitze verloren, der Junge fragte weiterhin nach seinem Vater, aber statt der fordernden Glut wurde die Zunge nun von dem Wort »hoffentlich« angetrieben, hoffentlich fahren wir nach Amerika, hoffentlich gewinnen wir im Lotto, hoffentlich treffen wir Papa. Der Laden blühte weiterhin, Kunden kamen und gingen, und Madonna hüpfte wie eine Heuschrecke, und alles an ihr hüpfte mit, die Haartolle, die kleinen Brüste, das kurze Röckchen. Ich bremste sie nicht mehr in ihrem Verhalten, sie sprach, wie sie wollte, rauchte und zog an, was ihr gefiel. Mit Erfolg diskutiert man nicht. Sie schien nur dazu auf der Welt zu sein, um unseren Laden in Schwung zu bringen. Sie wollte, dass wir bunte, flackernde Glühbirnen über dem Laden anbrachten, also bestellte ich einen Elektriker und ließ es erledigen, sie wollte, dass wir Cafétische und Stühle vor dem Laden aufstellten, also kaufte ich zwei kleine Tische und vier Stühle, und wir stellten sie auf. Am Vormittag saßen alte Frauen an den Tischen, auf dem Heimweg von der Krankenkasse, und tranken Kaffee, nachmittags saßen Mütter mit Kindern da und tranken Saft und Cola, und abends wurde Bier getrunken. Madonna sah, dass die Stühle immer besetzt waren, und sagte, vielleicht solltest du noch einen Tisch kaufen, und eine Kaffeemaschine und Espressotassen, also kaufte ich das Verlangte. Ich gab ihr freie Hand und berechnete ihr nicht, was sie aß und trank und was sie sich zum Essen und Trinken mit nach Hause nahm, ich gab ihr nur eine einzige eindeutige Anweisung: Jeder Schekel, der in den Laden kommt, wird registriert. Soweit ich es verfolgen konnte, richtete sie sich danach. Sie liebte die Arbeit im Laden, sie hatte etwas zu verlieren. Manchmal roch ich, dass sie Alkohol getrunken hatte, aber nie ertappte ich sie dabei, dass Einnahmen verschwanden oder geklaut wurden, bis sie eines Morgens ein Wasserglas mit einem kleinen Goldfisch anbrachte.

»Was hast du genommen?«, fragte ich.

»Zehn Schekel für den Autobus. Mir war das Geld ausgegangen.«

»Und mir geht die Geduld für deine Diebstähle aus.« Ich war wütend und nahm den Fisch nicht. Das Glas blieb neben der Kasse stehen, der Fisch schwamm darin herum, erschrocken und einsam, bis er seine Seele aushauchte.

»Der Ärmste, sein Leben war keine zehn Schekel wert«, sagte Madonna und entsorgte seine kleine Leiche, dann holte sie aus ihrer Gürteltasche zehn Schekel und legte sie in die Kasse.

Amjad verbrachte seine Essenspausen an unseren Caféhaustischchen. »Ich habe dir ja gesagt, dieses junge Mädchen ist super, sie hat aus deinem Laden ein Einkaufszentrum gemacht.« Er trug das rote Hemd des Supermarkts und roch nach Basilikum und Petersilie.

»Wie geht es mit dem Gemüse?«, fragte Madonna.

»So lala.« Er packte den Rest seines Baguettes ein und stand auf, um zurückzugehen. »Anfangs war es ganz in Ordnung, aber dann ... Ehrlich gesagt, hier hat es mir besser gefallen.«

Das reichte mir, um ihn aufzufordern, zurückzukommen, dem Laden ging es besser, wir konnten zwei zusätzliche Hände brauchen, und ich konnte ihn auch bezahlen.

Madonna hörte es, ahnte mit ihren scharfen Sinnen, wie eng es dann hinter der Theke würde, und beeilte sich, die Aufgaben zu definieren. »Ich werde Außenministerin, er Innenminister und du Ministerpräsidentin.«

Amjad betrat den Laden, wie man in einen alten, vertrauten Hausschuh schlüpft, die Bedingungen, die ich ihm angeboten hatte, waren besser als im Supermarkt und schlossen zusätzlichen Proviant an Milchprodukten, Brot und Eiern für seine Familie ein. Er gewöhnte sich schnell an die Neuerungen, die während seiner Abwesenheit eingeführt worden waren, und an Madonnas spritziges Tempo. Ihr gelang es, die Beziehung zu den bestehenden Kunden zu pflegen und neue zu gewinnen, sie vergrößerte unseren Kundenkreis, und Amjad kümmerte sich um die Vorräte, um die Bestellungen, um die Organisation der Lebensmittel und um die Ablaufdaten und die Haltbarkeit der Produkte. Sie ergänzten sich gegenseitig, sie konkurrierten miteinander, und einer bewachte des anderen Schritte, und die bescheidene Schreckensbilanz zwischen ihnen nützte dem Laden und der Ordnung meines Alltags. Von da an konnte ich jederzeit kommen oder gehen, ich hatte Zeit, den Kopf über mein kleines Leben zu erheben und das große Leben zu betrachten, ich konnte Jonathan und Tamar besuchen, deren Entbindung näher rückte, ich könnte auch in ein Fitnessstudio gehen, ich könnte zu meinen Aufgaben in der Bank zurückkehren und den Laden aus der Ferne beaufsichtigen, ich könnte Flamenco oder Yoga lernen oder geführte Fantasiereisen unternehmen, ich könnte das, ich könnte jenes ... Die Zeitungen waren voll mit Vorschlägen, wie man sich die Zeit vertreiben konnte, als sei es das Ziel der Zeit, zu vergehen. Aber ich wollte nicht, dass sie verging, im Gegenteil, ich hätte mehr Zeit gebraucht, ich hatte genug Aufträge zu erledigen, ich musste auf den Grabstein des toten Jungen aufpassen, seinen Großvater besuchen und ihm von meinem Besuch bei seinem toten Enkel und seinem lebenden Sohn berichten, und vor allem musste ich mich um die Wunde kümmern, die innerhalb meiner kleinen Familie entstanden war, ich musste sie desinfizieren und dafür sorgen, dass sie heilte. Und wenn ich mich um diese schweren Angelegenheiten gekümmert hatte, musste ich die Zeit, die Madonna und Amjad mir ermöglichten, dazu nutzen, mich der Qualität meiner Beziehung zum Himmel zu widmen. Bald fingen die Anmeldungen zu den Schulen an, und ich musste entscheiden, ob Gott an der Spitze der pädagogischen Hierarchie meines Sohnes stehen sollte oder ein Beamter des Erziehungsministeriums. Eine erschreckende Vorstellung, dass für das Ausmaß, das Gott im Leben eines Kindes spielen sollte, in hohem Maß seine Eltern verantwortlich sind, in unserem Fall seine Mutter.

Jonathan, mein Bruder, sagte: »Gib ihm eine religiöse Erziehung, damit er später wählen kann. Wenn er älter wird, kann er entscheiden, ob er dabei bleibt oder nicht.«

»So etwas gibt es nicht, Jonathan. Gott geht einem in die Knochen wie Kalzium, hast du ihn einmal verinnerlicht, dann war's das, er ist in deinem Knochenmark, und du wirst ihn nie im Leben daraus entfernen können.«

»Na und, was ist schlecht an Kalzium?« Er versuchte auf seine Art, mich zu überzeugen. Erziehung ist alles für ihn, würde er schweigen, würde er sich gegen das Gebot vergehen: Du sollst auch nicht stehen wider deines Nächsten Blut.

Die Herbsttage, die am Rand des Dorfes Meerzwiebeln wachsen und die Blätter von den Pflaumenbäumen fallen ließen, hatten auch auf den Alten ihre Wirkung. Mit dem Himmel, der sich senkte, fiel seine Feindseligkeit Schicht um Schicht von ihm ab und verwandelte sich in Traurigkeit. Er stand weiterhin am Fenster und schaute zu, wie wir kamen und gingen, und beobachtete die Schuhgröße des Jungen, aber er ballte nicht mehr die Hände zu Fäusten und hörte auf, die Hühner zu verfluchen, die in seinem Hof scharrten. Ich klopfte an seine Tür, und er machte sie weit auf, er gab nach und ließ mich an sich vorbeigehen. »Treten Sie ein, schauen Sie sich um, sehen Sie, was für ein Haus wir gebaut haben, wir dachten, wir würden uns hier an Enkeln und Urenkeln erfreuen, und Gott sah, wie wir bauten, und lachte über jeden Ziegelstein, den wir auf den anderen legten ...« Ich erschrak über die Niedergeschlagenheit in seiner Stimme, ich wünschte, er würde sich wieder fangen und schimpfen und fluchen und mich hinauswerfen.

Ich schaute mir das Haus nicht an, ich saß in seinem Wohnzimmer in einem grauen Sessel und blickte mich nicht um, er saß mir gegenüber auf dem Sofa, breitete die mageren Arme auf der Lehne aus, hatte das lange Gesicht gesenkt und sah aus wie ein alter, erschöpfter Adler. Hinter ihm lag ein Stapel Papiere, auf die er in seinen guten Tagen Gottes Zorn aufgeschrieben und in unseren Briefkasten geworfen hatte, und um den Eindruck zu verwischen, auch in seinen.

»Sie waren das also«, sagte ich, obwohl ich es gewusst hatte. An dem Tag, als er ins Krankenhaus eingeliefert worden war, hatte das Phänomen aufgehört, und die Verbindung zwischen ihm und den abgeschnittenen Zetteln ergab sich von allein.

»Die Menschen hier brauchen Erziehung, wenn ich genug Kraft hätte, würde ich weitermachen.« Er bewegte die Hand und ließ sie fallen, um zu zeigen, dass er keine Kraft mehr hatte. Und weil er auf jede Abwehr verzichtete, verzichtete auch ich und berichtete ihm, dass wir bei Amos gewesen waren, und ich erzählte ihm von dem toten Jungen, der hinter Glas lebte. Ich erzählte von dem Anwesen, den Pferden und Hunden, und er schwieg, plötzlich nahm er die Hände von der Lehne und stand auf, seine spitzen Knie knirschten, er verließ entschlossen das Zimmer und kam gleich darauf zurück, ein Holzkästchen an die Brust gedrückt. Er stellte das Kästchen auf den niedrigen Tisch zwischen uns beiden. »Man öffnet den Sarg«, sagte er und nahm den Deckel ab. Braune Kinderschuhe standen auf einem blauen Samtstreifen, die Schuhe waren zerquetscht, sie waren lange herumgerannt, bis die Füße, zu denen sie gehörten, gestorben waren. Die Spitzen waren abgewetzt, ein Schnürsenkel war offen, ihm fehlte das Plastikteil am oberen Ende.

»Hören Sie, ich möchte mit Ihnen ein Abkommen schließen, ich nehme keine Miete von Ihnen, und Sie verpflichten sich, dafür zu sorgen, dass dieser heilige Schrein mit den Schuhen zusammen mit mir begraben wird.« Er stand über mir und sagte, er wolle, dass man die Schuhe des Jungen neben seinem alten Schädel finde, wenn man nach der Ankunft des Messias sein Grab öffnete.

»Was, wissen Sie denn nicht, dass Schuhe länger halten als Knochen? Lesen Sie keine Bücher? Haben Sie nicht gehört, dass man in den Höhlen von Massada Schuhe gefunden hat? Und haben Sie die Schuhberge von Auschwitz gesehen? Von den Menschen ist nur ein Haufen Asche geblieben, und die Schuhe? Seit sechzig Jahren warten sie schon, gibt man ihnen Füße, fangen sie an zu laufen.« Er winkte mir, ihm zu folgen, und zeigte mir die Schublade mit Bettwäsche und Tischdecken, unter denen er die Schuhe versteckte.

»Deshalb habe ich seinem Vater keinen Schlüssel gegeben. Verstehen Sie? Schoschana hat einen Schlüssel, aber sie hat keine Ahnung, wo ich die Schuhe verstecke. Mit ihr kann ich kein Abkommen schließen, ihr Herz ist weich wie Butter, sie würde sie ihrem Bruder aus lauter Mitleid geben.«

Von dem Tag an, als ich die Verantwortung für die letzten Tage der Schuhe übernahm, bewachte der Alte unsere Schritte noch genauer als zuvor, vom frühen Morgen bis zum späten Abend stand er am Fenster. Der Zorn, an den wir uns gewöhnt hatten, wich Besorgtheit. Er schaute uns nach, wenn wir ins Auto stiegen, und man sah ihm die Erleichterung an, wenn wir zurückkamen. An einem der Tage hielt er mich an, als ich auf dem Weg war, und fragte von seinem Fenster aus, ob mein Mann beim Mossad oder beim Außenministerium arbeite, denn er habe ihn lange nicht mehr gesehen. Ich sagte, mein Mann arbeite bei seinem Sohn. Er erschrak, er fürchtete, zwischen den beiden könnte es zu einer konspirativen Beziehung gegen die Schuhe kommen, und erst als ich ihm erzählte, was meinem Mann passiert war und unter welchen Umständen er zu Amos gekommen war, beruhigte er sich.

»Das ist eine seelische Erkrankung. Wenn Sie wollen, ich habe den Namen eines großen Psychiaters, Schoschana hat mir mal einen Termin bei ihm gemacht. Ich habe ihr gesagt, sie soll mich nicht verrückt machen, und bin nicht hingegangen.«

Er wunderte sich nicht, aber sein Gesicht fiel zusammen, als ich ihm mitteilte, dass wir zu Amos fahren würden, zum Hof.

»Kommen Sie am Abend zurück?«

»Das weiß ich noch nicht, wir werden sehen.«

»Ich wünsche Ihnen viel Glück«, sagte er zornig und ballte die Hand auf dem Fensterbrett. Seit ich zugestimmt hatte, die Vormundschaft für die Schuhe zu übernehmen, wollte er mich hier, an seiner Seite, er fürchtete um die hilflosen Zwillinge, die er in der Schublade mit der Bettwäsche versteckt hatte. Er beobachtete, wie wir ins Auto stiegen, winkte uns mit einer sparsamen Bewegung einer Hand zum Abschied zu, mit der anderen wischte er sich Regentropfen vom Kopf. Der Junge winkte ihm mit beiden Händen zu und rief: »Auf Wiedersehen, Herr Levi, auf Wiedersehen ... Sie werden nass, Herr Levi ... passen Sie auf, wenn Sie krank werden, muss man Sie noch einmal operieren ...«

Der Regen prasselte auf die Windschutzscheibe, die Scheibenwischer teilten die Tropfen nach links und nach rechts, der Junge saß angeschnallt hinten in seinem Sitz, beobachtete die Wasserstreifen und war glücklich. Ich erzählte ihm, dass sein Vater auf dem Hof war, und während er ganz aus dem Häuschen geriet vor Freude, sagte ich: »Es kann sein, dass Papa sich nicht wirklich freut, er hat noch immer keine Emotion im Blut.« Er betrachtete den Regen und strahlte, trotz meiner Warnung. »Wie schön, wir treffen Papa ...«

Warum lasse ich die Dinge nicht geschehen, wie sie geschehen wollen, er wird die Apathie eines Vaters erleben, na und, er wird seinen rasierten Schädel sehen, seine Magerkeit. Was sein wird, wird sein, alles hat eine Grenze, ich kann die Zukunft nicht steuern, ich kann das Treffen nicht inszenieren und seine Reaktion nicht arrangieren.

Ich betrachtete ihn im Rückspiegel über mir, er war noch immer glücklich. Nimm es, wie es ist, sagte ich mir, eine Mutter und ein Sohn und Glück, von dem man nicht wissen kann, wie lange es anhält. Eine wunderbare Gelegenheit, Gott etwas zu überlassen und der Vorsehung einen beschränkten Kredit einzuräumen. Und die Vorsehung gab sich für uns Mühe, solange wir unterwegs waren. Der Regen hörte auf, die Welt war frisch gewaschen, die Sicht klar, der Verkehr gering, Wolken bedeckten den Himmel, aber nicht ganz, da und dort rissen sie auf, blaue Streifen waren zu sehen, Sonnenstrahlen brachen hervor und ließen uns glauben, dass die Welt in guten Händen war. Und obwohl ich mich bezüglich meiner Beziehung zum Schöpfer noch nicht entschieden hatte, wandte ich mich an ihn und sagte das Gebet des Weges: »… möge es Dein Wille sein, uns in Frieden zu leiten, unsere Schritte auf den Weg des Friedens zu richten und uns wohlbehalten zum Ziel unserer Reise zu führen … Lass uns Gnade und Barmherzigkeit vor Deinen Augen finden; Verständnis und Freundlichkeit bei allen, die uns begegnen.«

Bei allen, die uns begegnen. Amos und Gideon, zwei Hunde, drei Pferde und eine Katze.

Sie standen beide oben auf dem Hügel, Amos streckte die Hand zum Hang aus und sprach, Gideon folgte mit dem Gesicht der Hand, mager, kahl, mit hängenden Schultern.

»Da ist Papa«, sagte ich und fuhr langsamer, damit er Zeit hatte, sich an seine Verwunderung zu gewöhnen. Er rieb sich die Augen. »Aber Mama, das …«

Wir verdienten nach Ansicht der Hunde weder Gnade

noch Barmherzigkeit. Sie lagen an der Kette und bellten uns entgegen und sprangen herum. Der Cowboy und der ehemalige Jurist hörten das Gebell, drehten sich um und sahen uns. Die Hände des Juristen blieben in den Taschen versunken, die des Cowboys winkten uns zur Begrüßung zu. Nadav öffnete den Sicherheitsgurt und blieb noch eine Weile sitzen, und als er endlich aus dem Auto stieg, war es, als sei er zum Arzt bestellt. Die Vorsehung oder der Zufall ignorierten die vorsichtige Planung, die ich gemacht hatte, und nahmen eine Abkürzung. Nadav suchte meine Hand, aber seine Schritte wurden fester, je näher wir seinem Vater kamen. Gideon, noch dünner, als er auf dem Russischen Platz gewesen war, zog die Hände aus den Taschen und steckte sie wieder hinein. Der Junge ließ meine Hand los und rannte die letzten paar Meter, die sie noch trennten, aber als er nur noch drei Schritte von ihm entfernt war, blieb er stehen. Vielleicht zweifelte er an seiner Identität, oder er erschrak, und seine Augen sahen nicht das, woran sie gewöhnt waren. Aber die Vorsehung hielt uns, während sie mit der einen Hand Wolken über unseren Köpfen zusammenschob, mit der anderen einen Schirm hin. Das ist, was die Sehnsucht einer Katze wert ist. Als sie uns sah, fing sie an zu jaulen und raste wie verrückt, als wäre die Seele eines kenianischen Sprinters in sie gefahren, auf uns zu, landete in dem knappen Abstand zwischen dem Jungen und seinem Vater, legte ihre Pfoten auf die Schuhe des Jungen, leckte und kratzte die Schuhe, die wir zu putzen vergessen hatten. Der Junge übergab ihr das, was er für seinen Vater vorbereitet hatte, er bückte sich, lachte und murmelte, Emotion, was für eine großartige Katze, Emotion ... Sein Vater nutzte das Getöse der Katze aus, legte die Hand auf die Schulter des Jungen, sagte: »Guten Tag, mein Schatz.« Seine trockene, angestrengte Stimme wurde vom Lärm verschluckt, und währenddessen streckte mir Amos seine bäuerliche Hand hin und sagte: »Hi, es steht dir großartig, so kurz.«

Ich war dem gelben Geschöpf dankbar, das uns die Tatsache, dass wir es aus unserem Haus geworfen hatten, mit einer Wohltat vergalt. Zwei Kilo Nerven und Muskeln hatten das Eis betreten und es zerbrochen. Gideons Hand blieb auf der kleinen Schulter, hätte sie gewusst, wie sie sich entfernen könnte, hätte sie es getan. Der Junge stand da wie einer, der einen Geist gesehen hat, als sei seine Erstarrung eine Garantie für die Hand auf seiner Schulter.

»Komm«, sagte Gideon und ließ ihn los.

»Wohin?« Nadav schaute zu ihm hoch, noch immer erstaunt.

»Zu meinem Wohnwagen.«

»Mama, erlaubst du es?«

Sie gingen zum nördlichen Ende des Anwesens, der Mann knochig, gebeugt und kahl geschoren, der Junge klein und dünn, so entfernten sie sich und schritten zu einem Brandopfer, wie Abraham und Isaak es getan hatten. Gleich wird der Kleine fragen, wo sind das Holz und das Feuer, und der Große wird antworten: Mein Sohn, Gott wird sich ersehen ein Schaf zum Brandopfer. Angst stieg in mir auf, ich wollte ihnen hinterherlaufen, den Jungen packen und zu mir zurückholen. Ich kannte den Mann nicht mehr, der ihn mitgenommen hatte, seinen Wahnsinn, ich wusste nicht, was aus seinem Gehirn herausgerissen war oder darin aufkeimte, es ist schon so viel auf der Welt passiert, Väter haben ihre Kinder mit Plastiktüten erstickt, mit einem Kopfkissen, mit den eigenen Händen ...

»Ich hätte es nicht erlauben dürfen ...«, sagte ich.

»Übertreib mal nicht. Er ist sein Vater, nicht wahr? Ich hoffe bloß, er erinnert sich noch, wo sein Wohnwagen ist.« Amos hob den Fuß als Hindernis für die Katze, und sie sprang wieder und wieder darüber. Er schlug vor, ich solle ins Haus gehen, sagte, auf dem Tisch stehe kalte Limonade bereit, die Tür sei offen.

»Warum sollte er sich nicht erinnern?«, fragte ich erschrocken.

»Er hat ein Problem mit dem Gedächtnis. Weißt du das nicht? Das kann ich kaum glauben. Reg dich nicht auf, ich kümmere mich darum.«

Bisher hatten wir es mit Problemen des Gefühlslebens zu tun gehabt, jetzt auch mit dem Gedächtnis? War es möglich, dass ich es nicht gewusst hatte, weil ich es nicht hatte wissen wollen?

»Nein, das habe ich nicht gewusst«, fuhr ich den Mann an, der dem ohnehin bestehenden Problem ein weiteres hinzugefügt hatte. Wer gab ihm das Recht, mir neue Diagnosen über meinen Mann mitzuteilen? Wenn er wusste, wie sein Zustand war, warum beschäftigte er ihn dann? Aus Mitleid? Ich wollte kein Mitleid.

»Lass mich«, sagte ich und drehte mich zum Haus, damit er mich nicht trösten und mir keine guten Ratschläge geben konnte.

»Du meinst es ernst? Du hast es wirklich nicht gewusst?«

»Lass mich. Vielleicht bin ich ja viel dümmer, als ich angenommen habe.«

Er ging zu seiner Arbeit zurück und ich ins Haus, in dem niemand war, nur der tote Junge auf dem Bild. Ich saß in der großen Diele vor ihm, nur er und ich, ich trank Limonade, ich aß eine Birne, und er betrachtete mich mit Augen, in denen uralte Weisheit lag. Ich sagte ihm, dass ich mich um sein Grab kümmerte, dass ich Kiefernnadeln von der Platte entfernt hatte, den Staub abgefegt und für ihn »Lauf, Pferdchen, renne durchs Tal« gesungen hatte. Sag, Junge, sagte ich zu ihm, ist das nicht ein Skandal, dass der schwarze Gummireifen, der dich getötet hat, fünf Herzen zerbrochen hat? Entschuldige, du bist ein Kind, ich darf dir kein seelisches Trauma zufügen und mit dir über den Tod sprechen, du könntest davon Albträume bekommen, du könntest wieder mit Bettnässen anfangen, nervöse Zuckungen an den Augen bekommen, wir wissen doch, dass der Mensch sich nicht auf alles Übel vorbereiten kann, wenn Gott will, wird auch ein Besen schießen, ich weiß nicht, ob du diesen Spruch schon mal gehört hast. Jetzt jedenfalls, nachdem die Besen schon geschossen haben, muss man sehen, was man mit Gott macht. Nicht du, ich. Es ist eine Sache, wenn unser Leben in seiner Hand liegt und seine Wunder ständig um uns sind, und eine ganz andere, wenn alles willkürlich ist. Du lachst, wenn das Glas dich nicht bedecken würde, würdest du sagen: Lass doch den Himmel, löse erst einmal das Problem, das du auf der Erde hast. Dein Sohn ist mit einem Verrückten abgezogen, und du isst Birnen und plapperst über Besen. Der Wohnwagen des Verrückten steht am Abgrund, ein Fingerschnippen, und dein Junge wird zum Sündenbock, und seine Knochen rollen den Abhang hinunter ...

Amos hatte zwar versprochen, ein Auge auf sie zu haben, aber kalter Schweiß klebte mir die Bluse an den Rücken, ich verließ das offene Haus und rannte nach Norden, zum Wohnwagen des Mannes, der zur Instandhaltung angestellt war, um den Jungen zu retten, ich wusste nicht, wo und wie weit entfernt der Wohnwagen stand, ich rannte, solange ich noch rennen konnte, ich stieß gegen Steine, kratzte mich an Dornengestrüpp, ich rutschte auf den Felsen aus, ich lief durch einen Olivenhain, durch einen Weinberg, und murmelte, lieber Gott, wirklich, lass den Besen nicht schießen, Gott, halte den Besen fest, Gott ... Der Himmel bezog sich mit Wolken, Regen fiel und mischte sich mit meinem Schweiß, die nackten Reben der Weinstöcke wurden dunkle, gerade Linien, die sich von Norden nach Süden zogen, gaben die Richtung vor. Ich war nass, der dünne Rock klebte an meinen Schenkeln und hinderte mich am Laufen, ich überlegte, ihn auszuziehen und in Unterhosen weiterzurennen, was kann schon passieren, Gideon, Nadav und Gott haben mich bereits in Unterhosen gesehen, ich rannte, nass, angezogen, keuchend, ich muss die Hand meines Mannes packen, bevor er den Finger nach dem Jungen ausstreckt. Eine Hand, die ich besser kenne als jede andere, die ich oft genug zu meinem Allerheiligsten geführt habe, und in die ich, als sie mir fremd wurde, Löcher gebohrt und das Blut mit einem Taschentuch abgebunden habe. Am Rand des Weinbergs, kurz bevor der Berg im Wadi aufbricht, vor dem Hang, stand der Wohnwagen. Ich klopfte nicht, ich bat nicht, eintreten zu dürfen, ich machte einfach die Tür auf und ging hinein. Der Wohnwagen war leer. In der kleinen Küche mit dem Klapptisch stand eine Tasse mit einem Rest Milch, in der zerkrümelte Kekse schwammen, und auf der Tasse waren kleine Fingerabdrücke. Der Wohnwagen besaß zwei Zimmer, eines war leer, ohne Gegenstände, ohne Menschen, im zweiten standen ein Feldbett, ein Tisch, ein Stuhl und eine Kiste, die Gideons wenige Besitztümer enthielt. Ginge es jetzt nicht um das Leben meines Jungen, hätte ich die Kiste gründlich durchwühlt, um Hinweise auf das Leben meines Mannes zu finden, aber die Sorge um die Rettung des Menschen, der mir der liebste war, brachte mich dazu, schnell in der Toilette und in der kleinen Dusche nachzuschauen. Ich ging hinaus, der Lieferwagen und der Hund waren nicht da, wer weiß, zu welcher Hölle er den Jungen gefahren hatte, der Regen hatte die Reifenspuren gelöscht, wenn ich nur den Besitzer des Gehöfts anrufen könnte, um ihm zu sagen, er solle dem Lieferwagen folgen und ihn aufhalten, aber in meiner Eile hatte ich das Handy in seinem Haus liegen gelassen, das Einzige, worauf ich zugreifen konnte, waren meine Sinne und der Himmel, und beiden traute ich nicht besonders. Ich kann nicht ansehen des Knaben Sterben, damit Gott ein Déjà-vu-Erlebnis hat und die Gnade, die er Hagar erwiesen hat, wiederholen kann. Dass ein Engel, ein Hirsch, eine Taube, ein Rabe, egal was, ihn heil und gesund zu mir zurückbringt. Ich lief den Felsenweg entlang, der das Anwesen umgab, der Regen hörte auf, die nasse Natur war zu erregt, Eichen raschelten und ließen Tropfen auf die Erde fallen, Vögel zwitscherten übertrieben laut, tauchten in den Wadi und landeten, Hunde bellten in der Ferne, und in diesem dröhnenden Durcheinander waren auch dumpfe Menschenstimmen zu hören, ich lief in die Richtung und behielt recht.

Der Wind wirbelte die Stimmen durcheinander, ich hörte ein Kind schreien und einen Hund bellen, und ich sah einen roten Lieferwagen, alt und schlammverschmiert, ich ging um ihn herum und blieb stehen. Dort waren sie. Der Hund tobte in Rufweite von ihnen und schnappte einen grünen Plastikreif, den sie ihm abwechselnd zuwarfen, der Abstand zwischen ihnen übertraf die Länge eines fünfjährigen Arms und befreite sie von der Notwendigkeit eines Gesprächs. Nadav und der Hund entdeckten mich, aber sie waren in ihr Spiel vertieft. Gideon stand mit dem Rücken zu mir, und als er mich bemerkte, drehte er sich nicht zu mir um, er fragte ruhig: »Warum hast du ihm das angetan?«

»Was habe ich ihm angetan?«

»Du hast ihn hierhergebracht. Du weißt, dass ich ihm nicht das geben kann, was er braucht.«

»Dann gib dir eben Mühe«, zischte ich, streckte die Hand aus und drehte grob sein Gesicht zu mir. »Schau mich an, wenn du mit mir sprichst.«

Er schwieg und reagierte nicht, als ginge es nicht um ihn. Etwas in mir zerriss, und mein Herz nahm keine Rücksicht, es zeigte sich, wie es war.

»Ich will der ganzen Sache ein Ende machen, Gideon. Wenn du nichts für uns empfindest, dann lösen wir die Sache auf und lassen uns scheiden, oder du gehst zu einem Arzt.«

Er biss sich auf die Lippe, bis ein kleiner Blutstropfen aus ihr trat, er hob die Hand zu seinem rasierten Kopf und sagte: »Ich brauche nicht mehr zu einem Arzt zu gehen. Ich war schon dort.«

»Wirf doch, Papa, wirf!«, rief der Junge. Der Plastikring landete vor Gideons Füßen, der Hund stürzte auf seine Schuhe zu, packte den Ring mit den Zähnen, brachte den Jungen dazu, mit dem »Pack, renn, pack« weiterzumachen, und unser Gespräch bekam keinen Aufschub. Der Himmel unterstützte die Aktionen des Hundes und stoppte vorübergehend den Regen, die Vögel verstärkten ihren Lärm, die Bedingungen für ein Gespräch waren ideal, wir hatten keine Ausrede, uns davor zu drücken.

»Was hat der Arzt gesagt?«

»Dass ich zu den zwei Prozent gehöre, denen so etwas in jungen Jahren passiert.« Er schaute dem Jungen und dem Hund hinterher, mit unbewegtem Gesicht, und dann drehte er sich zu mir, und plötzlich wurde er redselig, ein Strom von Worten brach aus ihm heraus. Er sagte, seine Zeit als Ebenbild Gottes gehe zu Ende, sein Gehirn lösche sich selbst aus, eine Zelle nach der anderen, er habe diese Krankheit, die sonst nur alte Leute bekommen, der Name sei ihm entfallen, es habe harmlos angefangen, mitten in einem Plädoyer vor Gericht sei er blockiert gewesen und habe mit dem Plädoyer eines anderen Mandanten weitergemacht, man habe ihm Wasser gebracht, habe die Verhandlung unterbrochen, du erinnerst dich bestimmt, sie haben gesagt, das passiere jedem mal, es gibt niemanden, der nicht mal einen Aussetzer gehabt hat. Doch dann nahm sein Interesse an seinem Beruf von Tag zu Tag ab, es fiel ihm immer schwerer, sich zu konzentrieren, er dachte, sein Kopf sei übervoll, und beschloss, die Robe zusammenzulegen und nach Eilat zu ziehen, nach einer Bedeutung zu suchen und dieser ganze Bullshit, du hast diesen Mist doch auch geglaubt, stimmt's? Wir haben beide gedacht, ich hätte zu viel im Kopf, dabei ist er eigentlich immer leerer geworden. In Eilat passierten ihm alle möglichen Dinge, er drückte auf die Fernbedienung des Fernsehers, um eine Tür aufzumachen, er wollte zu seinen Eltern fahren und hatte vergessen, wo sie wohnten, er ging in einen Laden und wusste nicht mehr, warum, und da verstand er endgültig, dass es Zeit war, zu einem Arzt zu gehen. Man stellte alle möglichen Untersuchungen mit ihm an, und dann sagte man ihm, dass er zu den zwei Prozent gehöre, die es als junge Menschen bekamen, es würde rapide fortschreiten, es würde nur noch zwei, drei Monate dauern, bis er alles vergessen habe. In dem Moment, als er es wusste, als die Diagnose feststand, versuchte er, die Verbindung zu uns zu kappen, damit wir nicht unter Druck gerieten und damit es uns nicht wehtat, er dachte, es sei besser für uns, wütend zu sein, Zorn und Wut seien leichter auszuhalten als Schmerz. Vom ersten Moment an war ihm klar, dass er nicht in einem Pflegeheim enden wollte. Er wollte kein sabbernder Zombie werden, der ins Bett pinkelt. Er gehörte also zu den zwei Prozent, die es sehr früh bekamen, zuerst hatte er das Gefühl verloren, vollkommen, er war gleichgültig wie ein Tisch, wie die Wand, wie ein Stuhl. Nichts berührte ihn mehr, nichts machte ihn traurig, nichts machte ihn froh. Er wollte nur noch eines, die Sache beenden, bevor in seinem Kopf komplette Dunkelheit herrschte, sein Kopf war wie ausgehöhlt, er hatte nicht vor, zu einem Sack mit Gliedmaßen zu werden, der nur noch ausscheidet und schwitzt, er wollte nicht gewindelt werden, nicht angebunden, nicht gefüttert, er wollte nicht an Schläuche angeschlossen werden, auch nicht an- und ausgezogen. Er machte einen Selbstmordversuch, schluckte Tabletten, aber er wurde gerettet. Außerdem aß er nichts, und möglicherweise würde diese Appetitlosigkeit zu seinem Ende führen. Ich gehöre jedenfalls zu den zwei Prozent ... Habe ich das schon gesagt? Auch unter diesen zwei Prozent, hatten die Ärzte gesagt, sei sein Alter außergewöhnlich, nur in der Fachliteratur ... Es gab keinen Arzt, zu dem er nicht gegangen war, und alle hatten gesagt, bei jungen Menschen würde der Prozess wie Feuer fortschreiten, das hatte er auch im Internet gelesen, als er den Computer noch bedienen konnte. Wenn du in meinem Wohnwagen warst, ist dir doch bestimmt aufgefallen, dass es kein einziges Buch gibt. Er konnte keine Buchstaben mehr zu Wörtern verbinden, keine Wörter mit irgendeiner Bedeutung, er hatte jedes Interesse an Geschriebenem verloren. Er wollte die normalen Zellen, die ihm noch geblieben waren, nicht mit solchen Versuchen beschäftigen, er brauchte sie noch für den letzten Akt, um sich der armseligen Geschichte, die ihn erwartete, zu entziehen. »Ich wollte dir noch etwas sagen, aber ich habe vergessen, was es war, vielleicht erinnere ich mich ja noch daran. Ich gehe für immer, Amia, steh mir nicht im Weg und frage nicht, wie. Ich gehöre zu den zwei Prozent, habe ich das schon gesagt? In der Bibel steht, einen Moment, in der Bibel? Ja, in der Bibel, da steht, und stirb auf dem Berg, wenn du hinaufgekommen bist, das kann man verstehen, wie man will. Siehst du, ich erinnere mich nicht mehr an mein Geburtsdatum, ich weiß weder den Monat noch das Jahr, ich habe den Namen meiner Mutter vergessen, aber an diese Worte erinnere ich mich, falls ich sie nicht durcheinandergebracht oder überhaupt erfunden habe, ich bin mir bei nichts mehr sicher, viele Sätze füllen mir den Kopf, sie kriechen aus jedem Loch in meinem Gehirn wie Ameisen, die vor etwas fliehen. Auch Zeilen von Gedichten, Lache, oh, lache über meine Träume, Jerusalem aus Gold und Kupfer ... Ich gehöre zu den zwei Prozent, die bekommen es ...«

Er sprach schnell und flüssig, als stünde die Krankheit mit einer Stoppuhr vor ihm und habe den Finger schon am Ausschaltknopf. Er schwitzte und sprach mit einer Raserei, als ginge es um jetzt oder nie, eine Rede, die er vorbereitet hatte, die er vermutlich seit Monaten geplant hatte, er sprach wie ein Automat, in den man eine Münze gesteckt hatte, und er war blass vor Anstrengung. Der Himmel über seinem kahl geschorenen Kopf wurde grau, hielt inne, nahm Rücksicht, die dickbäuchigen Wolken hielten sich zurück und ließen ihm Zeit, Wörter aus den Trümmern zu holen.

»Ach, es fällt mir ein, hör zu, bevor ich es wieder vergesse, wir müssen uns scheiden lassen, damit du nicht ... damit du juristisch nicht als verlassene Frau giltst, heute oder morgen, dringend, wir machen das blitzschnell, mach nicht so ein Gesicht, eine Stunde, und wir sind draußen. Der Junge, das Haus, alles gehört dir. Man unterschreibt und geht. Wir müssen es schnell fertig kriegen, damit du nicht mit einer atmenden Mumie verheiratet bleibst, die nur noch Ausscheidungen hat, achtzig Kilo Knochen und Fleisch und sonst nichts ... zwei Prozent bekommen es im Alter von ... Was zitterst du so, es ist einfacher, als es dir vorkommt, das Rabbinat und dann ein Schnitt, ich gehe ... Nun, was sagst du, gehen wir heute zum Rabbinat oder morgen?«

»Nie«, sagte ich und weinte innerlich, meine Augen und meine Kehle blieben trocken. Solange er sprach, hatte ich mich nicht bewegt, noch nicht einmal die Augenlider, um seine Aufmerksamkeit nicht abzulenken. Jetzt betete ich zum Himmel, er möge eine Wolke über unseren Köpfen aufbrechen lassen, um den Jungen zu erschrecken, um uns in die Flucht zu treiben, um die Worte wegzuschwemmen und in alle Richtungen zu verteilen. Aber der Himmel hatte Takt genug, wenigstens verspottete er die Bedürftigen nicht, denen er zuschaute, ohne einen Finger für uns zu rühren. Und ich, hätte ich genug Kraft gehabt, hätte den Himmel mit der Faust geschlagen, hätte das Himmelblau zerkratzt.

Mit dem Himmel und ohne ihn, die Flut der Worte war gestoppt, die Batterie war leer, der Strom war unterbrochen. Er schaute mich mit leeren Augen an, als wäre ich in seiner Netzhaut stecken geblieben und als wüsste der Sehnerv nicht, wie er mich ins Innere bringen sollte. Also drang ich in ihn über das Fleisch, ich fiel ihm um den Hals, ich umarmte ihn aus aller Kraft, um mir etwas von dem Geliebten zu nehmen, seinem Geschmack, seinem

Geruch, seiner Wärme, ich spürte seine Knochen, die ganz dicht unter der Haut lagen, wie viel weniger er in den letzten Monaten geworden war, ich drückte ihn an mich, wie man ein Kind an sich drückt, er blieb steif, seine Schultern waren steif, und seine Arme hingen herunter wie die Ärmel eines Hemds an einer Wäscheleine, lang, schön, dünner die Hände, die einmal jedes Härchen und jede Pore an mir kannten. Der Junge sah, wie wir uns umarmten, er hielt in seiner Beschäftigung inne und kam näher, um das Wunder zu sehen, auch der Hund ließ alles stehen und liegen und kam, er verstand nicht, was geschah, aber vielleicht verstand er es besser als wir alle und wollte seinen Herrn retten, ihn von mir wegziehen, er bellte, und wir lösten uns voneinander. Wer uns von oben betrachtete, verstand, dass man aus dem Ereignis nicht mehr herauspressen konnte, als darin war, er beschloss, es genug sein zu lassen, und öffnete die Absperrung der Wolken und ließ einen Schwall auf uns herunterprasseln. Wir rannten mit schweren Beinen zum Lieferwagen, um Schutz zu suchen. Schweigend saßen wir da und schauten hinaus auf den Regen, der Hund auf der Rückbank, wir, den Jungen in der Mitte, auf der Vorderbank. Vielleicht haben sich die Ärzte geirrt, sagte ich, vielleicht fahren wir ins Ausland, um Rat bei irgendeinem berühmten Arzt zu suchen, vielleicht gibt es ein Medikament, von dem man hier noch nichts gehört hat, aber er sagte: »Genug, lass das«, und betrachtete weiter den Regen, distanziert und abgeschnitten. Ich wusste, dass die Ärzte sich nicht geirrt hatten. Dass es keinen Stein gab, den dieser Mann nicht umgedreht hatte, dass er alles erforscht und hinterfragt hatte, bis er es verstanden und das Urteil angenommen hatte. Nadav fragte, was ist mit dem Ausland, aber er beharrte nicht darauf, er kapierte, dass diese Worte nichts bedeuteten. Während ich noch darüber nachgrübelte, wieso ich nichts verstanden und zugelassen hatte, dass er diesen Albtraum allein durchstehen musste, hielt der Jeep neben uns, Fenster an Fenster mit dem Lieferwagen, und trotz des Regens, der zwischen den beiden Autos fiel, und trotz der beschlagenen Fenster sah ich Amos an, dass er bereits wusste, was ich gerade erst erfahren hatte, er beschäftigte bewusst einen Mann, der zu den zwei Prozent gehörte, die das in jungen Jahren bekommen. Vielleicht wollte er sich dafür revanchieren, dass ich ihm Unterschlupf gewährt hatte, und dafür, dass ich mich um das Grab seines Sohnes kümmerte, dafür, dass ich ein Auge auf seinen Vater hatte, und vielleicht entsprach Gideon seinem Bedürfnis, trotz der Atrophie, die seinen Verstand vernichtete. Mitleid schloss ich aus.

»Gib Papa einen Kuss und sag ihm Auf Wiedersehen«, sagte ich zu Nadav.

»Wieso, gehen wir schon weg?«

»Papa geht weg.«

Der Junge, mit einer noch unbelasteten Intuition, stellte keine Fragen, er kniete sich auf den Sitz, schob die eine Hand zwischen Gideons Rücken und die Lehne, die andere legte er auf die Brust seines Vaters, drückte den Mund auf seine Wange, küsste und umarmte ihn. Gideon kratzte seinen Rest Gesundheit zusammen, erwiderte den Kuss, rieb sein Kinn an der Stirn des Jungen und ließ ihn los. Nadav rutschte wieder auf seinen Platz und machte sich klein, weil ich mich an ihm vorbeischob, um zu seinem Vater zu gelangen. Ich küsste Gideon auf die Stirn, beugte mich über seinen Kopf und küsste seinen geschorenen Schädel, dann drückte ich eine Folge von Küssen von seiner Stirn bis zu seinem Nacken, wie eine enge Knopfreihe. Hätte ich doch bloß die Krankheit aus seinem Kopf saugen und ausspucken können, saugen und spucken, saugen und spucken, bis sein Gehirn sauber und wie neu gewesen wäre. So, während ich wie eine Brücke über unseren Sohn gestreckt war, gab er mir einen Kuss, der völlig blutleer war, und umarmte mich mit einer Umarmung ohne Muskeln und ohne Nerven. Ich sah einen Kugelschreiber im Handschuhfach des Lieferwagens, nahm seine Hand, an der die Narben von meinen Fingernägeln zu sehen waren, und schrieb auf seine nackte Haut: Ich liebe dich. Dann zog ich den Jungen von ihm weg, sagte: »Komm«, machte die Tür auf, stieg aus dem Lieferwagen und wechselte in Amos' Jeep. Wir setzten uns auf die Rückbank und sahen aus dem Fenster den Hund, der im Lieferwagen nach vorn wechselte und unseren Platz einnahm.

»Kann er fahren?«, fragte ich den Sohn des Alten.

»Nein. Er weiß nicht mehr, wozu die Schalter im Auto da sind.«

Ich sah durch das nasse Jeepfenster hinüber zum Lieferwagenfenster, sah, wie mein Mann die Arme hob, mit gebeugten Ellenbogen, und die Hände hinter dem Nacken verschränkte, wie er den Kopf zurücklegte und hinauf an die Autodecke schaute.

»Fahr«, sagte ich zu Amos.

»Bist du sicher?«

»Fahr schon.«

Er zögerte noch einen Moment, er wusste, dass dies meine letzte Chance war. Gideons Hände waren noch immer im Nacken verschränkt, sein Gesicht nach oben gewandt, der Hund schmiegte sich an seine Brust und leckte seinen Hals.

Amos ließ den Motor an, und wir fuhren los. Mit einem schnellen Blick nach hinten, durch die regennassen Scheiben, sah ich die feuchte Zunge des Hundes, zitternd und glänzend.

Nadav war begeistert vom Jeep, und das Leben bekam in diesem Moment seine Bedeutung durch das moderne Armaturenbrett, das das Universum in grünlichem Phosphorlicht aufleuchten ließ. Wer für Kinder Blickfelder erschuf, hatte an alles gedacht.

Der Alte erwartete uns an seinem Fenster und war noch älter geworden. In ihm mischte sich Zorn darüber, dass wir weggefahren waren, mit Freude über unsere Rückkehr. Der Junge erzählte ihm vom Jeep, ich sagte nicht viel, aber ich erinnerte mich, dass ich die Sache mit den Schuhen übernommen hatte, und sagte, vorläufig würden wir im Dorf bleiben.

Von morgens bis abends war ich wie Hänsel und Gretel, ich folgte den Brotbröckchen und suchte den Anfang. Suchte nach Vergesslichkeiten, die verstreut auf dem Weg lagen. Da war zum Beispiel jener Schabbat, als er früh aufgestanden war, der Junge und ich schliefen noch, er nahm seine Tasche und die Robe und fuhr zum Gericht, setzte sich auf die Schwelle und wartete darauf, dass der Hausmeister aufschloss, und dann kam ein Mann vorbei und sagte, mein Herr, das Gericht ist am Schabbat geschlossen. Er kehrte nach Hause zurück und zog wieder seinen Pyjama an, konnte aber nicht mehr einschlafen. Wir hatten darüber gelacht, wir dachten, er habe aus lauter Überarbeitung das Zeitgefühl verloren, und beschlossen, den ganzen Tag im Bett zu bleiben. Ein rotes Licht ging über unseren Köpfen an, und wir sahen es nicht, was heißt da ein Licht, ein Scheinwerfer. Und was hätte es gebracht, wenn wir es gewusst hätten? Allmählich gingen weitere

Lichter an, aber unser Unwissen schützte uns, wer dachte an Krankheiten, wer ahnte, dass dieses brillante Gehirn die Herrschaft über seinen Besitzer ergreifen würde.

Madonna und Amjad waren die Ersten, die es erfuhren. In einer Pause zwischen einem Kunden und dem nächsten erzählte ich es ihnen. Wir aßen Brötchen mit Schnittkäse, Madonna saß auf der Theke, ich auf dem Schemel und Amjad auf einer Kiste. Er nahm meine Worte wahr, er hörte auf, das Brötchen zu kauen, schaute auf das Salzwasser im Heringsfass, sein Blick blieb lange an den toten Heringen hängen, er rührte das Brötchen nicht mehr an. Madonna schwieg, senkte den Kopf, zog die schmalen Schultern hoch, sprang von der Theke und umarmte mich. »Ich würde auch sterben wollen, wenn mein Kopf nicht mehr funktioniert.« Schwarze Schminke wurde von ihren Tränen verschmiert. Sie schlang ihre dünnen Arme um mich und weinte lange, vermutlich galt ihr Weinen auch den vielen Schmerzen, die sie in ihrem Leben erlitten hatte, und all den Schmerzen, die noch kommen würden.

Ausgerechnet Jonathan, meinem Bruder, erzählte ich nicht gleich davon, denn ihm wurde in jener Woche ein Sohn geboren. Es wäre taktlos gewesen, ihm von einem vergehenden Leben zu erzählen, wenn gleichzeitig ein anderes Leben gerade begann. Aber als er anrief und sich nach Gideons Telefonnummer erkundigte, sagte ich, Gideon könne nicht kommen, er sei schon auf dem Weg zu einem anderen Ort.

»Man muss ihn retten, Amia, die Bibel gebietet ...« Er war aufgeregt.

»Retten, wozu? Lass die Bibel, Jonathan, die Bibel braucht

keine Hilfe, wer Hilfe braucht, ist derjenige, der seine letzte Schlacht gegen den kämpft, der den Menschen Verstand schenkte und der ihn viel zu früh aufgegeben hat.«

Jonathan hörte, wie ich den Himmel und die Bibel beschimpfte, er beherrschte sich lange, dann sagte er: »Tu, was du für richtig hältst, aber bitte sprich nicht so.« Er fürchtete, ich könnte den Zorn des Himmels auf mich ziehen und er würde mir eine Lehre erteilen, die noch bitterer ausfallen würde als die, die er mir schon erteilt hatte.

Nur vor meinem Jungen, meinem einen und einzigen Verbündeten, verschwieg ich die Wahrheit und erzählte ihm, dass die Krankheit seines Vaters ernst sei und er in ein fernes Land reise, um Heilung zu finden. Es hatte keine Eile, die Wahrheit lief nicht fort, und wenn es sein musste, konnte sie auch sieben oder acht Jahre warten.

Wir lebten weiterhin im Dorf, der Laden finanzierte unseren Unterhalt, ohne dass ich ständig anwesend sein musste. Madonna kämpfte um jeden Kunden, warf ihre ganze Seele in die Waagschale, und Amjad half ihr, er zügelte ihre Wildheit und die Tiefe ihres Ausschnitts.

Sie behandelten mich mit demonstrativer Vorsicht, kochten mir Kaffee, brachten mir einen Stuhl, aber ich hatte schon bald genug davon, die Heilige zu spielen. »Los, leg Britney Spears auf, damit wir was hören«, sagte ich zu Madonna.

Sie gehorchte, und ich stellte das Gerät lauter, wie an jenem Tag, an dem ihr Vater beerdigt worden war, die Musik flog über die Tische vor dem Laden, und meine beiden Gehilfen schauten sich an, Madonna fasste sich zuerst und fragte: »Was ist, hast du etwa jemanden kennengelernt?« Sie holte eine Flasche Wein vom Regal und wollte schon den Korken herausziehen, und sagte: »Frag Amjad, ob ich ihm nicht gesagt habe, dass du nicht allein bleiben wirst, egal, wie sehr du deinen Mann geliebt hast, ich habe ein Auge für solche Sachen.«

»Du irrst dich, Süße. Ich hatte nur Lust auf Britney Spears, das ist alles, und danach lege Amir Banyun und Poliker auf.«

Bevor der Winter seinen Höhepunkt erreichte, grub ich den Garten um und legte Beete an, ich pflanzte Kräuter und Gemüse, ich brachte ein Bewässerungssystem an, für den Fall, dass es zu wenig Regen geben würde, stellte ein Heer von Vogelscheuchen auf, und bald fingen die Samen an zu sprießen, und es wurde grün. Der Alte schaute von seinem Fenster aus zu, überzeugt, dass ich die Zeit totschlagen wollte, und bot mir an, auch seinen Gartenanteil zu bepflanzen. Ich korrigierte ihn nicht, was seine Ansicht wegen der Zeit betraf, sondern stürzte mich auf seinen Garten und verwandelte ihn in einen Blumengarten, ich holte Handwerker, die eine Überdachung anbrachten, um meinen botanischen Besitz gegen die Kälte des Winters und die Hitze des Sommers zu schützen. Der Junge lernte zu jäten und zu pikieren, und der Hund lernte, zwischen den Reihen zu laufen, um die Vögel zu erschrecken. Die Berge in Tibet, die Bergkämme des Himalaja und die Erde im Garten des Alten, alle waren Teil der Erdkruste, und diese Erde brachte Keime hervor und verschlang Menschen, und Jonathan, mein Bruder, pries die Wunder und sagte, groß sind deine Werke, oh Herr.

Und wenn man gerade von Gott spricht, meine Rechnung mit dem Himmel war noch offen, und ich war hart gegen ihn, denn er schuldete mir viel, trotzdem meldete ich den Jungen in einer religiösen Schule an. Ich konnte ihm nicht den Glauben vorenthalten, der so vielen Menschen auf unserem Planeten Trost gibt. Er wird älter werden und dann selbst über das Wesen des großen Blau entscheiden, ob die Räume zwischen den Galaxien leer sind oder der Wohnsitz eines barmherzigen und wahrhaftigen Gottes.

Zuerst sprossen die roten Pelargonien, danach blühten die Zyklamen, dann die Stiefmütterchen. Sogar der Alte, der seine Erde vernachlässigt und ihr gegrollt hatte, fragte: »Gibt es auch Narzissen?«
Ich antwortete: »Es wird welche geben.« Ich kaufte Narzissen, pflanzte sie, sie gediehen und blühten prächtig.

Gideon benutzte die Karte, die er für den Fernen Osten hatte, flog dorthin und kletterte auf die Berge des Himalaja, und weil ich ihn liebte, suchte ich nicht nach ihm. Seine Eltern schickten ein Flugzeug mit einem Rettungsteam los, aber sie kamen unverrichteter Dinge zurück.
Vermutlich hat er es geschafft, und ich werde nie erfahren, ob er in einem in einen Felsen gehauenen Kloster aufgenommen wurde, wo ihn tibetische Mönche mit Reis fütterten, sich über seine Eigenheiten wunderten und ihn für einen Heiligen hielten. Oder ob er auf einem verschneiten Gipfel seinen letzten Atem aushauchte und Adler seinen Leichnam fraßen, oder ob er im Schnee erfror. Und es gab noch andere Arten zu sterben, die nicht weniger logisch gewesen wären, zum Beispiel, dass Gott ihn liebte und ihn als Engel zu sich nahm, wie er es mit Hanoch getan hatte.
Ich neige dazu, Letzteres zu glauben, denn wie viele Geschöpfe hat Gott, die sein Ebenbild auf diese Art und Weise heiligen, deren Leben ohne ihn keinen Sinn hat. Nur

er weiß, wie vielen Menschen er den Verstand entzogen hat, und statt für die Heiligung des Ebenbilds zu sterben, wurden sie Organsäcke, die nur noch atmeten und Ausscheidungen von sich gaben. Ist es da ein Wunder, dass er ihn bei sich haben wollte?

Abends, wenn der Junge eingeschlafen ist, gehe ich hinaus zur Schaukel, ich rieche das Leben, das aus der Erde bricht, ich höre die Kiefernnadeln im Wald fallen und sehe das flimmernde Licht des Fernsehers im Haus des Alten. Manchmal kommt Madonna zum Schlafen zu uns, dann sitzt sie mit mir auf der Schaukel, ich trinke ein Glas Merlot, sie mindestens zwei. Der Junge freut sich, wenn er morgens neben ihr aufwacht, sie bestiehlt uns auch nicht mehr. Wenn meine Beete blühen und alle Pflanzen aufgegangen sind, werde ich ihr den Laden verpachten und den Boden bestellen. Sie hört es und lacht. »Du? Wofür hast du an der Universität studiert?« Sie schlägt mir vor, mit Handschuhen zu arbeiten, mich einzucremen und einen breitrandigen Hut aufzusetzen. »Du willst doch auf deine Haut aufpassen, nicht wahr? Ganz bestimmt lernst du irgendwann jemanden kennen, oder? Wann hast du Geburtstag? Ich kaufe dir eine Creme.«

»Im Tevet. Ich bin im Winter geboren, am Tag meiner Geburt hat es heftig geregnet. Hör mal, ich erzähle dir eine Geschichte. Im letzten Jahr kam Gideon, mein Mann, mitten im Sommer mit einem Blumenstrauß und Karten fürs Theater an, er küsste mich und sagte, herzlichen Glückwunsch. Wieso denn das?, fragte ich. Was heißt das, wieso, fragte er, du hast doch Geburtstag, oder nicht? Was ist mit dir, sagte ich, mein Geburtstag ist erst in einem halben Jahr. Im Ernst?, fragte er, und ich stellte die Blumen in eine Vase und zog mich fürs Theater an, und er griff sich an den Kopf. Um Himmels willen, wie konnte ich das vergessen. Da siehst du mal, wie dumm man sein kann, statt zum Arzt zu gehen, geht man ins Theater.«

Madonna hörte zu und zog die Flasche näher zu sich, ich griff mit einer Hand nach ihr, mit der anderen nach dem Flaschenhals, sie befreite sich aus meinem Griff und lachte. »Pass auf, du hast es mit einer kleinen russischen Hure zu tun, hast du das vergessen?« Sofort wurde sie wieder ernst.

Ich ließ die Flasche los, und sie goss uns beiden ein.

»Wie gesagt, ich werde dir eine Creme kaufen, mit Schutzfaktor dreißig, wann hast du gesagt, im Tevet? Was haben wir jetzt? Als Rivka Schajnbach habe ich die jüdischen Monate im Schlaf aufsagen können, jetzt kenne ich nur noch die Monate der Gojim. Januar, Februar und so weiter. Ehrlich gesagt, was spielt der Kalender für eine Rolle, der jüdische oder der christliche, die Zeit vergeht so und so.«

Ihre Stimme zitterte, vielleicht vor Sehnsucht nach Rivka Schajnbach und dem jüdischen Kalender, die sie in der Jisa-Bracha-Straße zurückgelassen hatte, und vielleicht aus Angst vor der Zeit, die verging.

»Apropos Zeit, die vergeht, was willst du tun, wenn du mal groß bist?«

»Irgendetwas. Ich werde so oder so ein gutes Leben haben. Ich mache keine Pläne, ich lebe für den Moment. Schau dich an, du hast studiert, du hast geheiratet, Mann, Familie und alles. Was ist das Ende? Du hast einen Laden und bist allein. Was haben dir deine Pläne genützt? Ich nehme alles, wie es sich bietet, ich komme schon zurecht. Mein Vater hat mich mit siebzehn aus dem Haus geworfen und gedacht, dass ich auf allen vieren zurückgekrochen komme, dass diese dünne weiße Rivka keinen Tag durchhalten würde. Und was war? Er hat sich gründlich getäuscht. Mich kriegt keiner klein.«

»Doch, Gott«, sagte ich aus Erfahrung.

»Misch ihn hier nicht hinein. Er ist dort, und ich bin hier. Mein Vater und seine Synagoge haben sich von ihm beherrschen lassen, für andere war nichts übrig. Wenn ich dort geblieben wäre, wäre ich heute mit einem Frommen verheiratet, hätte drei Kinder und einen dicken Bauch.« Sie trat gegen einen Pfosten der Schaukel, zog eine Zigarette aus der Tasche, steckte sie mit zitternden Fingern an und sagte: »Gott, na ja. Warum bin ich so schwermütig geworden? Gib ein bisschen Wein her, willst du etwas hören? Eines Tages kam ein älterer Mann in den Laden, mit Bauch und Glatze und so und einem Ring von hunderttausend Dollar an der Hand, ich schwöre es. Er sagte, du gefällst mir, und schenkte mir ein Parfüm von Christian Dior. Ich sagte, mich kauft man nicht mit Parfüm. Er fragte, sondern mit was? Ich sagte, mit Brillanten. Kein Problem, komm heute Abend ins ›Oceanus‹. Ich zog geile Klamotten an und ging hin. Er kam herausgeputzt an, stank nach Parfüm, legte eine kleine Schachtel auf den Tisch und sagte, mach auf. Ich fragte, wie viel Karat? Er sagte, achtundzwanzig. Ich öffnete die Schachtel nicht, ich stand auf, nahm meine Tasche und sagte, Schätzchen, es gibt einen, der bietet mir fünfunddreißig Karat. Nach ein paar Tagen kam er in den Laden, es waren gerade viele Kunden da, ich hob den Finger mit dem glitzernden Zirkon, den ich auf dem Markt gekauft hatte, und sagte, fünfundvierzig Karat.

›Hättest du wohl gern‹, sagte er zu mir vor allen Kunden, und ich sagte, Schätzchen, in unserer Schule gibt es keinen Menschenhandel. Wer mich sieht, denkt, dass ich eine bin, die man mit Leichtigkeit bekommen kann, aber so ist es nicht, na ja, sagen wir mal, außer in besonderen Fällen. Zum Beispiel hat mich dieser Gabriel, dem du die Wohnung vermietet hast, mit keinem Finger berührt. Einmal habe ich gesehen, wie er sehr traurig war, er hat mir so leidgetan, dass ich gesagt habe, gut, fass mich an, ich mache dir ein bisschen Spaß, und er hat gesagt, nein danke. Ich habe gesagt, kein Problem.«

Sie goss sich Wein ein, trank und sagte: »Was soll ich dir sagen, als ich Rivka Schajnbach war, war mein Leben schwer, es hat Tonnen gewogen, und jetzt? Jetzt wiegt es wie ein Koffer mit acht Unterhosen und sechs dünnen Kleidern. Ein Vergnügen.« Sie brach in schallendes Gelächter aus, der Alkohol war ihr schon anzumerken. Ich schob die Flasche weg und sagte, ich wünschte, ich hätte auch ein Leben, das sechs Kleider wiegt.

Von Zeit zu Zeit sitzt auch Amos, der Sohn des Alten, neben mir auf der Schaukel. Der Alte, der ein Geheimnis aus den Schuhen in seiner Schublade macht, lässt ihn nicht ins Haus. Sie wechseln ein paar Worte im Stehen, vom Fenster zum Hof und vom Hof zum Fenster, Amos hält ihm eine Tüte Äpfel hin, der Alte streckt die knochigen Hände aus, nimmt die Äpfel und verschwindet vom Fenster. Die Zeremonie ist zu Ende, und Amos betrachtet interessiert meine kleine Landwirtschaft, berät, schneidet, spannt Schnüre, dünnt aus. Der Junge und der Hund weichen ihm nicht von der Seite. Er isst mit uns zu Abend, und wenn der Junge eingeschlafen ist, geht er mit mir hinaus auf die Schaukel. Wenn er bei uns übernachtet, frühstückt er mit uns und erzählt Nadav von Emotion und den Hunden, und Nadav schaut ihn mit großen Augen an und vergisst, das Essen, das er im Mund hat, runterzuschlucken.

Und obwohl seine Besuche bei uns und die Übernachtungen zunehmen, gibt es Abende, die ich nur mit dem Himmel teile, ich sitze auf der Schaukel und betrachte die Sterne, die zu Tausenden über dem Dorf leuchten. Stunden davor hatten sie über dem Himalaja geschienen und das Flackern einer Pupille aufgesogen, das letzte Aufflackern eines Lebens, und es mit ihrem Licht vereint. Und wenn es die Sterne tun, umso mehr tut es der Mond, dessen Licht ausgeliehen ist. Am Beginn des Monats, wenn sein Licht schmal und sauber ist, betrachte ich seinen Hof, scharre in seinem Licht, als könnte ich dort den Glanz eines Auges sehen, den Funken eines sterbenden Verstands.

Letztendlich sind die Lichter, die Gott geschaffen hat, gut, er schuf sie mit Verstand, mit Klugheit und mit Vernunft.

Mira Magén im dtv

»Mira Magén verfügt über die seltene Gabe, gerade die kleinen Dinge wahrzunehmen. Ihre Vergleiche und Metaphern sind von wundersamer Einzigartigkeit.«
Jehudit Orian in ›Yediot Aharonot‹

Klopf nicht an diese Wand
Roman
ISBN 978-3-423-**12967**-1

Jisca, eine junge Frau aus dem Norden Israels, verletzt die Tabus ihrer jüdisch-orthodoxen Herkunft. Die Welt, in die sie dabei eintaucht – das weltliche, bunte Jerusalem – ist nicht ihre, aber in ihr gelangt sie zu sich selbst.

Schließlich, Liebe
Roman
ISBN 978-3-423-**13201**-5

Sohara ist Krankenschwester in Jerusalem, Single, und entschlossen, ein Kind zu bekommen. Als sie eines Tages zufällig erfährt, dass einer der Ärzte, um sein Gehalt aufzubessern, regelmäßig eine Samenbank beliefert, kommt ihr eine verwegene Idee...

Als ihre Engel schliefen
Roman
ISBN 978-3-423-**14052**-2

Moriah, Anfang vierzig, Immobilienmaklerin, verheiratet, zwei Kinder, ist klug, ausgefüllt und alles andere als frustriert. Und doch lässt sie sich auf eine Romanze ein...

Schmetterlinge im Regen
Roman · dtv premium
ISBN 978-3-423-**24596**-8

Eine Mutter, die ihren kleinen Sohn vor 25 Jahren der Obhut der Großmutter überließ, kehrt zurück. Gegen Sehnsucht, Wut und Trauer kämpfend stellt sich der inzwischen erwachsene Sohn dem Wiedersehen.

Die Zeit wird es zeigen
Roman · dtv premium
ISBN 978-3-423-**24747**-4

Ein Unfall und seine Folgen – ein Roman von erschütternder Wucht, um schuldloses Schuldigwerden und die läuternde Macht von Liebe.

Wodka und Brot
Roman
ISBN 978-3-423-**14376**-9

Eines Morgens beschließt Gideon, Urlaub vom Leben, von Frau und Sohn zu nehmen. Hastiges Packen, eine Umarmung, ein Kuss – und für Amia, seine Frau, beginnt ein neues Leben, mit dem nicht zu rechnen war.

Alle Titel übersetzt von Mirjam Pressler.

Bitte besuchen Sie uns im Internet: www.dtv.de

Irene Dische im dtv

»Irene Dische besitzt einen Humor, der nicht den Zeigefinger hebt, sondern angelsächsisch lustig ein Zwinkern vorzieht.«
Rolf Michaelis in ›Die Zeit‹

Der Doktor braucht ein Heim
Übers. v. Reinhard Kaiser
ISBN 978-3-423-13839-0

Brillante Erzählung, in der die Tochter ihren Vater in ein Altenheim bringt und der betagte Nobelpreisträger sein turbulentes Leben Revue passieren lässt.

Ein Job
Kriminalroman
Übers. v. Reinhard Kaiser
ISBN 978-3-423-13019-6

Ein kurdischer Killer in New York – ein Kriminalroman voll grotesker Komik.

Fromme Lügen
Übers. v. Otto Bayer und Monika Elwenspoek
ISBN 978-3-423-13751-5

Irene Disches legendäres Debüt: Erzählungen von Außenseitern und Gestrandeten.

Großmama packt aus
Roman
Übers. v. Reinhard Kaiser
ISBN 978-3-423-13521-4

»›Großmama packt aus‹ zeigt das Gesamtbild bürgerlicher Familienkatastrophen. Unbarmherzig, liebevoll, hinreißend.« (Michael Naumann in der ›Zeit‹)

Loves / Lieben
Übers. v. Reinhard Kaiser
ISBN 978-3-423-13665-5

Irene Disches Liebesgeschichten sind eigentlich moralische Erzählungen. Sie suchen nach Gerechtigkeit und finden sie nicht. Denn die Liebe ist zutiefst unfair.

Clarissas empfindsame Reise
Roman
Übers. v. Reinhard Kaiser
ISBN 978-3-423-13904-5

Um ihren Liebeskummer zu vergessen, will Clarissa nach New York reisen. Stattdessen landet sie aber in Miami, mitten in einem erhitzten Wahlkampffrühling.

Veränderungen über einen Deutschen oder Ein fremdes Gefühl
Roman
ISBN 978-3-423-13958-8

Die Geschichte eines Mannes, der nicht weiß, was Liebe ist – und schließlich so etwas wie die vollkommene Liebe findet.

Bitte besuchen Sie uns im Internet: www.dtv.de

Paula Fox im dtv

»Die beste amerikanische Autorin unserer Zeit.«
Brigitte

Was am Ende bleibt
Roman
Übers. v. Sylvia Höfer
ISBN 978-3-423-12971-8

Psychogramm einer Ehe und des amerikanischen Mittelstands. Ein Meisterwerk der klassischen Moderne.

Lauras Schweigen
Roman
Übers. v. Susanne Röckel
ISBN 978-3-423-14209-0

Ein einziger Abend und der darauffolgende Tag werden geschildert – und dabei die ganze Geschichte einer Familie erzählt.

In fremden Kleidern
Geschichte einer Jugend
Übers. v. Susanne Röckel
ISBN 978-3-423-13346-3

Paula Fox hat ein Buch der Erinnerungen an ihre Kindheit vorgelegt, ein bewegendes und erschütterndes Werk.

Pech für George
Roman
Übers. v. Susanne Röckel
ISBN 978-3-423-13438-5

George ist Lehrer und unzufrieden mit seinem Leben und seiner Ehe. Ein Befreiungsversuch führt fast in die Katastrophe.

Luisa
Roman
Übers. v. Alissa Walser
ISBN 978-3-423-13586-3

Die Geschichte von Luisa, der Enkelin einer reichen Plantagenbesitzerin, und einer Küchenhilfe.

Der kälteste Winter
Erinnerungen an das befreite Europa
Übers. v. Ingo Herzke
ISBN 978-3-423-13646-4

1946 reiste Paula Fox auf einem umgebauten Kriegsschiff ins befreite Europa …

Der Gott der Alpträume
Übers. v. Susanne Röckel
ISBN 978-3-423-13859-8

Lektionen der Leidenschaft und des Schmerzes – Paula Fox' zärtlichster Roman.

Die Zigarette und andere Stories
Übers. v. Karen Nölle und Hans-Ulrich Möhring
ISBN 978-3-423-14340-0

Die besten Erzählungen aus den Jahren 1965 bis 2010.

Bitte besuchen Sie uns im Internet: www.dtv.de

Barbara Honigmann im dtv

»Sinnlich, lebendig, lebensklug.«
Jürgen Verdofsky in ›Literaturen‹

Alles, alles Liebe!
Roman
ISBN 978-3-423-13135-3
Mitte der 70er Jahre. Anna, eine junge jüdische Frau in Ost-Berlin geht als Regisseurin an ein Provinztheater. Zurück bleiben ihre Freunde, ihre Mutter, ihre ganze Existenz. Und nicht zuletzt Leon, ihr Geliebter.

Damals, dann und danach
ISBN 978-3-423-13008-0
Ein überaus persönliches Buch, das von vier Generationen erzählt und davon, wie eng Gestern und Heute verknüpft sind.

Ein Kapitel aus meinem Leben
ISBN 978-3-423-13478-1
Das Leben einer außergewöhnlichen Frau im Europa der Kriege und Diktaturen. Eine Tochter erzählt von ihrer Mutter: geboren 1910 in Wien, aufgewachsen im Grenzgebiet zwischen Ungarn und Kroatien, schließlich vor den Nazis nach London geflohen.

Roman von einem Kinde
ISBN 978-3-423-12893-3
Sechs literarische Erzählungen, die einen direkten Eindruck vom Leben einer im Nachkriegsdeutschland geborenen Jüdin geben.

Eine Liebe aus nichts
ISBN 978-3-423-13716-4
Zwei ineinander verflochtene Geschichten, vom Vater, dem Journalisten Georg Honigmann, seiner Tochter und deren Auf- und Ausbruch aus Deutschland und ihrer gescheiterten Liebe.

Soharas Reise
Roman
ISBN 978-3-423-13843-7
Sohara, algerische Jüdin, nach Frankreich »repatriiert«, erzählt von Lebensreisen, Exil und Aufbruch – und von einer bewegenden Emanzipation.

Bilder von A.
ISBN 978-3-423-14240-3
Die Geschichte einer großen, weitgehend unerfüllten Liebe. Ein Erinnerungs- und Nachruf an A., den bedeutenden Theaterregisseur, der ihr Lebensmensch war und der jetzt tot ist.

Bitte besuchen Sie uns im Internet: www.dtv.de